中国当代文艺动态及评论热点透析（2017—2018）

郭必恒　等/著

北京师范大学出版集团
BEIJING NORMAL UNIVERSITY PUBLISHING GROUP
北京师范大学出版社

图书在版编目（CIP）数据

中国当代文艺动态及评论热点透析. 2017—2018/郭必恒等著.
—北京：北京师范大学出版社，2020.6
ISBN 978-7-303-25308-1

Ⅰ．①中… Ⅱ．①郭… Ⅲ．①文艺评论－中国－当代
Ⅳ．①I206.7

中国版本图书馆CIP数据核字（2019）第272818号

| 营 销 中 心 电 话 | 010-58807651 |
| 北师大出版社高等教育分社微信公众号 | 新外大街拾玖号 |

ZHONGGUO DANGDAI WENYI DONGTAI JI PINGLUN REDIAN TOUXI

出版发行：北京师范大学出版社　www.bnup.com
　　　　　北京市西城区新街口外大街12-3号
　　　　　邮政编码：100088
印　　刷：北京京师印务有限公司
经　　销：全国新华书店
开　　本：787 mm×1092 mm　1/16
印　　张：16
字　　数：276千字
版　　次：2020年6月第1版
印　　次：2020年6月第1次印刷
定　　价：68.00元

策划编辑：王则灵　　　　责任编辑：齐　琳　张筱彤
美术编辑：李向昕　　　　装帧设计：李向昕
责任校对：段立超　　　　责任印制：马　洁

代序

对当下艺术评论分类问题的思考

　　人的认识是随着实践的发展变化而逐渐深入的。在每年连续出版《中国当代文艺动态及评论热点透析》的过程中，我们对我国目前的文艺状况的认识也不断深化。我们的聚焦点在于艺术评论，这也使我们更了解和熟悉当前的艺术评论现状。如果仅就当下艺术评论的存在而言，其时代环境类似于狄更斯所言的"这是最好的时代，也是最坏的时代"。一方面，互联网上海量的艺术评论丰富多彩、百花齐放，常常令人眼花缭乱；另一方面，当下艺术评论普遍缺乏深入细致的探讨，更遑论有理论背景支持，绝大多数仅是一时情绪的宣泄而已，有时还夹杂着功利主义等。有些观众或评述者通过对艺术的表达，在互动式参与中任意发泄情绪，略显癫狂地释放着对艺术作品的不悦或不满，甚至借此表达对社会或个人生活的愤懑。

　　在互联网"大海"中涌动着的艺术评论信息给研究者很大压力，也带来了强烈的困惑感。一些问题浮现：我们今天所面对的艺术评论是否在形态上已与前互联网时代截然不同？艺术评论有没有发生质的改变？为了更加科学地认识互联网时代的艺术评论，是否需要重新辨析和认识传统的分类标准？

　　在《中国当代文艺动态及评论热点透析》的写作过程中，我们越来越明确地感到对当下艺术评论进行重新分类的迫切性。分类是认识事物首要的、根本的、必要的途径，从这一点来看，通过重新分类来加深对当下艺术评论的理解应是有效的。若要分类，则首先须确立分类的依据（或准则），对艺术评论的分类亦是如此。综观当下艺术领域内批评或评价的来源、平台、体量和风格等，我们姑且提出以下五条分类依据。

　　第一，媒介依据。加拿大学者麦克卢汉曾提出"媒介即人的延伸"这一观点，媒介变革在新技术的推动下越发起到革命性作用，也越来越受到关注。在美国学者波兹曼讨论了电视使文化沾染"娱乐"色彩后，互联网的兴起所引起的文化生态改变也成为关注和细研的焦点。艺术评论作为一种特殊的文化文本，其生态也必然随之发生变化。艺术评论曾被认为是阳春白雪，只存在于报纸、杂志等印刷媒介，显示出一副"高大上"的权威姿态——此乃受过专业训练的评论群体所耕耘的田地，"门外"群众几乎与此无关。之后，电视媒介的成熟运作为艺术评论开拓了新的疆域，评论介绍类或评比类电视文艺节目比比皆是，尤其是在歌舞艺术领域。互联网的产生和成熟则掀起了惊涛骇浪，艺术评论的即时性、互动性、通俗性等特征越发明显。大量碎片化艺术评论的生产、积累，成为足以改变艺术创作，甚至改变艺术生态的新动力。在如豆瓣、百家号等网络媒介上，人们通过零散的吐槽影响艺术作品（主要是影视作品）的传播，这些网络平台也成为艺术界不得不重视的评论阵地。依据不同的媒介，艺术评论形成了不同的特点，体裁、用词、文风及评论所折射出来的整体艺术欣赏趣味也相对地固定了。就媒介而言，艺术评论可大致分为印刷媒介评论、电视媒介评论和网络媒介评论。这一划分并不绝对，但也基本划清了不同媒介艺术评论依赖传播媒介而形成的"疆域"。需要指出的是，尽管网络媒介是新兴媒介，但网媒评论的内容并不尽然是新鲜的，过去很大程度上依靠口头语言进行的即兴式艺术评论，如今则获得了新的载体，赢得了新的阵地——无处不在的网络。当然，并不是说报刊或电视上的艺术评论就不会被转载至互联网，只不过就其生产平台而言，这些评论显然并非为网络媒介而做，它们与网络媒介上大量留言式或弹幕①式的吐槽、评论明显不同。

　　第二，行业依据。当代艺术类型日趋多样和复杂，艺术行业也被划分得更加细致。在创作上，不同艺术行业和艺术类型形成了不同的生态，这是很容易理解的，因为它们所凭借的物性材料和其创作主体之间的差异巨大，"隔行如隔山"形容的正是这种现象。随着艺术评论蓬勃生长并以更加强势的姿态介入创作领域，其作为与创作并存的文化文本也由于艺术行业的不同而形成了一定的行业区分，这一特征我们在写作《中国当代文艺动态及评论热点透析》时也明显地感觉到了。我们意识到，当下对电视、电影、美术、音乐、舞蹈等不同行业的艺术评论有区别度比较高的风格特征。从整体上看，电视行业的评论重剧

---

　　① 弹幕指在网络上观看视频时弹出的评论性字幕，是由视频观看者发布的。

情评述，电影行业的评论重猎奇心理，美术行业的评论重形式分析，音乐行业的评论重话语新说，舞蹈行业的评论则中规中矩，等等。当然，以上区分只是通过直观感受得出的，如果依据行业类型进行细致分析，一定会有更多发现。

第三，内涵依据。在信息化时代的新背景下，艺术评论在形式上的多样化发展是显而易见的。尽管会受形式上的变化的影响，艺术评论的思想内涵仍保持着自身的发展逻辑，它并未淹没在形式化的喧嚣里。艺术评论者只有具备一定的专业知识，才能切入创作实际，使评论真正发挥作用，否则评论就会沦为情绪的宣泄，极大地稀释评论本身的文化意味。在专业素养方面，艺术评论尤其注重评论者的思辨力和审美力，思辨可以帮助我们辨析作品的内容呈现，而审美则帮助我们评论作品的美学特征。艺术评论的好坏不在于篇幅的长短，而在于是否具有一定的内涵，能否使积极价值观得以确立，能否让审美引领作用得到发挥。再长的评论也可能仅是冗长的吐槽，而短短几百字的评论也有可能直击艺术作品的肯綮。依据内涵来划分，艺术评论则可大致分为高深型、通俗型、吐槽型等，不一而足。

第四，技术路线依据。艺术评论无疑需要一定的技术才能完成。首先应该明确的是，其基本定位是以理性的阐释为主，但也带有情绪或感性色彩。艺术评论是一种文化文本，它在一定时期里与创作联结起来，但当跨过了特定的时期，艺术评论又作为珍贵的文化文本而成为独立的存在。有时艺术作品失去了存在的独立性，艺术评论反而重获独立性。如戏剧表演，一部戏剧演出后可能再也无法重演，但对其的评论作为文化文本却成为反映阶段性艺术成就的研究资料。我们强调艺术评论的相对独立性，并非要强行将其与创作或作品割裂开。从实际情况看，艺术评论也绝不能脱离创作或作品而"悬浮"存在。但艺术评论因其自身某种程度的独立性和文化性而在技术路线上具有内在的规律性，这也是不争的事实。从技术路线看，艺术评论可以与特定的人文思想或文艺理论结合起来，由此则可以形成特定的分类，如文化批评、文本批评、历史批评等。

第五，容量依据。艺术评论容量的大小一般可以反映为其篇幅的长短，它们往往为正比例关系。但二者之间也不能画上等号，因为艺术评论的容量指其所包含的内容的层次和丰富性，这与篇幅又没有绝对的关系。容量各不相同的艺术评论并存，在当代文艺领域都是十分重要的。短评使评论者即时发声，且紧紧跟随艺术创作；中评既有时效性，又适度深入探讨创作的优势与不足；长评则突出理论性，聚焦于对一定时段内创作的反思。不同容量的艺术评论的载体可能并不一样，而且面向的对象也存在差别。对于一个健康发展的文艺环境来说，它们均衡地向前发展是非常必要的。

艺术创作与艺术评论是艺术向前发展的双翼，艺术评论繁花似锦乃艺术界的幸事。但在繁华的背后，也难免会有种种遗憾，如某些艺术评论的功利化等。对于当下的艺术评论来说，最为迫切的需求是透过混沌而看清道路，走出迷惑而踏上正途。我们希望通过上述辨析提供一些思路，并就教于方家。

著者

目　录

第一章

当代文艺动态及评论热点——电视篇（2017年7月—2018年6月）

　　电视作为文艺的承载、传播平台和独特的艺术形式，其发展一度因网络视频的冲击而不被看好。然而，一种在人们生活中占据过主流地位的艺术形式并不会急剧衰退甚至销声匿迹，更多是在多种形态的变化和深度融合之中呈现出新的业界形态，这是已经被美术、音乐和舞蹈等领域的艺术形式反复证明了的事实，电视艺术也是如此。在万物互联和资本高度集中的时代里，电视艺术的制作和传播方式不可避免地快速变化，这造成电视艺术溢出了频道，也使得重新理解和认识电视艺术十分必要。观察2017年7月—2018年6月的电视艺术，我们可从资源、平台和受众等方面看到电视艺术的新变化。与中国经济增长相适应，电视艺术继续呈现繁荣发展的景象，在创作（制作）风貌和传播影响上均有质的改进，在类型的多样化、制作的精良化、宣发的体系化等方面展现了蓬勃向上的势头。与此同时，其海外的影响力也日趋显著，特别是在文化折扣现象较不突出的东南亚和其他地区的华人文化圈，中国电视艺术日渐成为一张亮眼的文化名片，促进了国家文化软实力的提升。这一时期，在题材类型上较为明显的现象是现实题材的逆转与火热，而一度牢牢占据荧屏的仙侠和玄幻题材暂时退潮。古装剧随着《延禧攻略》的猛然大红大紫再次获得较高热度，延续了此前几乎每年必有一部极受欢迎的古装剧的传统，这当然也是历史资源的丰厚和文化传统的悠久所赋予的中国艺术的独特优势，不仅体现在电视艺术领域，其他领域也有各自的体现，但由于电视仍然是大众文化的主流载体和塑造力量，这种优势则被放大。在本章中，我们从电视领域入手，盘点和评析2017年7月—2018年6月我国艺术的发展变化。

一、热点作品

热点作品是观察一段时期流行文化的窗口。在我们关注的时段里，受到观众热捧的电视作品有很多，主要集中在现实题材方面，这与现实主义文艺创作整体复苏紧密相关。2017年7月以来，现实题材电视剧经历了层层突围，终于在众多仙侠等网络文学IP（知识产权）改编作品中闯出一片天地，现实题材电视剧也有望在未来几年持续作为观众视野中的亮点及讨论热点。在此我们重点评述以下作品：《我的前半生》《那年花开月正圆》《恋爱先生》《美好生活》《深夜食堂》《急诊科医生》《猎场》《白夜追凶》《我的1997》。

（一）"女主"风潮的持续火热——《我的前半生》和《那年花开月正圆》

随着女权运动的兴起和女权思想的传播，女性的社会地位不断提升，媒体对于女性形象的塑造也更多元化，这与大众的消费需求是一致的。西方女性修辞在几个世纪中不断激励着不同时代的人们摒弃性别偏见，重新认识女性，确立其新的地位。在大众文化的驱动下，现代都市女性形象也在努力摆脱着刻板印象，她们是有远大抱负、天赋各异的时代女郎，是家庭生活中的时尚摩登妻子，是从为别人而活变成为自己而活的自立自强女性。同时，存在于经典文本以及历史故事中的鲜活的女性形象也逐渐被发掘出来，被时代赋予新的内涵与特质，成为跃然于荧屏的生动形象。2017年7月—2018年6月，在国产电视剧的"女主"型电视剧中，《我的前半生》《那年花开月正圆》反响较大，其所包含女性话题引发了诸多讨论与思考。

1.《我的前半生》

这部与清代最后一位皇帝溥仪的回忆录同名的电视作品在2017年着实大热了一阵子。2017年7月，《我的前半生》首播完美收官，获得了骄人的收视成绩。该剧改编自亦舒的小说作品，亦舒虽成长于香港，但出生于上海，对于海派文化有很深的理解。电视剧并没有拘泥于原著作品的描写，而是做出了适应当下流行的"女主"文化的改编，取得了相当大的成功。观众从中看到了海派生活中形形色色的人，也体味到了职场打拼中的酸甜苦辣。剧中叙述了起初为传统家族主妇形象的罗子君在遭遇婚姻变故后，奋起自立求生，最终成长为成功的职场女性的经历，博得了观众的一片喝彩。该剧所描述的当代年轻家庭的婚姻危机和离婚后的困境令不少人感同身受，而以离婚女性精彩的"浴火重生"

为主线的叙事，揭示了当代女性在事业、家庭和爱情等方面观念的深刻转变。《我的前半生》具有较强的话题性，引发了热议，尤其受到女性群体的追捧。在东方卫视和北京卫视的首播过程中，其最高收视率突破3.0，成为2017年下半年最受瞩目的现实题材电视剧。

（1）现实题材电视剧重兴的标志性作品

《我的前半生》是一部具有强烈现实性的作品，尽管此前已出现偶像剧式微和现实题材剧复苏的迹象，但人们并没有确定现实题材剧会重新火热起来。《我的前半生》初登荧屏时也并没有被业界看好，但随着播出的推进，其在中后期发展成为令人惊叹的现象级作品，这与受众的审美诉求和历史文化因素有着极其紧密的关系。中国具有浓厚的现实主义文艺传统，在各个时期都不乏扛鼎力作，一段时间内现实主义创作的沉寂并不代表该文艺传统的消亡，反而为其缓慢积聚力量的过程。这一创作倾向首先在作为大众文化载体的电视剧领域爆发，紧接着又在电影领域显现出来，如《我不是药神》制作经费并不高，但取得了惊人的票房；爱国主义题材电影《战狼2》的热映也可被视为处于同一审美文化背景中的现象。影视领域的现实主义创作倾向显示出现实主义的题材和风格仍然是中国文艺的首要类型，这是令人欣慰的回归，也是由中国传统文化和中国观众的审美评价标准所决定的。在此前的很多年里，从后现代的戏谑风格大行其道，到玄幻、修仙和穿越等题材类型的风靡一时，一度令人猜测文艺总体上存在一种迷幻虚浮的倾向，而现实主义题材的重新流行推翻了这一猜想，澄清了认识上的迷思，也对创作者产生了很大的震撼。文艺类型的丰富多彩展示着创作的繁荣景气，只要是能带来正能量的作品，无论其题材是现实的还是非现实的，其实都是被需要的，也是正当的。我们应当肯定玄幻、修仙等题材在类型学上的贡献，如《花千骨》《青丘狐传说》等，都有积极意义；但由此造成的对现实题材的普遍质疑甚至嘲笑，则是很不足取的。这大概是一段时间里对电视剧题材类型进行反思的一个很好的视角。

对艺术作品的成功起到决定性作用的还是其创作（制作）的质量，而内容是其中的关键因素。从电视剧的叙事性上看，情节的曲折动人、细节的生动细致及逻辑展开上的合理设置等，都会产生一定的影响，当然思想上的积极健康也是必不可少的。《我的前半生》是描写家庭、婚姻、情感生活的电视剧，但细细品味之后便会发现，这部作品讲述的其实是一个有关女人自立自强的故事，我们可以从女主人公自立自强的前奏、过程、结果等多个方面感受和体会她的自我成长过程。该剧虽然以女主人公罗子君的情感纠葛作为叙事线索，但线索的意义在于串联故事，而非取代叙事的情感内涵。我们看到整部电视剧的情感聚焦于罗子君在面临家庭、婚姻、事业的冲击时，努力从人生的低谷开始奋斗。尽管在社交媒体和网络空间中，针对该剧中罗子君及其母亲、妹妹等人的婚姻、恋爱产生了激烈的争论，但该剧所倡导的现代女性独立自主的积极价值导向是值得肯定的。对于越来越多的在婚姻和职场间迷茫徘徊的都市女性来说，《我的前半生》无疑称得上一部具有启发意义的好剧。另外，女性的独立是否仍需要通过话题炒作、网络评论等方式来引发观众的关注，这也引发了一定的争议。随着中国综合国力的逐渐增强，我们的文化正面临如何走出去的问题。中国电视剧创作如果仍仅满足于获得中国观众的认可，无法在精神内涵、价值表达层面唤起更大范围的情感共鸣，那么势必会在走出去的过程中受到阻碍。

（2）精心设置的话题及冲突促使讨论升温

在故事中植入话题能够引发社会讨论，提高收视黏度，增强收视惯性，尤其是在"两微一端"（即微博、微信和移动客户端）宣发效应日渐显著的当下，话题性成为电视剧口碑营销的法宝。《我的前半生》里，丈夫出轨，家庭主妇失去优渥生活，重新步入社会，独自承担养家糊口、抚育子女的重任，而后重拾信心、重塑自我，赢得事业的成功和"黄金单身汉"的一片痴心，开启生命的第二次春天。这个故事听起来励志又迷人，其本身不仅具有强烈的话题性，还能够如鸡汤般温暖主流收视群体尤其是成熟女性的心灵。可以说，单看话题本身，这部电视剧就赢在了起点上。总的来说，这部剧有以下主要话题。

其一，全职太太如何逆袭？剧中的罗子君，丈夫事业有成、收入颇丰，让她过着令人羡慕的富足生活。她自己也陶醉其中，用购物、美容、养生来打发时间，遮蔽精神上的无聊空虚。然而，突如其来的婚姻变故让她的生活从云端跌落，她只得回归社会，重启职场生涯。在求职道路上，子君屡屡受挫，后来得到职场高手贺涵的指点和庇护才得以顺遂。观众通过子君的人生遭遇和心路历程，回溯并审视自己的事业、爱情和家庭生活，找到可供参考的生活法则与努力方向。

其二，办公室恋情路在何方？贺涵和唐晶同在一个外企集团担任高管，才貌登对，门户相当。然而，两人的事业心和自尊心极强，又都有着强烈的自我保护意识，且存在于同一个职场环境和利益链条之中，以致情牵十年却不得正果。陈俊生独自承担养家糊口的重任，虽然收入不菲，但也承受着沉重的工作强度和压力，而他的辛苦与烦恼，在不谙世事的全职太太那里根本得不到慰藉和排解。离异且独自抚养儿子的凌玲，努力上进，业绩突出，又得到上司陈俊生的同情和照顾。然而，作为女性，凌玲始终想要找一个厚实的肩膀来分担辛劳、获取安全感。于是，两个精神空虚、情感寂寞的人相互取暖，开启了一段隐秘的恋情。这两段办公室恋情颇耐人寻味，被所有人看好的金童玉女最终分道扬镳，而遭受非议的越界男女却组成了再婚家庭，这显然是可引发广泛热议的话题。观众可以通过这两个案例，积极地参与对办公室恋情的讨论。

其三，男友爱上闺蜜何以释怀？唐晶工作繁忙但又不忍看闺蜜落难，于是拜托男朋友帮忙。子君起初的自我和矫情让贺涵极度反感，然而，事态的发展超出想象。子君在贺涵的点拨下快速成长，迎来事业和生活的转机。贺涵喜欢这个职场导师和心灵医生的角色，并从中获得极大的存在感和成就感。于是，两人在你来我往之中暗生情愫，"男友爱上闺蜜"的戏码令唐晶全面崩溃。她经营十年的爱情被子君击溃，她做梦都想不到，被众人仰视的最佳男友竟然会坚定不移地爱上一个离婚女人。在都市情感剧中，有争议的情感话题，如三角关系等，恰好满足了观众的猎奇心理。

都市情感剧的通病在于：为了制造话题或为了让人物更鲜明，生硬地制造戏剧冲突，挑战生活逻辑，放大人物个性和肢体语言，把小概率事件当作典型事件。电视剧《我的前半生》本应该是一部女性奋斗史，应该讲述罗子君为走出生活的泥沼，埋头苦干，努力拼搏，赢得精彩人生的艰辛历程，无奈的是故事的大部分情节都陷入了职场纷争和感情纠葛的俗套中。另外，这部以女性自立为卖点的作品，终究没有逃脱男性视角和男权社会的限制。子君的每一步成长都得益于贺涵的栽培，她只是贺涵显示自己运筹帷幄的职场权谋的一个样本或一枚棋子。此外，作品所流露出的对富裕群体和物质生活的过度崇拜同样值得反思。西蒙娜·波伏娃在《第二性》中说过："一个人之为女人，与其说是'天生'的，不如说是'形成'的。"这表明了社会文化对女性身份和地位塑造的重要性。电视媒介承载着传播正确社会价值理念的职责。在引导当代女性思考何为真正独立和自强时，电视剧创作也会在无形中产生很大的作用。标签化与话题化广泛存在于互联网与电视媒介中的热点，本也无可非议，围绕着某一热点话题的标签化也会促生社会舆论的旋涡。但对于以核心创作力为基础的电视剧产业而言，并不能一味追寻媒体热点效果来维持热度、保证收视率，而抛弃艺术作品背后的冷峻思考。因此，《我的前半生》虽可以说是一部比较成功的现实题材电视剧集，却难免陷于当代融媒介体制中，以套路来维持自身热度。

2.《那年花开月正圆》

该剧以陕西省咸阳市泾阳县安吴堡吴氏家族的故事为背景，讲述了清朝末年陕西地区女首富周莹跌宕起伏的人生故事，展现了大义秦商的陕西商人精神。饰演女主角周莹的是著名女演员孙俪，这部剧也是其继《后宫·甄嬛传》《芈月传》之后再次刻画"大女主"形象的流行剧作，该剧的热播又一次带热了"大女主"题材。《那年花开月正圆》于2017年8月30日在东方卫视、江苏卫视首播，最高收视率突破3.4，最高收视份额一度超过11，是2017年很受欢迎的电视剧之一。

（1）历史群像与个体叙事的结合

《那年花开月正圆》展现了较为宏大的历史视野，同时描述了一个个生动的个体生命在历史长河中的命运浮沉和悲欢离合。该剧中虽有大篇幅的言情情节，但让观众认为其不止于言情剧，而具有历史沧桑感和史诗叙事特征。

其一，该剧追求并表现的是世界风云际会中的中华民族精神，编创人员努力渲染一种史诗感。史诗感强调的是民族历史，要求创作者使作品体现出强大的历史穿透力，这根源于作者对历史的宏观把握以及对历史细节的精雕细琢。作品中所呈现的历史细节往往会引起观众浓厚的兴趣，因为这些历史细节凝聚了民族回忆。通过对作品中历史事件与人物的赏析与思考，来挖掘与继承民族特有的文化记忆与民族精神，并且获得超越时代的具有普遍意义的生存体验，该剧无疑具备了这种史诗性质。剧中的商人在乱世中奋力拼搏以求得安身立命的行为具有超越个体的民族性意蕴，特别是60集之后的故事，涉及了洋务运动，周莹的经商之路也受到彼时思潮的影响，从而形成了一条符合时代特征的传奇之路。随后的八国联军侵华进一步让故事涉及慈禧太后与光绪帝的明争暗斗，这种新旧更迭的时代冲突，尤其是统治者的矛盾斗争，让该剧具有了史诗感，观众在观看电视剧时也对那个时代的历史更迭产生了进一步的认识。除展示大的历史背景外，该剧也表现了一些历史细节，如剧中对女性历史地位的全景展示。在当时，女性常常作为男性的附属品，而且要遵从封建父权、夫权。周莹一直在与强大的男权世界做斗争，最后通过牺牲自我的个性与情感成就了事业，这不仅是清末历史的痛点，也成为观众心理的痛点。

其二，该剧所描述的个体具有一定的典型性。主角周莹是一个奇女子，原本和养父周老四行走江湖，以坑蒙拐骗为生，但以其遇到吴聘为起始，伴随着一个个历史关键点，她不断地完善自身人格，逐渐从一个野丫头成长为八面玲珑的首富。周莹的故事不仅是个人的成长经历，也是一个时代的符号，表现出了秦商的淳朴品质。男主角沈星移虽然是一个虚构的人物，但剧中他的存在不仅起到引领周莹情感发展脉络的作用，也是推动剧情走向宏大叙事的关键。他从一个纨绔子弟变身为洋人买办，再投身于历史洪流中成为革命志士，是中国历史发展走向的一种展示，他的牺牲也是寓意革命终将继续的符号。

其三，该剧在精神气质上具有歌颂崇高美的特征。该剧的崇高美主要体现在以周莹为代表的秦商所具有的品质上，剧中将其概括为秦商精神。从天资聪颖的闺房妇人到富甲一方的陕西首富，周莹在男人主导的商业圈中几度浮沉，历经种种奇遇和磨砺。正是敢为天下先的特质，让周莹能够以一己之躯撑起家族的一片天，以她的聪明才智和不懈努力担起了重振吴家大业的重任，谱写出一曲乱世之中的"新女性"之歌。"商之有本，大义秦商。"剧中不时强调这种精神。历史上确有周莹其人，其有"安吴寡妇"之称，当地人奉她为"女商圣"，是近代秦商代表之一。她身上体现的忠义仁和、开拓进取、敦厚诚信的品质也正是对秦商优秀品格的最好写照。而在个体叙事方面，以秦商精神为核心，该剧在传奇和励志的故事性基础上，以大格局手法，展现了普通商人的人生历程，实现了史诗性叙事与个体性叙事的同构，将个体叙事放置在大的史诗性叙事背景下，将个体生存表现得淋漓尽致。[①]首先，该剧注重多维视角下的个体生存。从家国维度来说，周莹等角色是秦商精神的代表；从男权世界维度来说，周莹是周旋、斗争于男权世界，最终被男权认同的女性角色；从情感维度来说，周莹等角色具有儿女情长的普遍个体情感体验。这种重视个体表达的方式，让电视剧题材宏大却不刻板，充满趣味性，是对严肃题材的一种补充，也让个体更加生活化、生动化。其次，该剧注重多层面的个体性格塑造。史诗性叙事中的英雄角色都是具有优良品质与恒定性格特征的，而该剧并没有一开始就将周莹塑造成完美无缺的女英雄或"女商圣"，其形象更多是一个有血有肉的凡间女子，也是有弱点、有缺陷的。周莹身上的一些优点并不是她与生俱来的，而是在与吴家人慢慢相处之后才萌芽的。正是这种性格上先天的"不完美"，让周莹这个角色更加具有立体感，也更加符合观众的审美期待，观众更多将她看作一个女人，而不是一个"圣人"。

（2）儒商形象的影视呈现

《那年花开月正圆》反复渲染和强调的秦商精神实质上正是传统儒商的商业精神，周莹作为一代女儒商的传奇人生便是这种儒商精神的很好的呈现。儒家

---

① 许阳、刘晓阳：《电视剧〈那年花开月正圆〉的史诗性与个体性叙事逻辑》，载《当代电视》，2018（1）。

思想中的重义轻利深入人心，但这并非儒家思想的全貌。儒商即"儒"与"商"的结合体，既有儒者的道德和才智，又有商人的财富与成功，是儒者的楷模，商界的精英。一般认为，儒商应有以下特征：注重个人修养，诚信经营，有较高的文化素养，注重合作，具有较强责任感。学术界对儒商的界定仍存在争议，有学者将儒商界定为以传统文化理念为指导的，从事商品经营活动的，有一定文化修为的商人；有人认为儒商与一般商人最本质的区别就是非常重视商业道德，不取不义之财；也有一种说法是，儒商有广义和狭义之分，狭义上指以儒家学说作为行为准则的商人，广义上指具有中国传统文化，兼收儒家、道家、墨家、法家、兵家之长的商人。但有一点是可以肯定的：儒家文化作为浸润中华民族文化性格的精神源泉，它的影响力渗透到了社会生活的方方面面，而商业活动作为维持中国社会的重要手段之一，由伦理也必然会受到儒家文化的影响。《那年花开月正圆》作为一部以清末泾阳女商人周莹的故事为原型创作的电视剧，在为观众带来视觉体验的同时，也必须面对女儒商形象影视呈现中的技术问题。周莹作为活跃于清末的女商人，她必然要面对传统伦理道德和社会发展的双重考验，二者的融合直接表现为意义与价值之间的纠缠。就意义而言，《那年花开月正圆》一剧所塑造的周莹既有市井游民的江湖气，也有精明商人的睿智。[①]单就此点而言，本剧的创作是值得肯定的。就价值而言，本剧塑造的周莹形象有较多的情感元素，而加入情感戏不仅是为了迎合观众的审美期待，也是理性主义观念在现代社会的正常表现。观众更倾向于以理性精神烛照的现代观念来审视荧屏上的周莹，并选择性地忽略了历史中的周莹不得不面对的诸多问题。为了能够有效满足观众的审美心理，并力图让整部电视剧成为既遵循历史本来面貌，又符合现代社会审美诉求的作品，其最终的呈现形式必然是女儒商的文化特征屈从于现实考量的结果。

（二）对当代都市百态的摹写——《恋爱先生》《美好生活》《深夜食堂》

当代中国仍处于城市化进一步发展的时期，城市规模不断扩大，经济体量不断增长，城市人口快速增加，同时也出现贫富差距加大、人口老龄化等问题，这些共同演绎出当代中国都市人群的千姿百态。中等收入者的焦虑，都市青年的忙碌与迷惑，空巢老人的孤独与喜乐，等等，这些都是极易引起各年龄

---

① 魏良：《〈那年花开月正圆〉：一代女儒商的影视传奇》，载《当代电视》，2018（3）。

段观众共鸣的话题，电视剧将这些情绪与现象搬上荧屏并进行充分演绎，形成2017年7月—2018年6月都市类型电视剧的共同特点。《恋爱先生》《美好生活》《深夜食堂》是其中较为典型的三部。

1.《恋爱先生》

该剧由姚晓峰执导，靳东、江疏影、李乃文、李宗翰、辛芷蕾等主演，开播后取得连续多天收视排名为同时段第一的佳绩，成为2018年第一部荧屏热剧。该剧以男女的爱情婚恋为故事核心，描绘了时下都市男女在爱情婚姻方面的迷茫和追求，以轻喜剧的方式折射出现实的情感危机，引发了观众的情感共鸣。该剧于2018年1月12日在东方卫视、江苏卫视首播，并在优酷、腾讯视频、芒果TV同步播出，最高收视率突破2.0，收视份额超过6.3；2018年年初的网络播放量超过130亿。

（1）把握青年男女的婚恋焦虑，传达喜怒哀乐的情感

该剧引入了时下焦点议题——男女婚恋困境，并对该议题进行了充分渲染和强化，牢牢抓住了观众的眼球。剧情在推进中，纳入了网络暴力、"斜杠青年"、女主播、Cosplay（角色扮演）等社会性话题，以及新兴职业如"恋爱顾问""直播网红"等。剧中女主角罗玥的妈妈是一位网络女主播，她直播唱歌、Cosplay等，这极大地丰富了其在女儿离家后的空巢生活。该剧对于时代气息的把握还体现在角色上，该剧描绘出了各类都市男女青年的形象，如因受困于初恋情结而不轻易恋爱的程皓、独立自强的新时代女性罗玥、今朝有酒今朝醉的浪子张铭阳、跨国出轨的"精英渣男"宋宁宇……即便是匆匆而过的配角，也体现出剧组根据当下都市青年生态做出的精心设计，如暗恋多年不敢付诸行动的"码农"王岩、事业成功却有社交恐惧症的邹北业等，他们也是很具代表性的都市青年职场人。导演姚晓峰表示，他希望透过《恋爱先生》，让现在的都市男女找到自己的影子。出品人贾轶群表示，希望这部剧成为青年的"情感教科书"，用接地气的故事与观众产生情感勾连，让他们反思自己在恋爱中的言行举止，并通过自我检视及另一半的反馈来调节和维系一段成熟的恋爱关系。

《恋爱先生》的定位虽为都市情感剧，却一反同类剧作中喧闹争吵、苦大仇深的恩怨纠葛套路，而主打轻快幽默的轻喜剧格调，获得大量年轻观众的赞扬。姚晓峰表示，提到都市情感剧，观众脑海里立刻会出现女主角"一哭二闹三上吊"，然后愈挫愈勇，终于找到真爱的故事；但该剧的编创人员想打破这样的惯性，为观众呈现不一样的东西。作为编剧之一的李潇表示，该剧与一般都市情感剧的不同在于更关注都市男青年的情感，在此类剧集以往的受众群体

中，女性观众占据绝对主导，男性视角相对缺失，"都说'女人能顶半边天'，但别忘了另外半边天是靠男同胞顶着呢。我们也想从男性视角出发，为他们发声，尽可能争取到男性观众"[①]。回顾以往，2016年出品的都市情感剧《好先生》也在收视、口碑方面获得不错的成绩，但并未掀起一股"男主"风潮，《恋爱先生》与之相比则更加具有话题性和影响力。其话题性体现在让剧中的男主角以"恋爱专家"这样的身份出现，进而打造一本实用的"情感教科书"。靳东所塑造的程皓这个角色相较于以往也显得新鲜、另类，其充当了"恋爱导师"，处处显得可爱逗趣。有观众表示，靳东改变了以往的严肃形象，和女主斗嘴时得意的样子可爱又可恨，由此可见这一角色的感染力。此外，《恋爱先生》中靳东的齐刘海装扮虽让部分观众吐槽，但也让他们感到特别新奇。对于靳东扮演的角色与齐刘海造型，导演姚晓峰揭开了秘密：靳东原来塑造的都是内心特别强大、很坚强的男人；头发往上梳的人是要当"大哥"的，但头发往下梳的男人会依偎在女人的怀里哭泣，《恋爱先生》中程皓这个角色正需要有人去打开他的心。靳东本人则毫不掩饰对新角色的认同，他认为这个人物更接地气一些，既有人物的成长，也有情感的成长，他的心路历程、情感路程更复杂、更艰辛，这可能也是这部剧最好看的一个点。但是，这种新的装扮和角色塑造还是引起了观众的争议，部分观众认为这些尝试并不成功。

（2）再次印证引发话题是制造流行的关键

电视剧作为叙事性艺术形式，其故事情节的好坏攸关成败，但同时故事的话题性也具有强大作用力。纵观大部分热播剧作，它们都有一个共性，那就是能用热门社会话题触动观众的敏感神经，引发他们的共情，进而掀起社会上较广泛的讨论。例如，《我的前半生》的故事并不复杂，可主角之一贺涵在剧中的经典台词就很有话题性。在剧中，女子有贴心"男闺蜜"的情节并不少见，可是被赋予了"人生导师"的身份后，"男闺蜜"的话题性就增大了。再如，《欢乐颂》被很多观众吐槽故事情节不真实，但其话题的丰富性引起了很多观众的兴趣。即便是古装剧，它们能够广受欢迎也多因其与现代观众产生了情感连接，尤其是针对女性观众的兴趣而设置的话题。像《后宫·甄嬛传》《芈月传》中的女主角自强不息，登上了人生顶峰，靠着狠劲儿和执着征服了观众；再如《那年花开月正圆》中的女主角在困境之中依然能奋发有为，最终撑起整个家族，这一点吸引了大量观众。因为话题性不足而留有遗憾的作品也屡见不鲜，

---

① 王天青：《〈恋爱先生〉：描绘都市男女群像》，载《人民日报海外版》，2018-02-05。

如《琅琊榜之风起长林》，作为《琅琊榜》的后续之作，虽然在画面制作上全然不输前作，但在收视率上并没能延续前一部的成绩。尽管主创们都强调古装剧要直指现代观众的内心，但不得不承认，《琅琊榜之风起长林》终究离普通人的生活有些远，多数观众无法产生共鸣。不同于《琅琊榜》当时在各个领域中被热议，《琅琊榜之风起长林》缺乏话题性，少了全民参与讨论的热度。这种纯粹的男性题材走到续集，题材上原本的新鲜感逐渐削减。反观《恋爱先生》，无论是加入的多个热议话题，还是每个人物和故事情节散发出的鲜活现实感，似乎都与"爆款"模式相契。尤其在现实主义题材剧作风潮再起之时，《恋爱先生》的青年男女恋爱话题让观众找到新的情感宣泄点，将自我情感投射到剧中以寻求认同。

《琅琊榜之风起长林》登陆荧屏时与《恋爱先生》"撞车"，《恋爱先生》首播当日，《琅琊榜之风起长林》在北京卫视黄金档从第一集开始播出，不过当晚《恋爱先生》的实时关注度远远高于《琅琊榜之风起长林》，这很大程度上是因为前者本身指涉的现实问题与话题明显强于后者。

2.《美好生活》

该剧是当代都市情感剧，由刘进执导，张嘉译、李小冉、宋丹丹、牛莉、李乃文、辛柏青、姜妍、岳以恩、程煜、陈美琪主演。剧中讲述了徐天在感情和事业双重受挫之时再遭变故，在机场突发疾病被送往医院，进而与梁晓慧发生情感纠葛，重启人生的故事。该剧于2018年2月28日在东方卫视、北京卫视首播，并在优酷、腾讯视频同步播出，平均收视率为1.3，最高收视份额超过5.3，是2018年年初继《恋爱先生》之后的又一部都市题材电视剧。据中国广视索福瑞媒介研究（CSM）的数据显示，《美好生活》在开播次日东方卫视、北京卫视收视率双双破1，开播第三日收视登顶且持续位居收视榜首，不仅带动了春节长假后收视率低迷的电视剧市场，也迎来了3月国产电视剧收视小高潮。随着剧集的播出，《美好生活》在豆瓣网的评分曾一度飙升至8分的高分区，当时近80%的观众为其打出了四星以上的分数，这也是近几年紧接着春节假期播出的国产电视剧曾达到的最高分。优秀的主创团队与强大的演员阵容结合，将一部都市生活剧诠释得有滋有味。中年人的情感话题在家长里短中展开，充满市井烟火气的口语也形成接地气的现实感。

《美好生活》在描述当代不同年龄段人群的悲喜方面颇具新意，跳出了固定套路，展现了生活的百态。纵观以往的都市情感剧，尤其是涉及中年男女情感话题的剧作，总摆脱不了婆婆妈妈、鸡毛蒜皮的套路，而该剧没有拘泥于观众对于中年男女的固有看法，采用了一种充满温情又略带喜剧化的风格，既直击生活中的情感问题，又表达出不同年龄人群对于美好生活（特别是情感生活）的向往和不懈追求。该剧所描绘的人物都是生活中的普通人，区别于都市剧中惯常的精英角色，其普通使其更具代表性，使都市人群的喜怒哀乐更加生动真实。另外，剧中所反复渲染的善良本真情怀、面对沉重生活的勇气以及细腻而丰富的情感，都引发了观众的情感共鸣。

在故事的讲述上，《美好生活》所紧扣的通过换心手术而重获生命的线索也颇具匠心。类似的线索并不常见，而且难以令人信服。但该剧以此为出发点，展开了对人间各种温暖和爱的描摹，增添了剧作的温情色彩，也增强了该剧的感染力。在整个故事的进行中，换心手术承担起方方面面的多重剧情任务，展现了复杂的人物关系，其中有老来独居的老年人群体，有中年失意连丢爱情与事业的失落者，也有正在爱途上奔跑的追逐者……无论是生活、婚姻还是事业，这些人都多多少少面临着困难和挫败；然而，生活中的人毕竟要向前看，生活是充满着美好气息的，其美妙之处潜藏在五味杂陈里，只有认真地品味和感受，才能发现那些美好，才能获得美好的体验。《美好生活》的主题正在于揭示这一简单而又深刻的道理。但从这一点上讲，该剧的结局就显得脱离主题且生硬了，也引起了观众的疯狂吐槽，豆瓣评分也一度跌至5分。男主角徐天最终没能和女主角梁晓慧走到一起，这令人感到意外和不解。这可能是因为编剧故意将深刻的心思用在了大众文化的剧作上，有意显出深沉，但这种脱离了主题的剧情设置大大影响了该剧的情感表达，也直接导致众多的观众"弃剧"，不能不说是一大遗憾。

《美好生活》的演员阵容强大，一众戏骨参与其中，除了近年来公认演技突出的张嘉译、李小冉等，还包括宋丹丹、程煜等成熟演员。擅长刻画人物的演员的倾力表演极大地突出了剧中不同人物的个性，如宋丹丹所饰演的退而不休的婚介大妈，程煜所饰演的耿直却无聊的退休老刑警，都给人们留下了深刻印象。他们接地气的表演使人物形象十分鲜明，百姓的生活感受和内心感情都得到了淋漓尽致的表达。剧中展现了老中青三代人对于幸福生活的不同理解和追求，所有人物在各自独立的事业线基础上，用不同方式展开着各自精彩又烦恼不断的情感脉络，无论是徐天、梁晓慧、边志军演绎的都市生活悲喜剧，刀美兰、刘兰芝、梁跃进呈现的夕阳无限好，还是黄浩达、徐豆豆表现的欢喜冤家，无不在努力寻觅、品味着属于自己的美好生活的味道，充满温情和温暖，传递着生活的质朴和常态感，让该剧有了许多的笑点和乐趣。近年来，不少现实题材剧都以探讨社会话题吸引观众，这本无可非议。故事若讲好了，则可以巧妙地与百姓的"痛点"相连，彰显创作者直面现实的胆识；但若讲不好，剧作则变成热点的堆积，甚至产生负面效果。这一点《美好生活》处理得很好，对大龄相亲、婚姻恐惧、中年危机、老年生活等社会话题的探讨，使得《美好生活》在客观上呈现出一幅甘苦交加、喜泪纵横的都市百态图。[①]中年人徐天等的情感困顿和心灵苦楚，老年人刀美兰等的精神孤寂和老无所依，年轻人徐豆豆等的生活迷惘和恐婚心理，让不同观众都能够从中有所认同和感悟，而该剧对各类人生困境的艺术化揭示，在把观众带入剧情的同时，也让观众对未来人生充满信心和憧憬。

3.《深夜食堂》

《深夜食堂》原为一部日本电视剧，由同名漫画作品改编而成。日本版《深夜食堂》2009年一经推出，就成为当年电视剧市场广受关注的作品，在日本社会引起强烈反响，同时该剧也在中国产生了很大的影响。乘着该剧大热的东风，该剧的日本制作机构很快又推出电影版，同样大获成功。受此热潮启发，中国的制作机构华录百纳、风火石引进了版权，打造了中国版《深夜食堂》电视剧。该剧播出后成为2017年暑期电视收视市场的一个舆论热点，取得了一定的收视效果。中国版《深夜食堂》由蔡岳勋、胡涵清执导，黄磊领衔主演，该剧以都市小巷里深夜才营业的小饭馆为舞台，从老板料理的食物中引出一段段关于市井温情的人生故事。该剧在赢得不错的收视率的同时，也受到了激烈的批评，主要原因在于其在故事情节和制作水平上远逊于日版原剧。

（1）大时代下的小故事，孤独而不孤单的个体

仿照着原剧的形式，中国版《深夜食堂》保留了由相对独立的小故事来推进演绎的故事结构，并在其中穿插着近年来日益火热的美食治愈理念。尽管舆论对于《深夜食堂》有各种批评之辞，但本剧仍然开创了中国电视剧制作直接借鉴日本饮食题材电视剧的先河，为今后这一领域的工作积累了宝贵经验。另外，中国版《深夜食堂》所暴露出的诸多问题，也促使中国电视剧产业的从业人员进行反思。

中国版《深夜食堂》通过正规的渠道引进了日本电视剧的版权，为中国电视剧产业的良性发展树立了典范。出现在这部作品中的角色都是中国现代社会各个群体中人员的符号化表达，无论是戴着墨镜的"黑社会"，容易陷入情感

---

① 陈芳：《〈美好生活〉：小缺点　大美好》，载《光明日报》，2018-04-19。

不可自拔的舞娘，还是恨嫁的大龄剩女，当他们褪去了浮华世界的装饰，唯一的身份就只有食客而已。食物成为填补内心空虚的精神慰藉，食客之间的闲聊不再显得那么沉重。这些游荡在深夜的孤独者，在深夜食堂中成为短暂的幸福者。他们对这段不孤独生活的眷恋，是真正促使他们一次又一次返回小饭馆的动力。仅从这一角度来说，中国版《深夜食堂》还是较为成功的。相关媒体报道的数据显示，该剧开播后的23天里，各大网站收录的有关该剧的新闻达1.65万条；微信公众号7日累计文章数达2430篇。从关注区域来看，华东地区的观众关注度较高；从城乡分布来看，对该剧感兴趣的人群集中在北上广深等一线城市。从这些数据所反映的情况来看，中国版《深夜食堂》播出后不断的批评并不仅是由该剧制作的问题所导致的。中国自1978年改革开放后，不同地域的文化形态持续发生着前所未有的变化。北上广深等一线城市由于城市经济的快速发展，其所吸引的外来人口也较多，这些城市中大量的青年人正经受着中国社会转型的"阵痛"，他们更渴望能够在繁忙的工作之余，在自己身处的难以找寻到归属感的城市中获得情感的慰藉。因此，他们更能对《深夜食堂》所讲述的故事产生情感共鸣。而相对偏远的地区的居民，或对中国社会剧变没有较强的感受，或有着较强的地域归属感，他们则对《深夜食堂》中微妙、复杂的情感线索难以产生足够的共鸣，而将关注的目光更多投向了美食本身。①能从这部电视剧中获得慰藉的观众，他们的生活里多少有些孤独感。在昏黄的路灯下，在夜凉如水的城市中，若前方有一个升腾着热气的小吃摊，几乎没人能够抵挡住夜宵的诱惑，或借以抚慰饥饿的肠胃，或从食物身上得到一些情感温度。中国版《深夜食堂》所遭遇的困境主要是由中国电视剧原创能力匮乏所导致的，但这通过实践积累是可解决的。然而，人们对这部作品的不理解，抑或将关注的目光仅聚焦于美食本身的现象，则是由不同人群的生活状态所导致的。当然，对于很多不需要在深夜工作的人、在城市中能够获得足够的归属感和认同感的人来说，是不需要经受孤独而不孤单的精神考验的。

（2）情感内核的缺失，表演技巧的生硬

日本版《深夜食堂》中的每一集内容都是围绕到店客人所点饭菜展开的。由于每一集中顾客所点的饭菜各有不同，并且以家常饭菜为主，整部电视剧在温情叙事的同时，也为更多人了解日本民众的日常生活、喜怒哀乐提供了一个全新的视角。中国版《深夜食堂》完整地借鉴了这一叙事手法，却未能在广大

---

① 刘娜：《孤独而不孤单——评中国版〈深夜食堂〉》，载《当代电视》，2017（9）。

观众中引发情感共鸣。究其根源，中国版《深夜食堂》在利用"深夜食堂"IP模式时，忽视了IP影视作品创作所面临的一个基本问题——观众会以先前的情感认知为IP剧的审美做预先定位。在日本版《深夜食堂》中，观众在那些有好有坏的人生体验中总能看到闪光之处，这部电视剧在用美食温暖观众的胃的同时，也温暖了观众的心，而这一特征在中国版《深夜食堂》中几乎没有踪影，情感内核的缺失成为中国版《深夜食堂》遭受大量差评的首要原因。要理解这一问题，仍需要将目光投向日本版《深夜食堂》。这部电视剧自2009年播出伊始就广受好评，根本原因在于其有效发挥了现代传媒手段的情感传递功能，在以美食为媒介的叙事线索中，日本社会的复杂性、多元性和独特性被完美地诠释出来。就电视剧先后登场的人物来说，老板和食客们无疑是中心；而从叙事环境的角度来看，小饭馆的环境和食物出现的先后则构成了整部作品的情感内核。在这里，身份神秘的老板以即兴创作的方式为食客提供食物，不仅能够唤起观众的期待，也在美食中融入了人情冷暖。而出现于此的食客，既有脱衣舞女，也有着装另类的舞厅老板，几乎涵盖了日本社会的各个阶层。通过此种方式设定人物关系，不仅有效拉近了现实生活中人与人之间的距离，也让观众获得了走进剧中人物情感世界的通道。当电视剧中的人物享用极为普通的食物时，他们生活中与美食相关的故事也就成了观众的故事。相比之下，中国版《深夜食堂》则显得有些画虎不成反类犬。以吴昕在剧中所饰演的角色为例，她试图以自己对原版的理解致敬经典，但其略显浮夸的表情使其没能够再现在日本版中该角色的扮演者张弛有度的表演。同时，作为非科班出身的演员，吴昕试图用默剧的方式为整部电视剧增添幽默效果，却忽略了默剧的核心并不在于不出声，而是以形体的表演来传递情感，吴昕没能把握好默剧夸张的表演与浮夸之间的微妙差异，无疑在本已乏善可陈的中国版《深夜食堂》中又加入了一道"黑暗料理"。

（3）不足的叙事能力，泛滥的广告

对于很多观众而言，《深夜食堂》的魅力主要来自于美食具有的诱惑力。作为世界各国文化交流中无法回避的共通点，美食在拉近世界人民情感距离的同时，也为其提供了饮食审美的交流点。饮食审美是该类型电视剧的核心要素，它蕴含着历史、地域、信仰和文化。在中国传统的电视剧创作中，饮食题材并不受重视。造成这一现象的因素有很多，根本原因仍是中国电视剧产业发展的不健全。20世纪80年代之后，随着中国电视剧产业的快速发展和人民物质生活水平的不断提高，以大众影视作品为切入点，展现中华民族丰富饮食文化的作品开始有所增加。特别是在近几年，以《舌尖上的中国》系列纪录片为代表的作品相继问世，开创了中国饮食题材电视作品发展的新纪元。单纯从电视剧创作来说，饮食题材作品的艺术价值十分有限，但此类节目的优势在于它以美食为情感线索讲述人生的起伏、情感的波折。我们能够在欣赏日本版《深夜食堂》时为一碗普通的猫饭所感动，也会为黄油拌饭带来的泪水所困惑，一切意义都超越了单纯的美食享受所带来的快感。饮食题材带给观众的体验不是食物本身所能提供的，需要主创团队的巧妙安排，而中国版《深夜食堂》则表现出叙事能力的匮乏。以广受诟病的插入式广告为例，从泡面到饮料，无孔不入的广告不仅不时将观众带出饮食审美的意境，也违背了《深夜食堂》作为一档饮食题材电视剧的基本定位。事实上，华语影视作品中并非没有在展现"好吃的"食物方面取得成功的典范，如李安执导的电影《饮食男女》就一直被视为经典。正如影评人士所指出的，《饮食男女》的成功之处正在于把中国烹饪艺术带入家庭和情感的戏剧，不仅增加了可视性，而且展现了东方文化迷人的魅力。而中国版《深夜食堂》的失败之处也在于此，它严格地仿照了日本版《深夜食堂》的叙事模式，就连场景设置也基本保持一致，而且采用了日式饭馆的格局及日式厨师的蓝褂白毛巾装扮，稍显不同的仅是墙上的一张毫无美感的海报和粗制滥造的盒装方便面。这些与中国当下社会的生活现实及剧中情感线索毫无联系的布景，不仅让观众丧失进入美食所营造的审美意境的意愿，也使观众感到被冒犯，因而彻底丧失了审美的意愿。本剧的改编没有做到足够本土化，虽然吸取了原版的建立社会之中人群群像的理念，却没有树立起真正能够让观众产生共鸣的形象。然而，值得肯定的是由赵又廷出演的《马克的女儿》一集，这集故事讲述了没有血缘关系的父女情深：聋哑人马克无意间捡到被拐女婴乐乐，马克独自将乐乐抚养长大，一对父女度过了快乐的五年时光，在与女儿平日的相处中，马克作为父亲虽然无法言语，但对女儿关怀备至；剧中乐乐发生了事故，马克抱着孩子去医院，一个父亲的无助与绝望被赵又廷通过眼神和动作诠释得淋漓尽致，自然且不着痕迹。若中国版《深夜食堂》的情感演绎整体达到《马克的女儿》一集的水平，该剧则会成为中国电视剧创作的又一个丰碑。

（三）持续升温的职场职业剧——《急诊科医生》和《猎场》

我国观众对行业剧并不陌生，受国外行业剧的影响，国内不乏十分关注行业剧的观众。国内行业剧的制作水平在十多年里也有大幅提升，然而，由于市场和文化等方面的差异，欧美行业剧与我国行业剧在关注热点、情感诉求等方面都有很大的不同。无论欧美行业剧的制作有多么精良，因其文化语境与中国的社交规则和行业法则有所差异，中国观众都无法全情代入其中。作为近些年的热门类型剧，行业剧以聚焦行业发展态势和职业特性为显著标识，让观众在享受艺术感染的同时，也获得对社会的认识和励志向上的精神力量。但客观而言，如今的国产行业电视剧存在着良莠不齐的现象，问题主要有三：一是视野过于狭窄，选材集中于医疗、律政、刑侦等少数行业；二是焦点容易跑偏，挂着行业剧的幌子打偶像牌、言情牌的多，而深入思考行业发展、精细描摹职场生存现状的少，导致很多所谓的行业剧变了味儿；三是专业程度不够，对于屡见不鲜的常识性错误和明显纰漏，普通观众都吐槽连连，遑论善看门道的行家里手。2017年7月—2018年6月最受人瞩目的两部行业剧分别是讲述医疗行业的《急诊科医生》和猎头行业的《猎场》。

1.《急诊科医生》

《急诊科医生》是由乐视花儿影视出品的都市医疗题材剧，由郑晓龙、刘雪松执导，张嘉译、王珞丹、江珊、柯蓝主演。该剧讲述了急诊科主任医师何建一与海归医生江晓琪从一开始的互相审视和对立，到互相理解、渐生情愫，并携手克服种种困难，救治患者、救赎自我的故事。该剧于2017年10月30日在北京卫视、东方卫视首播，至11月21日最高收视率超过1.7，最高收视份额超过5.6。

该剧在提升精神格局、超脱感情戏的浅薄形态方面表现不俗。故事生动展现了以何建一、江晓琪、刘慧敏等为主的急诊科医疗团队救死扶伤的高强度工作状态和他们的精神情感世界。其中，留美医学博士江晓琪带着从外国学来的先进医疗技术和医学理念，投入急诊科的紧张工作中，在与同事们一次次的观点碰撞和团队合作中救死扶伤，彰显了新时代海归知识分子的报国之志、为民之心，使故事从急诊科这个小舞台辐射到广阔复杂的社会生活领域，使该剧拥有较大格局，超越了近年来表现内容浮浅、主打情感戏的医疗剧。

该剧对当下社会发展迫切需要建立的经济伦理和职业伦理以及法制建设进行了生动呈现。故事的主干线索是对上市公司晖卫制药所推出的溶栓剂的临床是否达标的争论，何建一、江晓琪、梅律师等人以各自的方式坚守原则、追问真相。郑岚、方志军等晖卫制药高层为了公司的利益百般遮掩真相，不仅违背了经济伦理，而且触犯了法律，作品由此展开的义与利、情与法的较量是惊心动魄的。同时，在主干线索中，因江晓琪纠结于父母早年火灾丧生的真相，对父母的好友、养母郑岚产生怀疑，这让故事更加盘根错节、充满悬念。

　　该剧的思考还贯穿于剧中人物各自的情感故事、成长经历以及不同患者的人生故事。这是一幅多姿多态的医患众生图。故事不是单纯地表现人物的精神成长，也不是"灰姑娘打翻身仗"的简单套路，更不是滥俗的"师生恋""三角恋"等情感话题，而是一个枝繁叶茂的生命体，汇聚了爱、信任、成长与救赎等多层次主题。剧中，医生不仅是医治他人、妙手回春的白衣天使，也都有着各自的软肋。在剧中，"医患同体"不再是个别现象，而是普遍的存在，因为医生也是人——食五谷杂粮，也会经历生老病死，会有各自性情的弱点、生活的难处及隐忧。医者的病患和忧愁同时承担着叙事功能：何建一因心理压力造成手的颤抖，江晓琪对父母死亡的真相耿耿于怀，两个强者由此逐渐走进对方的心里，"相依为命"。

　　对于人与人之间的信任，该剧进行了生动的艺术诠释。这不仅体现在那个得过精神病的患者所宣称的"被人信任的感觉真好"，信任与失信在剧中还体现在多对人物关系和故事中。例如，方志军在私生活上的失德、失信恰恰是他猥琐卑鄙人格的侧面见证，也未尝不是他日渐堕落的序曲；刘慧敏年轻时被辜负，半生如行尸走肉般压抑与扭曲，直至她勇敢地面对私生女皓月——这个故事既是罹患白血病的可怜女孩在爱的支持下恢复健康的故事，也是一个家庭在不堪往事的冲击下几近分崩离析，最终因爱与宽容重新复合的故事，更是一个卸去精神重负、自我救赎、重获自由的心灵成长故事。关于信任的思考贯穿于作品始终，何建一赢得江晓琪的爱情始于手术中的信任和支持，两人的罅隙也源于何建一对江晓琪的误解和不信任；年轻医生海洋抄袭论文，在学术道德和诚信上犯了大错；流浪儿锥子和江晓琪的关系也围绕着爱与信赖、拯救与自救展开……

　　多层次的精神内涵在剧中借助巧妙设置的戏剧情境得以展开。该剧既有由主干故事构成的一级戏剧情境，也有由医生、护士的情感故事构成的二级戏剧情境，此外还有三级戏剧情境——通过一个个病例片段呈现的纷繁复杂的人生百态，如年轻医生王子桥救助被儿女抛弃的大妈所表现的孝道问题，为了美而无所不用其极的新娘子罹患急性肾衰竭、险些危及生命……这些丰富的病例经过巧妙的艺术编排，展现了当下社会的世态人情，批评了其中的丑恶现象。二级、三级戏剧情境不时与主干故事交叉、合流，构成新的叙事动力，不断为主干叙事链条增加新的燃料，由此大大加强了全剧的戏剧张力和紧迫感。

　　从整体上看，《急诊科医生》是一部展示了国产医疗剧创新潜力的好作品，始于故事，立于人物，并最终提升到人文情怀的表达与精神思考层面，也为未来医疗剧的进一步创新昭示出多种可能性。[①]

2.《猎场》

《猎场》是东阳青雨传媒股份有限公司出品的都市职场剧，由姜伟执导，胡歌、菅纫姿、陈龙、万茜等主演。该剧以都市社会为背景，讲述了郑秋冬经过职场磨炼、商海沉浮，成为专业猎头的成长故事。该剧于2017年11月6日在湖南卫视首播，并在乐视视频、芒果TV、优酷、腾讯视频、爱奇艺、PP视频、优兔同步播出。该电视剧在播出期间最高收视率突破1.3，最高收视份额超4.6。截至2017年12月6日，全网播放量已经超过140亿，成为2017年年末最火热的电视剧之一。

（1）少见的"大男主"行业剧

因其特殊的行业视角与剧情设置，《猎场》的播出引起了热议。一些业内专家指出，这部剧进一步反映出当代剧的难做，其空间和对其的宽容度比古装剧和年代剧要小得多。观众在看古装剧和年代剧时，可能相信一些看上去不那么真实的剧情；但看当代剧时，尤其是看当代都市剧时，每个观众都可能基于自己的日常生活经验和感受做出评判，剧作稍有不当观众就会有排斥反应。这也是这部剧引起激烈的网络讨论的原因之一。《猎场》作为聚焦猎头行业的一部剧，刻画了特定的行业和个性人物，可能会冒犯一部分观众。相信这部剧的编导有了这次的创作经验，今后在创作分寸的把握、和观众的交流融合等方面都会有些调整。

尽管如此，《猎场》的价值和意义仍是不可忽视的，它填补了中国行业剧的一个空白。近年来，国产行业剧创作比较繁荣，教育、医药、律师等许多行业被搬上荧屏，但猎头这个行业很少被涉及。这是一个大多数普通百姓并不熟悉的行业，并不知道专业的猎头公司可以用剧中揭示的那些方法让效益最大化。所以说，《猎场》开创了行业剧的新空间，也填补了一个空白，因为猎头这个行业比较特殊，接触的是社会高水平人力资源，该剧通过这一行业展示了当今社会的复杂性，填补了我们对陌生的社会层面的认知空白。

《猎场》是一部"大男主"剧。近些年我们的国产剧常常通过一个女性主人公的情感事件来表现社会，也就是所谓的"大女主"剧。而这部剧只有胡歌饰演的郑秋冬这一条主线，讲述了一个最终被大家喜欢和接受的男人是怎样成长的。第一集中，郑秋冬是一个典型的草根青年，背着一个挎包忽悠人，想挣两

---

① 戴清：《〈急诊科医生〉：急诊科里的奋斗故事》，载《光明日报》，2017-11-22。

万块钱补房租，这是大部分初进大城市的青年人的生活缩影；但他经过千锤百炼，受过各种挫折，最后成为一个善良、有诚意、具有怜悯心，甚至可以说是高尚、伟大的人，这有很强的正面价值传达和道德引领作用。

该剧也塑造了一些女性角色，特别是罗伊人这个善解人意、不争不抢、永远用一颗善良的心对待他人的女性角色。剧中描写了郑秋冬的几段情感故事，展现了不同女性的不同价值观、不同性格、不同生活方式，最后罗伊人与郑秋冬三观契合，结为伉俪。这些女性形象就像镜子，如同《红楼梦》中贾宝玉最后到底选袭人、选宝钗还是选黛玉，这些角色表达了创作者的价值观，让观众自己去对应、去思考。好的电视剧就是社会的镜子，对于镜像，我们很难说谁对谁错，但它反映的正是我们面临的选择和困境。《猎场》打开了一个面向社会的窗口，让我们看到复杂的人性、人情，也让我们的情感找到寄托，《猎场》的价值就体现在这里，这也使它成为好电视剧的代表之一。

（2）社会正能量和正向价值观的示范

该剧通过浪子回头的情节设置，宣扬了"弃恶从良，善莫大焉"的正能量，感动且鼓舞人心。2017年12月7日，中国电视艺术委员会举办了电视剧《猎场》专家研讨会，会上大家对于该剧聚焦于社会现实，直视当下社会生活中的"现代病"，树立正确的主流价值观进行了称赞；并且肯定了《猎场》是一部坚持原创，站在时代"制高点"的现实题材力作。湖北省广播电视局副局长杨陈清认为，《猎场》是党的十九大召开后中国现实主义题材电视剧中的又一部科学地将中华优秀传统文化与新时代要求加以补充、拓展和完善，赋予时代内涵和现代表现形式，充分展现中华文化独特魅力和时代价值的良心之作。他对《猎场》的精神价值评价很高。中国文艺评论家协会主席团成员仲呈祥认为，《猎场》成功地实现了作品的精神高度、文化含量、艺术价值的统一。著名文艺评论家李准在研讨会上从精神文化内涵的角度分析了《猎场》对人性的阐释，认为《猎场》描绘了当代中国随着经济的发展在人际关系上、人性生成上的一道新时代风景线。在时任北京大学艺术学院院长王一川看来，《猎场》通过精心刻画郑秋冬这个自强不息、不断超越自我的形象，全力高扬了自我清污的理想主义人格。清华大学影视传播中心主任、教授、博士生导师尹鸿表示，《猎场》填补了中国行业剧的空白，开辟了行业剧一个新的空间，是2017年最好的电视剧之一。大家认为，该剧对于人物内心的刻画非常细腻，始终挖掘人性深处；郑秋冬面对金钱诱惑时的纠结，很好地诠释出人性深处的自我斗争，这种自我内心的冲突抗争是高级的戏剧冲突；这是一部充满创作激情，能够触发和摸索灵魂的作品，它是一面社会镜子，是一名"心灵捕手"。中国电视艺术委员会评论员李跃森总结出《猎场》的三大特点：一是它对当今电视剧市场有一种正本清源、拨乱反正的作用，它有利于恢复观众的味蕾，恢复和保护文化生态环境；二是它的创作实践对于年轻的编剧和导演具有启示意义，让年轻的从业者把电视剧当成作品，而不是产品；三是它的专业性值得学习。与会人员也对《猎场》的内容层面、创作层面、价值观等给予了充分肯定，认为好的作品能够为这个社会带来蓬勃的朝气，引导人民群众乐观向上、保持无所畏惧的生活态度；《猎场》是一部贴近现实、贴近生活、贴近群众的好剧。

（3）人物刻画同样是行业剧的根本

不论从哪个角度看，电视剧《猎场》都可以称得上是一部非常有才气的作品。不仅因为它体现出了丰富的想象力和高超的戏剧技巧，而且因为它极为动人地描述了特定情境下人的命运，以一种独特的方式揭示了人的尊严和价值。《猎场》不仅是一部行业剧，也是一部关于人性的作品。它讲述的是猎头的故事，但不热衷于展现猎头的运作过程和行业秘密，如果那样的话，电视剧的内容就会沦为一种猎奇。《猎场》的主题是对自我身份的探寻，实质上是用另一种方式来写小人物的梦想和追求，猎头这个职业只提供了一个观察的视角。该剧中没有多少强烈的冲突，主要靠人物命运的跌宕和转折来构建戏剧张力，故事的核心是人物的命运。

在某种意义上，《猎场》的主人公郑秋冬是一个边缘人物。无论是对金钱的狂热追求，还是对身份的过度重视，背后其实都是一种对安全感的追求。这个人物最突出的特征就是被掩藏在光鲜亮丽外表下的焦虑和惊恐。他既自卑又高傲，尽管风度翩翩，身居要职，有时甚至可以呼风唤雨，但他的骨子里仍是一个小人物，与成千上万的打工者血脉相连。这个人物是深深扎根于现实的。[①]同时，郑秋冬又是一个理想主义者。他不安于现状，一次次试图改变命运，又一次次被残酷地打回原形。但他始终没有放弃，直到成为最好的自己。当然他也有自己的弱点，他参加过传销，伪造过身份，也动过窃取银行数据的念头，但在最后关头放弃邪念，选择做一个诚实的人。这是人性的真实。该剧围绕着郑秋冬自我救赎道路的艰难，深刻地展现了一个小人物为实现梦想的痛苦挣扎。郑秋冬从头到尾都生活在痛苦之中，为爱情而痛苦，为别人不认可自己而痛苦，为人生目标与现实选择的矛盾而痛苦。因为痛苦，所以真实。

---

① 李跃森：《〈猎场〉：艰难的自我救赎之路》，载《文艺报》，2017–12–27。

（4）行业剧井喷时期如何坚守品质至上

纵观近年来电视剧的类型学特征，可以发现2016—2018年的三年正是行业剧井喷的时期，行业剧在国外的火热在相当程度上调动了国内创作者和投资方的积极性，但这种井喷也难免会造成良莠不齐的状况。什么是好的行业剧？简言之，就是把职场精神和人性温度不着痕迹地糅合起来，实现这一硬一软、一冷一暖的深融和互动，并从中生发出进取意志与人格光辉的行业剧。《猎场》将猎头职业的特殊性和人生情感的普遍性融为一体，把职场表现得残酷却真实，把情感描绘得跌宕却明亮。主人公郑秋冬身上承载的自尊自强、热血逐梦、善心处世等正能量元素直击人心。同样，《急诊科医生》对医院急诊科进行了真实呈现，并纳入人间真爱与医者仁心的阵阵暖流，让观众从普通人的喜怒哀乐中真切体会医生的职业信念和人格操守。行业剧既要表现好"行业"，又要做好"剧"，着实不易。创作者只有兼备苦学深研的意志力与匠心打磨的艺术功力，才有可能交出令观众满意的答卷。值得一提的是，《猎场》聚焦的猎头职业，以及《特勤精英》关注的消防职业，都是之前行业电视剧的冷门题材。这类选题不但体现出主创的勇气和智慧，也显现出其责任和担当。据称，《猎场》的导演、编剧姜伟为了把故事写得地道，专门走访了跨国猎头公司、中小猎头公司及职业介绍所，从中获得了大量一手素材，为剧作的创作品质打下了坚实基础。只有怀着虔敬之心深扎于行业内部，躬身实践、仰观俯察，才能凭借优质的内容实现口碑与市场的双赢。

（四）网播电视剧与台播电视剧的强势对垒——《白夜追凶》

当下以互联网为平台的网剧火热已是大趋势，其中标准时长的网剧的热播最受瞩目。新现象的出现总能引起人们的关注和思考。如何命名那些仅以互联网为平台、脱离传统电视台而存在的剧集？它们会不会使传统电视台更难以生存，甚至被挤出主流传播渠道？这些仍是悬而未决的问题，需要时间给出答案。我们姑且以"网播电视剧"命名这种新现象。2017年7月—2018年6月最受网友瞩目的网播电视剧无疑是火热一时的《白夜追凶》。

目前为人所称道的网剧一般指网络自制剧。概括来说，网剧应该指以网络文化为主导、以互联网思维为动力、以戏剧化的形式呈现的符合网络传播规律和传播特点的视听艺术。其内部还可以被细分，如有的网剧很短小，主打轻、小、喜、快，具有综艺小品的特色；有的则完全依照传统的电视剧集的标准制作，像《军师联盟》《虎啸龙吟》等，而这些就是我们所说的"网播电视剧"。

网剧已发展为脱离电视台的存在，而网播电视剧无疑是网剧中最核心的、最关键的构成部分。

大数据显示，网络自制剧的主流收视群体的年龄在35岁以下，并且以学生群体为主。而选择购买会员、付费观看的用户多数是具有一定购买力的中等以上文化程度的群体。这些用户的观剧经验和审美阅历较为丰富，对于剧集的观赏性要求较高。由于互联网平台的媒介属性和盈利模式的特点，网络自制剧的剧集创作较一般电视剧更具用户意识。创作者会根据目标用户尤其是付费用户的观剧需要为其量身定做。刑侦题材、玄幻题材和校园题材是最受网民追捧的三种题材，其中刑侦题材可能是收视黏度和购买力最强的剧集类型，因为刑侦题材中紧张、刺激等元素非常符合网剧主流受众的观剧口味。从电视剧创作的总体来看，刑侦题材剧一直都是最受欢迎的剧作类型之一，因为其中包含着对未解之谜的探索和对人性深处的叩问，而这些是人类的共同命题。因此，与其他类型的剧集相比，品质良好的刑侦题材剧更容易获得高收视率（或点击率）和满意度。《白夜追凶》于2017年8月30日在优酷独家播放，同年11月，美国著名视频网站网飞买下了《白夜追凶》的播映权，在全球190多个国家和地区上线。《白夜追凶》不仅创造了网播电视剧的收视盛宴，也进一步促使人们思考传统电视台的生存和转型问题。我们在此对《白夜追凶》的成功之处展开一些探讨。

1. 缜密的故事逻辑

故事情节的合乎逻辑性是评判刑侦剧创作态度和艺术品质的首要标准。与家庭伦理剧的娓娓道来和都市情感剧的你侬我侬相比，刑侦剧的特点在于叙事的逻辑性、情节的缜密性和行业的专业性颇高。无论是犯罪嫌疑人的作案动机和作案过程，还是执法人员的侦查和抓捕，都必须符合刑事犯罪与刑事侦查的客观规律。许多刑侦剧创作的硬伤在于，无论是犯罪过程还是侦破过程，都存在逻辑漏洞明显、情节不合理的问题，甚至令观众感到荒唐可笑。优秀的刑侦剧创作者需掌握侦查学、法医学和犯罪心理学的基础知识，在现场勘查、调查走访、逻辑推理甚至武装格斗等方面都有一定程度的研究。刑侦题材创作，如果没有深入的行业体验和严谨的剧本打磨，就很难实现真实可信。《白夜追凶》的编剧指纹有着十余年的律师生涯，这使他拥有了写作这类剧集的必要素质。剧中关宏峰、周巡、高亚楠等人在现场勘查时根据脚印、血迹、伤口、毛发和遗留物所做出的刑侦推断颇为专业。可以说，《白夜追凶》剧本的源头应该追溯到编剧的律师生涯阶段。从艺术创作的角度来讲，如果没有差异化叙事和陌生化审美，剧情就很容易陷入俗套，观众在一开始就猜到故事结局，然后果断"弃剧"。有些网络平台有弹幕功能，观众可以实时发声、集体评论，这如同透过放大镜来寻找剧情的纰漏，更加考验创作者的智慧和诚意。说白了，刑侦剧就像创作者和观众捉迷藏，创作者在剧作开头给观众设定棋局、留下谜面，在叙事中先给予遮蔽和干扰，然后暗示或提醒，最终等待观众找到答案。观众则在一场场智力游戏中将自己代入剧情，获得陌生且新鲜的审美愉悦。在《白夜追凶》第一集里，编导尽可能地设置迷局，让观众隐约地感觉到人物关系的微妙和涉及案情的复杂。剧作先指出关宏峰的孪生兄弟关宏宇是重大命案的通缉犯；之后，新来的实习女警周舒桐在捡拾钥匙的时候看到关宏宇与法医高亚楠的亲密合照；接着，刑警队长周巡偷偷查看关宏峰的来电信息，并指派周舒桐暗中监视关宏峰。这一系列的谜面构成了扑朔迷离的情境，让观众在疑惑中捕风捉影、找寻答案。刑侦剧的叙事逻辑就像多米诺骨牌，每一个细节、每一个桥段都是一张牌，稍有疏忽，最后那张牌就不能倒下，故事的逻辑就不能成立。

悬念和推理是推动刑侦剧叙事的重要引擎。悬念产生叙事的推动力、戏剧性和节奏感，唤起观众对于未知人物和事件的好奇。在刑侦剧里，悬念可产生恐惧、震惊、紧张和压抑的独特审美体验。《白夜追凶》从一开始就铺设了大量悬念：先用关宏宇涉嫌杀害一家五口的未解之谜牵引着观众，甚至到剧集的最后依然没有给出答案；然后在这个巨大的悬念中，用单元剧的方式让关宏峰、关宏宇两兄弟参与一系列犯罪案件的侦破。这种大案套小案、悬案套连环案的叙事方式是包括美剧在内的全世界刑侦剧集的惯用手法，虽然并不新鲜，但巨大的悬念所带来的持续张力仍然会锁定观众。推理是对悬念的解释和呼应，是衡量剧作创作者的逻辑性、艺术功力和对侦查业务的熟悉程度的重要指标。推理针对悬念，提供答疑解惑的方法，能够满足观众对于未知人物和事件的审美期待，给人以安全感和心理宽慰。《白夜追凶》里的推理过程颇为复杂且专业。探案高手关宏峰总能在看似常态化的犯罪现场找到蛛丝马迹，并且从点滴细节推断出犯罪嫌疑人的体貌特征、犯罪心理和藏匿地点。总之，好的刑侦剧的故事逻辑缜密，并且能在悬念铺设和推理解答之间张弛有度地向前推进。

2. 不俗的人物塑造

哥哥是警探而弟弟是通缉犯，且二人是双胞胎，这在生活中是极小概率事件。这样的人物设置既新鲜抢眼，又颇为冒险，考验着导演、编剧、演员以及后期制作的水平，可以说，是出彩还是出丑，差别只在毫厘之间。《白夜追凶》里，针对关宏峰、关宏宇兄弟二人的塑造让此剧大放异彩。关宏峰老成持重、心思缜密、沉默寡言，他生活的几乎全部都在工作上，缺乏普通人的生活情趣和世俗欢乐，所以他年近不惑还孑然一身。关宏宇活力十足、离经叛道，还有些玩世不恭，他有十足的幽默感和几分野性，喜欢冒险刺激和享受生活，门路宽广又颇有女人缘。关宏峰能文，关宏宇能武，二人巨大的性格和行为反差，构成了对手戏中强烈的戏剧冲突。演员潘粤明通过动作、语态、表情等方面的细微差别，把二人刻画得泾渭分明。二人如同双面镜，映照着对方的心理世界；又如同一个人的表象自我与内心自我，时而和谐统一，时而相互矛盾，时而相互嫌弃。在生活中，有时候独立的个体尚且会用自我欺骗、自我怀疑、自我安慰的方式去度过艰难、困惑或忧伤的时刻，更何况是两个独立的个体。人生而不同，人性的复杂在兄弟二人身上表现得淋漓尽致。

按照弗洛伊德的精神分析理论，二人在本我、自我和超我的纠结与挣扎中，相互见证成长，彼此重新认识。本我代表潜意识、原始冲动和个体私欲。关宏宇身上的本我成分较多，他活得感性而洒脱，喜欢寻找实时快乐和瞬间享受。因此，他总出入欢场，痛快饮酒，结交各路朋友。自我则相对理智，它驾驭着本我的潜意识和欲望索取，以调解现实世界与本我的矛盾。关宏峰身上的自我要大于本我，在面对弟弟的重大嫌疑时，在被人看出二人的破绽时，在一次次案件侦破的过程中，他都能够理性面对身边的困局和危机。但关宏峰亦有短板：因为一次抓捕行动的失误，他直接导致了战友的牺牲，并由此患上了黑暗恐惧症，一到黑夜，他就在潜意识和现实困惑中无法自拔。超我代表了社会良知和道德准则。在某种意义上，超我是形而上的精神攀登，本我是形而下的原始欲望，而自我则在社会实践中纾解和调整本我与超我的关系。《白夜追凶》里，兄弟二人共同构成一个完整的隐喻。关宏宇为了证明自己的清白，在与哥哥的昼夜互换中重新思考人生，并成长为有独立判案能力和道德责任的人。关宏峰也在与弟弟的昼夜更替中逐渐自我反省，调整人生状态，走出心理阴霾，完成自我救赎。

刑警队长周巡是一个有正义感和职业追求的执法者，但他的执法手段常游走在法律的边缘。他时而拳脚相加，时而暴戾狂躁，见惯了犯罪和死亡的他，内心被许多负能量压着。这是一个在主流影视作品中难以见到的刑警形象，却颇为真实可信。周舒桐作为职场新丁，在剧中完成了许多功能性任务。她有点像说明书或回音壁，许多复杂的剧情靠她来展示、反馈给观众。法医高亚楠是连接关宏宇的情感纽带，并在剧作后段成为关氏兄弟的帮手。性感的酒吧老板娘刘音和美艳的驻场歌手任迪中和了故事的冷峻气质，并从侧面反映了关氏兄弟的个性差异。揭示人性的复杂、探索人的心理深处是刑侦剧的深层内核。犯罪是社会矛盾激化的反映，是个体或群体欲望异化、心理失衡、行为失控的最终呈现。一个人走向犯罪的原因是复杂和多方面的，有时候一些没有跨越法律边界的人，其内心的罪恶可能更大；而有些一时冲动铸成大错的人，或许本质上是纯洁与善良的。《白夜追凶》里的某些罪犯虽然触犯了法律，却令人感到惋惜和同情。就像剧中关宏宇所说："这个世界不总是善恶有报的。"在情与法的边界，有时难以找到标准答案。

此外，这部作品的视听呈现精良到位。第一集最开始将近七分钟的长镜头证明了导演把握镜头语言和场面调度的能力。故事剪辑衔接流畅，节奏感较强。关氏兄弟同时出场的特效画面构图精准、毫无痕迹。音乐尤其是片尾音乐黑暗又诡异，令人不寒而栗。《白夜追凶》的成功为中国电视剧的启航出海提供了经典范例。这部作品告诉我们，只有编、导、演、摄、录、美等各环节集体发力，才能够制作出既"走心"传情又令人回味的精品之作。

（五）纪念性电视剧作品——《我的1997》

"中国人共同的改革记忆，个人命运背后的沧桑变局。"这句写在小说《我的1997》封面上的话道出了全书的主旨。该小说以香港回归前的几个知青的故事为切入点，通过他们跌宕起伏的传奇人生来反映时代的沧桑变化，勾勒出中国人对那段激动人心的历史的共同记忆。由此小说改编的同名电视剧在香港回归20周年之际由四川新华发行集团出品。作为早在2017年3月便被列入"庆祝香港回归20周年参考剧目名单"的献礼剧，该剧于2017年暑期在央视一套黄金时间播出，取得了较好的成绩，是同时段全国收视率较高的电视剧。该剧较为全面地展现了香港回归前后的中国历史浪潮与身处其中的人物的命运沉浮，以"小人物见证大历史"的理念为指导，截取了香港回归前后这段风云变幻的历史时期作为时代背景，通过几个北京知青家庭的悲欢离合，描绘出了改革开放后内地和香港发展变化的鲜活画卷。2017年7月7日的收视数据显示，该剧于6日播出的第13、14集，CSM52城平均收视为1.323，为同时段全国收视率第一；10日，《我的1997》平均收视率突破1%，稳坐前三。此外，该剧还在央视网、爱奇艺、腾讯视频、优酷等网络平台播出，开播不到一周，全网播放量就突破1000万，年轻观众占到六成以上。

（1）以小人物命运透视香港回归祖国前的社会景象

2017年是香港回归祖国20周年，在这样一个有着特殊历史意义的时刻，香港和内地大众对回归前的情况、回归历程等都有认知心理需求。香港回归20

年来，很少有文艺作品展现这段历史，尤其是以电视剧的形式，电视剧《我的1997》可以说是一部具有突破性的作品。该剧把故事发生的时间设定在香港回归前的20多年，并把香港回归祖国的曲折历程融入剧中，让观众看到人物命运和时代变迁之间的微妙关系。电视剧的主人公高建国来到香港时，内地正值"文化大革命"末期，内地和香港之间还处于比较隔绝的状态。随着高建国和母亲在香港站稳脚跟，内地也进入改革开放的新时期，香港回归被中国政府提上议事日程。在中英政府商谈香港回归问题时，一部分香港居民担心香港回归后的个人命运，高建国爱人一家就出现了明显的分歧，他的岳父、香港富商李健盛坚信回归对于香港和香港人来说都有好处，而李健盛的夫人、儿子则不太乐观，一直催促他向海外转移资产。该剧巧妙地通过这一家人的两种对立观点，把香港回归前香港的富裕群体的心态形象地展现出来。在剧中，高建国早已移居香港的叔叔一家也人心惶惶，想方设法移民海外，这一家则代表着香港贫困群体。这样一来，该剧就把香港社会的不同群体在回归前的心理状态演绎出来，展现了香港回归祖国前的社会景象。《我的1997》作为一部庆祝香港回归20周年的主题性作品，重点突出了1997年香港回归这个凝聚着全体中国人记忆的历史事件。剧中将香港回归这一宏大叙事与情感、商战等个人叙事有机结合起来，通过以小见大、层层递进的故事演绎方式，将剧中人物的家国情怀融入个人的命运变迁，摆脱了宏大叙事的程式化、平面化模式，使电视剧更能打动人心，从而加强国人对香港回归的历史记忆，深化对香港回归重要性的认识。

（2）个人命运和国家发展的紧密关系

该剧以"我的1997"为名，这个"我"很容易让观众产生认同感，把每个有相关记忆的观众带回当时的历史氛围中。可以说，这是每一个中国人的1997，更是中华民族的1997。1997在剧中成为一个象征，象征着中华民族由弱变强的关键转折点；观众深入剧情后会发现，1997也是剧中每一个人物的命运转折点。《我的1997》从一开始就把个人命运与国家发展的紧密关系呈现出来。高建国、安慧相爱于知青岁月，但并没有有情人终成眷属，他们的爱情与家庭困境相遇，于是上演了一场棒打鸳鸯的悲剧。在"文化大革命"尚未结束的背景下，个人的命运并不由自己掌握，在反抗命运的过程中，高建国失手打伤了安慧的哥哥，从此离开内地前往香港。随着剧情的推进，内地迎来了改革开放的新时期，安慧、高建军等一批青年人的命运由此得到改变。安慧通过高考顺利进入大学，开始了新的人生。她与丈夫的离婚在剧中不仅代表着一场没有爱情的婚姻的结束，也代表着与一个特殊时代的决裂。电视剧把改革开放后的每一个人物主动融入时代、积极投身于市场经济大潮的时代风貌演绎得很到位。高建国的母亲来到香港后，为了生计开始做生意，在香港回归前已经成为很有成就的企业家。她的这种转变比年青一代取得的商业成就更有看点。电视剧后半部分把剧情发展范围扩大到深圳，这也是主创团队的精心设计。深圳是进入新时期以来最能代表中国改革开放发展成就的地区之一，也是改革开放的前沿阵地。安慧南下深圳创业，高建军到深圳做警察，而高建国则在深圳对外开放的背景下主动到深圳寻找商机。剧中，深圳成为他们团圆、和解的地方，这都是改革开放给个人和家庭带来的新变化。在电视剧即将结束的时候，高建国一家终于团聚在一起，同时香港回归也进入倒计时。该剧把小家庭的团圆和香港回归祖国融汇在一起，给整个故事一个完美的结局，充分表现了中国文化"家国一体"的观念。

（3）叙事多面性——心理需求的个人定制

目前，我国台网两大平台的观众年龄分化较大，现实题材剧想要赢得老中青三代人的青睐绝非易事。该剧创作者以"我的"为题，具有双重含义：香港回归不仅对高建国、岳芳英等"港漂"有着重大意义，也是每个中国人魂牵梦绕的历史记忆。将叙事从"平面镜"转变为"多棱镜"，反映不同高度、不同面貌、不同层次的时代图景，从而充分满足个人的情感需要，这是该剧在拓宽主旋律作品受众范围上的一次成功探索。对于中老年群体而言，开篇高建国与安慧在特殊年代的爱情颇具红色浪漫气息，与许多以知青生活为蓝本的作品一样，内蒙古草原上的青春很容易点燃这代人的热血记忆。随着叙事的推进，安慧、丁跃音等知青通过1977年的高考改变了命运，2017年是恢复高考40周年，这样的情节安排与时事热点相得益彰，增强了该剧的现实主义色彩。改革开放的浪潮影响了安慧，让她放弃了"铁饭碗"，进入广告公司任职，这些细节描写充分展现了20世纪80年代初欣欣向荣的社会风貌，也让安慧敢闯敢拼的女强人形象更加出彩。将人物的命运波折置于特定的时代背景中，以彰显其独特性、传奇性，该剧利用这样的叙事话语唤起了老一辈人的情感共鸣。

该剧香港线的时间设定虽然是20世纪七八十年代，却融入了很多近年的都市剧元素，以小人物白手起家的奋斗史为主要线索。高建国初到香港时困难重重，办身份证遇到刁难，向亲戚借钱被拒，甚至付不起房租，只能在工友家寄宿。灯红酒绿、寸土寸金的大都市浸染了无数"港漂"的血泪与辛酸，时至今日这仍是无数"港漂"的写照。高建国的坎坷经历给人以强烈的代入感，而他的那句口头禅"有志者，事竟成"成为指引很多年轻人的明灯。该剧正确把握了年轻观众的心理诉求，叙写了在风云变幻的时代中永不褪色的奋斗精神。《我的1997》不仅是一幅展现时代风情的画卷，也是个体生命的外在延伸。只有准确拿捏各个年龄层观众的心理，进行有针对性的叙事，才能最终实现"一石激起千层浪"的效果，才能让高建国、安慧、安国庆等人的传奇故事真正立足于现实。

《我的1997》以改革开放、香港回归等众多历史事件为叙事背景，展现了北京、香港两地的巨大变迁；传奇故事仅是它的外延，其内核是深入时代的人生主旨。该剧拓展了主旋律作品的商业属性，将作品的情感定位于老中青三代之间，既有回忆式的沧桑怀旧，也有激励人心的时代能量。《我的1997》是主旋律作品在叙事策略上的一次探索，创作者在汲取灵感的同时，也在不断尝试主旋律作品的自我突破。在全新的叙事结构、叙事话语的引导下，相信会有更多优秀的主旋律作品涌现。

二、热点活动

（一）主题研讨会

2017年7月18日，电视剧《女儿红》专家研讨会在北京举行。仲呈祥、康伟、张德祥、刘琼等专家对该剧进行了研讨。中共绍兴市委宣传部常务副部长何俊杰，时任中国电视艺术家协会主席赵化勇，时任中国电视艺术家协会驻会副主席、秘书长张显，时任中国电视艺术家协会分党组成员、副秘书长张彦民，时任中宣部文艺局影视处处长马佳等有关领导，以及主创代表时任中国绍兴黄酒集团党委书记、董事长付建伟，《女儿红》出品人徐荣敏，《女儿红》导演李三林，《女儿红》编剧刘克中、倪俊等出席了研讨会。与会专家充分肯定了该剧的创作意义和艺术价值，认为该剧在展现我国黄酒文化的同时，巧妙融入儿女情仇与家国情怀，以艺术的形式彰显了地域特色和地方文化资源，坚守并传承了中华传统文化，进一步提升了文化自信。赵化勇认为，该剧较好地将艺术性、思想性与价值取向融合在一起，展现了我国民族工业的发展历程。专家学者还对电视剧创作规律的把握、情节叙事的推进及人物形象的塑造等提出了建议。

2017年7月19日，由中国电影电视评论学会电视评论委员会主办的《我的前半生》研讨会在北京举行，饶曙光、易凯、赵彤、陈超英、尹鸿、张颐武等专家学者参加，共同探讨了《我的前半生》的热播现象。专家认为，《我的前半生》直击当下社会生活的痛点，将现实性与艺术性紧密结合，对女性自强话题进行了较为深入的探讨，是一部值得尊重的现实题材电视剧。剧作将女性自强话题作为创作的切入点，充分展现了当下都市中爱情、婚姻、职场、家庭生活的不同侧面，为很多在事业与家庭之间左右为难的都市女性提供了有益启迪。饶曙光认为，《我的前半生》的热播可谓生逢其时，剧中展现的当代都市人的生活极具真实感，入木三分；隐藏在家庭、职场、社会背后的人物情感关系产生了巨大的冲击力，引发了当代观众的强烈共鸣。

2017年9月23日，电视剧《春天里》作品研讨会在北京举行，会议由中国电视艺术家协会艺术评论专业委员会常务副主任盛伯骧主持。来自政府相关部门的领导，中央电视台、中国电视艺术家协会、江苏省广播电视总台、北京师范大学、《文艺报》等单位的专家学者，以及该剧的主创人员，先后进行了发言。卜宇表示：第一，该剧坚持永葆情怀、讴歌人民，通过创作关注普通百姓现实生活的优秀电视剧作品来生动鲜活地讲好中国故事；第二，该剧深入生活，讲好故事，在创作的过程中，主创团队多次深入工地采访，与建筑工人同吃同住同劳动，深入了解建筑工人的冷暖悲欢，获得了大量鲜活的一手资料；第三，该剧保持定力，不受干扰，作为主流媒体，始终把责任担当放在第一位，做良心制作的电视剧。专家认为，电视剧《春天里》是一部温暖的现实主义作品，关注进城务工青年的奋斗创业历程，弘扬了工匠精神，从进城务工青年折射到广大劳动者，体现了他们追梦圆梦的过程。该剧关注现实生活，关注普通百姓，以小见大，将优秀的品德、坚韧的品质带入观众的视野和心灵，该剧对现实题材创作进行了深入挖掘，在艺术上做出了有效的探索。

2017年11月14日，由中国电视艺术家协会主办的电视剧《急诊科医生》专家研讨会在北京召开。李准、仲呈祥、易凯、李春利、李跃森、高小立、赵彤等专家对该剧进行了研讨。中国电视艺术家协会副主席张显，时任中宣部文艺局影视处处长马佳等有关领导及《急诊科医生》主创代表导演郑晓龙、编剧娟子、总制片人曹平等出席了研讨会。与会专家充分肯定了该剧的创作意义和艺术价值，认为该剧真实再现了我国大型医院急诊科医护群体的日常生活，在展现医护人员以妙手仁心救治患者的同时，为观众呈现出一幕幕生离死别、人情冷暖、拷问人性的悲喜剧。同时，该剧展现出了较高的创作诉求和深层次的人文思考，并对医疗领域的变革展开诸多反思。

2018年2月11日，由中国电视艺术委员会举办的电视剧《恋爱先生》研讨会在北京召开，此次研讨会由易凯主持，李准、仲呈祥、王一川、尹鸿、卢蓉、高小立、陈超英、贾轶群、张为为、李潇、靳东、孙千惠、刘旭等嘉宾共同出席了会议。《恋爱先生》从上线至2018年2月，网络播放量突破130亿。播出期间，东方卫视单集收视率最高破2%。据制片人之一张为为介绍，《恋爱先生》作为"先生"系列的第二部，主创们从创作初期就想做一个在情感上与《好先生》不一样的作品，所以一改以往严肃的路线，在剧中加入了轻喜剧的成分，让《恋爱先生》既有亲情的暖，也有恋爱的乐。

2018年5月16日，由中国电视艺术家协会主办的电视剧《大牧歌》专家研讨会在京举行，中国电视艺术家协会名誉主席赵化勇、中国视协副主席张显出席了会议。李准、汪守德、陈先义等专家学者以及该剧主创和出品方的代表参加了会议。会议由张显主持。《大牧歌》是根据作家韩天航的小说《牧歌》改编而成的，以"中国军垦细毛羊之父"刘守仁为原型，以一对上海知识青年恋人林凡清和许静芝奔赴新疆生产建设兵团的曲折故事为主线，描绘出一幅20世纪50年代兵团知识分子将一生奉献给边疆的壮美画卷。谈到创作初衷，导演李舒介绍，该剧是一部诠释人性、赞美人性的作品。在当前充满各种商业元素的电视剧市场中，《大牧歌》把眼光放在了为国家屯垦戍边做出巨大贡献，甚至为此献出了生命的兵团人身上。他们可歌可泣的事迹，是影视人创作极其生动的素材；这些了不起的人物，是当今社会真正需要的偶像，值得歌颂。专家认为，这部剧与其他援疆题材、兵团题材的切入点和立意不同，主人公的第一目标、第一动力都和国家使命重合，都是为了实现事业梦想；同时，该剧以崇高理想为指引，凸显了主人公对于兵团的热爱、对于新疆的热爱和对于生命的热爱；剧中的情感力度和深度是同类型电视剧所少有的；另外，人物塑造是该剧的亮点，剧中的人物突破了非善即恶、非好即坏的二元对立常态，人物内心情感逻辑分明，情感纠葛成了人物坚定信仰、不屈不挠的合理推动力。

2018年5月29日，由广东卫视、山西卫视联合制作的大型原创中国经典音乐竞演节目《国乐大典》以"第一季节目成果分析及第二季节目创意策划研讨"为主题，在北京举行了节目研讨会。中国文联副主席、中国视协主席胡占凡，国家广播电视总局发展研究中心主任祝燕南，中国视协分党组成员、副秘书长范宗钗，广东广播电视台台长蔡伏青，山西广播电视台台长刘英魁，广东卫视总监余得通等领导及学者参加了会议。该电视节目承载着乐满中华的美好祈愿，在2018年的元宵佳节盛装起航。节目中的10支国乐乐团在12场精彩竞演中呈现了74首经典作品，陪伴观众走过了100多天。第一季的收官盛典《国乐大典·巅峰之夜》不仅是一次史无前例的国乐聚首，也是一次向国乐人致敬的暖心表达。他们用国乐讲述中国故事，以文化弘扬时代精神，让中华几千年的正声雅音响彻新时代。胡占凡表示，在民乐"受冷落"的时候，广东卫视和山西卫视汇集黄金资源打造了这档节目，不仅体现出勇气，还体现出一种对中华传统文化的坚守，是大视野、大格局的创新；节目几乎囊括了我国各民族的传统器乐品种，融合传统与现代的表达，用唯美和流行兼备的演绎成功吸引了观众；《国乐大典》是内容广博、生动活泼的民族知识大课堂，也是以厚重的传统文化为载体进行开放性研究的一档原创性电视综艺节目。范宗钗认为，"小切口、大情怀、正能量"是时代对电视节目的要求，而这档节目就是成功的案例；难能可贵的是，它在颂扬传统文化的前提下，通过精妙的设计将形式和内容完美结合，让节目充满悬念与趣味，让观众沉浸在艺术赏析之中。

2018年6月1日，由中国视协主办的电视剧《煮海》专家研讨会在北京召开。中国文联副主席、中国视协主席胡占凡，中国视协副主席张显，中宣部文艺局影视处副处长徐阳等出席了会议。李准、仲呈祥等专家学者以及出品方代表共同对电视剧《煮海》进行了研讨。电视剧《煮海》通过描写"中国化工之父"范旭东等一代人开创中国实业的艰难经历，展现了他们励精图治、"煮海为盐"的精神。剧中浓缩了范旭东、侯德榜等人机智对抗"洋资本"的创业商战故事，再现了他们跌宕起伏的传奇人生。专家认为，电视剧《煮海》的立意有高度，故事有深度，人物个性鲜明、有血有肉，具有丰富的历史内涵、深切的现实观照。它是一部用艺术的方式阐明没有核心技术就没有强国梦的作品，是一部以史为鉴的政治大戏。其戏剧手法与思想表达有效结合起来，剧情环环相扣、发人深省。它不仅反映了近现代中国工业化道路的艰难，也深情讴歌了民族科学家、民族企业家的实业救国精神。

（二）政策宣讲会

2017年9月20日上午，中国电视艺术家协会第六次全国代表大会在北京隆重开幕。时任中共中央政治局委员、中央书记处书记、中宣部部长刘奇葆同志表示：党的十八大以来，以习近平同志为核心的党中央高度重视文艺工作，对文艺事业和文艺工作发表了一系列重要讲话，出台了《中共中央关于繁荣发展社会主义文艺的意见》《关于实施中华优秀传统文化传承发展工程的意见》等重要文件，对文艺工作做出了全面部署；广大电视艺术工作者认真贯彻党中央的精神，胸怀"两个一百年"奋斗目标，肩负实现中华民族伟大复兴中国梦的神圣使命，满腔热忱，讴歌共同理想，抒发人民情感，赞颂时代精神，推动电视艺术事业蓬勃向上、繁荣发展。刘奇葆还在讲话中向广大电视艺术工作者提出了四点希望。一是坚持以文化人，做主流价值的弘扬者。要唱响爱国主义主旋律，精心创作一批弘扬民族精神、礼赞中华英雄的电视文艺作品；要加大公益节目栏目的制作刊播力度，加强创意策划，创新节目形式，提升节目价值内涵，推动公益成为全民行动。二是永葆人民情怀，做伟大时代的记录者。用镜头记录人民群众追求美好生活的不懈努力，用荧屏展现中华儿女实现民族复兴的壮丽征程；要更加自觉主动地深入生活、扎根人民，到基层一线蹲点采风，创作更多充盈生气灵气、散发泥土芬芳的优秀作品。三是笃定艺术追求，做荧屏佳作的锻造者。要把创作优秀作品作为立身之本，坚定艺术理想，强化精品意识。要高度重视艺术创新，在提高原创力上下功夫，不断提高电视作品的精神高度和艺术价值；要把握时代发展趋势，坚持高品位、高格调，传递正向趣味和能量，努力构建积极健康向上的电视文化生态。四是注重品格修为，做德艺双馨的践行者。要加强道德修养，抵制拜金主义、享乐主义，向高尚的人格境界锐意进取，向高远的艺术巅峰不懈攀登，以真才学、好德行赢得社会赞誉，赢得人们的尊重和喜爱。在随后召开的中国视协第六次全国代表大会第一次全体会议上，第五届驻会副主席、秘书长张显代表中国视协第五届理事会做了题为《坚定文化自信，大力推进改革，努力开创中国电视艺术事业繁荣发展新局面》的工作报告，号召广大电视艺术工作者不忘初心、继续前进，锐意创新、勇攀高峰，为繁荣发展社会主义电视艺术事业、实现"两个一百年"奋斗目标、实现中华民族伟大复兴中国梦做出新的更大的贡献。

2017年10月24日，中国电视艺术家协会在北京组织召开电视艺术家学习贯彻党的十九大报告座谈研讨会。胡占凡、张显、毛羽、朱彤、李幼斌、林永健、胡玫、胡正荣等中国视协主席团部分在京成员出席了会议，马苏、马少骅、吕中、庄庆宁、杜旭东、罗旭、龚宇、臧金生、翟小乐、鞠萍等电视艺术工作者代表及中国视协机关干部共40余人参加了会议。座谈会由张显主持。会上，中国视协主席团成员及电视艺术家代表畅谈了学习十九大报告的感想体会。大家纷纷表示，习近平总书记所做的十九大报告高举旗帜、主题鲜明，总揽全局、气势恢宏，做出了"中国特色社会主义进入新时代"的重大判断，提出了具有全局性、战略性、前瞻性的行动纲领，对决胜全面建成小康社会、夺取新时代中国特色社会主义伟大胜利做了全面部署，是指引全党全国各族人民把中国特色社会主义不断推向前进、迈向新时代的政治宣言和行动纲领。整个报告鼓舞人心、催人奋进，体现了全党意志和全国人民的共同愿望，具有划时代的里程碑意义。报告中专门论述了要坚定文化自信，推动社会主义文化繁荣兴盛，大家一致认为，这些论述为开创新时代中国电视艺术事业的崭新局面指明了前进方向，提供了重要遵循。张显表示，此次座谈会拉开了全国电视艺术界学习宣传贯彻党的十九大精神的帷幕；下一步，中国视协将把学习宣传贯彻党的十九大精神作为首要政治任务，在全国电视艺术界掀起学习宣传贯彻党的十九大精神的热潮，使党的十九大精神早日在广大电视艺术工作者心中落地生根。胡占凡在总结讲话中指出，要全面贯彻落实党的十九大精神，进一步改进提升中国视协的各项工作，为推进社会主义文化的繁荣兴盛做出电视艺术应有的积极贡献。

2017年11月6—7日，由中国电视艺术家协会、台湾广播电视节目制作商业同业公会、重庆市文学艺术界联合会、重庆广播电视集团（总台）联合主办的第六届海峡两岸电视艺术节在重庆举办。此届艺术节由影视名家书画展、书画笔会，"共撷芳华"——雅辞雅咏同胞情颂诗会，以及优秀纪录片、网剧作品观摩交流会三部分组成。中国视协名誉主席赵化勇，国务院台湾事务办公室交流局局长黄文涛，台湾广播电视节目制作商业同业公会常务理事赖聪笔，中国视协分党组成员、副秘书长范宗钗，重庆市文联副主席龙川，重庆市视协副主席、重庆广播电视集团（总台）副总裁张庆岗，以及电视艺术家等嘉宾80余人出席了艺术节开幕式。海峡两岸电视艺术节自2012年创办以来，大大深化了大陆和台湾电视艺术领域的交流合作，丰富了文化交流和经贸合作，进一步推动了大陆和台湾电视艺术事业的共同繁荣与发展，如今它已成为推动文化交流的重要平台。

2017年11月28日，由中国国际电视台（CGTN）和央视国际视频通讯有限公司联合主办的"CGTN全球媒体峰会暨第七届全球视频媒体论坛"在海南举办。有来自全球45个国家和地区的近百家媒体机构的300多名代表参会，就如何加快并深化传统媒体和新兴媒体的融合发展，充分运用新技术、新应用创新媒体传播方式，应对全球媒体共同面临的机遇和挑战进行研讨。此届论坛设置了主旨演讲、专题讨论和案例分析等专题，在为期三天的会议里，海内外顶尖传媒人士就行业发展趋势展开讨论，并分享了业内成功案例；大家围绕内容产业链条中生产、分发、变现、体验等关键环节各抒己见。中央广播电视总台央视新闻中心副主任、外语频道总监江和平在论坛上介绍，传媒业正处于一个大变革、大发展、大融合的时代，需要探索新的途径来加强、加快传统媒体和数字媒体的融合发展，总体的趋势是朝向移动客户端、视频及平台整合。清华大学新闻与传播学院副院长史安斌认为，如今，讲好中国故事应该进入"2.0版本"；"一带一路"倡议不是中国的独奏，而是沿线国家的大合唱，这是全球传播的一个新情景；一两个声音主导全球传播的方式已经过时，全新的局面是各个国家都参与，我们将看到不同文明之间的交流。2016年12月31日开播的中国国际电视台是一个面向国际、多语种、多平台融合传播的新型传播机构，旗下包括英语、西班牙语、法语、阿拉伯语、俄语及英文纪录频道六个电视频道，北美、非洲、欧洲三个海外分台，一个视频通讯社及一个移动新闻网。央视国际视频通讯有限公司创办于2010年12月，是以中国新闻及中国视角对外发稿的国际视频通讯社，其创办的全球视频媒体论坛已成为全球知名的年度媒体专业论坛。

（三）评选推广会

2018年3月13日，"剧耀东方2018电视剧品质盛典"在上海隆重举行。作为一年一度电视剧行业的重磅活动，此届品质盛典表彰了一批在2017年表现出众的电视剧，近百位在2017年有精彩表演、在2018年有新剧播出的演员全程参与。当晚，靳东、孙俪分别获得了"年度卓越品质之星（男）""年度卓越品质之星（女）"的荣誉，《那年花开月正圆》《我的前半生》《急诊科医生》三剧分享了"年度品质榜样剧作"的荣誉，还有众多优秀电视剧作品、优秀演员、主创人员获奖，留下许多令人难以忘怀的经典瞬间。

2018年4月3日，由国家广播电视总局和浙江省人民政府主办，中国电视艺术委员会、浙江省新闻出版广电局、宁波市委宣传部、宁波市北仑区人民政府、宁波博地影秀城等单位承办的第31届电视剧"飞天奖"暨第25届电视文艺"星光奖"颁奖典礼在浙江省宁波市北仑区隆重举行。时任国家广播电视总局副局长张宏森、浙江省的相关领导以及众多获奖代表和业内人士共同出席了这一盛典。此届"飞天奖"和"星光奖"的评奖工作以习近平新时代中国特色社会主义思想为指导，坚持思想精深、艺术精湛、制作精良相统一的标准，坚持评选工作的正确导向和公平公正。经过初评、复评、终评三个阶段，并通过终评评委的充分讨论，以无记名投票的方式形成了最终结果。此届"飞天奖"共评选出了优秀电视剧大奖作品16部、优秀电视剧提名作品32部以及优秀编剧、优秀导演、优秀男演员、优秀女演员4个单项奖。此届"星光奖"共评选出特别奖5项、广播电视节目大奖14项、广播电视节目大奖提名作品51部。这些获奖作品和个人都有着较好的社会影响力，体现了评奖态度，在行业内具有示范引领作用。

2018年6月15日晚，第24届上海电视节"白玉兰绽放"颁奖典礼在上海举行。《白鹿原》斩获最佳中国电视剧、最佳导演和最佳摄影三项大奖，马伊琍凭借《我的前半生》获得最佳女主角奖，何冰凭借《情满四合院》获得最佳男主角奖，在《我的前半生》中扮演薛甄珠的许娣获得最佳女配角奖，于和伟则凭借《大军师司马懿之军师联盟》中的曹操一角拿下最佳男配角奖。在综艺单元中，《国家宝藏》（第一季）和《经典咏流传》（第一季）获最佳季播电视节目奖，《等着我》获得最佳周播节目奖。创办于1986年的上海电视节，包含了白玉兰奖国际电视节目评选、白玉兰优秀电视节目展播、国际影视市场·电视市场、白玉兰电视论坛、"白玉兰绽放"颁奖典礼等国际性综合主体活动。

三、现象聚焦

（一）传统媒体面临着转型发展的关键时期

所谓新媒体，即相对于报纸、广播、电视、杂志四大传统媒体而言的第五媒体，目前主要包括网络媒体、手机媒体、互动式数字电视媒体等。以微博、微信等为代表的新媒体的出现，不仅改变了人们的沟通交流方式，也给传统媒体带来冲击。据统计，早在2013年，北京地区的电视开机率就从2010年的70%下降到30%，时至2018年这一数据则更低。传统的广播电视受众集中于老年人群体，电视收看人群的年龄结构呈现老龄化，传统媒体收入锐减。基于网络科技的不断创新使新媒体打破了传统媒体曾经的绝对优势地位，让传统媒体感受到了前所未有的竞争压力。

新媒体相较于传统媒体优势明显，其互动性大大增强。传统媒体是单向传播信息的，而新媒体使公众获得了和媒体同等的交流地位，使受众参与感增强。每一个受众也都可以成为信息发布者，他们可以通过微博、微信等发布消息和观点，与媒体形成互动，单向传播变为双向交流。受众的主动参与改变了原有的信息接收模式，也使这种交流变得更为主动和积极。信息传播的效率提高，成本降低。我们经常强调的新闻时效性问题在新媒体面前迎刃而解，许多重大突发事件的第一发布者往往是新媒体，在这一点上新媒体有着传统媒体无可比拟的优势。微博直播、微信直播等已成为一些重要事件的主要直播方式，24小时在线、及时发布信息在新媒体上能够轻松实现。新媒体降低了传播的门槛，在一定意义上每个人都有可能成为新闻发布者，网络为其提供了便捷的渠道，公民记者、个人化媒体的概念开始出现。基于网络技术的新媒体改变了传统的传播方式，也改变了受众的接受习惯，从而带来媒体的发展变革，这种变革深刻深远。试想，当人们随时随地都能通过新媒体接收信息，并且能够进行信息发布，传统媒体将何去何从？新媒体势如破竹，传统媒体虽仍然保有自己的优势，但也需要创新和改变。

当然，传统媒体也具有自己的优势。专业化的采编播队伍、强大的运营体系、经过专业历练的高素质人才是独有的特长，也是新媒体目前最为欠缺的。传统媒体还拥有丰富的软硬件资源，拥有从内容生产到播出的一整套完备的体系。相对于新媒体的短平快，一些"高大上"的节目还须由传统媒体来承担。在实践中历练出来的强大的专业化采编播队伍是传统媒体的宝贵财富，充分发掘传统媒体人才的潜能，给他们更广阔的发展空间，是传统媒体转型或融合发展的决胜法宝。另外，传统媒体拥有强大的内容生产能力、影响力和公信力。传统媒体和新媒体都要进行内容生产，而内容生产极具专业性，传统媒体在这方面具有新媒体所没有的优势。日常播出及制作的大量节目资源是被传统媒体忽视的宝藏，一些新媒体也在大量使用传统媒体的节目资源。当前，尽管新媒体抢占了传播途径上的快捷便利的有利地位，然而，传统媒体在新闻传播中的主体地位仍难以动摇。

面对新媒体的强势崛起，传统媒体努力寻找突围和重兴之路。转变观念、树立全媒体发展的新理念是题中之义。既然传统媒体和新媒体各具优势，媒体融合就成为一个绝佳的选择。面对来势汹汹的新媒体，拥有庞大体系的传统媒体有些反应过慢，但也有一些传统媒体已经觉醒，并探索进行媒体融合。目前，一些传统媒体运作的新媒体产业已风生水起，具有了较强的竞争力，如湖南卫视打造的芒果TV在线视频媒体平台成功在众多新媒体视频播出平台中占据一席之地。传播平台的融合形式多为传统媒体拓展传播渠道和平台，向互联网、手机移动端推进。传播渠道曾经是传统媒体的绝对优势，当这一优势受到网络的冲击时，我们应看到新媒体传播渠道的大门也向传统媒体敞开。相较于尚处于发展初期的新媒体平台，传统媒体依然有足够的竞争资源，搭建新媒体平台和渠道可以更好地实现内容的共享。新媒体目前只是传统媒体在内容上的一个补充和辅助，若实现媒体融合与资源共享，那么传统媒体的节目成本没有增加，影响力却能够大大提升。通过新媒体平台与受众建立双向沟通，传统媒体的一些不足之处得到弥补，提高时效性，增加节目覆盖率；在节目内容之外还可衍生出各种社会服务功能，从而拓宽经营渠道，增加节目收入。[①]

---

① 褚保镜：《新媒体大潮下传统媒体发展断想》，载《当代电视》，2017（8）。

一直以来，媒体人把"内容为王"视为圭臬，甚至提升到了信仰层面。其实，无论在哪个时代，追求高质量的内容永远是媒体人的共识。但在新媒体的大潮中，现实需求提出了更多可能。当前，"产品为王"的提法更受重视，这一带有商业色彩的提法显然是当前社会商业发展的一个缩影，提示我们要换个角度去制作节目。产品意味着要考虑用户需求，考虑投入产出。我们看到，当前非常受欢迎的电视节目无一不是产品化运作、全媒体运营的。在节目的前期、中期、后期，制作者始终考虑用户需求和市场导向，考虑投入与产出。在新媒体繁荣发展的大潮中，是用户选择媒体，而不是媒体高高在上地播放节目给用户看，产品好不好、有没有竞争力，要由市场来评判。当前市场竞争很残酷，传统媒体已经感受到了严冬的寒冷。但危机与机会并存，网络技术给了新媒体发展的空间，同时也给予了传统媒体做大、做强的平台。传统媒体的转型可谓任重而道远。

（二）现实主义电视剧佳作迭出引发思考

2017年7月—2018年6月，中国电视产业持续加速发展，是电视艺术全面开花的时期。从传统电视剧到网播电视剧，从综艺节目到电视专题片（纪录片），无论是内容还是播出方式都有新的突破。这一年的网络自制内容不仅产生了不少口碑佳作，还实现了文化产品的成功出海。综观潮起潮落的电视剧市场，我们发现现实主义剧作的回归是引人关注的焦点现象。

相较于2017年上半年《人民的名义》的火爆，另一部现实主义大作《白鹿原》播出后却遇冷。2012年电影版《白鹿原》被认为拍成了"田小娥传"，引发争议。该剧播出前的种种曲折也让人对这部剧充满了期待。由张嘉译领衔的《白鹿原》创作团队也确实拿出了一份厚重且富有诚意的改编之作。剧作细节很能体现诚意，如剧中对关中饮食文化的呈现，颇具美感的航拍，对小说原著中宗族传统的详细呈现，年轻演员李沁饰演田小娥时对小脚妇人行为还原的真实感，等等。可以说，以《白鹿原》为代表的中国电视剧制作水平已经不低于欧美电视剧。《白鹿原》播出遇冷与受到同期播出的重量级现实主义剧作的挤压有一定关系，该剧在后期网络平台上的播放则取得了佳绩。

另一部现象级电视剧是《我的前半生》。该剧作为一部都市情感剧，围绕"女性主义""奋斗"等各种话题进行了丰富的讨论，其关于女性的社会地位、身份认同、情感选择的各种讨论引领了一时的社会舆论风潮。与之形成对比，《欢乐颂2》虽仍然围绕几个不同家庭背景的都市女性的情感奋斗生活展开，但没能取得第一部那样广泛的认同。另外，"京味儿"电视剧《情满四合院》让观众感受到了温暖的真情；《猎场》则因其反映的社会广度和深度赢得了良好口碑；《鸡毛飞上天》作为一部商业剧，反映了改革开放以来我国曲折而又辉煌的发展过程；《最后一张签证》打捞了一段第二次世界大战时期鲜为人知的历史，讲述了中国人民为世界和平所做出的努力和贡献。

现实主义题材电视剧的再度热播有着多重原因。首先是因为我国有深厚的现实主义文艺创作和欣赏传统。关注现实，反映现实，揭示普通人在历史大潮中的浮沉起伏和悲欢离合，这是从《诗经》开始一直延续至今的传统，绝不会因为暂时的低迷而消亡。其次是因为国家的大力倡导和有识之士的呼吁，这给现实主义文艺创作提供了良好的社会氛围。再次是因为观众审美趣味的转变，在对玄幻修仙等题材作品的新鲜感褪去后，观众发现其实自己并不热衷于场面的绚丽，空洞的内容和远离现实的奇谈怪议开始使观众厌烦。当然，原因还包括现实主义题材电视剧在反映社会的深度上和制作质量上的提升，等等。这些复合性因素共同推动了现实主义创作和欣赏风潮的再现。

（三）网播电视剧的兴起深刻改变业界生态

网播电视剧《白夜追凶》是一部被誉为里程碑的作品。作为一部在流媒体平台播出的作品，其海外发行权被美国流媒体巨头网飞买下，在全球100多个国家和地区播出。网飞这一流媒体新贵的异军突起发生在2013年《纸牌屋》播出之后，网飞的崛起让人们意识到这将对未来影视内容制作格局产生深远影响，苹果、亚马逊等公司迅速介入影视内容制作。中国网络影视自制内容经过较短时间的发展就跨越了文化障碍，达到了在全球播出的标准，可以说，中国网络影视自制内容的制作水准几乎是与全球同步的。2017年7月—2018年6月，网络影视自制内容在刑侦、悬疑类型和题材方面收获颇丰，如网络小说《鬼吹灯》这一超级IP成功孵化出网剧《鬼吹灯之黄皮子坟》，它是由影视界的口碑团队——管虎团队打造的。网飞等互联网平台制作的剧集也多是由电视界的大牌导演主导创作的，在这一点上，中国与美国可谓路径一致。这也就意味着，在资本的加持下，网络自制内容有较高起点。同时，《使徒行者2》通过内地与香港合拍的模式也收获了较第一部更多的关注。此外，《无证之罪》《河神》等也都是这一时间段里网络自制剧的亮点。《大军师司马懿之军师联盟》的续集《虎啸龙吟》于2017年年末上线，口碑依旧。

网播电视剧的快速崛起给传统电视台带来很大的压力，当前除北京卫视、东方卫视、湖南卫视等少数一线卫视外，大部分的省级卫视都面临着"无米下锅"

的窘境，只能播出一些制作水平较低的电视剧。电视台有时等待网络平台热播之后再"食冷饭"，但即使如此也好过播放平庸剧集。省级以下电视台的日子则更不好过，在政府财政的支持下勉强度日，面临更大的问题。曾有人建议地方电视台应播出有鲜明地方特色的作品，包括方言剧等，然而，无论是否主打地方特色，电视文艺制作经费、人才队伍都是硬条件，如果制作质量上不去，观众就不会买账。仿佛一个恶性循环正在形成，即越没有资金购买或制作高质量的作品，就越会失去观众，而观众流失造成收视率大降，收视率降低又带来广告等收入的滑坡，从而更没有资金投入。更为严峻的是，因为网剧追求首播后的后续播放量，网络平台已经看不上地方卫视给出的购买播放权的较少资金，这进一步剥夺了地方卫视的翻身机会。电视剧来源于电视台，但在互联网大潮下，却似乎成了电视台的"掘墓人"。如何避免极端状况的出现，还需要在今后一段时间内继续探索。无论如何，网剧正深刻改变着业界的生态，这已是显而易见的事实了。

（四）纪录片总体发展欣欣向荣

纪录片是电视节目的有机构成之一，纪实本来就是电视平台的主要功能之一，以纪实为追求而形成的纪录片既强调了电视的纪实性，也展现了纪实背后的艺术手法，近年来越来越受到观众的喜爱。在2017年7月—2018年6月，纪录片火热之作连连，纪录片市场潜力显现。随着纪录片制作水平的提高，越来越多的国产纪录片进入大众视野，以多样的题材和形式为观众献上一场场精神盛宴。《舌尖上的中国》第一季于2012年开播，风靡大江南北，第二季再创收视高潮，至今已播出了三季，成为纪录片品牌化的经典案例。《大国外交》《超级工程3：纵横中国》《创新中国》《大国重器（第二季）》等纪录片的播出，掀起了国家题材纪录片的新热潮。《茶界中国》《百心百匠》《了不起的匠人（第三季）》等作品，在呈现中华民族传统工艺的同时，展现出纪录片细腻与温情的侧面。为庆祝党的十九大胜利召开，同时庆祝人民解放军建军90周年，央视推出了系列专题纪录片，如《强军》等，展示了人民军队的历史和精气神儿，展现了中国精神、中国气派。

"国际视域下中国纪录片产业与传播论坛2018"在北京师范大学纪录片研究中心举行，并发布了《中国纪录片发展研究报告2018》；中国传媒大学中国纪录片研究中心举行了"纪录片的边界、类型与产能、产值"论坛，同时发布了《纪录片蓝皮书：中国纪录片发展报告（2018）》。两份报告提供了多种数据，对中国纪录片目前的发展与突破表示了肯定，但同时也指出了亟须改善的地方。从整体来看，中国纪录片发展欣欣向荣，各种题材的纪录片渐次涌现，观众接受度和好评逐渐增加。其背后是中国纪录片工作者的坚定付出，他们带着对纪录片的期望勇敢探索，且颇有成效。2017年，中国纪录片生产总投入为39.53亿元，年生产总值为60.26亿元，同比分别增长14%和15%。北京师范大学纪录片研究中心主任张同道认为，中国纪录片领域已形成一个以专业纪录频道、卫视综合频道为主力，以新媒体为重要支撑的基本格局。卫视纪录片开始呈现季播化和品牌化的特点；主旋律电视纪录片也开创了一片新天地，以真实且富有感染力的特质逐渐获得了市场的认可。

但中国纪录片的价值和市场还有更大的发展空间，仍存在被低估的问题。从市场角度来看，新语境下的全领域产业数据统计困难，产业数据严重被低估，导致纪录片整体市场不被看好，从而失去了更多回馈的可能性。与市场相对应，被思维定式局限的还有创作者的身份与来源。中国传媒大学中国纪录片研究中心主任何苏六认为，有潜力的人才资源如果能被合理发掘利用，我国纪录片产业将新作不断，类型、数量、质量都有机会实现更快速的提高。

纪录片的崛起离不开借力于新媒体。媒介技术的进步更迭在世界纪录片行业引起了广泛的影响。2017年，美国探索传媒集团加入数字新媒体大潮，收购斯克里普斯网络互动公司，向新媒体、特别节目和产业方向发展。网络与新媒体的出现拓展了纪录片的传播渠道，打破了有限公共资源的藩篱。在这样的媒介技术驱动下，中国纪录片从业者已经采取了行动。2017年纪录片网络总点击量为90.5亿次，互联网点击活跃的纪录片共计2631部。虽然与热门网剧和网络综艺相比仍有差距，但纪录片已活跃于网络平台，并在青少年喜爱的有弹幕功能的网站中站稳了脚跟。网络媒介对于纪录片传播与发展的助推作用也开始显现。在新媒体背景下，培育IP、发展IP成为新的纪录片制作潮流。福斯传媒集团中国区节目及制作总监王雁表示，如何在大品牌下打造独立IP是当下的一个问题，《国家地理》在求新求变的同时，持续保有其基因，进行跨媒介、全方位传播。腾讯视频企鹅影视纪录片工作室的美食IP《风味人间》的创意和制作在"国际视域下中国纪录片产业与传播论坛2018"上获得了极大关注。时任上海纪实频道总监干超表示，纪录片项目的IP开发只有把优质的内容、忠实的观众、品牌的塑造结合到一起，才能把品牌效应发挥到最大化。[①]

---

① 牛梦笛：《中国纪录片　巨大市场潜力逐渐显现》，载《光明日报》，2018-05-03。

四、主要问题

（一）电视剧创作的逻辑黑洞问题

电视剧逻辑黑洞指电视剧的故事存在着有悖常识的明显缺陷。逻辑黑洞常使观众的思维不自觉地从戏中跳到戏外，甚至直接"弃剧"，因此电视剧须尽力避免逻辑黑洞。尤其是现实主义题材电视剧，由于其所表现的内容和情节都是观众在日常生活中经常见到或体验到的，一旦有逻辑黑洞出现，观众就会第一时间察觉出来，因此在现实主义题材剧集里，逻辑黑洞往往是致命伤。由于电视剧属于大众文化的"快餐"，一部剧作大热之后，往往紧跟着出现大量同样题材或风格的剧作；一个演员因某一剧作大火，其之前被"雪藏"的作品也会被带出来"火一把"，如靳东因《我的前半生》而受到追捧，东方卫视赶紧播出了其另一部作品《守卫者·浮出水面》，使之也跟风热播了一阵子。然而，《守卫者·浮出水面》的制作水平一般，情节构造非常生硬，属于布满逻辑黑洞一类。现实主义题材电视剧的"霸屏"是2017年7月—2018年6月国产电视剧创作最突出的特征，现实主义剧作的增加是好事，但逻辑黑洞的问题也更加突出，频频遭到观众的吐槽。中国传媒大学教授戴清指出，电视剧说到底是编剧的艺术，演员表演再自然舒服，也无法弥补情节逻辑的缺陷给真实感造成的硬伤，剧本"不够真"或是一大问题；具体来说，"不够真"体现为一个个逻辑黑洞——剧中人物思维混乱，剧情转折生硬，角色人格前后不一致，等等；对于逻辑黑洞形成的原因，有编剧直言是"图省事儿"——想推动情节，形成戏剧化效果，但又不愿意或者没时间织一张逻辑周密的网，所以直来直去，生硬得很。①

电视剧里的逻辑黑洞，反映出的是编剧不够缜密的思考和缺失的生活经验，或赶工制作、不加思索、盲目凑数。比如，在一部缉毒题材的剧作里，女主角莫名收到一份藏有冰毒的快递，本来她应该第一时间和警方联系，洗清自己的嫌疑，这也是一般人遇到类似情况的第一反应。然而在剧中，编剧不仅安排她跳警车、上高铁，一路逃亡，还让追踪的警察跋涉千里而不可得。在另一部热播的都市情感剧里，男主角指导别人谈恋爱并取得成功，而偏偏不会处理自己的感情问题，这也是难以说服观众的"硬伤"。这些经不起推敲的细节、

---

① 王彦：《电视剧为何屡屡掉进"逻辑黑洞"》，载《文汇报》，2018-06-01。

前后矛盾的行事逻辑，都是生拉硬拽使人物产生交集，甚至是为广告服务的，实质上是一种"为编而编"的"直通车式"写作手法。究其根本则发现，问题还是快餐式的叙事套路，一些固定的段子、程式化的情节推进、脸谱化的人物等，虽然降低了编导和制作成本，但也使精品剧越来越难得。一些编剧或导演并不真正了解自己刻画的人物，并没有持续丰富自己对世界的探索和理解；职业编剧凑集数的现象普遍，有人每年能写出多部戏，由于无暇细思，便调用各种套路与标签。剧本在刻画人物和推动情节时，要符合常识、常情，剧中人物都应有其完整的性格和合理的行为逻辑，需要创作者真正设身处地为笔下角色着想，而非在套路里敷衍了事，简单地按大纲既定的路线图"一路飞奔"。

（二）今昔异途，情景喜剧遇冷的问题

我国的情景喜剧兴起于20世纪90年代，给观众留下较深印象的情景喜剧之一是1993年首播的《我爱我家》，1993年也往往被认为是中国情景喜剧的元年。1993—2018年，我国情景喜剧走过了25年，由最初的万民追捧、街谈巷议、喜闻乐见到如今的式微，在其所经历的由盛转衰的过程中，有很多经验教训值得总结。

影评人何殊我在《新京报》发文，对此进行了研讨。他认为，情景喜剧的衰落主要和大环境变化、行业人才短缺等因素有关。国产情景剧曾有井喷式发展，《我爱我家》之后，《老娘舅》《外来媳妇本地郎》《七十二家房客》等一大批口碑之作将情景喜剧推向了发展的高峰，成为支撑国产剧的热门类型之一。进入了21世纪，《武林外传》《家有儿女》有了互联网的加持，更是独领一时风骚。但在此之后，国产情景喜剧已经有10多年没有现象级作品出现。2015年后网剧兴起，如今每年电视剧、网剧加起来有近3万集的产量，但鲜见情景喜剧精品。当然也不能说没有好作品出现，《爱情公寓》等作品取得的反响也不错。但从文化功能角度来看，情景喜剧从引领流行变为跟随流行，大部分的包袱都源于网络流行语，《我爱我家》等作品营造的先锋意义不复存在。

20世纪90年代，电视剧产业除名著改编外也进行了各种各样的试验，几乎与美国第一批情景喜剧同时开播的《我爱我家》虽说在当时得到的评价好坏参半，但确实确立了这个剧种的发展范式。2005年，中国网民数量突破一亿，网络文化声势浩大，网络中经过10年左右积累下来的各类对传统、常识进行解构的内容成了喜剧创作的一大素材，催生出了风靡一时的《家有儿女》和《武林外传》。但同样经过20多年的发展，中国却没有像美国一样形成针对情景喜

剧的专业化频道，没有像艾美奖一样单独为情景喜剧设立奖项的国家级电视剧评选，甚至各大电视剧评选中都没有喜剧类奖项。情景喜剧几乎无法进入黄金档，导致市场预期持续走低。特别是近些年来，网络资本涌入，IP模式大行其道，拍摄周期长、资本回报差的情景喜剧更难以成为热门。

行业人才不济、编导与演员能力欠缺也制约着情景喜剧的发展。情景喜剧的成功需要有实力的导演、编剧，更需要实力派演员。以《我爱我家》为例，梁左、英达的编导组合如今很难再见，该剧演员如今看来也都是佼佼者——文兴宇、杨立新、宋丹丹、英若诚、李丁、梁天等艺术家都在话剧舞台经过千锤百炼，其过硬的台词功底、夸张却不做作的演技都是现在的演员很少具备的。如今很多剧的编剧工作都是"包产到户"，每人负责一段，最后接合起来，质量可想而知。《我爱我家》这种以古典文学和文化传统为根基，刻意以荒诞的手法解构所谓"常识"，并揭开社会、历史的伤疤的创作手法，对于习惯了流水线作业的编剧来说会有点难。而且今天大量的演员是靠社交媒体或选秀培养出来的，大部分流量明星忙于赶场参加综艺、拍封面、走秀，演技欠佳，出演对表演的要求非常高的情景喜剧对他们来说堪比登天。

互联网段子泛滥，让观众笑越来越难。中国网民数量已超过8亿，且已成世界第一大互联网市场，网络文化蔚为大观。而网络段子的盛行让喜剧失去了土壤。在普通人观念中，喜剧等同于段子，观众对于传统包袱和噱头出现审美疲劳，大部分作品都成了段子集合体。回首20世纪90年代到2000年年初的情景喜剧黄金期，再放眼当下，已世易时移。情景喜剧的问题也折射出全行业的问题，可能只有整个行业发生改变，情景喜剧才能迸发更多的可能。①

（三）"炮灰剧"比例持续上升

国产电视剧正处于一个上升期，在剧集的增多和播出渠道的丰富等直观层面上有鲜明的显现。据统计，2017年国产电视剧达到了1.4万集，这一数字十分惊人。然而，其中只有很少一部分能被播出，在卫视播出的则更少。很大一部分剧集始终得不到播出，或者只能在很小的平台上播出，观众极少，几乎没有溅起水花，业内人士称这种电视剧为"炮灰剧"。国产大剧层出不穷，收视和品质双丰收的剧作数量超过往年，且不再是家庭伦理剧和穿越剧占主流，现实题材产生了广泛社会影响，卫视和视频网站在优质资源方面的竞争十分激烈。中

---

① 何殊我：《国产情景剧25年，期待有超越之作》，载《新京报》，2018-06-13。

国广视索福瑞媒介研究公布了2017年电视剧市场的一系列数据，既客观上证明了观众的部分直观感受，也显现出很多不易觉察的新矛盾、新动向。例如，尽管涌现了《人民的名义》《我的前半生》《那年花开月正圆》等顶尖剧目，但同时收视率不足0.5%的"炮灰剧"已经逼近80%。这意味着大多数从业者仍未走出"寒冬"。数据显示，2017年我国电视剧产量和审批率延续了前几年逐渐下降的趋势。前三个季度，全国通过审批发行的电视剧共186部合计7706集，通过审批的（部数）比例仅为22%，创历史新低。但是，产业集中度并没有太大变化，制作机构中仅有12家年产量不低于100集，而一年仅一部剧获批发行的制作公司占比接近90%。在最受瞩目也最易引起跟风的题材领域，同质化情况依旧严重。省级卫视2017年播出的占比超过10%的大类题材中，"军事战争""都市生活"和"反特／谍战"这传统的"三座大山"地位仍然稳固，唯独言情剧后来居上，超过"近代传奇"跻身前四名。数据显示，言情剧不仅成为省级卫视晚黄金时段首轮剧的首选题材之一，部数占比突破15%，在22点的次黄金档也成为第一大题材，播出占比高达35%，远超其他类型。但毋庸置疑，卫视和视频网站竞争积极，优质剧目资源依旧处于稀缺状态。2017年单频道收视率不低于2%的顶尖剧目有3部，占0.5%，尽管比去年略有提升，但仍不能扭转局势；收视率在1%～2%的优势剧目占5%；收视率在0.5%～1%的普通剧目占15%，较前两年有所下降；收视率不足0.5%的炮灰剧目占比逼近80%。[①]

　　近八成的电视剧沦为"炮灰剧"，这显然不是行业的正常现象，也造成了社会资源的极大浪费。解决之道在何方？人们对此展开了讨论。不少人建议各制作团队少拍点"炮灰剧"，别再浪费真金白银。著名导演郑晓龙透露，一年拍1.4万集电视剧，只能播出8000多集。这种电视剧"繁荣"不仅浪费投资人的钱，还会刺激亏损者制造出更急功近利的作品，拉低整个国产电视剧产业的质量水平。但减少"炮灰剧"也不能止于"少拍点"，"炮灰剧"的大量存在虽有跟风题材多、同质化严重这一原因，但深层症结或许与当前电视剧审批或备案有关。相关部门在对电视剧进行审批或备案时，应该有意识地拦截跟风、同质的题材。有些题材明显存在跟风严重、泛滥成灾现象，如医疗题材，自《心术》后，仅2014年就播出了《产科医生》《青年医生》《产科男医生》《爱的妇产科》四部医疗剧，接下来如《医者仁心》《外科风云》《急诊科医生》等电视剧在荧屏上接连登场，却几无爆款。然而，反映教师、农民、建筑工人等群体的

---

　　① 杨文杰：《收视率不足0.5%的"炮灰剧"逼近80%》，载《北京青年报》，2018-03-26。

电视剧却较罕见。要减少"炮灰剧"，还应建立更公开、透明、规范的电视节目版权交易体系。据《财经》杂志报道，电视剧购销是广电领域腐败问题的重灾区；虽然看上去有较为完善的采购机制，但由于电视剧采购评判维度多样，形成了弹性空间，极易使权钱交易达成，也已有一些涉电视剧购销的腐败案件被调查处理。在市场供大于求的情况下，电视剧购销腐败可能会造成劣币驱逐良币——品质差的电视剧能播出，好剧反而可能被打压，造成"炮灰剧"增多。①

（四）现实题材剧的"悬浮"书写问题

电视剧打着现实题材的旗号，但实际上远离现实，表现怪异的情调和小众人物，或者故事设置和情节推进与常理格格不入，有人称这种现象为"悬浮"书写。这是一种不容忽视的现象。有人认为"悬浮"的现实主义是"伪现实"，这种观点虽概括出了其不接地气的本质，但冠之以"伪现实"又有点言过其实，因为对于"现实"，不同创作者的观感和定义可能存在差别，不宜一概而论。但"悬浮"式作品会因其粗制滥造、制造噱头而损害观众对现实题材的口碑与信任，无论如何都应该被反对和警惕。对于这种现象，《解放日报》发表了文章，进行了深入的剖析并有力回应。文章认为，在回归现实的创作态势复苏、报送数量上涨的前提下，进入2018年后，各大卫视播出了不少现实题材电视剧，但引起热烈反响的不多，各大卫视黄金时段电视剧收视率呈现大面积低于1%的现象，且2017年的国产剧收视率大多在百分之零点几与百分之一之间；所谓"都市剧""职场剧""创业剧"，看上去都打出了现实题材的红招牌，但鲜有合格的现实主义力作；不少批评者与研究者注意到一个值得警惕的创作倾向：不少影视作品打着现实主义的旗号，实质却是假冒的现实主义，其故事"悬浮"于真实与现实之上，"悬浮"于时代与人性之外。②

一些现实题材作品细节严重失真，既不符合真实生活，也不符合艺术逻辑的真实。尤其是一些所谓的"都市情感剧"，主人公的家庭基本没有人间烟火气息，所有场景的拍摄感觉像是在样板间仓促完成的：主人公在厨房演戏，却几乎看不到烧火做饭必然会留下的痕迹；女主人公若是学生，其宿舍则像星级酒店般宽敞明亮、高档奢华。谢晋、凌子风等当年为了寻找一辆老坦克、做旧一扇门而费尽心思的精神，在如今大多数剧组已经"失传"。人物的生活状态和

---

① 何勇海：《减少"炮灰剧"，功夫在剧外》，载《工人日报》，2018-03-28。
② 于里、毛峰：《中国电视剧的现实书写，"悬浮"是致命伤》，载《解放日报》，2018-07-26。

消费水平也往往脱离剧情的设定，"过日子"感觉像在"晒票子"。如某部剧中月收入1万多元的女主角，可以出国、坐头等舱、买豪车、搬新家、置办家电家具……有网友据此推算，半年内辞了两次职的她至少花去了32万元。

不仅人物缺少真实的生活感，电视剧的场景选择也很"悬浮"。在"也是现实的一种"的说辞下，都市剧常常走"霸道总裁爱上我""白马王子灰姑娘"的套路，谈个恋爱要到华尔街，秀个恩爱要到巴黎，吵个架得在比利时……豪宅豪车，一掷千金。如此纸醉金迷之气，据说是为了提高荧屏画面的"颜值"，但在不断带给观众感官刺激的同时，它们也获得了"拜金、浮夸、内涵虚空"的评价。高档与奢华对于绝大多数在现实生活中打拼奋斗的普通人来说是支撑不起的。一些高举现实主义旗帜的职场剧成了"炫富剧"，深挖行业现实的剧作寥寥无几，"谈谈恋爱耍耍帅"的却数不胜数。

在如今的现实题材电视剧作品中，越来越难找到《我爱我家》《平凡的世界》《贫嘴张大民的幸福生活》这种能够引起大多数观众情感共鸣的表现普通人生活的剧作了。如今剧作的主人公常常是所谓"金字塔顶端"上的人，大多来自精英群体，如《温暖的弦》中的占南弦、《我的前半生》中的贺涵、《恋爱先生》中的程皓、《谈判官》中的谢晓飞，其奢华生活与绝大多数工薪群体的生活差别太大。他们的生活、情感和处事逻辑与广大观众不同，难以让观众理解，更谈不上产生共鸣，也难怪有观众调侃这些都市剧为"时装奇幻剧""现代宫斗剧"。当年《渴望》中的刘慧芳朴实、隐忍、善良；《北京人在纽约》中的王起明粗糙、血性、聪明中带着狡黠、调侃而不乏坚守；《贫嘴张大民的幸福生活》中的张大民爱自嘲，却盖不住他的善良底色与奋斗力量。他们堪称时代人物的镜子，映照现实人生的冷暖，或感人向善，或催人奋斗，或引人自省，让观众许多年后依然能忆起。这类标杆性的现实人物形象，几乎在当下的现实题材作品中无影无踪。

浮皮潦草之作是没有灵魂的，现实题材的表达应更真实、更本质、更艺术。没有对生活的洞见与发现，也缺乏塑造活灵活现的当代荧屏人物的艺术水准与工匠精神，这些现实题材的创作者是无法创作出佳作的。也难怪一些在价值观上走偏的作品，在一番失实的吹捧与营销后，播出不久就被观众的批评声淹没。

中国正迎来新的发展时期，时代的变化让普通人的生活发生巨大的变化，虽然这其中更多的是可喜的进步，但不免也有转折的艰难、个体的沉浮。这些对于任何有责任心、有艺术抱负的艺术家来说都是弥足珍贵的素材和创作源头。现实主义的创作方案不仅是题材上的写实性选择，还要有对社会生活的整体认识和审美发现，而且理论批评也不能被微信朋友圈式的点赞替代。面对社会主要矛盾的转变和丰富多彩、多元多变的新时代生活，现实题材电视剧创作必须找到新的更真实、更本质、更艺术的书写内容和表达方式。时代赋予了现实主义强大的生命力和广阔的表达空间。记录变化中的时代和生活，引领新时代的正向价值观，是电视人理应承担的责任和使命。[①]

五、热点理论研讨

（一）关于新媒介时代的探讨

褚保镜探讨了在新媒介迅速发展的环境中传统媒介的发展问题。他总结了新媒体的优势，如互动性强、信息传播效率高、成本低，并提出了传统媒介的优势所在——专业化的采编播队伍和强大的运营体系，且拥有强大的内容生产能力和影响力、公信力。他认为搭建新媒体平台和渠道是为了实现内容的共享。新媒体目前只是传统媒体在内容上的一个补充和辅助，若实现媒体融合与资源共享，传统媒体的节目成本并没有增加，影响力却能够大大提升。传统媒体通过新媒体平台与受众建立双向沟通，从而弥补一些不足，提高时效性，并增加节目覆盖率；除节目内容外，还可衍生出各种社会服务功能，从而拓宽经营渠道，增加节目收入。当前市场竞争很残酷，传统媒体已经感受到了严冬的寒冷。但危机与机会并存，网络技术给了新媒体发展的空间，同时也给了传统媒体做大做强的平台。传统媒体任重道远。[②]

王之宇和白云飘从用户需求的角度思考了互联网时代传统电视的破局问题。他们认为，要从互联网时代用户需求变化的角度来探讨传统电视媒体的竞争策略，则须研究以下几个问题：一是传统电视媒体如何通过互联网大数据获取用户需求，进行内容定制与创新；二是传统电视媒体如何通过互联网获取更多传播渠道，满足观众随时随地收看节目与互动讨论的需求；三是传统电视媒体在互联网电视的启发下如何改变播出方式，进行非线性传播，将收看的主动权交给观众；四是传统电视媒体如何利用互联网针对不同收看对象的需要，进行个性化广告定制，以提高广告有效到达率和传播效果；五是传统电视媒体如何利用互联网和新技术，根据观众的各种购买欲望，进行实时互动营销；六是

---

① 于里、毛峰：《中国电视剧的现实书写，"悬浮"是致命伤》，载《解放日报》，2018-07-26。
② 褚保镜：《新媒体大潮下传统媒体发展断想》，载《当代电视》，2017（8）。

传统电视媒体在互联网时代如何根据不同媒体用户的需求，与网络电视等各种媒体合作，进行版权营销。二人基于这些问题提出了一系列主张。①

奚宽军探讨了融媒体背景下城市台影响力提升的路径。在以媒体融合为主流的当下，城市台在区域发展过程中如何走出传统媒体的阵痛并转型升级，提升自身的传播力、影响力、公信力和舆论引导能力，融入变革的潮流，已成为关系其生存发展的问题。他认为，只有创新传播方式、传播内容、传播载体，城市台才有可能实现突破。首先要突破地域意识，做透、做活、做强本土节目；其次要突破多元意识，做大、做多、做优业态服务。他以湖南广播电视台为例，提出传统电视台应积极拥抱"互联网＋"，推进媒体转型升级，构建全产业链的生态系统，覆盖内容制作、播放、发行、广告及游戏影视整个产业链，构建产业生态圈。②

张瑶则思考了数字媒体时代的电视剧评价问题。她认为数字媒体的出现和发展创造了全新的社会文化环境，改变了大众媒体以单向传播为主的传播模式，将报纸、杂志、广播、电视等传统媒体内容变成自己的内容，并将原本感觉通道不同的信息整合，建立起一个互联互动的传播平台。在这个平台上，人人均可发声。数字媒体的互动性功能使艺术评价不同于传统媒体的后置式意义解读，数媒技术的介入使电视剧评价呈现交互性、主观性、多样性特征，受众可以根据个体化需求自由选择解读路径，不再受制于传统媒体的线性表述。张瑶认为，数字媒体环境中的电视剧评价具有鲜明的反传统特征，而数字媒体平台的电视剧受众也习惯于接受甚至追捧这样的表达方式。这种变化不是一种单纯文体特征的变化，而是在数字技术引发大众文化剧变的大背景下，评价主体对于权威和经典的重读甚至颠覆。③

（二）关于电视剧内在规律性的探究

王秋硕探讨了国产医疗剧叙事的价值内核与未来转向。他分析了医疗剧叙事的价值内核：书写生命美学，强调人文关怀。他也指出了医疗剧叙事的症结所在：行业特征模糊和社会担当不足。他进而分析了医疗剧叙事的未来转向：一是确立身份主体，深耕专业品质；二是强调现实主义，立足医疗实际；三是

---

① 王之宇、白云飘：《从用户需求变化谈互联网时代传统电视的破局》，载《当代电视》，2017（8）。
② 奚宽军：《融媒体背景下城市台影响力提升的路径》，载《当代电视》，2017（9）。
③ 张瑶：《众语喧哗：数字媒体时代的电视剧评价》，载《当代电视》，2017（12）。

塑造人物弧光，讲述众生百态。从1987年的起步到当前的爆发，医疗剧的发展已走过了30多个年头。在不断创作探索与市场培育后，医疗剧叙事的诚意、能力与新意不断提升，也在努力寻求新的创作模式。媒介融合创造出全新的文化环境，互联网与电视业的联姻正深刻地影响着电视剧创作、传播和接受的方方面面，医疗剧也受到这一行业趋势的影响，在消费市场中起起伏伏。但不论产业如何波澜起伏、市场如何风起云涌，坚持叙事的艺术性与思想性始终是医疗剧持续前进的宝典。①

杨嫦君和王煜探讨了国内"寻宝"题材电视作品的源头及发展向度。他们认为要做好三点：一是深挖"寻宝"的内涵，扩展题材的广度和深度；二是把握中国大制作背后的价值观念向度；三是衡量叙事经济与意义创造的双重向度。中国的"寻宝"题材电视作品以网络小说改编作品为主，尽管寻宝的背景与国内的历史相切合，但范围仍略显狭窄，"宝物"的范围也有限。如何拓展国内同类题材电视剧的深度和广度是值得研究的问题。电视作品主要形象的塑造对观众价值观的影响是潜移默化的，在娱乐的外衣下隐藏着人类的基本价值观念。"寻宝"题材不能只追求猎奇，也要挖掘背后的价值理念；不能只注重市场效益，还应该符合大众审美，承担文化建设的责任。②

李子扬和臧崴臣讨论了现实题材电视剧的人物塑造问题。电视剧承担着文化引领、凝心聚力、塑造国民精神品格的社会责任和文化使命，是"中国梦"的宣传途径和表现手段。近年来，很多现实题材电视剧聚焦于生活中的平凡人物，探索这些人心中的中国梦。他们把当代现实题材剧的人物塑造分为三个方面，即生活重塑（寻求广阔生存空间的渴望与奋争）、身份认同（抚平隐形创伤的现代性诉求）、价值实现（超越生命存在的探索与突破）。生活质量的改善、自我价值的实现、身份的社会认同等，聚合起来就是这个时代的梦想呈现。这也是现实题材剧大获成功的内在原因。③

（三）关于纪录片的内容和创新的研探

张雅欣和张佳楠针对纪录片如何讲述中国故事进行了探索。她们对中国故

---

① 王秋硕：《国产医疗剧叙事的价值内核与未来转向》，载《当代电视》，2017（9）。

② 杨嫦君、王煜：《国内"寻宝"题材影视作品溯源及发展向度》，载《当代电视》，2017（10）。

③ 李子扬、臧崴臣：《平凡人的中国梦——谈现实题材电视剧的人物塑造》，载《当代电视》，2018（1）。

事的内容焦点、跨文化讲述方法和视角、故事主体与故事讲述者之间的关系进行了探究。随着中国与世界各国更加频繁且深入地接触和交流，一些磕磕碰碰必然会出现；而要解决由文化、社会制度、意识形态、经济发展水平的差异而导致的困难和矛盾，则需要有担当的纪录片人以跨文化、跨学科的智慧予以辅助。纪录片既不像新闻那样容易受政治立场和意识形态的影响，也不像电视剧和娱乐节目那样容易受本土消费口味的限制。纪录片以其客观、公正的品质和求真务实的气质赢得全世界观众的青睐。如今，纪录片已经成为中国故事国际表达的重要载体。[①]

汪少明和刘砚硕对纪录片《苏东坡》的艺术性创作思维进行了探析。他们认为，《苏东坡》立意创新、虚实结合、详略得当、手法多样，借助高新科技，将客观再现与主观表现相结合，将专家学者的讲述、评论与珍贵的实物、史料结合，在艺术上独具特色。浓郁的文化色彩、高雅的文化人格、开放的言说方式和国际化的视野都使该片别具一格。但他们同时也指出了该片的瑕疵，如素材稍显散漫，组织结构欠缺，剪辑也略显凌乱等。《苏东坡》是2017年备受好评的纪录片之一，这种挖掘中国文化人格的作品也为未来同类型作品进一步积累了经验。[②]

王家东对当下云时代移动互联网语境下的微纪录片进行了探析，他从视角、叙事与传播三个方面进行了思考与分析。在移动互联时代，用户聚集于移动智能终端设备，在使用时间方面呈现出碎片化特征。某种艺术样式若能有效占据用户的碎片时间，就有可能在移动互联时代处于优势地位。崛起于移动互联时代的微纪录片在关注视角、叙事方法与传播形态上呈现出独有特征。微纪录片以其小巧灵活适应了碎片化观看的时代需要，使纪录片这种以关注现实为主要目的且具有强烈社会责任感的艺术样式在新时代语境中呈现出蓬勃活力。[③]

姚珺和余榕思考了人类学对纪录片创作取向的影响。人类学是研究人、人类文化以及人类社会的起源、发展、变迁、进化过程的学科。纪录片是用影视手段记录人类社会生活的艺术样式。纪录片记录人类族群及社会文化的功能与人类学的研究领域不谋而合。两人从人类学田野调查对纪录片创作观念与方式的影响、结构主义对创作方法的影响以及人类学理论对创作主题的影响这三方

① 张雅欣、张佳楠：《"中国故事国际表达"的重要探索》，载《当代电视》，2017（9）。
② 汪少明、刘砚硕：《〈苏东坡〉的艺术追求》，载《当代电视》，2017（10）
③ 王家东：《移动互联时代的微纪录片：视角、叙事与传播》，载《当代电视》，2018（2）。

面总结了纪录片的人类学式创作，提出"科学性"的工具与"艺术性"的方法的观点，并指出纪录片同人类学共同承担着一个重要的任务，即解释我们所遇到的文化现象。①

（四）关于电视节目的案例研究

徐娅以《见字如面》为例对文化类节目的创新与传播策略进行了探究。2016年12月29日，《见字如面》第一季在腾讯视频首播，上线不久点击量就突破500万，在豆瓣获得8.9分的高分。黑龙江卫视于2016年12月31日播出该节目。《见字如面》所表达的中国传统文化、中国精神得到了观众认可，文化类节目的崛起也预示着"内容时代"的到来。徐娅探讨了《见字如面》的创新策略，认为其填补了国内书信朗读类节目的空白，并且在节目形式和播出形式上进行了大胆创新。她还肯定了节目的内在价值理念与导向：重拾慢时光，唤起观众的主动思考，并给予观众人生经验的参考。备受欢迎的《见字如面》《朗读者》《中国诗词大会》等一批以文化为核心的节目，专注于表达中国人的基本情感，坚守中华文化立场，传播了中国价值，丰富了文化类电视节目的样态。②

王亚萍分析了2017年年末大热的电视节目《国家宝藏》。她认为，《国家宝藏》因为融合了纪录片和综艺节目的创作手法，以文化的内核、综艺的外壳、纪实的气质创造出了一种全新的表达方式，所以在原创电视节目稀缺的当下脱颖而出。她分析了节目内容故事化演绎所带来的传情效果，并肯定了节目在话语体系和讲述方式上的结构突破。《国家宝藏》将历史与现实巧妙衔接起来，以创新的表达形式引起观众的强烈共鸣，既保证了历史文化的准确有效传播，又融入了娱乐性，颇有"寓教于乐"的意味，深受年轻人的喜爱。该节目为我国历史文化的传播与继承提供了有效途径，也为其他电视节目的发展提供了借鉴。③

① 姚珺、余榕：《人类学对纪录片创作取向的影响》，载《当代电视》，2018（4）。
② 徐娅：《〈见字如面〉创新策略与文化传播价值》，载《当代电视》，2017（10）。
③ 王亚萍：《〈国家宝藏〉：历史与现实的全新表达》，载《当代电视》，2018（3）。

第二章

当代文艺动态及评论热点——电影篇（2017年7月—2018年6月）

观察2017年7月以来的中国电影，我们看到一种新的变化，主要特征是从高速增长和快速发展阶段进入在起伏中平稳爬坡的阶段。2017年7月—2018年6月，一系列新现象标志着我国电影产业进入了一个新的发展阶段，告别了粗放发展，转为稳步增长，从内容到质量都得到了提升。这不仅体现在以《红海行动》为代表的超高票房电影上，也体现在《无问西东》《芳华》《冈仁波齐》这种艺术性与大众性结合、口碑与票房统一的影片上。不同类型的影片皆有不同程度的突破，以《妖猫传》《芳华》等为代表的商业片取得了票房和口碑的平衡；以《羞羞的铁拳》《唐人街探案2》为代表的喜剧类型片在叙事上进行了新的尝试；以《红海行动》为代表的主旋律影片在主旋律创作模式上有新的探索；以《前任3：再见前任》《后来的我们》《超时空同居》等为代表的都市女性题材电影在精准把握观众心理方面进行了探索；同时，还出现了《不成问题的问题》《二十二》《嘉年华》《相爱相亲》《老兽》《西小河的夏天》《路过未来》《暴裂无声》《暴雪将至》等一批优质的艺术影片。这些影片不仅得到了业界认可，也得到了众多普通观众的高度评价。本章聚焦于我国2017年7月—2018年6月电影事业的发展，提供创作分析、行业动态、评论焦点和理论进展等方面的信息。

一、热点作品

我国电影步入增长平稳期，我们看到我国电影业的发展在前期雄厚积累的基础上，无论是数量还是质量都显示出了明显的提升。电影业的发展对于文化产业的繁荣和文化软实力的增强都有举足轻重的作用。下面我们将依照时间顺序对这一时期的热点作品进行述评。

（一）《羞羞的铁拳》

作为开心麻花改编的第三部电影，《羞羞的铁拳》在票房和口碑上都取得了不错的成绩。《羞羞的铁拳》是由开心麻花影业、新丽电影和猫眼影业联合出品，宋阳、张迟昱联合编剧并执导，马丽、艾伦、沈腾主演的喜剧电影。该片根据同名话剧改编，主要讲述了一名搏击选手艾迪生和一名女体育记者马小，因为一次意外的电击灵魂互换的爱情故事。影片于2017年9月30日上映，上映头三天，单日票房破亿，并蝉联三天单日票房冠军，且以极大的优势成为国庆档票房冠军。最终票房突破22亿元，成为《战狼2》后的又一票房奇迹。[①]

《羞羞的铁拳》延续了话剧IP改编模式，虽然话剧和电影都是表演艺术，但两者之间有很大区别。话剧面向舞台，电影则是经由镜头、通过银幕面向观众，因此电影对时空变换的要求比话剧更高。开心麻花之前的两部作品《夏洛特烦恼》和《驴得水》都曾被指出电影化程度不够、话剧痕迹太重的问题，这也是话剧改编的困难所在，而《羞羞的铁拳》在这一点上取得了很大的进步。虽然话剧和电影的表现手法存有差异性，但话剧和电影也具有很强的亲缘性。将话剧改编成电影这种创作形式在中国电影史早期就已经存在，开心麻花通过一系列成功的改编再次使这种形式活跃在银幕上。对此，上海大学唐晓斌评论道，开心麻花系列改编成功的原因主要可分为内部要素、外部要素、综合艺术要素三种。就内部要素而言，主要包括了话剧作品内涵的时代性、流行性、生活性等根本要素，以及轻喜剧的根本要素。同时，开心麻花对传统话剧的小品式改编，亦使其话剧作品摆脱了传统话剧的严肃化、刻板化、正式化的框架。另外，其内部要素还包括开心麻花在影视艺术表达过程中充分利用的流行元素，如流行音乐。并且，难能可贵的是，开心麻花的作品在其电影化改编的过程中，对真实生活进行了大幅贴近，这就使得其讽刺、幽默等内容更易令观众产生强烈共鸣。[②]宣传和IP的强化也是开心麻花系列改编成功的外部要素。独特的商业模式是开心麻花团队宣发成功的重要因素，出品方的合作理念是决不让投资人吃亏，对此他们曾表示："我们希望与合作伙伴长期稳定地合作下去，我们不可能让投资人吃亏。我们每个项目都是平价引进投资，不论在哪个阶段进

---

① 数据来源：艺恩网，http://www.cbooo.cn/m/661004，2018–12–10。
② 唐晓斌：《从舞台到银幕的嬗变——开心麻花话剧IP改编电影研究》，载《电影评介》，2018（6）。

入，大家平等、透明地合作，风险共担，利益共享。"①这样的心态吸引了很多稳定的投资伙伴，并且各投资方也会竭尽全力地宣传电影。在开心麻花的合作名单上不仅有新丽传媒、猫眼影业，还有万达影视、大地影院、横店影视、金逸影视、淘票票影视、捷成影视等多家实力强大的伙伴，它们几乎都是电影产业链条中各个环节的佼佼者，这些合作方的大流量宣传是开心麻花电影高票房的保障。最后一个成功要素是综合艺术要素，开心麻花在将话剧IP改编成电影的过程中，把握住了内容为王、内涵为王、内核为王的关键，其改编的电影作品以轻喜剧为基本立足点，在内容中深度融合了流行元素、社会元素、生活元素；在表达的内涵中深度融合了轻松、诙谐、幽默等轻喜剧元素；在作品内核中深度融合了消费文化、快餐文化、情境文化等文化的表达，从而将话剧改编的电影作品演绎得平易近人、幽默喜人、生动感人。②

喜剧化的方式也是《羞羞的铁拳》取得高票房的重要原因，草根人设配合轻松的剧情，笑梗不断，再加上沈腾等明星喜剧演员的加入，都迎合了观众在假期放松的观影需求。浙江大学的吴琼对此表示："在票房上呈现出一枝独秀的状态，除了能看出观众对于开心麻花电影作品质量的信赖，很大程度上还因为喜剧片这一类型能在节假日带给观众轻松愉悦的享受，在难得的假期里去观看一场不需思考太多，只需好好享受的'爆米花式'电影，真正做好'不用思考，尽情地笑'，这正是大部分平日里工作压力较大的观众愿意选择的消遣方式。"③

然而，在取得商业成功的同时，该影片在电影艺术上的不足也暴露出来。虽然开心麻花喜剧电影的品牌化探索是近年来中国电影市场中较好的尝试，但这种小品化的表现方式使故事过于简单，影片表达过度依赖于段子的堆砌，其本身还有很大的进步空间。饶曙光和贾学妮评论道："诚然，小品化的叙事风格与观众审美趣味相融合，共同促进了中国喜剧电影的发展，也是内地电影票房成功的重要法宝，从冯氏喜剧到'开心麻花'喜剧的成功证明了小品化风格的现实合理性与有效性。但是，如果过度依赖这种桥段化、碎片化的创作方式，采用低水平的'笑料'，利用网络热点语言，甚至不惜以损害影片的整体叙事结构、人物形象塑造为代价换取'笑果'，则最终必将伤害喜剧电影本身。"④这

①《电影〈羞羞的铁拳〉：独特的商业营销模式成就喜剧之王》，载《中国总会计师》，2017（11）。
②唐晓斌：《从舞台到银幕的嬗变——开心麻花话剧IP改编电影研究》，载《电影评介》，2018（6）。
③吴琼：《从〈羞羞的铁拳〉看话剧IP电影的火热票房现象》，载《东南传播》，2017（12）。
④饶曙光、贾学妮：《〈羞羞的铁拳〉——商业的胜利与艺术的失落》，载《当代电影》，2017（11）。

种喜剧的小品化碎片式表达是我们这个快节奏网络时代的产物，不加思考的扩张只会使影片质量不断下滑，我们需要创作讲好故事、艺术水平更高的优质喜剧。北京师范大学的陈亦水通过《羞羞的铁拳》对中国喜剧类型片进行了反思："从中国现象级喜剧类型片《羞羞的铁拳》的创作得失来看，笑点密集、高票房、原创IP等特征并不一定能创造经典；而照搬前人技巧、复制喜剧套路，也不一定意味着平庸。一部优秀的喜剧电影，在于如何通过喜剧技巧，讲述一个深具本土文化内涵的当代故事，引发一定的社会反思。因此，在经济全球化的时代背景下，尽管《羞羞的铁拳》的商业化胜利成功地为21世纪中国喜剧类型片开创了一条IP电影的创作道路，但在深层的文化维度上，影片讲述的'中国故事'仍不够清晰，仍存在许多字迹模糊甚至缺失的文化路标，亟待后继的中国电影人——标明。"①

（二）《相爱相亲》

《相爱相亲》是由张艾嘉执导，张艾嘉、田壮壮领衔主演的亲情电影。影片在第54届金马奖和第37届金像奖上都有多项提名，并获得第37届金像奖最佳编剧奖、第25届北京大学生电影节最佳编剧奖、第九届中国电影导演协会年度港台导演及年度编剧奖。影片于2017年11月3日上映，讲述了三位不同年龄段的女性的爱情故事，以张艾嘉主演的中年母亲为主线，呈现了三代女性面对感情困境的态度以及自我审视与和解。相比于各大电影奖项的认可，电影在排片和票房方面十分惨淡。总的来说，这是一部在艺术性上成功而在商业性上成绩不佳的电影。

张艾嘉从其导演处女作《旧梦不须记》到《20 30 40》，一直都试图通过女性视角去探讨女性、女性与男性以及更广范畴的情感问题，《相爱相亲》延续了这一主题，深入刻画了三个生于不同年代、处在人生不同阶段的女性的生存状态，观众从中可以窥见当下生活中很多女性的真实处境和感情困惑。影片从女性视角出发，将女性情感中困惑的原因归结为男性的"出走"。处于老年的姥姥，年轻时丈夫离开了她，去城里组建了新的家庭；中年的岳慧英认为丈夫因生活平淡而逃离了他们的爱情；年轻的薇薇则因男友要去异地逐梦，面对着对于爱情是否继续等待的抉择。顿河关于这一点写道："生活在农耕时代的姥姥，身为职业女性的岳慧英，以及成长在信息时代的薇薇，三代女性性格迥异，却

---

① 陈亦水：《〈羞羞的铁拳〉：21世纪中国喜剧类型片本土化创作得失》，载《电影艺术》，2017（6）。

同在爱情中面临'男性逃离'的困境。姥姥选择自欺欺人地等待，岳慧英选择严防死守地控制，看似最潇洒独立的薇薇实则'无计可施'。三人互为镜像。女性在爱情中面对的'放弃自我'与'固守自我'的两难，最终尘埃落定于自我和解：等待了一辈子的姥姥说出'我不要你了'；斗争了一辈子的岳慧英想起了梦中那张模糊的脸是丈夫年轻时候的样子；年轻的薇薇对执意去北京逐梦的男友说出'我不会等你那么久'。"①

虽然影片是一部典型的基于女性视角的电影，但影片没有局限在性别的对立中，而将镜头朝向更加广阔的文化、伦理、社会。如上海师范大学的陈妍如所说："电影看似是女性中心的叙事，以三代女性由'迁坟'形成的心路历程主宰故事叙事，但影片充满着浓厚的文化中国性的伦理辞令。"②三位女性像三个时代的切片，反映出各自时代的家庭、社会和文化的面貌。每个时代都有各自的困惑，彼此存在差异的同时也有着传承和联系。张艾嘉将女性置于时代当中，极力去探讨一个更加广泛的问题。但由于创作背景所限，影片更多集中在中年阶段的探索，对年青一代的断裂探究得不够深入，从而使得影片的时代敏锐性不足。婚姻这个词在《相爱相亲》中的意义更多停留在坚守婚姻的观念上，对于当下年青一代更加注重自我发展的新的爱情观和婚姻观没有充分表现。电影中作为年轻群体代表的薇薇身上似乎还留有传统婚姻关系的影子，是传统的一种延续，而不是突破与巨变。

从电影创作的角度看，影片的故事叙事很完整，表达方式生活化、细腻、感人、幽默。很多观众在观影过程中一直流泪，产生了深深的共鸣，从这一点则可以看出张艾嘉对生活的细腻观察和对情感的准确表达。宋展翎认为，张艾嘉虽然常被冠以"文艺女性"的称号，但其实她的作品往往显得豁达通透，大气之处体现在她从不以沉闷严肃的方式创作，而有一种玩味生活的幽默感和疏离感，骨子里有对生活的坦然和洒脱；或许这才是她真正想表达的女性成长——与自己和解，与生活和解，甚至与死亡和解；影片中阿达好奇地躺进了姥姥的棺材中，喃喃道："也没有那么可怕。"——或许，这其实是张艾嘉对死亡的态度。③

也有评论者认为，电影的女性视角并不是真正的女性视角，是在父权社会

① 顿河：《〈相爱相亲〉：女性困惑及自觉意识的再发现》，载《文汇报》，2017-11-14。

② 陈妍如：《客体与服从：〈相爱相亲〉中的伦理叙事与认同建构》，载《电影艺术》，2018（1）。

③ 宋展翎：《陌上花开：当下女性成长的细腻表达——评影片〈相爱相亲〉》，载《中国电影报》，2017-11-08。

中的一种幻影。如宁波大学张斌宁认为，细究起来，《相爱相亲》并非讲述一个"相爱相亲"的故事，而讲述了女性如何以爱的名义编织牢笼，然后用婚姻和家庭埋葬爱情以换取与男性的长相厮守，继而获取合法名分的可怕事实；它的价值观是家庭胜于爱情，而女性身份合法性的确认只能在家庭内部得以完成。[①]或许这种无法突破的伦理正是中国的现实。总的来说，影片是关于女性、关于情感、关于性别的思考与表达的一次突破。"通过张艾嘉的影片，我们持续看到一种基于性别权力不平衡而形成的各种现代性景观。女性作为一种文化符号，以特定方式存在于某种相对稳定而坚固的社会价值当中。这部电影的叙事脉络虽仍没脱离传统伦理的约束，最后家人彼此和解的结局也在刻意强调女性愉悦感与安全感的来源还是'家庭／父权'的秩序。但是正如特里莎·劳里提斯所说：'女性电影的目标应该不是摧毁或颠覆男性中心视界，而是揭发它的盲点或压抑的层面，进而制造出一个属于女性或女性主义的世界。'《相爱相亲》这部影片正是以女性的观点来审视女人如何在不自知的情况下自愿遭受压制并屈服，并试图探讨女性摆脱束缚的可能性，借此希望女性反思。可以说，这是女性电影的又一次有益尝试。"[②]

（三）《嘉年华》

《嘉年华》是由喀什嘉映文化传媒有限公司出品，文晏执导，文淇、周美君、史可、耿乐联合主演的剧情片。影片于2017年11月24日上映。《嘉年华》聚焦于两位少女，讲述了在一家旅店打工的小米，碰巧成为在旅店发生的一起性侵案件的唯一知情者，为了保住自己的工作，她决定保持沉默，一番挣扎后她终于醒悟，说出了事情的真相的故事。影片获得第54届金马奖最佳导演奖、第九届中国电影导演协会年度导演奖、第25届北京大学生电影节评委会大奖、第一届平遥国际电影展费穆荣誉最佳影片奖，并入围威尼斯国际电影节主竞赛单元。

《嘉年华》的题材是性侵案件，是近年来少有的优秀的现实主义题材影片。影片并不是单纯的叙述，而是像一把刀一样，一步步刺向现实，刺向每一个观众的心。影片上映后引起了社会对于性侵的广泛关注和思考。从题材上来看，这部电影很容易让人想到韩国的同类影片《熔炉》《素媛》，这些电影都远远超出了电影本身的意义，通过揭开社会的伤疤使问题呈现出来，进一步推动问

---

① 张斌宁：《缺席的在场与虚妄的执守——〈相爱相亲〉中的身份叙事悖论》，载《当代电影》，2017（12）。

② 顿河：《〈相爱相亲〉：女性困惑及自觉意识的再发现》，载《文汇报》，2017-11-14。

题的解决。《嘉年华》也是这样一部有力量的影片。秦婉说："对于中国影片而言，该片无论是对少女性侵案题材的讲述，还是黑暗与希望并存的结局，都相当大胆。作为女性图腾象征的梦露雕像最终被男性社会拆除运走。懦弱的家庭、息事宁人以使利益最大化的受害人家长、官商勾结掩盖真相的社会以及周围各色唯利是图者，共同酿造并参与了了这个悲剧。"①影评人大旗虎皮也表示："影片面对现实的方式、电影如何使用新闻让我很感兴趣。影片不复述新闻，而是展现性侵事件如何在当事人的身体、生活和空间中不断延续、震荡、回响，事件撕开了裂缝，让每个人必须重新审视自己，五位不同年龄的女性，展现出她们在人生不同阶段，处理这个难以承受的事件时的压力、手段和行动。这部电影告诉我们性侵事件发生后，我们应该如何摆脱短时间内自媒体上的转发或认同对它意义的迅速耗尽，而是用深切的观察重新生产意义。"②

《嘉年华》的表现手法不同于上面提到的同题材的《熔炉》，影片中没有悲惨的大场景的直接表现，没有情绪失控地表达对社会黑暗的控诉，只是用真实、冷静、沉着、克制而又艺术化的方式，在记录与讲述少女心理成长的同时，聚焦于先前影人鲜有触及的敏感领域，并揭示背后复杂而深刻的社会问题。正如导演文晏所说："因为这是一部关于孩子的题材，所以我必须非常谨慎，尽量平实地去讲……'打破沉默'，这是《嘉年华》前期宣传海报的标语，亦是整部电影的中心所在——反思，呼吁，决不妥协。"②

从影片制作方面来看，《嘉年华》是一部符合欧洲三大电影节逻辑的电影，对此大旗虎皮从三个角度分析道："从叙事角度看，影片是对一个案件的描述，但此案件的戏剧性被压制到了最低，案件本身的事实及其发展几乎全部被隐到了幕后，影片结尾突兀地通过画外音告知观众所有坏人都被绳之以法，观众基本游离在事件发展之外。从人物的角度看，影片的角色设置较为随意。主人公的设置模糊，受害者、目击者、调查者（律师）三人平分戏份，亦平分对戏剧行动的推动功能。另如影片中次要人物（如女接待员）设置的必要性，受害人的监护力量从母亲转换到父亲等处理，亦令不少观众困惑。从影像和节奏角度看，导演一方面选择了一个戏剧性较强的故事，另一方面想呈现人物'原生态'

①②《影向标丨给勇气可嘉〈嘉年华〉挑挑毛病》，https://mp.weixin.qq.com/s/oIgapDCHucQhtriybCNVVg，2018-12-11。

③ 成雪岩：《嘉年华背后，是难以触及的沉默》，https://mp.weixin.qq.com/s/29RjTEjgtT6uchuRg91CDg，2018-11-20。

的真实性，这导致了影像策略的困境。全片在道格玛95的影像（肩扛摄影、减少人工光效）和常规剧情片影像中间游移。在镜头选择上，导演进行了大量而持续的中近景堆积，这使得影片的镜头语言缺乏必要的节奏感。多个场景出现不乏生硬之感的象征和隐喻，也导致了叙事的多次中断。"[1]《嘉年华》对世界性电影语言的运用是成功的，这是中国导演走向世界舞台的一个很好的范本。总的来说，影片是一部既具有中国社会现实意义，又运用国际水平视听语言的一部作品，期待中国出现越来越多这样的有态度的影片。

（四）《芳华》

《芳华》是由浙江东阳美拉传媒有限公司出品的剧情片，由冯小刚执导，严歌苓编剧，黄轩、苗苗、钟楚曦、杨采钰、李晓峰、王天辰、王可如、隋源等主演。影片根据严歌苓同名小说改编，电影以20世纪七八十年代为时间背景，讲述了在充满理想和激情的军队文工团，一群正值芳华的青春少年，经历着成长中的爱情萌发与充满变数的命运的故事。影片经历了一次撤档风波，最终于2017年12月15日在全国及北美地区同步上映，最终票房14.22亿元。[2]影片获得第25届北京大学生电影节最佳导演奖、最佳新人奖，第九届中国电影导演协会年度影片奖，并提名第54届金马奖和第37届金像奖的各类奖项。

《芳华》是一部充满情怀的电影，讲述了文工团年代的几个少年的爱恨情愁。这份情感很真挚，因为那个年代是两位主创——导演冯小刚和编剧严歌苓——共同的成长记忆。这种怀旧题材吸引了大量平时不怎么去电影院的老年群体，根据《解放日报》2017年12月27日的一组统计数据，截至2017年12月26日21时，电影《芳华》国内票房达9.25亿元；这部电影超越了《私人订制》，创造了冯小刚导演作品的最高票房纪录；45岁以上中老年群体贡献了35%的票房，金额超3亿元，成为近年来国内电影市场的独特现象。[3]这也说明了电影市场的模式并不是固定不变的，除了被紧紧抓住的主流受众，还有很多其他的可能性。《芳华》通过票房数据打破了老年人不去电影院的偏见。很多在那个年代生活过的人走进电影院，在观影过程中产生了强烈的共鸣，留下了感动的泪水。因此，电影市场的多元化潜力有待进一步开发，正如封寿炎所说："《芳

---

① 陈宇：《〈嘉年华〉：当逻辑遇见大时代》，载《中国电影报》，2017-12-06。

② 数据来源：艺恩网，http://www.cboo.cn/m/659453，2018-11-21。

③ 封寿炎：《中老年人不看电影？〈芳华〉3亿票房由他们贡献》，载《解放日报》，2017-12-27。

华》票房的这一特点，给电影从业者带来有益启示。电影人完全没必要画地为牢，一窝蜂拼抢有限的几个热门档期，在有限的几个细分市场里拼杀。目前的所谓"非主流"观影群体，其实蕴含着巨大的市场潜力。谁能为他们提供适销对路的电影作品，谁就有可能另辟蹊径，实现票房和口碑的双丰收。"①

　　除去情怀的光环，冷静地去看影片的叙事策略，会发现年代的伤感已经超出叙述需求而被过度渲染，以实现去除历史真实化的作用。看过《芳华》小说原作会发现，作为一个小说家，严歌苓的视角是尖锐的，字里行间透露着对于那个年代的思考和批判。但冯小刚将电影的改编重点放在了年代怀旧和集体感伤情怀上，甚至对于时代环境导致的人物悲惨命运，电影最终也用感伤情怀加以化解进而隐藏。对此，北京师范大学的杨晓芸评论道："这真是一个颇为吊诡的现象，一部以政治历史叙事为创作初始与视觉表象的影片，却在其深层结构上意指着当下的商业消费文化，因为这种暗度陈仓的叙事策略，那段已经被主流意识形态定义的特殊历史，以及刘峰、何小萍的惨烈人生，被机巧地转换为一种感伤与怀思的情绪。而事先发布的电影海报所渲染的革命年代的身体与性感，以及关于女演员选择的种种传闻，或许客观上也成了不少观众的直接观影动机。"②这是导演的主动选择还是时代环境的产物，对此我们不得而知。这也有可能是一个平衡的结果。不管怎样，这都引起了我们对于电影开放性的思考。

　　王一川将这层伤感情怀的外衣称为"精致的温情主义"，他说："影片一方面凭借热烈的怀旧影像系统如愿吸引住观众，令他们对逝去的'芳华'抱以缅怀之情；另一方面又通过冷峻的反讽影像系统，让观众对过去生活中的丑恶保持某种理性的冷眼，尽管缺乏明确的理性反思和自我批判。这样一来，编、导便在影片中表露出一种旨在促进观众消费的精致的温情主义了。这种精致的温情主义，是指影片有意识地在怀旧影像系统与冷峻反讽影像系统之间维持一种精心设计的美学平衡，以显著的怀旧之情来暂时遮掩住冷峻反思或批判力度之不足，从而让观众在消费怀旧感时，于不知不觉中无限期推迟对相关人物所犯下的过失的理性反思。在这种精致的温情主义的背后，起作用的正是电影作为文化商品的消费主义动机。"③

　　尽管对于《芳华》的情怀化有种种不同的质疑，但也有不少人认为这是对

---

①　封寿炎：《中老年人不看电影？〈芳华〉3亿票房由他们贡献》，载《解放日报》，2017-12-27。
②　杨晓芸：《选择性记忆与〈芳华〉的叙事策略》，载《电影艺术》，2018（1）。
③　王一川：《精致的温情主义影片〈芳华〉中的两个"冯小刚"》，载《当代电影》，2018（1）。

青春的真挚表达，并且没有局限于那个特定的年代。正如张颐武对《芳华》的评价："青春无情，似乎把何小萍和刘峰放上了众人的祭台；但又青春有情，这个集体中的人们没有放弃反思。那种集体生活的纯洁性，那种在共同努力中的自我认可和自我期许也是这部电影对青春和集体的另外一个理解。这是冯小刚、严歌苓以及那个时代的'芳华'，在今天对过往的凭吊，而也是通过这凭吊获得反思和认同的新开始。这也感动了与那个时代有距离的人们，因为无论什么时代，人们总会遇到这样的问题。"①

清华大学的尹鸿也认为，尽管《芳华》存在瑕疵，但仍不失为一部现象级的影片。"一方面观众们在分享他们的观后感动，一方面也有批评者指责影片的廉价、煽情，甚至自恋。其实，我始终认为，任何批评都不能脱离电影所处的时代。在某些特定情况下，放任那些不负责任、甚至违背起码的美学常识和人道主义价值的作品，而去苛求那些有突破、有创新、有诚意、有人道精神的作品，其结果往往就是不分是非。对一切体现出正面美学价值的电影，我们都应该给予更多的、满腔热情的点赞。在坚持比堕落要困难的时候，苛责往往会带来更多的放弃，建设性的意见才能让更多的电影人愿意创作那些真正植根文明进步潮流的优秀作品。"②

（五）《妖猫传》

《妖猫传》是一部中日合拍影片，由新丽传媒股份有限公司、角川公司、二十一世纪盛凯影业、英皇影业有限公司出品，陈凯歌执导，王蕙玲编剧，黄轩、染谷将太、张雨绮、秦昊、阿部宽、张榕容、刘昊然、欧豪、张天爱等主演。影片改编自日本魔幻系列小说《沙门空海之大唐鬼宴》，讲述了一只口吐人语的妖猫搅动长安城，诗人白乐天与僧人空海联手探查，令多年之前杨贵妃之死疑案的真相浮出水面的故事。影片于2017年12月22日在中国上映，2018年2月24日在日本上映。获得的奖项包括第12届亚洲电影大奖的4个奖项、第25届北京大学生电影节最佳观赏视觉奖等。

这部电影是陈凯歌的又一次奇幻题材的尝试，与《无极》相比，《妖猫传》无疑是更加成功的创作。影片最大的特点是风格鲜明的视听语言，尤其是华丽的色彩运用，极尽盛唐繁华之势，出色的美术场景设计也是陈凯歌影像语言的

---

① 张颐武：《〈芳华〉：重访青春残酷和美丽》，载《社会科学报》，2018-01-04。
② 尹鸿：《这一年，有部电影叫〈芳华〉》，载《中国电影报》，2017-12-20。

一贯特色。影片筹备了6年，耗资9.7亿元人民币，在视觉效果上投入了很大比例的经费，极大地满足了观众的观影的感官体验需求。对于影片"奢华"的视听语言运用，有两种不同的观点。一种观点认为其完美再现了盛唐气度，从视听感观的角度对其进行肯定。例如，张雪莲写道："人的视听感官是最主要的审美感官，一切的直观感性活动都由此得来。《妖猫传》通过对画面和声效的精细把握调动受众的视听感官，再由此触发其他感官，以求激发人的最为纯粹的感知，从而产生美学感受。这种通过触发受众的多种感官来对其美学感知进行直接影响的效果最为强烈，是《妖猫传》作为一部大型奇幻式影片所特有的美学价值。"①另一种观点认为影片的视听语言过于夸张，并非还原真实的大唐盛世。不过这和影片的题材有一定的关系，这是一部改编自魔幻小说的电影，并非历史电影。

从类型上看，《妖猫传》属于奇幻电影，这一类型是外来电影类型，自进入中国以来还一直处于探索阶段。虽然奇幻这一电影类型并非本土，但奇幻叙事在中国自古有之，如以《西游记》《聊斋志异》等为代表的小说。网络兴起后，大量玄幻小说为奇幻电影在中国的发展提供了土壤。从早期陈凯歌在《无极》中的初步尝试，到后来的《寻龙诀》《捉妖记》等，再到《妖猫传》，可以看出，只要找到合适的表现方式，奇幻在中国并不缺乏市场。《妖猫传》找到了合适的方式，讲出了东方式的奇幻。程波评论道："中国的奇幻电影展现的大都是人与人之间的善恶矛盾，这与中国古代的志怪小说多从市井的角度出发、擅长以小见大有关。中国奇幻电影与西方奇幻电影在故事的建构和观众的认同模式上的差异，从根本上是由于意识形态的差异导致的。西方的奇幻元素到达中国后还是需要'在地化'转换的。无论是表现形式还是叙事手法，西方的奇幻元素在中国电影中的运用，首先要考虑的还是中国观众的审美趣味和消费习惯。《妖猫传》在这一方面，意识也十分明确。"②

从影片的叙事角度看，影片以一只黑猫为线索讲述了一个沉睡多年的冤案，猫引导着白乐天和空海一步步揭开真相。这看似是一个悬疑故事，但作为凶手的黑猫在影片最开始就出现了，其实影片是想借用悬疑的外衣去展现李隆基与杨玉环的爱情及盛世的豪情。董阳表示："整体而言，面对复杂的人物和剧

---

① 张雪莲：《〈妖猫传〉：大唐气象的"另类"呈现及美学价值》，载《电影评介》，2018（2）。
② 程波：《从电影〈妖猫传〉看奇幻电影的在地性与中国传统文化原型的呈现》，载《电影新作》，2017（6）。

情，该片在逻辑上大体是自恰的，对一些空白点观众靠领悟力可自行'脑补'。比较致命的硬伤在这里：白鹤少年白龙为什么会爱慕贵妃而无法自拔？为什么白龙甘愿为她丢弃性命、杀人无数？此处电影并非没有着墨，也可以看出电影编导用心埋下的伏笔：在极乐之宴上，影片一方面极力渲染贵妃之美，另一方面贵妃'同是天涯沦落人'一席话也触动了白龙。逻辑上是通的，但在情感说服力上，白龙（即妖猫）几十年如一日的强烈复仇动机并不充分，至少在观众那里难以被深切地感受到。这一点造成的伤害是严重的，因为这几乎就是整个故事的叙事动力。逻辑周延但叙事动力不足，给人这样的感受：大唐盛世美则美矣，千年悬案引人入胜，但始终难以令人心动。"[①]

总的来说，《妖猫传》是一部有争议的作品，但是其展现出的影像美学是引人入胜的，是陈凯歌近年来将商业性和艺术性很好地结合起来的诚意之作，也为中国式奇幻电影做出了贡献。

（六）《无问西东》

《无问西东》是由上海腾讯企鹅影视文化传播有限公司、中国电影股份有限公司、北京太合娱乐文化发展股份有限公司联合出品，李芳芳自编自导，章子怡、黄晓明、张震、王力宏、陈楚生领衔主演的剧情片，于2018年1月12日上映，累计票房高达7.5亿元。影片采用非线性叙述方式，讲述了四个不同时代却同样出自清华大学的年轻人的故事，他们对青春满怀期待，也因为时代变革在矛盾与挣扎中一路前行，最终找寻到真实自我。138分钟的影片通过主要人物的关系不断进行时空切换，向观众展现了跨越百年的变迁。

电影在上映之前就争议不断。作为一部定制电影，该片究竟能拍到何种程度？能向观众传达些什么？上映之后，对于电影的评价也是争议热点，出现了明显的两极分化。一种观点认为，从电影的角度看该片则硬伤太多，这种观点主要来自专业影评者。影片问题有以下几个方面。其一，影片的叙事结构不够严谨，不同时空切换混乱，打破了故事的完整性，影评人独孤岛主认为："从叙事技巧上来考量，《无问西东》在具体而微地勾连起四个时代的关键线索上表现得比较差强人意。陈楚生饰演的吴岭澜从昔日的大学生成了西南联大初创时期的师长这尚可理解；黄晓明饰演的陈鹏从边陲的孤儿成长为清华高才生的过程

---

① 董阳：《为何满目繁华却无动于衷——从改编谈电影〈妖猫传〉》，载《中国电影报》，2018-01-03。

则语焉不详；张果果段落中，其父母被到边疆的李想救下，这原本并不突兀，但这一几乎与20世纪60年代段落的主体叙事脱节的事件，被放到非常靠后的段落中，经由张果果的父母通过对白与影片的闪回来表现，不无'为赋新词强说愁'的味道。于是，观众看完影片，感受到勾连起每个大时代的并非影片自身所要呈现的百年清华生气，而是三个人因为各种机缘巧合所做的具体而微的事。但除了沈光耀在贫民窟上空烈血牺牲之外，其余两件事的存在显得相当突然。这其实反映的正是导演李芳芳，或其所代表的创作团队，对处理平行段落剪辑中所需要铺陈的叙事能量的认识不足。镶嵌于百年历史中的叙事内核，不是人物性格或具体情境水到渠成的发展，而是情节剧式地安插矛盾。"[1]其二，除了四段式的叙事结构不完整，影片所表现的情怀也被很多人认为是一种"贩卖"；有人批评影片表现的青春过于美好，与其说是文艺片，不如说是一部鸡汤式的礼赞片。但这种说法未免过于严苛，至少影片表达出的情感是真挚的，展现出了不同年代青春的美好与伤痛。其三，有一种批评认为导演的拍摄手法过于简单。唐宏峰表示："有关《无问西东》的批评声音主要集中在导演过于常规的电影技巧上。这确实无法被忽视……尽管影片存在四段故事穿插、闪回等非常规做法，但总体来讲，《无问西东》在电影技术层面上是比较传统的。那张将演员简单叠加在一起的影片海报，精准地预告了影片老派陈旧的影像风格——中规中矩的镜头运动，常规的焦点设置、构图和角度，大量的平光，温暾的画质……总体来说，摄影机仅仅发挥着基本的叙事功能，极少存在有意味、有风格的运镜，这显示出导演对影像语言的把握和创造能力的限度。作为一种思想情感表达的艺术，电影同时也是一种视听技术，技术是可以谈进步与否的，而《无问西东》的电影技术显然是陈旧的。"[2]

另一种观点认为，虽然影片存在一定的不足，但仍不失为一部好电影。很多观众认为影片讲述了真挚感人的故事，并给出了极高的评价，这和文艺片的小众印象正好相反。《无问西东》"文艺"到了观众心里，四个故事讲述的真实性引起了观众的共鸣。"20年代，梅校长对吴岭澜说的关键词是'真实'，是'你看到什么，听到什么，做什么，和谁在一起，有一种从心灵深处满溢出来的不懊悔也不羞耻的平和与喜悦'。这不是一般的心灵鸡汤，这是在人生短暂、生命

---

① 独孤岛主：《情节剧载不动百年沧桑——评电影〈无问西东〉及其引发的两极观感》，载《文汇报》，2018-01-19。

② 唐宏峰：《〈无问西东〉：常规技术下的光芒主题》，载《当代电影》，2018（3）。

珍贵这个前提下，对生命认真负责的态度——只是态度，不是准则，具体怎么理解、怎么选择，主动权在每个人自己。30年代，沈光耀的妈妈对他说，功名利禄只是幻光，享受人生的乐趣才是此生的目的；飞行教练对沈光耀说，这个世界不缺少完美的人，缺少的是从心底给出的真心、正义、无畏和同情——两位长者的话也都表达了对生命认真负责的态度。只是态度，不是准则，具体怎么理解、怎么选择，主动权也在每个人自己。重要的是，这些态度都不庸俗，也不利己，只是提醒你对自己、对时代认真负责。60年代愿意为爱人'托底'的陈鹏，21世纪不愿做'那样的人'的张果果，面对重大选择，都有自己的态度，都是对生命认真负责的非功利的态度。因为他们做不了另外一种人，这是他们生命的真实。有人说《无问西东》的人物太理想化，过于完美，可是，电影不是梦吗？梦境难道不应该美好一些吗？况且，片中的人物和细节多来自创作者查阅的大量资料，如沈光耀这个人物有原型，而且他身上体现的广东人的生活细节也是各种史料的再现。另外，不是所有人物都是完美的，老师夫妇、王敏佳、李想甚至张果果都不是完人。"[1]或许，正是这种平凡打动了观众。

《无问西东》两极的评价引发了对于电影标准的思考：究竟什么样的电影是一部好电影？打动人心的作品算不算好的电影？经过市场检验的作品算不算好的电影？这些对于电影的多方面要求正是电影行业不断发展的动力，我们期待在质疑和认可的声音中不断涌现出更好的作品。

（七）《红海行动》

春节档上映的《红海行动》是《战狼2》后又一部有突破性的主旋律大片。影片是由博纳影业集团股份有限公司、中国人民解放军海政电视艺术中心等出品，林超贤执导，冯骥、陈珠珠、林明杰编剧，张译、黄景瑜、海清、杜江、蒋璐霞等主演的动作片。该片讲述了中国海军"蛟龙突击队"八人小组奉命执行撤侨任务，兵分两路进行救援，但不幸遭到伏击，大量人员伤亡，在粉碎叛军武装首领的惊天阴谋中惨胜的故事。该片于2018年2月16日在中国内地上映，3月1日在中国香港上映。影片上映后不仅获得良好口碑，而且票房也一直高居榜首，最终累计达36.5亿元。影片获得的奖项包括第25届北京大学生电影节最佳影片奖、第八届北京国际电影节天坛奖最佳视觉效果奖等。

《红海行动》可以说是中国第一部现代战争片。大旗虎皮评论道："影片试

---

① 冯锦芳：《〈无问西东〉：一部"订制"电影的追求与品格》，载《中国电影报》，2018-01-17。

图成为中国版的《黑鹰降落》和《拯救大兵瑞恩》（《战狼》其实是中国版的《虎胆龙威》），以真实的武器、逼真的战斗场景，展现了经济全球化时期更加复杂、多变的现代局部战争：复杂的战斗环境，地方政府、非法武装、恐怖主义、海盗、跨国企业等各种力量的纠缠，不断移动转换的战斗空间，血腥残酷的战争场面，以及现代武器的暴力。该片堪称中国第一部真正意义的'现代战争片'（《战狼》尽管有军事特征，在类型上其实是枪战动作片）。八一厂的改制与《红海行动》的出现都恰好为中国战争片的转型提供了方向：内地民营企业的市场定位、香港枪战片导演的制作加上军方在资源和武器上的密切合作，使影片用连续不断的激烈战斗淡化情绪煽动，将其转换为更隐蔽的意识形态。无论是在制作模式上还是美学上，《红海行动》宣告八一厂《大决战》式的传统战争片的时代结束了。"①

有评论者将《红海行动》视为国产战争片的新标杆。得到如此高的评价并不是偶然，影片的水准确实达到了一定的高度。"如影片开头，索马里海盗在距离中国5000海里的亚丁湾抢劫中国商船广东号，蛟龙突击队兵分两路，或如蛟龙登上商船与海盗对峙，或如雄鹰于直升机上与海盗周旋，终于在一场惊心动魄的较量中解救了中国商船，击毙了血债累累的海盗。又如沙漠中的坦克追逐战，在沙尘暴的恶劣天气下，蛟龙突击队与我军军舰指挥部失联，面对多辆敌军坦克的追逐，巧妙与之周旋，以一夫当关万夫莫开的勇气逆转战局，以弱胜强。为了追求真实性和专业性，《红海行动》拒绝棚拍，坚持实景拍摄。据悉，《红海行动》投资高达5亿元，军事装备预算为2亿元，再加上中国海军前所未有的全力支持，《红海行动》拍摄时共动用了四五十种精心挑选的枪械，消耗了3万余发子弹，动用了十几辆坦克和多架直升机，从而在中国电影史上罕见地打造出了海、陆、空立体化的现代战争场景，体现出中国电影重工业的审美制作日趋成熟。"②

《红海行动》是一部成功的主旋律电影，影片中对于祖国的态度是理性的，并非通过一味赞扬或渲染爱国情怀以获取共情。赵卫防表示："《红海行动》为当下的国产电影创作提供了启示。在中国电影快速发展的当下，多元化语境中的价值观迷失广为诟病，而展现主流价值观、弘扬正能量、表现民族精神既是新时代中国特色社会主义的需要，也是电影人的责任。以《红海行动》为代表

---

① 《影向标｜这部片子把主旋律类型片做到了极致》，https://mp.weixin.qq.com/s/u_jVQe1XZliZwzijymuCw，2018-09-12。
② 范志忠：《〈红海行动〉：主流电影创作的新标杆》，载《中国电影报》，2018-03-21。

的、传播主流价值观的'新主流大片'恰能吻合新时代的要求。另外，国产电影已经走过了粗犷式的发展阶段，进入了提升艺术质量的时期。《红海行动》等影片在人物刻画、类型构建、细节处理等方面实现了较高的艺术质量，这样的创作在提升艺术质量的当下诉求中无疑更具启示意义。"[①]

二、热点活动

（一）作品研讨会

1．"以民为本"的中国叙述——电影《十八洞村》学术研讨会

唱响主旋律、弘扬正能量始终是中国电影的重要使命。由潇湘电影集团有限公司、峨眉电影集团有限公司、华夏电影发行有限责任公司出品，苗月担任导演、编剧的党的十九大献礼影片《十八洞村》，正是一部弘扬中国精神、讲好中国故事、体现社会主义核心价值观的优秀作品。2017年10月10日，由电影局主办、中国电影艺术研究中心承办的电影《十八洞村》学术研讨会在北京举行。电影局副局长李国奇主持会议，孙向辉出席会议，十余位电影界专家、学者围绕影片的人物与叙事、题材与主题、风格和样式，就电影的人民性、艺术性、文化性等问题进行了深入讨论。

李国奇充分肯定了作为迎接党的十九大的重点影片，《十八洞村》取材于精准扶贫，讴歌时代，具有重要的现实意义。他向与会者介绍了《十八洞村》创作的背景：2013年11月，习近平总书记来到十八洞村调研，提出了"实事求是、因地制宜、分类指导、精准扶贫"的十六字方针，并明确提出了"可复制""可推广"的原则；之后，他又多次在相关会议讲话中强调落实精准扶贫的工作。精准扶贫是党的十八大以来党中央重点关注的一项重大任务。李国奇认为，《十八洞村》坚持以人民为中心的创作思想，把镜头聚焦在人民身上，是近几年主旋律影片创作中一部具有创新性的作品。[②]

2．冠军启示录——《战狼2》学术研讨会

2017年9月12日，由电影局主办、中国电影艺术研究中心承办的《战狼2》学术研讨会在北京举行。李国奇、孙向辉等相关领导出席了会议。与会的专家

---

① 赵卫防：《〈红海行动〉：主流价值观表达的新拓展》，载《当代电影》，2018（4）。
② 杨晓云：《"以民为本"的中国叙述——电影〈十八洞村〉学术研讨会综述》，载《当代电影》，2017（12）。

学者有：北京师范大学艺术与传媒学院胡智锋教授、北京大学艺术学院陈旭光教授、中央戏剧学院电影电视系高雄杰教授、《人民日报》（海外版）李舫、《文艺报》高小立、中国传媒大学戏剧影视学院索亚斌教授、国防大学军事文化学院詹庆生副教授、中国艺术研究院刘藩副研究员以及中国电影艺术研究中心李镇、左衡、虞晓。李国奇在发言中指出，《战狼2》引发了全国性的观影热潮，并成为媒体与观众热议的社会性话题，这部现象级电影的成功经验，为电影界更好地贯彻落实习近平总书记在文艺工作座谈会上讲话的重要精神，切实提升创作质量，推动国产电影大发展、大繁荣提供了借鉴。与会专家学者就《战狼2》的主题表达、精神内涵、艺术创作、市场策略等展开了热烈讨论。大家一致认为，《战狼2》把爱国主义的主流价值和商业电影的类型化创作完美结合，它既呼应时代、观照现实，又尊重市场和观众，以强烈的情感共鸣和重工业化的电影品相，实现了口碑与市场的双丰收。①

3．小山村里唱"大戏"——电影《村戏》学术研讨会

郑大圣导演的电影《村戏》上映后，部分评论称其为2017年的最佳华语电影之一。这部黑白影像、全部由业余演员出演的现实主义农村题材影片，在第31届中国电影金鸡奖评选中获得了最佳导演、最佳编剧、最佳女配角、最佳摄影共四项提名。2018年4月2日，由中国电影艺术研究中心主办的电影《村戏》学术研讨会在北京举行。研讨会由《当代电影》杂志主编皇甫宜川研究员主持，张小光、陆亮等出席了会议。与会的专家学者包括清华大学新闻与传播学院尹鸿教授、北京大学艺术学院李道新教授、北京电影学院电影学系吴冠平教授、中国艺术研究院影视研究所赵卫防研究员、中国传媒大学戏剧影视学院司若教授、《人民日报》袁新文、《文艺报》高小立、正定文化馆贾永辉研究员以及中国电影艺术研究中心李镇、左衡、周夏副研究员和王霞助理研究员。《村戏》导演郑大圣、编剧李保罗、摄影邵丹，上影集团副总裁徐春萍、深圳电影制片厂有限公司董事长刘璋飚、总经理解伟，百城映像影视文化有限公司总裁许刚等主创和出品方代表参加了研讨会。与会的专家学者和各方代表就《村戏》的创作过程、艺术观念和市场策略等问题进行了热烈的交流讨论。大家一致认为，《村戏》是一部风格独特、品质优秀的现实主义力作，对推进现实主义创作和新时期艺术电影的发展有着多元的价值和意义。②

① 虞晓：《冠军启示录——〈战狼2〉学术研讨会综述》，载《当代电影》，2017（10）。
② 虞晓：《小山村里唱"大戏"——电影〈村戏〉学术研讨会综述》，载《当代电影》，2018（5）。

（二）评选会

1．第54届金马奖

2017年11月25日晚，第54届金马奖颁奖典礼在台北举行。《血观音》拿下包括最佳影片在内的3项大奖，惠英红、文淇分获最佳女主角奖和最佳女配角奖；电影《老兽》的男主角涂们获最佳男主角奖；《嘉年华》导演文晏获最佳导演奖；《大佛普拉斯》获5个奖项，是获奖最多的影片。

2．第37届金像奖

第37届金像奖颁奖典礼于2018年4月15日在香港举行。古天乐、毛舜筠凭《杀破狼·贪狼》《黄金花》分获最佳男主角奖、最佳女主角奖，许鞍华第六次获最佳导演奖，《明月几时有》获最佳影片奖。

3．第31届金鸡奖

2017年9月16日，第31届金鸡奖揭晓，《湄公河行动》被授予最佳故事片奖；邓超凭《烈日灼心》获最佳男主角奖；《我不是潘金莲》获3个奖项成为最大赢家；冯小刚时隔10年第二次获得金鸡奖最佳导演奖；最佳男配角奖出现"双黄蛋"，颁给了于和伟与王千源；文章以《陆垚知马俐》获导演处女作奖。

完整获奖名单如下：最佳故事片奖——《湄公河行动》；最佳编剧奖——管虎、董润年《老炮儿》；最佳导演奖——冯小刚《我不是潘金莲》；最佳导演处女作奖——文章《陆垚知马俐》；最佳男主角奖——邓超《烈日灼心》；最佳女主角奖——范冰冰《我不是潘金莲》；最佳男配角奖——于和伟《我不是潘金莲》、王千源《解救吾先生》；最佳女配角奖——吴彦姝《搬迁》；最佳摄影奖——邵丹《村戏》；最佳录音奖——黄铮《火锅英雄》；最佳美术奖——韩忠《罗曼蒂克消亡史》；最佳音乐奖——叶小钢《开罗宣言》；最佳剪辑奖——丁晟《解救吾先生》；最佳中小成本故事片奖——《告别》《塔洛》；最佳儿童片奖——《乌珠穆沁的孩子》；最佳戏曲片奖——《穆桂英挂帅》；最佳科教片奖——《首星揭秘》；最佳纪录片奖——《日本战犯忏悔备忘录》；最佳美术片奖——《大耳朵图图之美食狂想曲》；终身成就奖——牛犇、刘世龙、玛拉沁夫。①

4．第21届上海国际电影节

2018年6月25日，第21届上海国际电影节在上海大剧院举行金爵奖颁奖典礼。此届上海国际电影节共有来自108个国家和地区的3447部影片报名参赛或参

---

① 高平、安胜蓝：《第31届中国电影金鸡奖揭晓》，载《光明日报》，2017-09-17。

展。其中，来自73个国家和地区的590部影片报名参与主竞赛单元8个奖项的角逐，最终13部影片成功入围。由导演、演员姜文领衔的评委会认真评选，金爵奖各奖项的获得者在颁奖典礼上被一一揭晓。

完整获奖名单如下：最佳动画片——《朝花夕誓——于离别之朝束起约定之花》（日本）；最佳纪录片——《漫长的季节》（荷兰）；艺术贡献奖——《食肉动物》（法国／比利时）；最佳摄影——杰夫·比尔曼《星期五的孩子》（美国）；最佳编剧——扎西达娃、松太加《阿拉姜色》（中国）；最佳女演员——伊莎贝拉·布莱斯《塔杜萨克女孩》（加拿大）；最佳男演员——泰伊·谢里丹《星期五的孩子》（美国）；最佳导演——罗德里戈·巴里鲁索、塞巴斯蒂安·巴里鲁索《翻译家》（古巴／加拿大）；评委会大奖——《阿拉姜色》（中国）；最佳影片——《再别天堂》（瑞士／蒙古）。①

5. 第8届北京国际电影节

2018年4月23日，由中共中央宣传部指导，北京市人民政府、中央广播电视总台主办，北京市新闻出版广电局、北京市怀柔区人民政府、北京电视台、北京北控置业有限责任公司承办的第8届北京国际电影节，在北京雁栖湖国际会展中心举行闭幕式暨天坛奖颁奖典礼。乔·科尔获得最佳男主角奖，娜塔·墨文耐兹获得最佳女主角奖，《惊慌妈妈》获得最佳影片奖，中国影片《红海行动》获得最佳视觉效果奖。此届天坛奖的评选工作继续由国际著名电影人组成的评委会完成。中国著名导演王家卫担任国际评委会主席，评委会成员有段奕宏、詹恩·凯兹梅利克、乔纳森·莫斯托、卡林·皮特·内策尔、鲁本·奥斯特伦德、舒淇等，评委的专业背景涵盖导演、演员、制片、作曲等领域。入围天坛奖主竞赛单元的有15部影片，是从来自6个大洲71个国家和地区的659部影片中选出的。经过一周多的评审，国际评委会最终确定了各个奖项的归属。

完整获奖名单如下：最佳影片奖——《惊慌妈妈》（格鲁吉亚／爱沙尼亚）；最佳导演奖——玛丽安·卡琪瓦尼《妈妈》（格鲁吉亚／卡塔尔／爱尔兰／荷兰／克罗地亚）；最佳男主角奖——乔·科尔《目视朱丽叶》（加拿大）；最佳女主角奖——娜塔·墨文耐兹《惊慌妈妈》（格鲁吉亚／爱沙尼亚）；最佳男配角奖——保罗·贝坦尼《旅程尽头》（英国）；最佳女配角奖——米娜·萨达缇《灼热之夏》（伊朗）；最佳编剧奖——阿米查伊·格林伯格《证言》（以色列／奥

---

① 《第21届上海国际电影节金爵奖获奖名单》，http://www.siff.com/a/2018-11-13/3100.html，2019-02-01。

地利）；最佳摄影奖——康斯坦廷·艾萨泽《妈妈》（格鲁吉亚／卡塔尔／爱尔兰／荷兰／克罗地亚）；最佳音乐奖——希尔都·古拿托蒂尔、娜塔莉·霍尔特《旅程尽头》（英国）；最佳视觉效果奖——李仁浩、姜泰均、余国亮、林骏宇、马肇富《红海行动》（中国）。[①]

6．第25届北京大学生电影节

2018年5月6日，第25届北京大学生电影节在国家奥林匹克体育中心举行，出席此届大学生电影节闭幕式的嘉宾有：时任国家电影局艺术处处长陆亮、教育部高教司文科处副调研员杨华杰、北京市新闻出版广电局电影处处长韩方海、北京团市委副书记郭文杰、八一电影制片厂政委史伏鹰等；北京师范大学副校长张凯，北京师范大学校长助理何伟全（挂职），北京大学生电影节发起人之一、北京师范大学资深教授、中国文化国际传播研究院院长黄会林教授，北京大学生电影节组委会执行副主任委员、北京师范大学艺术与传媒学院院长胡智锋教授，电影频道党委副书记张玲等主办方代表；还有冯小刚、尹力、黄健中、陶玉玲、于冬、林超贤、周迅、杨幂、张凯丽、夏雨、李晨、陈思诚、陶红、董成鹏、苗圃、杜江、霍思燕、江一燕等数百位电影人，与来自全国数十所高校的3000余名大学生共同见证了此届盛典。著名主持人任鲁豫、蓝羽、罗曼、李丹、李金泽共同主持了此届颁奖典礼，现场气氛热烈。

第25届北京大学生电影节闭幕式暨颁奖典礼分为明星红毯、闭幕式、颁奖典礼、致敬改革开放40周年、致敬大影节25周年共五个环节。明星红毯由来自中央电视台电影频道的郭玮主持，红毯现场星光熠熠，大学生观众的欢呼与掌声此起彼伏。在致敬改革开放40周年环节中，张凯丽、尹力、陶慧敏、霍思燕四位嘉宾致辞分享。在致敬大影节25周年环节中，黄会林、卢正雨、苗圃、杨幂四位嘉宾分享了各自与大影节的关联与故事。

北京大学生电影节各个奖项代表着大学生的选择，颁奖典礼现场共揭晓和颁发了15项大奖。最受大学生欢迎男演员奖授予《缝纫机乐队》演员董成鹏；最佳新人奖授予《芳华》演员钟楚曦与苗苗；最佳处女作奖授予影片《暴雪将至》；最受大学生欢迎女演员奖授予《绣春刀Ⅱ：修罗战场》演员杨幂；最佳观赏效果奖授予影片《妖猫传》；最佳艺术探索奖授予影片《不成问题的问题》；最受大学生欢迎导演奖授予《空天猎》导演李晨；最佳编剧奖授予《相爱相亲》

---

① 《天坛奖十大奖项揭晓！第八届北京国际电影节闭幕》，http://news.cctv.com/2018/04/23/ARTIRE96RNJyOJYUncVRgJ8B180423.shtml，2018-12-23。

编剧张艾嘉、游晓颖；组委会大奖授予影片《血战湘江》《十八洞村》；评委会大奖授予影片《村戏》《嘉年华》；最受大学生欢迎影片奖授予影片《唐人街探案2》；最佳男演员奖授予《绣春刀Ⅱ：修罗战场》演员张震；最佳女演员奖授予《明月几时有》演员周迅；最佳导演奖授予《芳华》导演冯小刚；最佳影片奖授予影片《红海行动》。各大奖项的最终结果充分展现了大影节"青春激情、学术品位、文化意识"的评奖宗旨，也代表了当代大学生的电影喜好。

7．第11届FIRST青年电影展

第11届FIRST青年电影展于2017年7月21—30日在青海西宁举行，由西宁市人民政府、中国电影评论学会主办。在2017年FIRST影展"惊人首作"单元首次出现了纪录片——徐胜永导演的《卤煮》。在初审和复审阶段，有评委多次表示，《卤煮》在众多成熟纪录片导演的作品中，其年轻导演生猛的创作生命力十分突出，这是FIRST影展要鼓励的电影样态。就三部剧情长片而言，《老兽》粗粝的影像质感、伶俐的人物塑造展现其直面真实的力量；《小寡妇成仙记》在影片形态的尝试和影像探索上都给人惊喜；《川流之岛》以成熟流畅的叙事展现了导演强大的控制力。

完整获奖名单如下：最佳剧情片——《小寡妇成仙记》；最佳导演——蔡成杰《小寡妇成仙记》；最佳演员——涂们《老兽》、郑人硕《川流之岛》；最佳艺术探索——《笨鸟》《杀瓜》；最佳纪录片——《囚》；最佳短片——《野潮》；最佳动画／实验片——《异域》；评委会大奖·长片——《入黑之时》；评委会大奖·短片——《就这样，我们把金鱼放入了泳池》。

8．第1届平遥国际电影展

2017年10月28日，第1届平遥国际电影展在山西平遥古城内的平遥电影宫开幕。作为打响名号的首届，平遥电影展提供了一份片单，可谓诚意满满。其中不仅包括大师新作以及从戛纳国际电影节、威尼斯国际电影节等国际电影节中精选的获奖、入围影片，也包括大量新人导演的作品，还有让·皮埃尔·梅尔维尔的10部最新修复影片。平遥国际电影节由贾樟柯一手创办，曾任威尼斯国际电影节、罗马国际电影节主席的马克·穆勒担任艺术总监。入围影片来自18个国家和地区，总数控制在40部左右，以符合平遥电影节"小身段，大格局"的定位。

9．2017年夏衍杯优秀电影剧本征集活动

2017年夏衍杯优秀电影剧本征集活动产生了5部"优秀电影剧本"、9部"创意电影剧本"和19部"潜力电影剧本"。

（三）其他电影业重要会议

1．第六届中国电影史年会

由中国电影艺术研究中心和西南大学新闻传媒学院联合主办的第六届中国电影史年会于2017年12月2—5日在重庆召开。年会的主题是"1930年代的中国电影：艺术追求、文化风貌、家国情怀"。为期三天的论坛包括主论坛、分论坛、学术放映等诸多环节，分别就20世纪30年代中国电影研究的理论梳理、影史探析、有声电影、人物研究、文本个案、电影方志、媒体与教育、性别表达、产业与公司、战时电影共十个主题展开讨论，全程均设点评和互动环节。时任中国电影资料馆党委书记宋培学和西南大学校长张卫国代表主办方致辞，高度肯定了与会代表严谨治学的学术品格。20世纪30年代的中国电影呈现出中国电影史上最复杂的面貌，其电影创作、理论、文化、产业等话题一直是中国电影史学界关注的焦点。此届年会入选并受邀参加交流的论文有69篇，占论文提交总数的52%。受邀论文作者在学术交流过程中展现了其理论深度与广度，彰显了学界已形成的优秀学术研究队伍的风貌；年轻学者在学术研究队伍中的凸显证明了中国电影史研究的新老传承正在形成；研究队伍的壮大显示出中国电影史研究的吸引力逐渐加强。

2．第三届中国电影新力量论坛

2017年11月17日第三届中国电影新力量论坛在浙江杭州举行。此次论坛的主题为"昂首新时代，阔步新征程"，由清华大学教授尹鸿和中国电影艺术研究中心研究员李迅轮流主持。120多位近年来在电影创作中卓有成就的编剧、导演、演员、制片人济济一堂、热情饱满，共议中国电影在新时代的新目标和新任务。论坛设置了"如何创作'讲品位、讲格调、讲责任'的精品力作""如何强化现实题材电影创作"等中国电影在新时代亟须破解的议题，电影人围绕议题或激情发言，或促膝对谈，碰撞出智慧的火花，激扬起前行的信心，凝心聚气，展望未来。与会导演代表一致认为，中国电影要尊重创作规律，继承优良传统，保持专业态度，发扬工匠精神；导演要学会与演员"说戏"，摄影师要亲自掌镜，演员要深入体验生活，等等；只有每个环节、每个工种的工作都做到位并不断提升，中国电影才有可能真正获得核心竞争力、文化张力和国际影响力。与会编剧代表表示，创作出社会效益和经济效益兼备的作品很难，要求创作者真诚面对观众、认真对待创作；真诚即不忘初心，认真是职业标准，做到这两点，拥有丰富创作资源的中国电影创作者将前景广阔、大有可为；同时，故事为王、类型为径，中国电影人尤其是中国电影新力量应该注重发挥中国智慧，创新方式方法，讲好中国故事，方能满足广大观众对美好电影生活的需要。黄晓明、朱亚文、鹿晗、杨幂、周冬雨等演员代表在发言中纷纷倡议演员们用心塑造好角色，积极传递正能量，以德艺双馨为目标，维护公共形象，承担社会责任，做有筋骨、有道德、有温度的电影工作者，为真善美代言，为中国电影助力。制片人代表认为，中国电影产业发展成就举世瞩目，未来潜力依然巨大，中国电影人应该珍惜这来之不易的成果；一方面要始终把社会效益放在首位，矢志不渝地提升电影创作的质量和水平，另一方面也要注重运用新技术，提升中国电影的工业水准。

国家电影局副局长李国奇在最后的总结发言中提出，中国电影发展要坚定"四个信心"：要对新时代电影产业持续繁荣充满信心；要对新时代中国电影提升创作质量、生产出更多优秀作品充满信心；要对中国电影在世界电影中发挥更大影响力充满信心；要对新时代中国电影人才辈出充满信心。论坛最后还举行了全国艺术电影放映联盟浙江地区新加盟影院授牌仪式。至此该联盟已成立运营一年，已经有全国145个城市433家影院的579个影厅加盟。

3．2017中美影视峰会论坛

2017年11月4日，2017中美影视峰会论坛在浙江省海宁市举行，此届论坛由中国电影家协会、浙江省新闻出版广电局、新华网、海宁市人民政府主办，海宁市广播电视台、中国（浙江）影视产业国际合作实验区海宁基地管理委员会、浙江大学国际影视发展研究院、海宁市旅游局、北京师范大学文创中心、新华银美、中美文化教育基金会、海视传媒联合承办。论坛分为三个单元，对中美影视合作、中国影视生态及"一带一路"这三个核心议题进行探讨。参加此次论坛的有加州大学洛杉矶分校戏剧电影电视学院院长泰瑞·斯瓦茨，二十世纪福克斯电影公司高级副总裁罗纳德·惠勒，第65届奥斯卡金像奖科学与工程奖获得者、导演、制片人、视觉特效师道格拉斯·特鲁姆布，阜博集团首席执行官王扬斌，中美文化教育基金会总裁李煜，中国高校影视学会会长胡智锋，清华大学国家形象传播研究中心主任尹鸿，时任北京大学艺术学院副院长陈旭光，时任中国传媒大学导演系主任司若，浙江卫视副总监麻宝洲、SMG影视剧中心主任助理贾瑞明，西安电视剧版权交易中心有限公司董事长党雷，八一电影制片厂英译专家贾秀琰，等等。①

---

① 范志忠、封雨汐：《中国影视的国际合作与"一带一路"发展对策——"2017中美影视峰会论坛"综述》，载《当代电影》，2018（3）。

4．电影史学科建设研讨暨"中国电影艺术史研究丛书"出版座谈会

2017年12月28日，电影史学科建设研讨暨"中国电影艺术史研究丛书"出版座谈会在中国艺术研究院召开。这是中国艺术研究院主办的"2017·中国艺术研究院电影电视评论周"的第五个分论坛，该论坛以"坚定文化自信，推进学科发展"为主题。"中国电影艺术史研究丛书"由丁亚平主编，2017年11月在文化艺术出版社出版，约计300万字，共七本，包括：《中国电影艺术史（1896—1923）》（李少白、邢祖文主编，李少白、邢祖文、陆弘石、李晋生著）；《中国电影艺术史（1920—1929）》（秦喜清著）；《中国电影艺术史（1930—1939）》（高小健著）；《中国电影艺术史（1940—1949）》（丁亚平著）；《中国当代电影艺术史（1949—2017）》（丁亚平著）；《香港电影艺术史》（赵卫防著）；《中国历史电影艺术史》（储双月著）。该丛书作为中国艺术研究院影视研究所主持的"电影史工程"项目成果，以中国艺术研究院电影学科有分量的、具有突破性的科研成果呈现为主，旨在从新的研究视角拓展电影史学研究的新认知和新视域。它不是简单的电影史料的新发现，而是在一定研究基础上进行新阐释，扩展了由李少白等前辈学者开创的中国艺术研究院电影史学派影史研究与写作的历史维度，拓宽了电影史学科的历史内涵，既是电影历史写作的积极拓展与创新，也是新语境下中国电影史学派不断建构、发展的生动见证。①

5．第25期中国电影学博士论坛

2017年11月18日，由《当代电影》杂志社主办，上海大学上海电影学院承办的第25期中国电影学博士论坛在上海大学上海电影学院举行。在中国电影多元化迅速发展的背景下，此期博士论坛以"中国当代电影发展和中国梦"为议题，探讨在中国梦的理念下，中国电影如何进一步提升。此期论坛得到高校博士生的积极响应和参与，共收到来自北京大学、北京师范大学、中国传媒大学、中央戏剧学院、北京电影学院、中国艺术研究院、上海大学、西南大学和日本北海道大学等十多所国内外高校和科研机构的博士生和博士后的46篇论文。《当代电影》杂志社副主编张文燕、副编审林锦爔，上海大学上海电影学院执行院长何小青教授、戏剧与影视学科带头人陈犀禾教授和曲春景教授、影视制作部主任黄望莉副教授共六位专家参与点评。此次论坛分别从"理论与宏观研究""历史与文化探析""议题与类型批评"及"个案与前沿阐述"四个维度

---

① 储双月：《中国电影史学派的建构与影史研究的传承和创新——电影史学科建设研讨暨"中国电影艺术史研究丛书"出版座谈会综述》，载《当代电影》，2018（3）。

展开有效、深入的研讨。论坛上29位博士生进行了精彩的发言和论述，并与现场同学和点评导师进行了良好的互动和交流，彰显了博士生学术研究的问题意识、探索精神以及年轻新锐的学术激情。[①]

6."迎向中国电影新时代：产业升级和工业美学建构"高层论坛

2017年12月15日下午，第15期北京大学人文论坛在北京大学红三楼均斋博物馆举办了"迎向中国电影新时代：产业升级和工业美学建构"高层论坛。此次论坛由北京大学艺术学院、北京大学人文学部、中国电影评论学会、北京大学影视研究中心共同主办。来自电影学界、产业界、创作界的嘉宾济济一堂，献计献策，共同探讨中国电影的新时代与新发展。论坛由北京大学影视戏剧研究中心主任陈旭光与中国电影评论学会张卫副会长主持，王一川、饶曙光等致辞。在主题发言中，饶曙光提出，中国电影进入新时代，产业升级和其整体性的换代以及工业美学规范和体系的建构是大势所趋，为了抗衡好莱坞，特别是能够正面抗衡好莱坞，中国电影必须战略性设计中国电影工业体系，推进工业体系的完善，并在此基础上有序发展中国电影的"重工业"。叶宁认为，2020年中国将会成为电影第一大市场，而中国电影的发展也是由中国电影观众推动的；他建议加强电影产业人才培养、产学结合，中国电影的强大靠中国电影人、中国故事和外来技术，艺术创作和生产不可背离电影工业化、产业化的生存语境。贾磊磊指出了电影界所面临的两大问题：创作与生产。刘汉文认为，要做好建设电影题材库系统的工作，重视剧本创作，形成吸引国际剧组来我国拍摄、交流、学习的互动机制，形成影视基地发展机制，促进各个电影节的发展，加强交流合作，促进电影教育的产学研结合。[②]

7. 首届国际青年导演交流会

由西安工程大学、《当代电影》杂志社、全日本陕西经济文化交流协会共同主办的2017年首届国际青年导演交流会于6月12—14日在西安举行。国际青年导演交流会以西安为发源地，以青年导演电影为纽带，旨在通过举办国际性、学术性、实验性、开放性的电影主题活动，打造一个全新的、以丝绸之路沿线国家为主体、面向世界各国青年导演的电影艺术交流平台。这届青年导演交流

---

① 陆佳佳：《中国当代电影发展和中国梦——第25期"中国电影学博士论坛"综述》，载《当代电影》，2018（1）。

② 张立娜：《迎向中国电影新时代：产业升级和工业美学建构　北京大学第十五期人文论坛在京举办》，载《当代电影》，2017（6）。

会的主题是"新丝路　新青年　新电影"，分为学术放映交流和专家论坛两部分。参加此次交流会的40位青年导演和制片人来自15个国家，除中国外，有丝绸之路沿线国家如伊朗、哈萨克斯坦、吉尔吉斯斯坦、巴基斯坦、俄罗斯，还有日本、马来西亚、印度、德国、荷兰、奥地利、波兰、澳大利亚、摩洛哥。另外，来自东京艺术大学、武藏野美术大学、伊朗广播大学、澳大利亚格里菲斯大学、中国传媒大学、京都精华大学、亚洲和平电影节、亚洲短片电影节等研究电影创作的高校和专业机构的数十位专家学者也参与了交流会。部分专家在大会上结合自己的创作与教学经验进行了主题发言，并和与会青年导演及制片人一起就40部交流展映的作品进行了专业探讨与对话。①

8．粤港澳大湾区电影发展战略高端论坛

2017年11月9日，来自北京、广州、香港和澳门的专家学者，电影企业、行业协会代表，以及政府主管部门的代表，齐聚广州大学，参加粤港澳大湾区电影发展战略高端论坛。此次论坛由广州大学广东省广播电视艺术学重点学科和《当代电影》杂志社联合举办。论坛以"粤港澳大湾区电影发展战略"为中心议题。《当代电影》杂志社社长皇甫宜川认为，粤港澳大湾区的概念使过去的区域经济合作上升到了全方位对外开放的国家战略，粤港澳大湾区是继美国的纽约湾区、旧金山湾区以及日本的东京湾区后的世界第四大湾区，是我们国家建设世界级城市群和参与全球竞争的重要空间；在这样一项国家战略发展中，在这样一个重要空间的生态中，自然应该有电影的位置；我们期待随着粤港澳大湾区的发展，粤港澳大湾区的电影在其中发挥越来越重要的作用；我们希望在粤港澳大湾区经济发展的同时，能呈现出某种粤港澳大湾区的文化特征，而粤港澳大湾区电影无疑是这种文化的一种重要标志或重要表达；这需要我们电影人的努力，需要电影学术的关注和谋划；中国正处在一个非常重要和关键的历史时期，中华民族正在以自己特有的方式走向世界，在这个进程中，作为国家和民族的一种软实力，电影怎样讲好中国故事、怎样解决中国故事表达所存在的问题、怎样处理好民族性与世界性的关系等问题，在粤港澳大湾区的发展进程中，在粤港澳大湾区的电影创作实践中，以及在对粤港澳大湾区电影进行的学术研究和思考中，能够获得某些解决思路或启发。广州大学新闻与传播学院党委书记李雁认为，粤港澳大湾区概念一提出即成为国家发展战略，其意义十分

---

① 姒晓霞、刘心迪：《新丝路　新青年　新电影——2017年首届"国际青年导演交流会"综述》，载《当代电影》，2017（8）。

重大；广州是粤港澳大湾区的中心纽带，国家提出规划建设粤港澳大湾区，这对广州来说是一个重大的发展机遇；在粤港澳大湾区战略发展背景下，区域文化是整体战略发展不可或缺的部分，而电影是文化大繁荣大发展中最具影响力的载体之一；为顺应国家文化战略要求，发展区域文化特色，打造学术精品，适时提出"粤港澳大湾区电影"理念的意义是十分重大的。①

9. 电影创作与电影评论良性互动关系研讨会

2017年12月19日，由上海大学上海电影学院、上海电影评论学会主办的电影创作与电影评论良性互动关系研讨会在上海大学延长校区举行。与会的嘉宾为来自上海大学、复旦大学、上海交通大学、上海师范大学、上海电影集团、上海文化广播影视集团、解放日报及文汇报等单位的学者、影评人和创作者。上海大学上海电影学院党委书记李坚、执行院长何小青参加了研讨，研讨会由上海电影学院影视艺术系程波教授主持。随着中国电影市场的迅猛发展，电影创作与电影评论间的互动日趋频繁，影评和创作之间时而和谐、时而对立的现状使两者间的关系成为越来越值得探讨的话题。在上海电影学院院长陈凯歌的新作《妖猫传》上映之际，与会学者就电影创作与电影评论间如何建立一个良性的互动关系展开了讨论，研讨会议程包括主题发言和自由发言两部分。②

10. 2017中国成都·金砖国家电影节金砖国家电影合作之路论坛

2017年6月23日，2017中国成都·金砖国家电影节拉开帷幕，北京电影学院党委书记侯光明、副院长俞剑红出席开幕式。24日举办的金砖国家电影合作之路论坛作为金砖国家电影节的活动之一，是电影节在人文交流领域的重要舞台。作为电影节的特色活动之一，论坛秉承"开放包容，合作共赢"的金砖精神，邀请金砖五国的电影业界人士作为嘉宾，通过演讲和对话，探索金砖国家间的电影产业合作，促进五国电影工作者的沟通与交流，为各国观众创造更加多元的文化生活。中国广播电影电视社会组织联合会副会长张丕民、南非文艺部副部长马考苏·玛格德琳苏杜、巴西驻华大使马尚、俄罗斯国家艺术与科学学院常务董事鲍里斯·马什塔尔、印度信息与广播部联合秘书阿肖克·帕马就金砖国家电影合作主题做了演讲。张宏森在致辞中表示，金砖五国都拥有灿烂

---

① 戴剑平：《新时代背景下地域电影发展的新概念、新体系和新思路——"粤港澳大湾区电影发展战略高端论坛"学术研讨会综述》，载《当代电影》，2017（12）。

② 伍俊、马晓虎：《电影创作与电影评论良性互动关系研讨会综述》，载《当代电影》，2017（6）。

的历史和鲜明的文化特色，电影艺术各具风采，具有广阔的合作空间。金砖国家电影合作之路论坛作为此届电影节的重要活动之一，为五国电影工作者的专业交流和智慧碰撞提供了一个良好的平台。①

11．2017"女性与默片"国际学术会议

2017年6月16—18日，由上海戏剧学院、《当代电影》杂志社、上海电影博物馆联合主办的"默片后的女性：历史的性别化书写与方法论——2017'女性与默片'国际学术会议"在上海电影博物馆会议中心隆重举行。来自中国、美国、英国、加拿大、日本、意大利、澳大利亚、新西兰、土耳其、韩国、瑞士等国家的60余位专家学者出席了此次会议，并就会议主题展开了深入、丰富的讨论。此次会议除了高水准的论坛发言外，还安排了三场共八部早期女性默片的放映，影片为《青春的路口》（韩国）、《盘丝洞》（中国）、《关武帝》（中国）、《红侠》（中国）、《荒江女侠》（中国）、《男性之母》（美国）、《来自上帝之境的女孩：电影中的女性史和其他战争故事》（美国）、《新女性》（加拿大）。这些来自不同国家的珍贵女性默片是此次会议主题和内容的书写对象，也是对此次会议的最佳注解。②

12．《亚洲电影蓝皮书2017》新书发布会暨第五届亚洲电影论坛

2018年3月31日，北京师范大学亚洲与华语电影研究中心、北京师范大学艺术与传媒学院影视传媒系及《当代电影》杂志社联合主办了《亚洲电影蓝皮书2017》新书发布会暨第五届亚洲电影论坛。会议在北京师范大学举行，北京师范大学亚洲与华语电影研究中心主任、北京师范大学艺术与传媒学院周星教授，时任中国电影家协会秘书长饶曙光研究员，陕西省电影家协会主席、西北大学张阿利教授，《当代电影》杂志社张文燕编审，北京大学艺术学院李道新教授，南京大学亚洲影视与传媒中心周安华教授等30多位专家学者汇聚一堂，以"亚洲电影影响力研究"为核心议题，响应国家提出的"一带一路"倡议，对当下亚洲电影进行深入研讨。会议最后，北京师范大学亚洲与华语电影研究中心主任周星教授做总结性陈词，提出了"以中国电影为基本的立足点和参照系、以国际化的视野考察亚洲电影的地域性和文化性"的亚洲电影研究新思路，并

---

① 董馨蔚：《开放包容、合作共赢："金砖国家电影合作之路论坛"综述》，载《当代电影》，2017（5）。

② 万宝：《默片后的女性：历史的性别化书写与方法论——2017"女性与默片"国际学术会议综述》，载《当代电影》，2017（9）。

对拓展亚洲电影研究的区域范围、文化范畴及美学架构提出了设想。[①]

三、现象聚焦

（一）主旋律题材的新表达

2017年7月—2018年6月，主旋律题材电影和以往的表达方式相比有了创新性的突破，《空天猎》《红海行动》等影片不仅取得了高票房，影片内容也得到了广泛认可。

至2018年，主旋律电影已在历史舞台上发展了30多年。1987年2月，原广电部电影局局长腾进贤在全国故事片厂长会议上正式提出"突出主旋律，坚持多样化"，并将"主旋律"定义为选取弘扬民族精神、体现时代精神的现实题材，表现党和军队光荣业绩的革命历史作品。1987年7月4日，"革命历史题材影视创作领导小组"（后更名为"重大革命题材影视创作领导小组"）成立。1988年1月1日，广电部、财政部设立了摄制重大题材故事片的资助基金。由于最初的主旋律电影和国家、军队的联系密切，其题材和表达方式一直被局限在一个很小的范围内，主旋律电影像有样板的献礼片。这种刻板印象至今仍然广泛存在。

近几年，随着中国社会的发展，主旋律的表现方式也随着时代发展而变化。主旋律的新表达正在发生。从《湄公河行动》到《战狼2》再到《红海行动》，这些影片极大地丰富了主旋律影片的表达方式，拓展了内容边界，很大程度上改变了观众对于主旋律影片的固有认知。超高票房、"小鲜肉"演员的起用等都是近几年新主旋律电影的特有现象，预示着主旋律影片新的历史周期即将开启。

回望主旋律电影的发展过程，主要可以分为四个阶段。第一阶段是发展初期，也是我们对主旋律电影产生刻板印象的时期。这一阶段的主旋律电影保持对历史相对正统的表述。由于当时中国电影的市场化、产业化改革还处在初始阶段，新旧两种体制尚未完成转换，外国电影也没有大量涌入，因此，那个阶段的主旋律电影在相对封闭的市场环境中有着非常不错的票房表现。《孔繁森》（1996）、《鸦片战争》（1997）、《周恩来外交风云》（1998）等影片的票房成绩

---

① 张燕、孙建业：《提升亚洲电影影响力　构建新型亚洲电影——"〈亚洲电影蓝皮书2017〉新书发布会暨第五届亚洲电影论坛'亚洲电影影响力研究'"综述》，载《当代电影》，2018（5）。

在当时都名列前茅，《鸦片战争》更是以7200万元的票房成为1997年全国票房亚军。当时的主旋律电影基本完全由国家出资制作，在发行、放映等环节也大都有体制性的保障。例如，《大决战》在拍摄过程中不仅调用了解放军部队军人做群众演员，还在拍摄资金不足时得到了直接军费的支援，这在当下已经完全无法想象。而当下最大的问题正在于，大众对于主旋律的很多认知依然停留在这个阶段。

第二阶段是在20世纪末21世纪初，既包括一系列进行市场化尝试的长征题材影片，也包括《红河谷》《黄河绝恋》《紫日》等一批兼具艺术性、商业性特征的影片。1997年，冯小刚的《甲方乙方》以贺岁片的样貌奏响内地电影市场类型化探索的序曲，之后主旋律电影也开始向市场化、产业化靠拢。例如，一系列长征题材影片就充分借鉴了20世纪90年代末的《戏说乾隆》《宰相刘罗锅》等热播电视剧的成熟商业类型，将主旋律的长征题材进行了《三国演义》式的"戏说"，暗合了20世纪90年代末"走下神坛"系列畅销书所依托的社会文化心理。在这一阶段，第一阶段主旋律电影浓重的国家投资色彩、正统的历史讲述开始淡化，主旋律电影在生产、传播等诸多领域都初步尝试和摸索市场化、产业化的运作路径。

第三阶段的主旋律电影作品包括《集结号》《建国大业》《风声》《十月围城》《唐山大地震》《建党伟业》等。这一阶段的主旋律电影不仅在资金投入方面找到了比前两个阶段更加市场化、产业化的模式，在内容制作上也开始大胆地局部借用好莱坞大片的制作手法，试图在主旋律题材中完成好莱坞大片的本土化。尽管在这一阶段《建国大业》《建党伟业》《唐山大地震》等主旋律电影还没有实现真正意义的市场化、产业化，但它们所呈现出来的各种现象在主旋律电影的发展历程中具有重大的转折意义，呈现了清晰的发展方向，主旋律电影在这一阶段进入了历史性嬗变的前夜。

第四阶段的主旋律电影创作真正实现了市场化、产业化的转型，从2016年的《湄公河行动》开始，以《建军大业》《战狼2》为代表，包括《非凡任务》《空天猎》《红海行动》等一系列影片。这个阶段的主旋律电影的构成要素比之前任何一个阶段都要复杂，在叙事结构、人物形象、情节冲突、节奏设定、视觉特效等诸多层面，以主旋律为代表的主流话语找到了相对成熟的运作方式，主旋律电影已经明显具备了类似好莱坞大片的基本特征。而且由于投资结构、出品归属等多层次的市场化、产业化，这一阶段的主旋律影视作品与过去由国家明确标出主流文化边界的发展阶段相比，已经有了相当的自主性，对于主流文化边界的界定也是在商业逻辑的基础之上摸索完成的。[①]

从主旋律电影的发展过程来看，现阶段最突出的几个特征是有内容、有票房、有吸引力，尤其是在吸引年轻观众群体方面有很大的突破。以"90后""00后"为代表的"网生一代"已经登上历史舞台，他们对主旋律题材电影这种严肃表达的影响也非常明显。由年轻"网生一代"主导的电影趋向既令人担心也让人兴奋，未来的发展还是未知的，但代际的更换是历史的必然。

（二）"拐点论"被电影品质回升打破

2016年的票房与2015年同周期基本持平，出现停止增长的迹象，这使得中国电影发展面临"危机"，"拐点论"一时兴起。但2017年中国电影发展的表现使"拐点论"不攻自破。2017年，中国电影总票房（未统计港澳台地区）首次突破500亿元，达到559.11亿元，其中国产电影总票房为301.04亿元，票房占比达53.84%；国产电影海外票房也达到42.53亿元。2017年，我国共生产电影970部，其中故事片798部。在92部票房过亿元的影片中，国产片为51部。13部国产电影票房超过5亿元，其中6部超过10亿元。更可喜的是，在我国年度票房收入排前5名的影片中，有4部是国产片，分别是《战狼2》《羞羞的铁拳》《功夫瑜伽》《西游伏妖篇》。可以说，2017年是中国电影满怀文化自信、全面勃兴的一年，真正实现了市场票房与观众口碑的双丰收。2017年是可以载入中国电影史册的一年，值得所有电影创作者及研究者进行深度探究。[②]

"电影品质回升"并不是对2017年中国电影脱离实际的吹捧，而是站在客观的角度分析2017年中国电影的发展后的评价。很多影片取得了票房口碑双丰收，不同类型的电影都展现了电影内容和品质的大幅度提升，如主旋律电影《战狼2》《红海行动》、喜剧电影《羞羞的铁拳》、跨国合拍电影《妖猫传》《英伦对决》、情感类型电影《相爱相亲》、社会题材电影《嘉年华》、艺术片《大佛普拉斯》《老兽》《不成问题的问题》等。中国电影品质逐渐回归，正在不断向前发展，这给当下中国电影行业带来了很大的信心。

（三）感情片直击痛点、引起共鸣

《前任3：再见前任》和《后来的我们》两部关于爱情的电影成为2017年

---

① 孙佳山：《三十年"主旋律"的历史临界及其未来》，载《电影艺术》，2017（6）。
② 陈红梅：《类型批评视域下2017国产电影年度创作述评及思考》，载《中国电影市场》，2018（3）。

7月—2018年6月情感类型影片中的黑马，不仅票房大卖，而且引起了关于情感话题的热烈讨论。情感类型电影的动人之处在于故事真挚、直击人心，而这恰恰也是国产情感类型电影所普遍缺乏的，致使大多数国产情感类型电影走文艺小众路线，难以取得商业上的成功。这两部电影的出现让国产情感类型电影看到了另一种可能：讲出时代的伤痛从而引起观众的共鸣。

这两部电影的故事讲述从电影叙事上讲并不是非常成功的，但它们有一个共同的特点：精确地把握了当下年轻人恋爱的特点和心理，让观众在观影过程中能看见自己的影子。这种感动是触击式的，使观众将自己的情感经历融入电影，感动更多来自观众自己的故事而不是影片的叙事。《前任3：再见前任》是"前任"系列电影中的第三部，基本继承了之前两部的主题和风格，作为都市轻喜剧，导演对整个影片的节奏把控得非常优秀，故事的完成度很高。先以喜剧元素将观众的情绪牢牢抓住，笑点不断，而之后情节的反转又让观众唏嘘不已，由笑至哭，使观众的情绪在观影过程中起起伏伏，形成良好的观影效果。与以往"小妞电影"的书写风格一致，《前任3：再见前任》将故事核心放在了"情感"这个点上，细节上的刻画具有非常强的真实性，制造出代入感。影片从第一场戏就集中于男女主角的感情纠结，生活实际上并无对错，男女主角甚至连吵架的原因都想不起来，却都傲娇地不愿低头。影片中的两对恋人展示了现实恋爱中的两种状态，一种是闷在心里，另一种是事事都坦白，但内心深处被包裹的东西却是一致的，那就是彼此的爱恋。导演设置了"坦白局"和"了断局"情节，每一件要了断的东西都是一份感情的交代。一些细节的呈现，如林佳离家时反反复复拉箱子，同时孟云上蹿下跳；林佳出游，孟云仔细研究每一张照片；林佳将微信消息编辑好后又整段删去……这些都与现实息息相关，观众看到这些人物表现就像看到现实生活中的自己。一个以为不会走开，一个以为会挽留，都坚持着不肯低头，这种情绪将观众代入电影。导演在影片结尾致敬周星驰的《大话西游》：至尊宝成为孙悟空是因为紫霞，而孟云从一个情感"巨婴"成长为体贴的好男人则源于林佳的离开。故事的非团圆结局摆脱了以往的叙事窠臼，再见，却再也不见，这是遗憾的，但珍惜眼前人才是导演想要表达的主旨。①

继《前任3：再见前任》成为2018年年初国产电影票房的最大黑马之后，在五一档，《后来的我们》成为另一部关于"前任"的现象级电影。导演刘若英凭

---

① 虞晓：《〈前任3：再见前任〉：该再见，还是再也不见》，载《中国电影报》，2018-01-10。

借《后来的我们》获得了"华语最高票房女导演"的桂冠。但伴随票房成功的是观众对这部电影的两极化评价，对前期铺天盖地的营销手段的反感，以及对后期爆出的退票风波的责问，这些都使得该片成为2018年最具争议性的影片之一。就一部导演处女作而言，细腻文艺的刘若英不可谓不用心，故事也不能说不深情，但整部电影美丽而平庸、扭曲又分裂。刘若英自己也说："如果你认为影片对爱情没有突破和想象，我还有点高兴，可能这就是我想呈现的。"导演拍摄了苍白乏味的感情戏，反而为这种故步自封而沾沾自喜，这本身就是问题。[①]由此可见，这种引起观众共鸣的情感电影容易引起很大的争议，如何平衡电影本身和噱头制造是需要进一步思考的。

（四）大数据中的电影产业发展

在大数据时代，数据就像"新石油"，是一切商业活动的基础资源。毫不夸张地说，大数据在未来将改变商业模式和人类的思维方式。迄今大数据已经在电子商务、网络新闻、互联网金融等领域创造了巨大商业价值。当下大数据在电影产业的应用尚处于起步阶段，但其隐含的巨大潜力已初步展露。《前任3：再见前任》等票房黑马在影片创作过程中，依靠大数据对于观众的情感经验和痛点进行分析，以此作为创作、宣传电影的重要依据。由此可见，对观众观影偏好等的大数据分析对票房有很大影响，大数据可能会成为票房的有力保障。

利用大数据进行宣传营销的主要特点是精准，精准定位目标观众，精准制定符合观众口味的营销方案。利用大数据对观众进行目标定位的典型是《小时代》系列。数据分析显示，该系列影片70%的目标观众为女性，"90后"是郭敬明粉丝的主力军，因此该系列影片针对"90后"女性开展了一系列营销活动，引发了这一部分人群的集体狂欢，电影票房也随之大卖。大数据能够为影片提供市场预测，同时影院利用预测的票房结果对排片进行合理分析，从而做出最优的影院排片方案。对全国不同城市、不同人群的消费习惯的统计分析，可以指导确定影片的发行场次、顺序和价格等因素。利用大数据分析，可以找到电影中消费者感兴趣的形象，然后向观众推荐这一形象的衍生品。例如，在阿里巴巴平台上，消费者的账号留下了购买电影票的数据后，大数据平台就会智能地推给消费者相关的电影衍生品的购买链接。电影衍生品的

---

① 杨柳：《〈后来的我们〉：前任的流行病，情怀的分裂症》，载《当代电影》，2018（6）。

存在不仅促进了制造业等领域的消费，也增加了消费者对电影品牌的认同。[①]大数据在影视行业的发展还处于初级阶段，存在着侵犯隐私权、干扰艺术创作和潜藏商业风险等很多问题。但面对大数据，电影从业者不能回避，因为这是时代发展的必然趋势，电影从业者应积极地面对，将其变成对电影发展有利的助推。

四、主要问题

（一）粉丝经济的"野蛮"增长

粉丝经济是近年来的一个热点，在2017年7月—2018年6月依然保持增长势头。粉丝经济泛指建构于粉丝和被关注者关系上的经营性创收行为，被关注者多为明星偶像和行业名人等。最初的应用领域为音乐行业，近几年在电影领域也发展迅猛，拥有庞大粉丝群体的明星对电影票房有直接的号召力，这也引发了明星效益放大、忽视内容等一系列问题。北京师范大学陈晓云指出："一部由片酬远低于'小鲜肉'的'老戏骨'主演的电视剧《人民的名义》在电视台热播，而电影《建军大业》公布的演员阵容，却包含了大量的'小花旦'和'小鲜肉'，从而形成了颇有意味的明星现象。大量起用明星来出演主旋律电影始于《建国大业》。从创作者角度考虑，或许演员与角色之间年龄、气质等因素的契合是其选择此类'特型演员'的主要依据。形似与神似，向来是人们对于此类角色的心理期待。而对于史诗题材的主旋律电影来说，如此的明星策略也可能是一把双刃剑。当然也可以将之理解为一种主动面向由年轻人为主体构成的电影市场的策略。然而，这些明星能否在历史人物的'形'与'神'的呈现上获得认同，则是一个有待事实检验的问题。"[②]

粉丝经济包含很多深层的原因，其中最本质的一点是观众的需求，典型的例子就是"小鲜肉"的出现。正如西北大学的巩杰所述："时代的审美风貌已经发生了显著变化，观众群体也在悄然变化。'小鲜肉'男明星是这个时代的产物，同时也是这个时代审美转变的风向标。在这个英雄和硬汉衰落的年代，知心暖男则成了孤独无助的女性抚慰心理和情感代偿的心灵鸡汤。对于'小鲜肉'男明星本身而言，气质也总在改变中。随着男性身体和思想的成熟，他们的明

---

① 时继超：《论大数据在电影产业中的作用》，载《中国电影市场》，2017（12）。
② 陈晓云：《明星的脸：当代明星文化的身体迷恋与物化崇拜》，载《当代电影》，2017（8）。

星形象也会逐渐转变。一个时代有一个时代的'小鲜肉'，对于明星而言，身体总是和生命机能与青春气息关联在一起的。在女性消费欲望中滋生的身体和形体，总有过时、衰老的时候，所以，对于一个魅力恒久的明星而言，想要立于不败之地，除了靠花样年华和身体，更为重要的还是靠自身的智慧、学识、演技和勇毅。"①

李道新等人也曾指出："现在的偶像明星和粉丝经济同样映照了当下中国电影生态存在的问题。按照一般说法，当下电影大约可划分为主旋律电影、艺术电影、独立电影以及商业电影。偶像和粉丝自然会大量地出现在商业类型电影中，至于主旋律电影、艺术电影和独立电影，偶像明星的影响力还相对较小。问题在于，主旋律电影、艺术电影和独立电影是否也需要利用偶像明星来提升影响力甚至票房预期呢？比如说，有些主旋律大片，甚至献礼片，都会起用超人气青年偶像，这是偶像们的问题还是电影生态的问题？我认为，这是电影生态的问题。中国的主旋律电影、艺术电影和独立电影现在还没有能力打造明星，需要借助商业电影打造的偶像。当下中国电影之所以会进入一个所谓的粉丝经济或者金融资本控制的时代，并让偶像明星拥有最大的话语权，是因为中国电影在技术、艺术、美学和工业体系上总缺乏应有的追求与基本的建树，或者说缺乏探索的勇气与创造的锐气。长期下来，导致的后果就是，中国电影只能以偶像明星来向观众索取关注、赢得票房。"②这一较为极端的现象能反映出中国电影的很多问题，从而引发进一步的反思。

（二）续集电影发展问题

《绣春刀Ⅱ：修罗战场》《京城81号Ⅱ》《前任3：再见前任》《捉妖记2》等电影轮番上映，国产电影再掀"续集热"。这些续集电影类型不同、风格迥异，从不同角度展现了当下国产续集电影的发展态势和艺术水准。国产电影产业体制不成熟、从业人员水平不一、品牌发展体系未建立、后电影产品开发不足等问题，使得续集电影艺术水准参差不齐，电影的票房与口碑有较大差距，续集电影产业化发展面临诸多困难。理性地看电影产业发展，拍摄续集是国产电影发展的必经之路，也是电影国际化、资本化、市场化的必然趋势。随着新媒体

---

① 巩杰：《全媒体时代"小鲜肉"的男性气质与生产消费》，载《当代电影》，2017（8）。
② 李道新、蒲剑、孙佳山：《时代的焦虑——"小鲜肉"及其文化征候解读》，载《当代电影》，2017（8）。

和电影技术的发展，续集电影的重要性日益凸显。

续集是电影商业化的一个重要策略，以好莱坞为代表的系列影片产业十分完备，比较成功的系列电影有《星球大战》系列、《速度与激情》系列、漫威系列、"总动员"系列等，中国电影在这方面目前还存在一系列问题，还需要继续努力。与好莱坞续集电影成熟的生产线、熟练的制作流程、高度发达的商业环境、具有较高专业性的从业人员等特征不同，国产电影的"续集热"不是市场的自然行为，而是制作者的偶然探索和被动拍摄：看到第一部效果不错，就迅速加码再拍，并没有细致周全、深思熟虑的通盘考量。《非诚勿扰》收获了1.8亿元票房，但由于其故事不够扎实，《非诚勿扰2》虽然维持了高票房，但也将这一品牌终结，在故事上没有形成与第一部的联动和互文。讲述年青一代女性情感的电影《闺蜜2》也遭遇了口碑扑街。母版电影自身基础不牢，剧本、拍摄、后期制作时间较短，这些都使得续集作品被称为"伪续集"。与好莱坞电影中呈现的个人英雄主义、亲密的家庭关系、深刻的现实主义不同，国产续集电影的立足点没有根植于民族文化和现实境遇，对社会、文化等问题的反映流于表面，没有给观众留下深刻印象，有些作品还存在价值观错乱的问题。《小时代》系列虽然通过大数据营销获得了高票房，也反映了一定的现实生活，展现了某种青春意识，但其对物质生活的浮夸表现、对消费主义的肆意宣扬、对青春生活阴暗面的过度渲染，使其格局较小、缺乏深度。《京城81号Ⅱ》剧情拖沓，逻辑不严谨，结尾的解除悬念不能让观众信服。作为一部惊悚电影，《京城81号Ⅱ》没有着眼于故事本身，而是把更多的精力用于表面的服化道具、特效和音效，为恐怖而恐怖，这样就使得故事的推动力较弱，使观众没有代入感。

国产系列影片很难取得成功的另一个重要原因是在拍摄第一部时并没有拍摄系列影片的计划。第一部影片一般是试水，票房成绩好才启动第二部。这种在最开始没有全盘计划的续集容易出现故事连贯性不强、有强加的生硬感的问题。在这种情况下，电影的质量很难保证，续集大多是蹭第一部的热度，没有持续的生命力。因此，国产系列电影要想突破创作困境，就必须将注意力放到讲好故事特别是讲好中国故事上，最开始的架构要清晰，而不是由市场利益牵着鼻子走，只有这样，国产系列电影才能焕发出生命力。"在经济全球化发展的今天，国产续集电影要想打造品牌，获得可持续发展，必须从民族文化中提炼与主流价值观吻合、打动世界的民族元素。用影像重构民族文化，用类型电影模式认真扎实地讲述反映中华民族精神文化的好故事，并赋予这个故事以现代视野，这或许是国产续集电影未来发展的一个方向。"①

（三）网络小说改编电影乱象

2015年以来，网络盗墓、玄幻、仙侠小说，如《鬼吹灯》《悟空传》《三生三世十里桃花》等，纷纷被改编为电影搬上大银幕。无论是盗墓、玄幻还是仙侠小说，它们都集合了故事的传奇性、叙事时空的非线性、人物塑造的多元化、想象世界的奇异性等特点。更重要的是，这些网络小说有着忠实的粉丝群体，能够积极参与从小说撰写到电影改编的全过程。这种网络小说改编电影既能给我国本土类型电影的发展带来更多可能性，又契合了当下媒介融合的语境。国内研究者对此也从未停止探讨，提出了奇幻电影等说法。

从积极的角度看，网络小说的奇幻题材拓展了电影叙事的边界，提供了更多的角度与可能性，具体体现在四个方面：情节的多线并进、场景的天马行空、人物的复杂多样、主题的多元探讨。在情节的多线并进方面，以网络小说《鬼吹灯》为例，由它改编而成的电影主要有《九层妖塔》和《寻龙诀》。在2015年年度国产电影票房排行榜上，《寻龙诀》《九层妖塔》分别取得了第四位、第十位的成绩，其受欢迎的程度可见一斑。小说《鬼吹灯》的主要人物为胡八一、王凯旋、Shirley杨三人，故事发生地因这三个主人公的盗墓行动遍布中国的东西南北，八部书描写了八个历险故事，每个故事又衍生出来新的场景和人物。与章回体小说的线性叙事不同，《鬼吹灯》的读者不需要按顺序从第一部读到第八部，随机抽取其中一部也能得到较为完整的情节线索。这种多线并进的分散叙事很有利于影视改编。在场景的天马行空方面，小说描写的各种奇幻场景也是影视所偏爱的，现代数字建模技术在电影中的运用使各种奇特场景都可以轻松展现。在人物的复杂多样方面，网络小说的一大特点在于人物众多且性格各异，这一点也给改编创造了有利因素。比如，电影《三生三世十里桃花》的同名小说实际上是《三生三世》系列小说中的一部，除了《三生三世十里桃花》，还有《三生三世枕上书》《三生三世菩提劫》等。《三生三世十里桃花》的主角为白浅、夜华，配角有墨渊、凤九、东华帝君等。而在《三生三世枕上书》《三生三世菩提劫》中，凤九、墨渊分别成为主角，白浅等则成为次要人物。也就是说，在系列小说中，一部小说里的副线人物可能成为另一部的主线人物；小说围绕着人物的多样性开拓叙事空间，而非依赖某一个人物。在主题

---

① 高媛媛：《论国产续集电影的发展困境和突围策略》，载《电影艺术》，2017（5）。

的多元探讨方面，网络小说不仅情节、场景、人物等呈现出多样性，在表达的主题上也极为丰富。比如，《三生三世十里桃花》《花千骨》等小说表达了爱情有让人超越生死、突破固有观念的永恒力量；《悟空传》对齐天大圣大闹天宫的故事进行了现代性改编，孙悟空被塑造成敢与天庭对抗、掌控自己命运的自由斗士。

　　网络小说奇幻题材的上述优势同时也是其引发问题的原因。散点叙事、多线展开、奇异主题使改编电影的叙事过于直白、简单甚至逻辑不清，无形之中制约了改编电影的可持续发展。毕竟，在对情节的猎奇性得到满足之后，人们会更期待作品背后的美学意义。所以，在面对丰富的网络资源时，我们还需要从以下三个方面做起。"首先要立足本土，寻找虚拟时空里的现实逻辑。国外特效团队只是辅助，创意来源还在于国内主创人员。要善于挖掘奇幻小说的本土特性，抓住其中的民族文化神韵。其次要深挖价值观，找到支撑电影叙事的原在动力。网络小说常常因其创作特点，更重视情节的盘根错节，如此便容易顾此失彼，缺少一以贯之的价值观念。最后要让'奇幻片'的讨论回归本土语境。奇幻片虽借鉴于西方电影，但我们应积极探索本土的应对之策。若研究者们尚不能在一个范畴里讨论奇幻片，各研究又怎会成为推动国产奇幻片发展的批评话语？"①

（四）艺术片生命力持续增强

　　2016年7月—2017年6月，《路边野餐》《罗曼蒂克消亡史》《八月》《长江图》《一句顶一万句》等多部国产优质艺术影片涌现；2017年7月—2018年6月，艺术电影生命力持续，出现了《不成问题的问题》《二十二》《嘉年华》《相爱相亲》《老兽》《西小河的夏天》《路过未来》《暴裂无声》《大佛普拉斯》等多部优秀作品，这些艺术片不仅在质量上保持了不错的水准，也进一步在市场上取得了突破。

　　近年来，我国艺术电影产业取得了很大的进步，艺术电影从之前的小众灰色地带逐步走上院线，而且票房成绩令人惊喜，这和2016年成立的全国艺术电影放映联盟对艺术影片产业发展的推进密切相关。"长期以来，中国电影资料馆（中国电影艺术研究中心）的艺术影院都是京城的一处文化坐标，吸引了无数文艺青年及电影从业者来此'朝圣'；与此同时，随着移动互联网的全面推广，网

---

　　① 李艳：《奇幻题材网络小说的改编对国产片的影响》，载《当代电影》，2018（5）。

络购票的便利性凸显，每年的上海国际电影节以及北京国际电影节俨然成为一道文化景观，很多影片一票难求……在此背景下，如何在商业电影的放映体系之外成立艺术电影院线，满足艺术电影观众的需求，成为业界、学界乃至全社会共同关注的话题。2016年10月，在国家新闻出版广电总局电影局的支持下，由中国电影资料馆（中国电影艺术研究中心）作为牵头单位，联合国内主要电影院线、电影创作领军人物、网上售票平台等多方面力量，共同发起的长期放映艺术电影的社团组织——全国艺术电影放映联盟挂牌成立。一年多来，该联盟先后策划、发行了多部艺术电影，引起社会广泛关注。这是对社会呼声的一次重要回应，也是对习近平总书记关于中国特色社会主义进入新时代，我国社会主要矛盾已经转化为人民日益增长的美好生活需要和不平衡不充分的发展之间的矛盾论断的一次重要实践。"①在艺术电影产业不断完善的过程中，相信我国会出现更多的优秀的艺术影片。

（五）"IP热"导致拼接剧情

近几年，在中国的电影生产领域的"IP热"势头依然不减。尽管如今已有大量的IP电影，但很多都是表面化的，真正有深度、有文化内涵的IP电影很少见。"IP热"的背后是对内容的简化、忽视，导致所谓的IP仅是宣传的噱头，转瞬即逝。

急功近利式的IP改编所导致的最直接结果就是剧情的拼接化，故事不再以完整性为目的，而尽可能多地包含IP热点以吸引流量。这是在商业模式和互联网大数据技术的共同影响下所形成的电影创作模式，往往快捷、高效、票房有保障。但这种泡沫式的电影模式发展会持续多久？"2016年，处于全面爆发期的IP电影以燎原之势攻占各大档期，昭示着国产电影的发展走向。不过，虽然IP电影的井喷姿态激发了业内人士对电影市场潜力的无限想象和希冀，但良莠不齐、鱼龙混杂的野蛮生长局势也显衬出原创力的匮乏和创意的干瘪荒芜，IP电影票房与口碑成反比的现象或可成为一种证明。随后，在市场上'呼风唤雨'的IP电影很快便遭遇资本的绑架和反噬，'票房灵药'渐趋显露出后劲不足的疲软姿态。2017年诸多IP电影的市场表现远未达到预期，这种集体'哑火'的姿态宣告着国产IP电影进入瓶颈期的窘境，'一鼓作气，再而衰，三而竭'似乎成为国产IP电影生命周期最鲜明的写照。面对所谓文学IP、游戏IP、互联网IP

---

① 杨天东：《艺术电影院线的发展路径与策略探索》，载《当代电影》，2018（2）。

充斥市场的局面，著名编剧麦家先生无奈地发出了'中国的IP热让资本走进电影，却让电影远离了艺术'的沉痛感喟，一语道出国产IP电影'断崖式下跌'的症结。"①由此可见，讲好故事才是最重要的，靠IP拼接剧情虽然会吸人眼球，但只能获得一时效果，不会持久。

五、热点理论研讨

（一）关于电影产业的研究

《中华人民共和国电影产业促进法》（简称《电影产业促进法》）颁布后，创作导向、人才扶持、资金支持、国产电影出口等多方面措施被提升至法律层面。《电影产业促进法》对中国电影产业的发展产生了很大影响，使中国电影学派有法可依，稳步、理性发展。2017年7月—2018年6月，针对中国电影学派构建的研究工作已经启动，几大艺术院校联合成立中国电影学派研究部，希望可以使中国电影在弘扬中华民族精神方面发挥更大价值。《电影产业促进法》的影响具体体现在以下几个方面。

第一，为创作指明方向。《电影产业促进法》明确了以人民为中心的创作导向，鼓励创作思想性、艺术性、观赏性相统一的优秀电影，并在第三十六条对国家支持的电影题材和类型予以列举，引导电影创作朝着弘扬中华文化、促进社会进步、有益观众身心健康的方向努力，为中国电影学派构建在题材方面给出了指引。

第二，提供人才扶持措施。《电影产业促进法》鼓励电影行业组织开展业务交流，强调从业人员坚持德艺双馨，并从人才扶持战略的角度鼓励人才培养。一方面，《电影产业促进法》要求电影从业人员应当坚持德艺双馨，遵守法律法规，遵守社会公德，恪守职业道德，树立良好的社会形象。另一方面，《电影产业促进法》明确提出国家实施电影人才扶持计划，国家支持有条件的高等学校、中等职业学校以及其他教育机构、培训机构等开设与电影相关的专业和课程，采取多种方式培养适应电影产业发展需要的人才。2017年，主管部门采用各种方式促进电影人才培养方面的国际交流，如电影局与美国电影协会、韩国电影振兴委员会等机构合作，派送国内编剧、导演、动画电影人和制片人等赴好莱坞等地学习，为青年电影人才国际交流创造了机会。高校与影视公司合作

---

① 李国聪：《国产IP电影的观念转型与价值深耕》，载《电影新作》，2017（6）。

进行网络电影拍摄，为在校生的实践提供平台。此外，金砖国家电影人才交流培养计划等人才扶持计划愈发受到关注，电影人才成长获得更多机会。

第三，提供资金支持。《电影产业促进法》第三十七条关于资金扶持的规定为电影产业发展的资金支持提供了法律依据。政府通过专项资金、基金等支持方式，支持电影产业基础设施建设，支持优秀国产影片的创作、生产、宣传、发行、放映，对优秀国产影片进行奖励。电影精品专项资金支持力度加大，资金用于促进贴近人民生活的、丰富人民精神文化的电影的创作生产。电影精品专项资金设立于1996年，近几年全年资助总额保持在1亿元以上，单个电影项目最高资助金额达到2000万元。且从最近两年公示的受资助的电影的题材来看，主旋律和展现民族风俗文化的影片更容易获得资助。例如，《湄公河行动》《战狼2》《红海行动》《空天猎》等现代军事主旋律影片获得了电影精品专项资金的支持，《冈仁波齐》《百鸟朝凤》等涉及民族文化的电影也属于国家重点支持的对象。对于小成本电影来说，电影精品专项资金或许可以起到雪中送炭的作用，有了电影精品专项基金的支持，对票房可能的亏损的担忧可以减轻。还有一项资金是国家电影事业发展专项资金。2015年，《国家电影事业发展专项资金征收使用管理办法》发布，规定办理工商注册登记的经营性电影放映单位，应当按其电影票房收入的5%缴纳电影专项资金。《中央级国家电影事业发展专项资金预算管理办法》对中央级发展专项资金的使用范围和资助标准等问题做了明确规定，影院放映国产影片、少数民族语电影译制等项目受到重点关注和支持。此外，《电影产业促进法》第三十八条规定，国家实施必要的税收优惠政策，促进电影产业发展。该法律实施后，国务院财税主管部门制定了减税、免税、优惠税率等税收优惠政策，整体上减轻电影从业主体的负担。

第四，为国产电影提供保护扶持。《电影产业促进法》明确了国家对国产电影的扶持规定，在创作、放映、对外推广等环节予以鼓励。在创作环节，国家开展了电影精品工程、少数民族电影工程、百部重点主旋律选题规划、中国电影新力量品牌塑造等重点项目。此外，《关于对优秀国产影片进行奖励的通知》发布，对国产影片予以奖励。在放映环节，《电影产业促进法》规定电影院应当合理安排境内法人、其他组织摄制的电影的放映场次和时段，并且放映的时长不得低于年放映电影时长总和的三分之二。这是对国产电影放映时长做出的要求，目的是保护国产电影。立法者认为，对国产电影的保护应当是适度的、有限的，既要保证本国文化安全，又要保障国内观众欣赏世界优秀电影作品。事实上，在很多电影产业发达的国家和地区，都有关于本土电影保护和扶持的政策。例如，韩国要求所有电影院必须每年放映满73天的国产电影。《电影产业促进法》的这一规定，为未来中国电影学派电影更多地呈现给观众提供了法律保障。在对外推广环节，《电影产业促进法》为国产电影走出去保驾护航。《电影产业促进法》规定国家鼓励开展平等、互利的电影国际合作与交流，支持参加境外电影节（展）。①

随着我国社会的不断发展与变革，我国电影院线也进入了一个新的阶段。近年来，随着互联网、云技术、金融资本等新要素的进入，我国电影市场结构发生了较大的变化。电影院线虽然经过了几轮的并购、重组、整合，但依然没有形成规模效益，市场集中度较低，仍处在以松散型结构为主的阶段，亟须转型升级，提升核心竞争力。

回顾中国电影院线的发展历程，可以分为四个阶段。第一个阶段为院线发展初期（2002—2005年）。这个阶段的发展特点是以行政力量推动院线组建，大力鼓励跨省整合，以突破区域垄断。院线主要由原有的省（自治区、直辖市）电影发行放映公司改制而来，国有院线占绝对主导地位。但由于带有计划经济色彩，同时缺乏资金，院线发展缓慢。2005年，纯民营资本的万达院线成立，其背后有万达集团雄厚的资金支持，有计划、有步骤地进行影院拓展。天津、哈尔滨、长春等城市的电影市场也因万达影院的进驻而被激活，进而吸引了其他社会资本的进入，包括金逸、大地等。万达院线促进了多元主体格局和竞争机制的形成。第二个阶段为院线拓展期（2006—2010年）。这个阶段里院线的增长曲线比较陡，发展速度快，2010年出现了15年来的峰值，增长幅度为61.97%。2010年，全国影院增加了313家，银幕增加了1803块，这样的增长速度受到社会各界的广泛关注，马太效应发挥了作用，更多的社会资本进入院线。此阶段的发展特点是各院线通过自建、加盟的方式跑马圈地，在初期和中期，由于大多数城市的影院本处于空白状态，拓展速度较快就很自然了。另外，院线也和影投公司合作，相互借势以实现双赢。2008年，金逸与广州珠江院线合作，组建了广州金逸珠江电影院线，票房一直处于院线票房第一梯队。万达、大地、横店等民营院线进入市场并迅速发展，国有、民营、混合所有制的多元主体结构激活了竞争，进一步释放出生产力。究其原因，一是准入门槛降低，允许民营资本组建院线、境外资本建设影院，星美、UME、

---

① 徐晴：《论〈电影产业促进法〉对构建"中国电影学派"的支持》，载《电影评介》，2018（8）。

CGV、嘉禾、百老汇、保利、博纳等投资主体的加入加快了影院建设步伐；二是电影专项资金先征后返的经济政策对多厅影院建设起到了重要的推动作用；三是数字技术的发展增强了放映的视听效果，将潜在的消费欲望转化成实际，如2010年《阿凡达》的火爆反映了观众对好电影的渴求。第三个阶段为调整、重组期（2011—2015年）。这个阶段的院线继续呈快速发展态势，主要特点是：第一，因为前两个阶段中影院建设资本回收速度快，所以社会资本的投资热情很高，但有的投资属盲目投资，致使部分城市影院建设密集程度过高，出现了方圆不足5千米的区域竟有四五家影院的现象，进而导致影院租金、经营成本整体上涨，同时恶意低价的竞争行为苗头出现，严重扰乱市场秩序，偷漏瞒报票房等违规行为开始泛滥；第二，互联网在线售票进入电影行业，在一定程度上改变了电影价值链的利益结构；第三，有实力的院线通过并购、兼并的方式实现规模扩张，如万达院线于2015年收购了世茂影院资产，之后又收购广东厚品、赤峰北斗星等旗下的影院。第四个阶段以2016年为起始点，影院建设开始回归理性，院线经营遇到困境，进入了转型、提质、升级阶段。2010年之前，我国的观影人次增长幅度大于银幕的增长幅度，这说明银幕效率很高；2010—2013年，观景人次增长幅度小于银幕的增长幅度，银幕效率下降；2013—2015年，观影人次的增长幅度虽大于银幕的增长幅度，但大规模的票补是其根本原因。据不完全统计，2014年票补为20亿元，2015年票补为40亿元。在线售票平台"烧"钱，换来的是庞大的用户群；对于互联网企业来说，用户是它们的生命。2016年票补减少，观影人次增幅呈直线下降趋势，这个现象说明观众是影院的生命线，如何提高观众对影院的依赖度是院线或影院必须要解决的问题。

院线现在进入一个新的发展阶段，还面对着很多问题和挑战。张小丽、魏真指出，院线放映行业亟待改变的是目前的松散型结构，发展关键在于增强市场集中度，提高资本实力和品牌价值；但需注意的是，改变并实现可持续发展的前提条件是建立属于自己的"会员系统"，构建以电影院为核心的大文化娱乐圈并实现良性循环；"电影IP"是核心，庞大的会员体系是基础、是条件，传输链接系统是技术保障，缺一不可。[1]

---

① 张小丽、魏真：《从数据统计角度分析我国城市电影院线发展现状及存在问题》，载《当代电影》，2017（9）。

（二）关于电影本体的理论

2017年7月—2018年6月，中国电影学派的建构成为我国电影领域的热门议题。2017年10月31日，中国电影学派研究部在北京电影学院正式成立。中国电影学派话题在当下的出现与近年来中国电影产业的繁荣以及大国崛起的时代语境息息相关，也与中国美学精神的倡导有着内在关联。然而，如今的中国电影学派和以往的意义已不尽相同。"面对当下的电影市场和电影环境，只有构建具备相应的民族性的中国电影理论的中国学派才能使中国电影理论与批评更好地助推中国民族电影的实践，只有在理论上做出更有力的回应才能推动我国由电影大国迈向电影强国，使中国电影作为民族话语建构的主要方式，更好地发挥作用。"[①]

关于表演美学的变化，厉震林、罗馨儿认为，一是电影表演从"颜值"逐渐回归美学和文化。原本"颜值"论的霸主地位很快被取代，正本清源的表演原理分析开展，在学理、实践和政策方面进行了系统有效的引导和归位。社会大众、电影视界、传媒舆论构成了新的共同体和利益场。明星与作品本来就非矛盾关系，戏保人，人保戏，人戏共生共荣，这是一种良好的文化状态。目前，虽然社会对表演的持续关注可能只是阶段性的文化形象，但其所产生的良性效应会影响未来电影表演与创作的形态与质量。二是电影市场进入分化时代，表演美学竞争加剧。原本"轻电影"中"小鲜肉"的表演比较多，造成一拥而上、盲目跟风的现象。但是，随着市场越来越理性，观众对电影表演的判断越来越成熟，表演个性化和多元化的时代到来，有望建立更加健康的表演链条和市场生态。许多公司对多种类型表演和观众口味进行培育的效果已经初步显现。三是以真实原型改编的电影及其表演正成为赢得高票房和强影响力的重要途径。当前，中国正经历着几千年以来最重要的社会转型，中国文化正在修正并重新编码，正是因为处在大故事、大人物、大思想的时代，观众渴望在银幕上看到真正解码当下、感动时代、代言国家的表演艺术，而不是把很真的人和事表演得比较假。四是文艺片在中国电影生态格局中的生存状况持续改观，与商业片之间的分界线趋向模糊，逐渐从小众、晦涩演化成深刻、人性的代名词，走进大众视野。文艺片表演也成为越来越多电影演员表达自我、寄托情怀的方式。演员们开始重视电影表演的人文精神和本真思维，呼吁一种不忘初心

---

① 丁亚军：《论中国电影理论中的中国学派的形态及其意义》，载《电影新作》，2018（1）。

的电影表演美学。[①]

关于中国网络影视叙事学，田园对中国网络影视叙事学的发展历程进行了梳理，并提出网络影视叙事学是从叙事学理论发展而来的，网络影视叙事研究与分析仍离不开对经典叙事学理论的借鉴。应当说，这种借鉴对建立网络影视叙事学的理论框架起到了重要且卓有成效的"范式"作用，但这是远远不够的。就作为具体理论门类的网络影视叙事学而言，它更应该开掘和探讨属于自己的叙事规律，即建立在特定的"符码""编码"和"解码"规律之上的更富有个性特色的叙事规律。网络影视的叙事模式比传统影视叙事模式更加多元化，叙事视角往往是全知视角；在叙事结构上尽量避免过度复杂的叙事路线；叙述注意利用悬念、波澜、插叙、补叙、细节等；叙事空间往往加入新的影视元素，如音乐、动画、资料回放等，且叙事空间光影色彩构造有两极化趋势；语言运用上多用通俗平实的语言（甚至包括方言和俚语）；叙事时限一般为等述。在影视叙事研究的整体发展背景下，网络影视叙事学正在形成和完善中，其中关于网络剧叙事、网络大电影叙事等的分析研究成果逐渐出现，并且随着时代科技的发展，研究范畴也不断扩展。这些为我们研究网络影视叙事的其他实践提供了一个行之有效的具体借鉴思路。[②]

还有一个重要的研究领域是中国女性主义电影的相关理论。在《相爱相亲》《嘉年华》《后来的我们》等电影引发热议后，中国女性主义电影再次成为焦点。对此，伍俊对中国女性电影的发展进行了概述。他认为，妇女研究（women study）、性别研究（gender study）以及女性主义文学与电影批评是三个关注女性与性别议题的研究领域，三者有分野也有交叉。从研究的问题上看，妇女研究致力于揭示女性受压迫、不平等的处境，强调对父权制、性别不平等的批判。性别研究则致力于揭示两性关系在具体的历史、文化和社会环境中是如何构建和形成的。二者在研究方法上多为历史学、社会学、人类学、民族学的方法。女性主义电影批评则对电影中的女性再现、女性观众的观影位置等问题进行研究，同样涉及妇女研究和性别研究的议题。在研究方法上，女性主义电影批评主要是基于文本分析的研究，而在文化研究领域中兴起的电视研究常常结合文本分析和诸如调查、采访、问卷、实地考察等社会学的研究方法。可见，从不同学科出发的关于女性与性别的研究，在相当程度上有着共同的议题、资

---

① 厉震林、罗馨儿：《2017年国产电影表演美学述评》，载《北京电影学院学报》，2018（2）。

② 田园：《论网络影视叙事学的构建》，载《电影评介》，2017（24）。

源和方法。国内学者近年来呼吁"女性主义本土化"，其中的"女性主义"便是包含妇女研究、性别研究和女性主义电影批评的泛指。例如，近年来华语电影学术圈在研究的主体是谁这个问题上产生了争论，中国的女性主义研究学术圈虽没有出现类似的争论，但某种"焦虑"却是显而易见的，而本土化议题的提出，也同这种焦虑不无关系。比如，"女性主义本土化"的观点常认为西方理论不能直接用于解释中国的情况，又认为西方理论的中心主义倾向将中国视为"他者化"的存在，甚至采用一种猎奇的研究视角，因此西方学者的研究总是一种"外在的"研究，而中国的研究者只有放弃简单地搬用理论，关注中国女性实际的、特殊的生存状况，才能真正使女性主义本土化。在电影学的研究领域，正如有的研究者所指出的那样，中国的女性主义电影批评还处于相当边缘的位置，同西方成体系的理论与相应的艺术实践相比，中国在这方面还是十分零散的。具体说来，主要有以下几个方面：第一，电影中的女性形象研究，这一研究与文学中的人物形象研究相似，理论方法皆为研究者所熟知的，因而有较多的成果；第二，女性导演、女性电影研究，如对女导演王苹、董克娜的研究，对"第四代"女导演张暖忻、史蜀君、胡玫、黄蜀芹等人的研究，以及近年来对张艾嘉、许鞍华、李玉等人的创作研究；第三，西方女性主义电影理论的研究、译介，如酷儿理论等。近年来，一些围绕新议题的研究也有出现，如男性气质研究、身体研究等，当然这些新议题对于西方研究者来说可能已并不新鲜。①因此，尽管出现了几部令人惊喜的女性主义电影，我国女性主义电影仍处于发展阶段，需要进一步突破。

（三）关于电影技术的研究探析

技术对电影的影响是深刻的，尤其在当下互联网环境中。关于电影技术的研究也成了2017年7月—2018年6月这一时间段研究的热点。

中国传媒大学的徐燕妮从两方面概述了电影技术新发展。首先，虚拟数字技术渗透电影的制作过程，电影叙事实现了在多维时空中的自由转换。数字技术在改变电影空间存在形式的同时，也向电影制作者提出了电影创作的倾向性问题。技术既可以制造光鲜奇幻的视觉效果，也可以使写实逼真做到更极致。借助数字技术对真实和虚拟的表现，人们逐渐领悟到巴赞有关电影真实性理论的深层内涵。数字电影技术创造的虚拟人物和虚拟时空，尽管在某种程度上超

---

① 伍俊：《女性主义在中国：历史及话语来源》，载《电影新作》，2017（5）。

越了现实，但并未颠覆电影真实性的本质及本源。在数字电影经历了奇观化的技术实验阶段后，数字技术和电影美学的内在关联日益成为电影理论关注的焦点。

其次，在新媒体传播机制介入电影的情况下，随着电影传播手段的多样化，计算机、互联网等新技术不仅改变了电影叙事的话语和形态，也改变了传统影院单一的封闭式放映环境，出现了沉浸式与互动式的新兴观影方式。比如，4D电影院、弹幕电影、VR电影等都改变了传统电影单向的观影体验，实现了新媒体语境中电影与受众的双向互动。电影新技术与新媒体的融合还在很大程度上改变了传统电影产业的运作机制。中国电影在追求奇观化影像的同时，也积极尝试将新技术、新媒体与电影制作、发行和放映有机结合在一起，探索基于新的技术语境的电影产业运作模式，《寻龙诀》《捉妖记》《盗墓笔记》等在这方面都进行了很好的探索。随着中国电影市场的不断壮大，以阿里影业、企鹅影业、爱奇艺、搜狐等为代表的资本大量涌入电影市场，不仅使电影制作的主体越来越多元化，而且极大地拓宽了电影发行和放映的渠道，电影从单一的影院走向了众多的互联网平台。除了影院票房的收入，影片通过网络放映的首映权、点映及会员影片等取得的收入逐渐增加，也使电影放映的周期更长。[①]

VR技术慢慢深入生活，其在电影中的应用也越来越多。VR技术带来的视觉革新比3D技术更为深刻，因为VR不局限于视觉，还包括触觉，这使未来的电影充满了无限的可能性。各大国际电影节已设置VR电影单元，出现了很多成熟的VR电影作品。2017年的北京国际电影节也将VR电影单元纳入主单元，相信近几年VR影片在电影市场的普及率会快速提升。刘庆振指出，VR技术正在改造着传统的电影生产模式和消费模式，这给电影产业未来的发展带来了巨大的机遇。他提出，如果我们把"虚拟"这个词界定为非现实世界存在的事物的话，那么其实我们早已在虚拟世界中生活很久了，例如，一本小说是虚拟的，一本漫画是虚拟的，一部电视剧及互联网上的一款游戏也是虚拟的。他认为，值得探讨的VR技术是一种可以创建和体验虚拟世界的计算机仿真系统，一种多源信息融合的交互式的三维动态视景和实体行为的仿真系统，它利用计算机生成一种模拟环境，并能够使用户沉浸于这种环境；随着越来越多的人在虚拟现实中获得更丰富多元的体验，整个世界将很快实现人们的娱乐生活从真实世界向数字世界的迁移和跨越；而当前的我们正处在这种转换的早期阶段，互联网给用

① 徐燕妮：《新媒体与新技术语境下的中国电影理论建设》，载《当代电影》，2017（8）。

户带来的有限交互体验和未来VR带给用户的完全沉浸式体验之间的差异，就像早期的2D电影和如今的3D电影之间存在的本质上的差异，而且比这种差异还要大很多；当前，电影产业正处在VR技术实现突破式发展的阶段，它的前脚已经迈向了未来，后脚正在努力地跟上技术进步的步伐，这种跨越和升级刚好涉及电影产业未来发展的方向，VR技术的广泛应用，将会彻底改变用户对电影的既定认知和体验；正如互联网和数字技术已经成为我们当今日常生活的重要基础设施和基础技术，在可预见的未来，VR技术必将成为包括电影产业在内的更多产业必不可少的基础技术。①

---

① 刘庆振：《虚拟现实技术对电影产业的影响研究》，载《电影评介》，2017（17）。

第三章

当代文艺动态及评论热点——美术篇（2017年7月—2018年6月）

在中国综合国力不断增强的背景下，美术与其他艺术类型一样，也呈现出生机勃勃的景象。2017年7月—2018年6月，我国美术发展继续走在自己的道路上，表现出主题深化发展、风格与形式丰富多样等特征。向内为呼应时代主题，现实感创作明显提升；向外继续走出国门、迈向世界，特别是与"一带一路"沿线国家的交流日渐频繁。总体来看，这一时期的中国美术仍处在一个发展和转向的阶段，此次转向主要体现在两个方面：一是内容上更扎实，时代感和现实感增加；二是创作形式向基态美术回归的倾向较为明显，传统艺术样态得到了更多的吸收和肯定。

一、热点美术展览

（一）第七届中国北京国际美术双年展

中国北京国际美术双年展是由中国文学艺术界联合会、北京市人民政府、中国美术家协会联合主办的大型国际性美术专题展览，自2003年举办首届以来，已经发展成为中国具有代表性的、深具国际影响力的美术展会。2017年是该展会第七次举办，继续呈现蓬勃发展的良好势头。展会的作品展览于9月24日—10月15日在中国美术馆举办，主题是"丝路与世界文明"；9月25日，以"丝路精神与国际当代艺术创作"为主题的研讨会举行。

第七届中国北京国际美术双年展参展作品仍限定在600件左右，而且以绘画和雕塑作品为主，纳入少量的装置艺术、数码印刷和综合摄影等新创作形式作品。参与此次展会的艺术家来自100多个国家和地区，反映出中国北京国际美术双年展持续扩展的影响力。这些国家和地区之中，有近60个是丝绸之路沿线国家。艺术家们展现出了对展会主题的关注和极大的热情，参展作品紧扣丝路精神所包含的人类普遍的交流交往愿望和不畏艰险、跨越山水、互通有无的勇气，这些艺术品采用多样化的艺术表现形式，尽心表现古代丝路文明遗迹和各国风土人情，尽情展现各国人民对和平美好生活的不懈追求。此届展会以"丝路与世界文明"为主题，在全球开放精神与保护主义激烈交锋的时代中，可谓主题鲜明而深刻。此届展会是对中国"一带一路"倡议和国际社会踊跃参与"一带一路"的积极回应，深刻体现了展会对国际交流与合作的现实关切，体现了各参展方对"和平合作、开放包容、互学互鉴、互利共赢"丝路精神的共同追求。

中国北京国际美术双年展为中国艺术家提供了绝佳的国际化舞台，他们的参展作品通过题材的广泛性、形态的多元性、手法的多样性精彩地回应了"丝路与世界文明"这一主题。中国艺术家的创作，无论是古道明月、梵音涟漪，还是援非医疗队的工作；无论是神秘的燃灯节、苦水社火，还是今日都市的微生活；无论是逍遥游、万物生，还是跨越亚欧大陆的高铁；无论是罗盘、指南针，还是海上丝路的全图胜景……无不讲述着丝绸之路这条最古老、最绵长的人类互通共荣之路的故事。外国艺术家也奉献出了精品佳作，他们的作品或展示由丝路连接的文明圣地的壮观胜景，或以近乎抽象的形式喻示一种融汇与拓展的气场，或抒发激情，或点化依稀朦胧的情致，充满了令人回味的诗性。有的艺术家运用了类似蒙太奇的手法，将东西方的历史情景、先贤人物或文化符号拼接、叠合在一起；有的艺术家在经典图像材料的基础上略加点缀，营造了历史的传奇感。艺术家们在艺术语言的选择与锤炼上，不仅体现了写实与抽象的共存，也进行了象征、拼贴、跨界、融合及越出架上艺术框架的有益尝试，更多地吸收了中国文化艺术元素。来自现今仍战乱不息的古丝路沿线国家如也门、叙利亚、伊拉克等国家的艺术家的作品，充满了对和平发展的丝路精神的缅怀、憧憬和梦想。在展览中，古老与现代交织的丝路风情精彩呈现，丝路精神在鉴赏交流中得以传递，可谓繁盛活跃、盛况空前。

在9月25日的双年展国际研讨会上，国内外20余位理论家和艺术家围绕丝路精神进行了精彩发言。大家各抒己见，围绕古代丝路交往的历史回顾与研究、丝路精神的当代理解与艺术实践、当下国际美术界创作与丝路精神的关联、主题作品含义解析等话题进行了广泛的交流和深入的探讨。与会专家对此届展会给予了高度评价，认为此届展会再现了丝路的历史叙事，发掘了丝路的深远历史意义，阐释出丝路的当下价值，彰显了国际友谊、民族交往和文化交融的包容精神。此届展会在美术创作上赋予了丝路精神以新的时代内涵，以艺术形式展示了在共商、共建、共享实践中实现民心相通、建立起人类命运共同体的需要和可能。展会不仅是对"一带一路"倡议的响应和践行，同时也为国际艺术家们提供了广阔而又颇具针对性和现实意义的交流平台。在丝绸之路与世界文明这一宏大叙事语境中，中外美术家借助艺术相互沟通，探寻东西方文明交融的脉络，拓展了展会的学术视野。中国北京国际美术双年展充分展示了国际美术界创作的崭新成果及和谐进步的精神风貌，也展示了中华优秀传统文化和当代中国改革开放的伟大实践，对深化国际美术界的合作与友谊发挥着巨大作用。

（二）其命惟新——广东美术百年大展

广东省以其百年美术发展历程的回顾为线索，以"开风气之先、领时代之新、走变革之路"为主题，举办了大型美术展览活动"其命惟新——广东美术百年大展"。这次展览由两个阶段组成，首先在中国美术馆举办开幕式及展览，然后在广东美术馆举办持续时间更长的系列展览。广东美术百年大展由中共广东省委宣传部、广东省文化厅、广东省文联、中国美术馆联合主办，广东省美协、广东美术馆承办，是一次对于近代以来勇立潮头的广东美术创作的展示。

此次广东美术百年大展调集了多方资源，规模庞大，汇集了554件经典作品。其中仅中国美术馆就借出了91件其收藏的广东美术家的精品作品，部分精品多年未曾展出。此外，中国国家博物馆、中国人民革命军事博物馆、中国艺术研究院、中国国家画院、人民大会堂、何香凝美术馆、广东美术馆、广东省博物馆、广州艺术博物院等机构也提供了藏品。展览分为"勇立潮头——洋画运动在广东""艺术革命——岭南画派与国画研究会""匕首投枪——新兴木刻运动及漫画""激情岁月——为人民服务为时代讴歌""弄潮擎旗——改革开放中的广东美术""百花争妍——创新创造再筑高峰"共六个板块。展览同时采取海选式无记名投票，评选出21位广东美术百年历史中的"广东美术大家"。这些美术大家的巨幅照片悬挂于展览大厅内，彰显着广东美术百年里人才辈出、繁盛相承的面貌。不仅观众对美术大家的肖像印象深刻，而且专业人士也对此举给予了肯定。中国美协副主席、时任中国国家画院院长杨晓阳对"广东美术大家"的印象深刻，他认为，大展将这些美术大家的个案生动展示在人们面前，让人们看到了广东美术百年的大师群像。此次美展还为这些美术大家的作品提供了单独的展区。

广东美术百年大展在中国美术馆举行时，占据了其一楼、三楼、五楼几乎全部的展厅，规模之宏大为前所少见，而且精品佳作众多，使观众流连忘返。展览包括一些难得一见的美术力作，如高剑父的《东战场上的烈焰》、司徒乔的《放下你的鞭子》、关山月的《绿色长城》《长城内外尽朝晖》、黎雄才的《护林》、杨之光的《雪夜送饭》《一辈子第一回》、潘鹤的《艰苦岁月》、林墉的《延安精神永放光芒》等广东美术经典名作。为了展现中国画现代转型的一代宗师林风眠的风采，主办方特别从中国美术馆、上海美术家协会、中华艺术宫等处筹集到《青衣仕女》《水上鱼鹰》等十余幅作品。在中国美术馆的展览半个月里共吸引了三万多名观众，深受人们的好评。2017年8月4日，广东美术百年大展移至广东美术馆进行展览，在广东省内引起了轰动，成为2017年广东文化界的一次盛宴。有不少观众早早到广东美术馆门前等待开展。展览开幕后，广东美术界人士和热情观众挤满了各个展馆。观众们纷纷表示，能一下子看到广东美术百年精品，是百年难遇的，这是广东人的骄傲，这样的展览不可不看。展览采用了多种呈现方式，除现场观赏外，观众还可以通过网上展馆欣赏500多幅精品；广东美术馆还为重点作品制作了AR（增强现实）特效，让名画"动起来"；观众还可以下载手机软件"虚拟展馆"观展，体验身临其境的观展效果，这也是广东美术馆对"虚拟展馆"的首次应用；与此同时，为了让公众充分了解广东美术百年历程、感受广东艺术家的创作特色，广东美术馆还在展览期间举办了公共教育系列活动，公共教育专员、主题导览员为观众讲解作品背后的故事和艺术知识等，让观众感受广东美术的百年辉煌。

广东美术百年大展也是对广东地域美术和人文精神的一次提炼和总结。中国美术馆馆长、中国美协副主席吴为山在开幕式致辞中指出，广东美术具有五个难得的特性——继承性是其底蕴深厚的坚实基础，革命性是其精神内涵的思想底色，兼容性是其开拓鼎新的百川之源，时代性是其别开生面的主要特征，创新性是其生生不息的动力所在；广东美术界英才辈出，凛然观风云，激情写丹青，从不等待，从不盲随，无论身处何地，都以坚定的步伐踏平坎坷、开拓境界，脚踏实地地去实现人生目标，为世人奉献了无数具有新创意、新语言、新内涵、新意趣的时代经典。时任中国美协美术理论委员会主任薛永年认为，20世纪以来，广东不仅是辛亥革命的策源地，也是"艺术革命"的策源地，成为传统艺术走向现代的中心；近代美术界面临"中国画的现代化"与"西洋画的民族化"两大问题，与当时另外两大美术重地北京、上海相比，广东的革命性最为突出。中国美协副主席、时任中国国家画院院长杨晓阳则对广东美术的现实精神赞誉有加，他认为，百年里广东美术深深扎根于社会现实，它有非常强的现实表现能力，这种精神也深深影响了海上画派、金陵画派及长安画派；人们通常将岭南画派视为现代美术转型的典范，但广东美术的变革成果远不止于岭南画派。中国国家博物馆研究员朱万章认为，这次百年大展对广东美术百年历史中诸多一度被忽略的细节进行了生动呈现，如对国画研究会史料的展示。大展精选了多幅国画研究会成员的作品进行展出，旨在告诉全国观众：除了"折中中西"的岭南画派，广东美术还有"守望传统"的另一面；百年广东美术的格局并不是单一的，而是多元化的。

（三）"回眸600年——从明四家到当代吴门"绘画特展

自古以来，中国美术的地域特征就很鲜明。苏州自宋代起一直是江南的繁盛之地，在元代成为江南绘画重地，涌现了一大批引领时代风潮的杰出画家，特别是明朝中后期以降，苏州美术创作在中国美术发展史上占据了重要地位。为了深入挖掘中华优秀传统文化蕴含的思想观念、人文精神、道德规范，结合时代要求继承创新，推动苏州文艺繁荣发展，苏州市人民政府策划了以"回眸600年——从明四家到当代吴门"为主题的大型绘画特展。展览于2017年11月30日在中国美术馆开幕，12月1日正式对公众开放，展期为10天。此次展览由中国美术馆、中共江苏省委宣传部、江苏省文联、苏州市人民政府主办，江苏省美协、中共苏州市委宣传部、苏州市文化广电新闻出版局、苏州市文联承办。展览共展出中国画、油画、版画、水彩画等作品164幅，分为三部分。一是古代作品，共29组件71幅，从故宫博物院借展，主要有"明四家"及吴门后学，董其昌及"四王"等文人画史主流代表人物的经典作品；二是近现代作品，共18幅，主要体现苏州在近代绘画史转型方面具有开拓性与探索性的代表人物的精品，如吴湖帆、颜文梁等人的作品，为中国美术馆、江苏省国画院、苏州古吴轩出版社、苏州国画院和私人的藏品；三是当代作品，共75幅，历届全国美展获奖或入选作品的原作有35幅，经过专家评审后入展的作品有40幅。

展览吸引了大批观众前往观展，特别是从故宫博物院借展的"明四家""松江派""四王"的作品等古代绘画精品，因其难得一见而为展览增添了很大魅力。在展览中，中国美术馆的1号厅主要展示古代经典作品，其后面的半圆长廊展示了600年苏州美术大事记和年表并配以图片。对近现代苏州籍绘画大师精品的展示采用了作品、文字和图片的形式，较为完整地呈现了苏州近现代绘画史。8号厅和9号厅展览的是当代吴门绘画优秀作品。

此次展览集中体现了苏州的地域文化特色，展示了苏州几百年来的人文气息，也显示了其近现代以来的持续发展。此次展览颇具特色：第一次系统回顾了近600年苏州美术发展的历史，第一次将明清等经典作品与当代优秀作品在国家级平台上同时展示，第一次举多方之力共同在北京举办苏州绘画展览。苏州绘画底蕴深厚，文脉绵长，面貌多样。与会专家认为，兼容并蓄、多方融合、含蓄蕴藉、以道统艺是苏州绘画最为鲜明的四个特征。苏州绘画在变迁演化中表现出稳定的雅致精美和婉约空灵的文化气质。追求艺术品位、对传统文化情有独钟，这反映了苏州艺术家的精神追求，也恰与曲径通幽的苏州园林、小桥流水的居住环境、精美典雅的家具陈设、优雅细腻的昆曲评弹相互渗透和协调，散发着生活艺术化的气息。自明代起，吴门画家就以文人自居，绘画使其既可抒写个人情志，也可谋生，因而从容淡定、怡己怡人。20世纪以来，吴门画家仍然保有自尊自爱的知识分子心态，他们力求既发挥个人的艺术风格和审美追求，又适应社会各领域的不同需求，促使吴地的艺术创作形成新气象。

（四）献礼党的十九大主题美展

2017年是党的十九大召开之年，在这样一个重要的历史节点，社会各界纷纷为党的十九大献礼。美术家用美术的方式讲中国故事，总结党的十八大以来我国的重大改变，展示当今中国的文化自信和民族自豪，歌颂祖国、礼赞英雄、讴歌人民，展现社会主义美术事业取得的新成就。

1. 最美中国人——庆祝中国共产党第十九次全国代表大会胜利召开大型美术作品展

为庆祝党的十九大胜利召开，由中国文学艺术界联合会、中国美术家协会、中国国家博物馆共同主办的"最美中国人——庆祝中国共产党第十九次全国代表大会胜利召开大型美术作品展"于2017年10月10—30日在中国国家博物馆举办。此次展览有全国各美术院校、专业画院、部队等创作单位的42名艺术家共同参与，共展出21幅大型组画，以廖俊波、龚全珍、黄大年等先进人物为创作原型，生动展现了先进典型的感人事迹和当代中国人的昂扬风貌，反映了党的十八大以来我国社会发展的一系列重大事件，具有强大的思想震撼力和艺术感染力。此次展览展出的作品为全国42位美术名家的最新创作，既有以群像式构图表现典型人物在其工作岗位上的动人瞬间的作品，也有以宏伟场景描绘他们在各自专业领域中做出贡献的作品，体现了艺术家用美术方式讲好中国故事的价值追求。艺术家以不同的绘画语言、造型风格和画面布局浓墨重彩地刻画典型人物，其作品充满真情实感，反映了当代美术创作的新面貌、新水平。伊侯评论道："本次展览以迎接党的十九大胜利召开为契机，通过主题性美术创作，描绘先进人物，传播榜样力量。这样一批带有鲜明时代特色的优秀作品，反映了党的十八大以来我国社会发展的一系列重大事件，推动当代中国美术主题性创作向更高水平发展。"①

2．美在新时代——庆祝"十九大"胜利召开中国美术馆典藏精品特展

"美在新时代——庆祝'十九大'胜利召开中国美术馆典藏精品特展"于2017年11月17日在中国美术馆开幕。这次展览从中国美术馆馆藏作品中精选出近现代名家大师的作品200余件套，将其呈现在六个展厅。从晚清赵之谦、何绍基开始，到民国初年的海派任伯年、吴昌硕诸家承上启下，再到齐白石、傅抱石、叶浅予、李可染等从传统中开拓出花鸟、山水、人物画新路；从徐悲鸿、林风眠、庞薰琹融合中西，油画、国画双管齐下，传承与引进结合，开宗立派建构学术体系，到吴作人、吴冠中发扬各自传派，登上艺术高峰；可谓群峰并峙，经典灿烂。另有展厅展出舒乙先生捐赠的老舍、胡絜青的作品。这些中国美术大师和精英无不底蕴深厚，坚持文化自觉和文化自信，无论是在国画还是在油画中都表现出至大、至刚、至中、至正的精神品质，也表现了中国人亲近自然、赞美自然，发现美、创造美的精神。这些大师名家在时代主题发生转变、古今中西艺术融汇激荡的语境下直面现代性的挑战，从传统正脉和中体西用的实践创新中重新鼓起中国美术的堂堂士气，振作起民族精神，为中国美术开辟了新的道路。中国美术馆吴为山馆长表示，"美在新时代"展览的宗旨是推动中国美术传统在当代的创造性转化和创新性发展，在世界多元文化的宏观格局中理性、辩证地看待传承与创新、民族与世界的问题，在凝视与对话中找准自身文化的坐标，坚定信仰和追求。②

3．砥砺奋进中的五年——中国国家画院发展成果文献展

由中国国家画院主办的"砥砺奋进中的五年——中国国家画院发展成果文献展"于2017年10月16日在中国国家画院美术馆隆重开幕。开幕式上，时任中国国家画院院长杨晓阳谈道，此次展览既是对党的十八大以来砥砺奋进、努力建设国家画院的成绩回顾，也是中国国家画院向党的十九大的献礼。这次文

---

① 伊侯：《最美中国人——庆祝中国共产党第十九次全国代表大会胜利召开大型美术作品展在京隆重开幕》，载《美术观察》，2017（12）。

②《"美在新时代"特展亮相中国美术馆》，载《美术》，2018（1）。

献展是中国国家画院五年里在各个方面取得的丰硕成果的集中呈现，展示了中国国家画院创作、研究、教学、收藏、交流五项职能齐头并举、多层次、全方位的发展方略，以及五年里"一带一路"国际美术工程、国家画院东扩工程、《中国美术报》创刊等重要工作的实施进展。展览的核心展区是创研成果展。五年里，中国国家画院以创作研究为中心任务，以作品为立院之本，以大美为真的写意精神为办院宗旨，以展览促创作，并进一步深化完善美术理论的体系研究，成为一个以创作、研究、教学、收藏、交流为核心职能，集展览交流、宣传出版、公益服务等多功能为一体，专业齐全、设置完备的新型画院。展览还展示了国家画院教学培训、展览收藏、信息交流、推动中国美术海外推广以及认真学习贯彻习近平同志系列重要讲话精神等方面的工作。此外，展览还着重介绍了国家画院创办《中国美术报》这一当代中国美术舆论阵地的过程，2013年开始计划实施的"一带一路"国际美术工程的进展，国家画院的扩建工作，以及扶贫慰问工作取得的成绩。

4．全国自由职业艺术家"凝聚新力量　喜迎十九大"主题艺术展

2017年10月10日，全国自由职业艺术家"凝聚新力量　喜迎十九大"主题艺术展开幕。此次展览由北京、上海、福建、陕西四省市新的社会阶层人士联谊组织主办，共汇集了四地及周边省份300余名自由职业艺术家的700余件原创作品。北京的展览在通州区宋庄镇大地艺术中心举办，主题为"盛世筑梦——践行核心价值观·喜迎党的十九大"。时任中央统战部副部长戴均良，中国文联副主席李前光，北京市委常委、统战部部长齐静出席开幕式。此次展览的展品包括绘画、雕塑、设计、摄影、书法等多种艺术形式，旨在展示一批自由职业艺术家讴歌党、讴歌祖国、讴歌时代的精品力作，其中相当一部分作品集中反映了党的十八大以来以习近平同志为核心的党中央带领全党全军全国各族人民取得的辉煌成就，充分展现了新的社会阶层人士坚定不移跟党走的坚定决心和奋发有为的精神面貌。

5．全国各地纷纷举办献礼党的十九大主题美术展览

2017年9月14日，"红船颂——浙江省迎接党的十九大美术作品展览"在浙江美术馆开幕。为迎接党的十九大胜利召开，此次展览回顾了浙江在革命和建设时期走过的光辉历程，展示了当前浙江人民坚持弘扬红船精神、浙江精神的精神风貌和取得的辉煌成就。此次展览分"不忘初心""敢为人先""勇立潮头"三个板块，精选了40余件以红船精神、浙江精神为主题的美术精品力作，为党的十九大胜利召开献上一份厚礼。

2017年9月18日，"迎接党的十九大浙江美术、书法、摄影艺术系列大展"在浙江展览馆开幕。此次展览由中共浙江省委宣传部、浙江省文联主办，浙江省美协、浙江省书协、浙江省摄协承办，共展出美术作品70件，摄影作品90组。展出作品具有鲜明的时代性和地域性，反映了浙江儿女干在实处、走在前列、勇立潮头的精神风貌，为迎接党的十九大胜利召开营造了浓厚的文化氛围。

2017年10月13日，由中共云南省委宣传部、云南省文化厅、云南省文联主办，云南美术馆、云南画院、云南省美协承办的"迎接中国共产党第十九次全国代表大会胜利召开'云岭丰碑'大型专题美术创作中国人物画作品展"隆重开幕。展览设有"历史""幸福生活""跨越新时代"三个展区，46幅象征着民族团结的作品惊艳亮相，这些作品由美术专业创作领域的国画名家和云南全省各地优秀美术家创作。此次展览全景式展现云南民族团结进步的经典画面，热情讴歌党的民族政策的丰功伟绩，积极推进全国民族团结进步示范区建设。

除此之外，还有"喜迎党的十九大——首届苏州市现实题材美术作品展""喜迎党的十九大'光辉历程'吉林省美术作品展""美丽的高岭——塞罕坝 迎接党的十九大胜利召开 中国文联知名美术摄影艺术家赴塞罕坝机械林场采风创作作品展"等为党的十九大献礼的系列展览。中国艺术研究院中国画院副院长许俊认为，这种大型专题美术创作是每个艺术家面对的一个新课题，因为它体现了主题性和艺术性的结合，体现了当代创新思维与历史发展的结合，体现了艺术作品中艺术家个性的表现与主题创作的结合，还体现了绘画紧随时代进行着新的发展和创造；大型的主题性作品展也给艺术家搭建了一个很好的平台，在展出的大尺幅作品面前，我们能感受到艺术家对人的思考，对艺术创作的思考，以及对审美理解的思考。

（五）庆祝中国人民解放军建军90周年系列美展

2017年8月1日是中国人民解放军建军90周年，军队和各地举办了系列美展，纪念中国人民解放军的光荣历史，展现现代化军队的新风采。

1. 庆祝中国人民解放军建军90周年全国美术作品展览暨第13届全军美术作品展览

2017年7月27日，由文化部、中央军委政治工作部、中国美协联合主办的"庆祝中国人民解放军建军90周年全国美术作品展览暨第13届全军美术作品展览"在中国美术馆开幕。展览以军事题材美术特有的语汇纵情放歌90年，深情礼赞党领导人民军队走过的奋斗历程、开创的伟大业绩、铸就的精神丰碑，鼓舞激励人民群众和部队官兵为实现中国梦强军梦而砥砺奋进。此次展览吸引了广大美术工作者踊跃参加，共报送7000多件美术作品，展览评委会最终评出入展作品531件，加上特邀展出的经典作品和评委作品，共计600余件，涵盖中国画、油画、版画、雕塑、装置、水彩画、宣传画和连环画等。既有表现从南昌起义、遵义会议到香港回归祖国时防务交接等历史时刻的作品，也有刻画海军战士南海守礁、战士日常训练生活场景的作品，主题内涵深刻，生活气息浓郁，艺术手法新颖，形式风格多样，满腔热情地赞颂了人民军队波澜壮阔的发展历程，淋漓尽致地表现了坚如磐石的军民团结，浓墨重彩地描绘了在以习近平同志为核心的党中央坚强领导下人民军队实现强军目标、建设世界一流军队的宏伟征程，是新形势下对军事题材美术创作的一次集中检阅。

展览除了在题材上贴近生活、"兵味儿"浓，在形式上还借用了时下流行的"艺术＋科技"的形式，以录像、装置、综合媒介等方式表现人民军队的精神风貌，从视觉感受与精神感染两个方面进一步增加主旋律绘画的表现深度和力度，突出了军事文化的特征和魅力，实现了民族精神的弘扬与形式语言的拓展，使人们对军事题材美术创作有了一个崭新的认识，这正是军事美术顺应时代发展和审美演进的一大变化。①

2．我们的队伍——中国美术学院美术馆藏军队题材作品文献展

2017年7月21日，"我们的队伍——中国美术学院美术馆藏军队题材作品文献展"在中国美术学院美术馆开展。为了纪念中国人民解放军建军90周年这一重大历史时刻，中国美术学院美术馆从其藏品中精心挑选出由历届校友创作的人民军队题材作品40余件，另外向浙江美术馆、艺术家或艺术家家属商借了军队题材作品10余件，共约60件作品参展，其中包括莫朴、彦涵、力群、黎冰鸿、全山石等知名艺术家的精品力作。同时，馆藏的军史主题摄影图片与这些艺术创作同步穿插展出，以艺术和写实并置的方式，向观众展现90年来人民军队可歌可泣的光辉历程。

"我们的队伍——中国美术学院美术馆藏军队题材作品文献展"是文化部全国美术馆馆藏精品展出季的展览之一，展览的主题"我们的队伍"源于馆藏张漾兮的版画《我们的队伍来了》，此作品描绘了一群农民登高远望，等待迎接人民解放军的激动心情。展览以此为主题，从而表达对中国人民解放军的由衷

---

① 刘红：《绘光辉历程　展军旅雄风——"庆祝中国人民解放军建军90周年全国美术作品展览暨第13届全军美术作品展览"侧记》，载《美术观察》，2017（10）。

崇敬和庆祝建军节的欢快心情。在中国美术学院1928—2017年这89年的办学历程中，师生校友始终心系家国命运，关注时代变革，以画笔为武器，在不同历史阶段进行了大量主题性艺术创作，形成了学院辉煌且绵延不断的光荣创作传统。其中，从不同角度表现人民军队题材的作品，无论是数量还是质量都在中国现当代美术史中占有重要的位置。展览充分发挥中国美术学院美术馆校史研究的传统优势，辅以多年来由中国美术学院师生、校友创作的军史画作图片、手稿等文献50余件（套），向广大观众展现了90年人民军队发展史中的大事件、小细节，呈现了中国美术学院师生、校友多年来的主题创作成果，以优秀的艺术作品感染观众，以期不忘历史，共怀先贤，珍惜当下，展望和平。此外，美术馆与中国美术学院菲林映记胶片电影社合作，将胶片电影放映与展览融合，利用胶片电影这一别具一格的形式，在充实展览内容的同时，使观众从不同的视角、更富有情感地去体会展览中的画作。7月21日放映胶片电影《八月一日》，7月28日放映《血战台儿庄》，8月1日放映《延安岁月》，8月11日放映《平原作战》，8月18日放映《上甘岭》，8月21日放映《闪闪的红星》。

中国美术学院在建军90周年之际举办展览，一是希望对青年学生进行爱国主义、革命传统教育，了解中国人民解放军英勇奋斗的历史，从而使青年学生自觉继承和弘扬以爱国主义为核心的民族精神，进一步增强民族自尊心和自信心，坚定爱党、爱国、爱社会主义的理想信念，坚定走中国特色社会主义道路的信念；二是希望此展览能够启发学院内学生进行主题性创作，为他们的创作实践起到示范作用。

3. 各地举办的庆祝中国人民解放军建军90周年美展

2017年7月21日，"纪念建军90周年上海油画雕塑院现实主义创作系列展——用艺术记录峥嵘岁月"在上海油画雕塑院美术馆开幕。

2017年7月26日，中国美协、江西省文联、中共南昌市委、南昌市人民政府联合主办的"中国（南昌）军事美术作品展"在江西省美术馆开幕。

2017年7月28日，"庆祝中国人民解放军建军90周年浙江省'军魂颂'书画展"在浙江省文化会堂（浙江展览馆）开幕。

（六）"一带一路"主题展览

1. "'一带一路'笔墨传情——弘扬丝路精神谱写美丽篇章"展览

2017年7月6日，"'一带一路'笔墨传情——弘扬丝路精神谱写美丽篇章"展览在故宫博物院午门东雁翅楼展厅开幕，展览汇集了刘大为、尼玛泽仁、蒋威、郭怡琮、孙志钧、程振国、张复兴、王梦湖、吴团良、师恩钊10位著名画家的40余件优秀作品。以"一带一路"为创作主题，展出的作品兼有工笔和写意，题材包括山水、花鸟、人物，基本涵盖了当代中国画的各种表现形式。

展览作品按内容可划分为三类：一是以"一带一路"为主题的多位画家联合创作的长卷，以刘大为、蒋威、程振国、王梦湖、张复兴联袂创作的80米长、1.9米高的《敕勒青城图》为代表；二是体现中国境内"一带一路"沿线地区的风土人情的写生、创作作品；三是体现中亚地区"一带一路"沿线各国风采的写生、创作作品。此次展览的举办体现了参展艺术家对弘扬丝路精神的创作激情与热情，是艺术家们对"一带一路"倡议的践行实例。他们以极高的艺术水准，打破时空限制，将"一带一路"沿线的各民族、各地域的自然形象提炼概括。其中，描写黄河北岸、阴山南麓"草原丝路"的《敕勒青城图》十分突出，它传承和弘扬了丝绸之路的友好合作精神，体现了和平、发展、合作、共赢的时代愿望，承载着"一带一路"的繁荣梦想，赋予了古老丝路崭新的时代内涵，是一幅难得的鸿篇巨制。

故宫作为世界文化遗产，既见证了古代陆上丝绸之路和海上丝绸之路的历史，又肩负着建设21世纪文化艺术交流新丝路的责任和使命。全球范围的交流离不开语言，而艺术是具有一定通用性的特殊语言。中国画以其具有中华文化意味的绘画语言，对东方乃至世界艺术具有广泛且深远的影响。故宫博物院每年接待国内外游客上千万人次，在世界博物馆中名列前茅。其中，外国观众数以百万计，有不少是来自"一带一路"沿线国家的朋友。展览可以让外国友人在故宫博物院、在中国画中看到自己的故乡，既展示出了故宫博物院的专业水平和美的力量，传播了中华优秀传统文化，也有力地加深了各国人民的友好情谊，增强了与丝路沿线各国的交流。中国画、故宫博物院、"一带一路"通过此次展览结合起来，彰显出中华文化天人合一、贵和尚中的精神气质和民族魅力，为中国文化走出去和国家"一带一路"倡议做出应有的贡献。

2．2017中国国家画院"一带一路"采风写生作品展

2017年10月17日，中国国家画院主办的2017中国国家画院"一带一路"采风写生作品展在北京时代美术馆开幕。展览展出了近年来参与"一带一路"国际美术工程的100余位研究员采风、写生、创作的速写、水彩、水墨作品，以及"一带一路"国际美术工程中创作的草图、手稿、影像资料等，共计700余件。此次"一带一路"采风写生作品展是中国国家画院自2014年启动"一带一路"国际美术工程以来取得的阶段性成果的集中展示。中国国家画院有计划地组织艺术家、理论家沿着陆路、草原、海上、南方丝绸之路四条线路进行沿线考察和采风写生。"一带一路"国际美术工程的参与国家已达64个，参加该项目的艺术家的足迹遍及丝绸之路中国境内全线及数十个沿线国家。此次展览别开生面，展现了许多创作上的新风貌。从展览来看，每年的写生都有新的收获，每位艺术家的艺术创作都有新的探索，尤其通过2017年的写生作品可以看到，经过前几年的持续积累，许多老艺术家有了新的画风。不同题材和不同地域为每位艺术家带来了更多不同的感受，艺术家们在写生过程中画出了新感觉。

张晓凌介绍说，"一带一路"国际美术工程创作活动从项目启动、文本制定、艺术家采风、文本汇看到作品接近完成，对每一个参与项目的艺术家来说都是不断成长学习的过程。他认为，中国文化中有尊重艺术家个性的传统，国家的发展对于个人的要求和促进也是显而易见的；国家、民族、时代的精神诉求和文化诉求能激发个人的创造力，同样地，个人的创作也会丰富国家的创作，个人与国家、民族、时代间复杂的互动推动全新创作风格的出现，这是中国的特点；"一带一路"国际美术工程若想要满足整个国家和民族对审美的期待，创造不同于前人的、不同于其他人的时代风格，需要的不是看图识字、说话，不是图解历史，更不是给历史做注解，而是创作一件件具有鲜明个人标记的、完整的、全新的具有审美价值的美术作品。

3. 情满"一带一路"——书画名家名作海外巡展

2017年8月8日，"2017年情满'一带一路'——书画名家名作海外巡展"开幕式在人民日报社举行。活动由中国书画世界行联合会、文化部中国国际书画研究会中外艺术交流中心等单位联合举办，来自中国、罗马尼亚、韩国、格鲁吉亚、法国等国的嘉宾出席了开幕式。时任中国文联副主席夏潮表示，书画巡展可以讲好中国故事、传播好中国声音，架设民间文化交流的桥梁和平台，增进世界各地艺术人文交流和文明互鉴。展览还在韩国木浦、法国巴黎、土耳其伊斯坦布尔等地举办。

（七）"到人民中去"艺术家深入基层实践成果展览

1. "向人民汇报"——著名摄影家"深入生活、扎根人民"作品展

2017年7月3—6日，由中国文联、中国摄协主办的"'向人民汇报'——著名摄影家'深入生活、扎根人民'作品展"在中国文联文艺家之家展览馆举办，这是摄影人进一步贯彻落实习近平总书记系列重要讲话精神，推动社会主义摄影事业繁荣发展的一次重要实践。此次展览遴选了十位摄影家一年多来拍摄的

十组新作进行展出，其中包括穆可双拍摄的《冬极哨所》、郭晨拍摄的《毛坦厂中学》、沈遥拍摄的《船台进行时》、王振成拍摄的《武都高山戏》、谷鹏羽拍摄的《北京新机场》、康昊拍摄的《负二楼的诗》、黄孝邦拍摄的《贫困山区小学脱贫记》、卢北峰拍摄的《美在银川》、潘永强拍摄的《拐点》等。这些作品从百姓视角生动展现近年来我国不同地区、不同行业、不同岗位的劳动者努力拼搏、托举梦想的多彩历程，同时反映出广大摄影工作者坚持以人民为中心的创作导向，在深入基层、扎根人民中不断提升思想和艺术境界，创作活力持续迸发，精品佳作不断涌现。

2. 向人民汇报——十位中青年美术家"深入生活、扎根人民"主题实践活动作品展

2017年10月11日，为纪念习近平总书记《在文艺工作座谈会上的讲话》发表三周年，由中国美术家协会主办的"向人民汇报——十位中青年美术家'深入生活、扎根人民'主题实践活动作品展"在北京炎黄艺术馆拉开了帷幕。中国美术家协会分党组书记、驻会副主席徐里在致辞中介绍道，近三年来，为了贯彻总书记在文艺工作座谈会上讲话的精神，弘扬"到人民中去"的创作理念，按照"深入生活、扎根人民"主题实践活动的总体要求，根据中国文联的工作部署，中国美术家协会实施的"深入生活、扎根人民"主题实践活动进展顺利；由全国各地美术家协会遴选推荐出长年坚持在基层写生创作的美术家，最终由中国美术家协会确定十位美术家参加主题实践活动；他们带着课题和任务，深入基层、搜集素材、潜心创作，足迹遍及十个省份，总计完成了作品百余幅；所有的参展作品均是美术家们在深刻领悟习近平总书记在文艺工作座谈会上的重要讲话精神后，于2017年深入基层写生创作而成的，许多画作散发着生活现场的鲜活气息，让观者不难感受到民众生活的温度和丰富多样的民族形象风采；这些画作流露出的真切与朴实，无疑都是与人民丝丝相扣的精神与情感。十位中青年美术家"深入生活，扎根人民"的主题实践，是中华大地千万美术家和美术工作者走进人民的一个缩影，他们努力用充沛的情感提升艺术创作的高度，力求用现实的关切推动艺术不断向前发展。中国美协希望通过此次活动鼓励更多的美术工作者们走出画室，深入生活，扎根人民；希望美术工作者倾心倾力，投身创作，聚精会神，锻造精品，以更多扛鼎之作实现中华文化的新高峰。

3. 向人民汇报——第三届"深入生活、扎根人民"文质兼美优秀基层书法家创作活动作品成果展

2018年5月3日，由中国文联、中国书协主办的"向人民汇报——第三届'深入生活、扎根人民'文质兼美优秀基层书法家创作活动作品成果展"在中国文联文艺家之家展览馆开幕。中国文联党组书记、副主席李屹，中国文联党组成员、副主席李前光，以及苏士澍、陈洪武等中国文艺家协会、中国文联机关的各部室、各直属单位负责人出席展览开幕式。"深入生活、扎根人民"文质兼美优秀基层书法家创作活动，是中国书协深化改革、转变作风、下移工作重心的一项重要实践，从2014年起至2017年已连续举办了三届。此届活动从各团体会员推荐的基层书法家中评选出87位优秀书法家，展出他们的书法作品87幅，他们都是长期工作、生活在基层的书法家，有石油工人、电力工人、山村教师、基层乡镇干部，也有新文艺群体代表。张景泰、荆永庆等十位来自基层各行业一线的书法家代表也来到了现场，并与前来观摩的书法爱好者进行了交流。

4．中国精神·中国梦——美丽乡村行写生采风作品展

2018年5月23日，在毛泽东同志《在延安文艺座谈会上的讲话》发表76周年之际，由中国文联、中国美协、中国文学艺术基金会共同主办的2018"中国精神·中国梦——美丽乡村行写生采风作品展"在文化部恭王府博物馆开幕。自2017年10月起，中国文联、中国美协组织了全国80余位知名美术家，先后走进浙江丽水、云南勐腊等地区，深入基层、深入生活，用手中的画笔描绘青山绿水，记录民俗风情，展现社会发展新风貌，感知时代变迁，展现祖国新农村建设和生态文明建设所取得的突出成绩。此次展览展出了他们创作的国画、油画、水彩作品共计87件。中国美协分党组书记、驻会副主席徐里在致辞中说，今后中国美协还将继续大力提倡、精心组织深入生活的采风写生活动，研究探索符合美术特点和新时代要求的途径和办法，从实际出发，注重效果，在深入上下功夫，在扎根上下功夫，在长期坚持上下功夫，使"深入生活，扎根人民"主题实践活动收到成效、结出硕果，促使广大美术家和美术工作者真正俯下身、沉下心，创作出更多无愧于我们这个伟大民族、伟大时代的优秀作品，在艺术高原上登上艺术高峰，为建设社会主义文化强国创作出更多、更加绚丽多彩的优秀作品，为实现中华民族伟大复兴的中国梦做出应有的贡献。

（八）其他重要展览

2017年7月3日，由中国文联、中国美协、中国文学艺术基金会、中央民族大学、首都师范大学共同主办的"第六届西部少数民族青年美术家高级研修班写生作品展"在中央民族大学美术馆开幕。展览展出了写生作品107件，其中油画57件，中国画50件。

2017年7月5日，由国务院新闻办公室、中国驻德国大使馆主办，中国美术家协会承办的"'感知中国·德国行'暨'最美中国人'美术作品展"在德国柏林ME会展中心开幕。展览共展出70多件美术作品，画中的人物代表了中国艺术家和中国人民心中的最美中国人形象。有的作品描绘的是道德品质卓越的先锋模范，他们在中国改革开放的伟大进程中起到了重要的示范和精神引领作用，这些作品包括《高德荣画像》《雷锋》《焦裕禄》《乡村邮递员》等。有的是近年来在全国美展上获奖的中青年画家的作品，他们再现了齐白石、黄宾虹等中国艺术巨匠的大师形象。而更多作品关注普通的中国百姓，其作者年龄不同，来自不同行业、不同民族，通过不同的创作形式，呈现出中国人民的勤劳、善良、聪慧和执着。

2017年7月14日，"'凡华·丽影'当代少数民族女性题材（中国画）美术作品全国巡展"在北京民族文化宫开启。本次展出的170余件中国画作品通过艺术家的画笔，立体呈现了改革开放以来特别是进入21世纪后生活在全国各地的少数民族女性发生的变化，以此折射出各民族积极进取、奋发向上的精神风貌。主办方希望通过此次展览向全国乃至世界展示当代少数民族女性在整个社会生产和生活中的重要地位，以及践行社会主义核心价值观、推动"五个认同"的深远意义。

2017年7月29日，"中国精神：第四届中国油画展·真像——当代中国写实油画的新发展研究"在中国油画院美术馆开幕。画展筹划多年而成，其历时与规模是前所未有的。它梳理了中国现当代油画的发展，具有一定的学术意义。展览既突出了传统的本源性，又强调地域性，在回应中华五千年本土文脉的同时，强调借鉴西方油画的文化理论和基础，揭示当代中国油画走向本土文化的趋势。

2017年8月10日，为庆祝中德建交45周年，"融合·中德艺术家交流作品展"在德国杜塞尔多夫自由绘画学院开幕。此次展览有中德双方13位艺术家参与，体现了中德在文化艺术领域的密切合作。

2017年8月14日，由中国美协主办的"艺术与和平·中国当代美术作品展"在英国摩尔美术馆揭幕。此次巡展共展出29件（组）中国美术家协会收藏的中国当代优秀美术作品，涵盖了中国画、油画、版画、雕塑、水彩、综合材料画等门类。巡展以"艺术与和平"为主题，用形式多样的作品生动诠释了中华民族热爱和平的人文思想。

2017年8月18日，"银川对话——2017中国·英国版画作品联展"在银川美术馆启动。23位英国艺术家和34位中国艺术家的171幅版画作品亮相银川，这是继"2016中国·美国版画作品联展"后又一次具有深远影响的国际性版画艺术交流活动。

2017年8月24日，由北京市文史研究馆主办的"北京重大历史题材美术作品展览"在中国美术馆开幕。此次展出的19件画作共分为三大板块。其中人物画系列以"定都北京"为主题，选取了10个在金、元、明、清和中华人民共和国发生的与此有关的重大历史题材，创作了《海陵迁都》《营建大都》《德霈万邦》《午门誓师》及《换了人间》等10幅作品。8幅山水画以北京北海、香山、长城、颐和园、通惠河等为素材创作而成，延续了传统山水组画中春、夏、秋、冬的形式，彰显了北京成为历代都城的区位特征。此外，长14米、宽3.5米的大型风俗画《清末民初北京万象图》堪称图画版北京年谱，在东携通惠河、西牵白云观、南起燕墩、北抵居庸关和燕山长城的空间里，描绘了1910—1920年北京的重大历史事件、重要历史人物以及典型历史建筑与人文环境。

2017年8月25日，"笔砚写成七尺躯——明清人物画的情与境"古代书画展在北京画院美术馆开幕。明清时期不同题材、不同流派、不同风格的人物画代表作汇聚一堂，共计62件（套）。展览以回望古人、寻根溯源的方式，探讨中国人物画的发展规律与艺术特色。通过展览中诸多精彩的明清人物画作，观众能够吸收传统书画所蕴含的艺术养分，充分体味古代文人的清逸追求与精神态度，感悟人与景、情与境的交融。

2017年8月28日，由中华全国体育总会、中国奥委会、中国美术家协会、第十三届全运会组委会共同举办的"第九届中国体育美术作品展"在天津美术馆开幕。此次展览共展出了377件作品，其中中国画79件，油画77件，版画52件，水彩粉画52件，雕塑46件，漆画33件，招贴设计38件，展示了近年来体育美术创作的丰硕成果。这种"体育＋艺术"的形式促进了体育精神的发扬光大。

2017年9月6日，"首届全国雕塑艺术大展"在中国美术馆开幕。大展深入贯彻习总书记"坚持中国道路、弘扬中国精神、凝聚中国力量"的讲话精神，以20世纪以来的中国雕塑艺术为切入点，展现中国精神、中国价值、中国力量、中国贡献，从不同角度、以不同题材描绘百年来中国雕塑家心中生生不息的中国梦。大展从历史与学术的角度对中国美术馆馆藏及当代创作的500余件（套）雕塑作品进行梳理、研究，全面呈现中国百年雕塑的发展脉络和重要成就，不但形成了中国百年雕塑的历史叙事，而且通过一系列精彩纷呈的雕塑作品形象生动地展示了中国共产党为中国的社会进步、民族解放和社会建设所做出的重大贡献。

2017年9月5日，"德国8：德国艺术在中国"大型展览开幕。展览由中央美术学院院长范迪安教授和德国波恩艺术与文化基金会主席瓦尔特·斯迈林教授担任总策展人，是德国当代艺术在中国较大规模的一次展示，囊括了德国20世纪50年代以来最具影响力的55位艺术家的近320组作品，组成了七个既彼此独立又相互关联的学术主题展，且举办了一场学术论坛。

2017年9月22日，"首届全国美术教育教师作品展览"在四川美术学院开幕。此次展览以美术教师作品为主体，包括我国基础美术教育和高等专业美术教育两大板块，首次集合全国范围内各级各类美术教师同台竞技，是当前我国美术教育行业整体面貌的集中展现。

2017年9月22日，"首届凤凰艺术年展"在湖南凤凰古城启幕。展览汇聚了来自中国、法国、意大利、德国、卢森堡、瑞士的19名艺术家的200余件作品，包括国画、油画、雕塑、装置艺术、影像艺术等。在"超当代"主题下，展览在借助凤凰古镇的历史文脉来反思当代艺术的同时，凭借当代艺术唤醒和重塑这座古镇的文脉。

2017年9月26日，"中国艺术研究院中国油画院建院十周年庆典暨建院十周年特别展"在中国油画院开幕。此次展览展出中国老中青三代油画艺术家的作品220余件，分为三部分，在中国油画院陈列馆、美术馆和青年展厅三个展馆同时展出，展品为十年来参与中国油画院各大学术活动的在职艺术家、特邀艺术家、课题组艺术家、特邀青年艺术家的具有代表性的作品。展览呈现了中国油画院十年的发展历程、学术研究脉络以及开放立体的文化生态；展现了中国油画院自建院之始一直追求的"真善美"的核心价值观及"寻源问道"的学术宗旨。

2017年10月9日，首届"'一带一路'青年创作杯"全国青年教师美术创作展在中国国家画院国展美术中心启动。此次创作展作为"'一带一路'青年文化节"系列活动之一，广泛动员全国各地的青年教师共同参与，支持获奖青年教师的优秀美术作品在"一带一路"沿线国家的展览中展示，让更多优秀文化创意作品走出去，提高中国文化软实力。

2017年10月28日，"高原·高原——第六届中国西部美术展中国画年度展"在陕西省美术博物馆开幕。此次展览的近300件中国画佳作向大家展示了中国西部色彩斑斓的生活，在为观众提供视觉盛宴的同时，热情讴歌了时代精神，突出了浓郁的西部美术文化氛围。

2017年10月29日，"镶嵌中国——马赛克艺术邀请展"在广州美术学院举办开幕式。展览不仅展现了马赛克镶嵌工艺的艺术脉络，展示了各种镶嵌工艺在艺术创作中的可能性，而且试图通过展览提升中国镶嵌艺术的水平，推进马赛克镶嵌艺术在中国当代壁画中的应用，进而辐射城市公共艺术的方方面面。

2017年11月4日，"庆祝改革开放四十周年——山东油画作品展"在山东美术馆展出。参展作品既有老一代油画家的现实主义力作，也有中生代艺术家在继承传统的基础上探索个人艺术独特风格的代表作，还有青年艺术家个性化、多元化艺术表达的最新成果。写实与意象、传统与创新、多元与融合，风格各异、精彩纷呈，展示了改革开放以来山东油画发展的多种探索形式，体现了山东油画历史和当下的总体创作水平，既是对历史的一次回望和总结，也是对当下的一次审视和检阅。

2017年11月5日，由中华世纪坛艺术馆、美国新完美基金会主办的"臻品·大师原作展——2017巴比松画派作品展及2018毕加索作品预展"在中华世纪坛开幕。这次展览是在艺术史上占有重要地位的法国巴比松画派首次大规模、成体系地在中国展示，展出了巴比松画派极具代表性的20余位艺术家的作品，其中巴比松画派代表人物，如卢梭、雅克、迪亚兹、特罗雍、杜普雷与杜比尼等人的作品均在展览名列中。此外，展览开幕式也为2018年毕加索作品展览开启预展，展出包括《戴草帽的杰奎琳》在内的毕加索的九幅原作。

2017年11月15日，"容量与张力——2017上海国际版画展"在上海中华艺术宫开幕。此次展览呈现了国内外在版画本体语言的发展上具有探索精神的版画家及部分当代艺术家的近作共150余件。展览内容涵盖了艺术家在凸版、凹版、平版、孔版、装置、影像、数码以及行为艺术等多方面的探索。

2017年11月22日，由中国美术家协会、中国女画家协会、中国文学艺术基金会、中国妇女儿童博物馆共同主办的"女性与时代·百年中国女性艺术大展——迈向新时代"在中国妇女儿童博物馆开幕。

2017年12月5日，"'集善仁美·共享芬芳'中国·成都首届全国残疾人书画名家精品展"在四川美术馆开幕。展览宣传了残疾人的艺术成就，展示了残疾人的特殊艺术魅力，丰富了残疾人的精神文化生活，有力促进了中西部地区残疾人文化事业和文化产业发展，对全国残疾人文化活动起到了示范推动作用。

2017年12月13日，"写意中国——2017中国国家画院年展（国画、书法、篆刻）"在中国国家画院国展美术中心开幕。有来自120位研究员的430件作品展出，显示了中国国家画院画家在新时代中的新创造、新成果。

2017年12月14日，"全国大学生美术作品展"在中国美术馆开幕。展览面向全国高校相关艺术专业的在校学生，集中呈现了大学生这一群体在美术领域的创作面貌。

2018年1月11日，"第六届中国书法兰亭奖作品展"在中国美术馆开幕。第六届中国书法兰亭奖的举办是对当代书法水平与成就的阶段性总结，是续写兰亭精神，引领当代书法创作、研究及发展的重要盛会。此届兰亭奖共评选出70位获奖及入选作者。其中，银奖7名（书法篆刻组5名，理论组2名），铜奖7名（书法篆刻组6名，理论组1名），入选56名（书法篆刻组46名，理论组10名）。

2018年1月16日，由中央美术学院和北京市总工会联合打造的大型展览"文明的回响·第三回·时代肖像"在太庙艺术馆开幕，展出中央美院老教授、在校教师、历届校友的中国画、素描、油画、版画、水彩、雕塑、摄影等艺术作品300多件，以宏大篇章讲述中国的当代故事，描绘中国的当代精神。

2018年1月25日，中国美术馆新年展开幕。此次展览由"民族与时代——徐悲鸿主题创作大展""花开盛世——中国美术馆藏花鸟画精品展""笔墨当随时代——弘扬新金陵画派精神江苏美术采风成果展"三大展览构成。

2018年2月3日，"绿色时空——当代美术名家上海邀请展"在上海刘海粟美术馆隆重开幕。

2018年2月5日起，"好山好水、好人好事——弘扬社会主义核心价值观大型摄影创作征集主题展览"在北京亮相。

2018年3月15日，由中国画学会和中国美术馆共同主办的"第二届中国画学会展·时代华章2018"开幕式在中国美术馆举行。该展是继2015年3月"首届中国画学会展"在中国美术馆举办后，中国画学会全体理事作品再次亮相的学术性大展。展览旨在响应党的十九大对"坚定文化自信，推动社会主义文化繁荣兴盛"的伟大号召，展现中国画的发展生态与时代成就，集中呈现中国画学会成立七年来的整体学术面貌与艺术水准。

2018年3月16日，"'和风十里·魏紫春晖'2018中国当代著名女画家十人展"在中信国安静赏轩艺术馆开幕。参加此次展览的艺术家有：孔紫、唐秀玲、王晓卉、韦红燕、曾迎春、杨小云、王德芳、申卉芪、左文辉、王一帆。

2018年3月25日，"'中国·美术·学院'中国美术学院九十周年纪念大展"在中国美术馆开幕。此次展览按照中国艺术的先锋之旅、美术教育的核心现场、学院精神的时代宣言三条线索展开，选择了15个核心创作型教学案例，聚焦于21世纪以来中国美术学院这个当代中国艺术教育核心现场的发展，总结中国美术学院在全球语境中扎根中国大地办教育的历史实践，综合展现中国美术学院的文化坐标、教育理念和艺术成就，探讨中国特色美术教育的创生机制与动力机制，探索中国高等艺术教育的实践路径与发展路径。

2018年3月27日，"文艺复兴时期意大利的艺术、文化和生活"在首都博物馆开展。展览甄选的102件（组）展品来自乌菲齐美术馆、巴杰罗国家博物馆、翁布里亚国家美术馆等17家意大利博物馆和机构，绝大部分展品是第一次在中国展出。

2018年4月10日，由中国画学会主办的"美术创作工程《长江万里图》巨幅长卷展"开幕式暨新闻发布会在中国国家博物馆举行。美术创作工程《长江万里图》长卷的创作和完成，是继中国画学会组织全国最优秀的美术家集体创作《黄河万里图》之后，推出的又一部集体创作的盛世力作，是坚持文化自信，弘扬中华优秀传统文化，实现创造性转化、创新性发展的具体实践。

2018年4月15日，"传承与经典系列展"2018年开年首展在中国国家画院国展美术中心举办。

2018年4月25日，"不忘初心——全国书画名家作品邀请展"在炎黄艺术馆开幕。展览征集了国画、书法领域150余名艺术家的300余件作品。在展览中我们可以看到，艺术家以传神之笔书写华夏壮丽山川，以赤子之心传达时代变革精神，以豪迈之气传扬民族复兴情怀，以真挚之情熔铸神州繁荣梦想。这既是一场中国当代书画艺术珍品的荟萃，也是一次民族美术事业发展成果的汇报。

2018年5月5日"不忘初心·艺路前行——中国当代艺术名家邀请展"在北京中国国家画院国展美术中心开幕。

2018年5月29日，为纪念达·芬奇逝世500周年，"达·芬奇与鲁班——2018山水美术馆艺术科学国际大展"正式对公众开放，达·芬奇绘画作品《美丽的公主》原作首次在中国展出。

2018年5月30日，"寻找时代美丽乡村——福建省青年画家'深入生活、扎根人民'创作成果汇报展"在中国文联文艺家之家展览馆开幕。此次展览展出了福建青年画家徐国雄近10年来创作的新时代美丽乡村系列作品230件，这些作品既是美术家对新工笔画艺术语言的探索，也承载着厚重的文化遗产，反映了福建美术家为丰富中国艺术语汇所做出的努力。

2018年6月8日，"第六届全国青年美术作品展览"在中国美术馆开幕。展览适逢中国改革开放40周年，参展作者几乎都出生于改革开放后的新时期，他们的成长伴随着中华民族迈向现代化与我国经济腾飞。他们眼界开阔，思想敏锐，创作理念活跃且多元。他们的创作植根于民族文化的深厚土壤，他们的创新也深扎于现实社会，真切地展现了这个伟大时代人民的思想和情感。

2018年6月9日，"无问西东——从丝绸之路到文艺复兴"展览在中国国家博物馆正式开展。来自国内外38家博物馆的文物珍品，通过独特的展陈设计，为观众开启了一次从丝绸之路到文艺复兴的穿越之旅。

2018年6月12日，"'改革开放40周年·携手共建美好中国'绘画成就展"在北京举行。书画家们齐聚现场，共同以书画笔墨向改革开放40周年献礼。

2018年6月17日，由匈牙利驻华大使馆、北京匈牙利文化中心、中国美术馆共同主办的"匈牙利当代艺术展"在中国美术馆开幕。展览展出了匈牙利艺术家的99件绘画作品及24件雕塑作品。作品中不乏20世纪末至21世纪初匈牙利的当代艺术精品，涵盖波普艺术、表现主义、抽象主义及现实主义等多种流派与风格，异彩纷呈，综合展现了匈牙利的当代艺术景观。

2018年6月24日，"中国当代艺术年鉴展2017"在北京民生现代美术馆开幕，这一天也是北京民生现代美术馆开馆三周年。此次展览是当代艺术年鉴展系列中规模最大的一次，展示空间更大，展期更长，传播更广，资源投入更多。展览用心记录历史，提倡平等对话，鼓励实验，推动创新，揭示和反映了当下的文化观念和发展趋势。

二、热点研讨活动

（一）中国当代美术建设专题研讨会系列研讨活动

2017年12月23日，由《美术》杂志社与陕西师范大学联合主办的"图像时代的造型艺术：中国当代美术建设专题研讨会"在陕西师范大学召开。会议分为主旨发言和圆桌讨论两个单元，有来自国内美术界的30余名专家学者参加这一学术盛会。与会专家以新视角认识图像时代语境下的中国造型艺术，并对中国当代美术现状及其与世界艺术之间的复杂关系做了深入研讨。参会学者认为，图像时代的造型艺术正经历着一种艺术史的困境与焦虑，就绘画创作实践而言，人们越来越清醒地意识到，图像经验对人们用肉眼观看世界的方式的影响是无形且巨大的。一方面，当代美术家越来越习惯于用拍照代替写生，用图像代替肉眼观察；另一方面，当代美术家已分辨不出图像形象与艺术造型形象的区别，逐渐远离人类造型艺术的规律与传统。种种当代艺术问题的复杂性生成了明显的学术张力。

2018年6月10日，由四川大学、《美术》杂志社主办，四川大学艺术学院承办的"主题性美术创作的当代性"专题研讨会在四川大学艺术学院举行。会议分为三个单元，分别为"主题性美术创作的当代性与问题""中外主题性美术创作比较"和"20世纪以来中国主题性美术创作"，分别由黄宗贤、冯令刚和尚辉主持。每个议题都有专家发言、主旨发言和讨论，有来自国内美术界的20余名专家学者参加研讨。此次研讨会是在书写当代视觉史诗已成为当代中国美术家的历史重任的背景下举办的。主题性美术创作再次在艺术史中被唤醒，这一现象既让研究者审视20世纪以来中国美术现代性转型中现实主义美学思想的价值与意义，也使研究者在审视中梳理与思考当下融汇不同角度、观念和语言形式的创作新貌。

（二）中国设计理论发展百年学术研讨会

为助力中国现代设计更好发展，催生优秀设计的产生，由中国艺术研究院美术研究所主办的"中国设计理论发展百年学术研讨会暨《中国现代设计思想——生活、启蒙、变迁》新书首发式"于2017年12月8日在中国艺术研究院学术报告厅举办。来自中国艺术研究院、清华大学、北京大学、中国美术学院、中央美术学院、西安美术学院的十余位学者围绕"中国工艺史与中国设计史的区别""设计中的传统与现代问题""现代设计与中国产业体制""本土设计与国际设计"四个议题进行了精彩的对谈，国内400余位设计学从业者参加了研讨活动。

研讨会聚焦于20世纪中国社会思潮和艺术设计的互动发展，围绕中国工艺史与中国设计史的区别问题、设计的现代性与相邻学科的现代性、怎样评价20世纪中国设计发展中的一些有影响的现象、设计中的传统与现代问题、作为大众文化消费的设计、如何看待改革开放时期的现代设计、现代设计与中国产业体制、国家形象与中国设计、本土设计与国际设计等话题展开了深入讨论。与会专家梳理了中国现代设计的发展脉络，就学界关心的话题提出了自己的观点。中国古代工艺美术源远流长、底蕴厚实，与社会生活深度结合。如果将工艺的发展纳入设计史的范畴，则中国设计无论是在技术演进上还是在思想观念上都有数不尽的宝藏。中国自洋务运动开始学习西方，经历了长达百年的"设计现代性"过程。各个时期的指导思想形成了各自不同的设计方向，也反映出20世纪中国社会思潮和设计发展互动的尖锐性和复杂性。设计史是生活艺术史，中国经济的强劲发展催生了现代优秀设计的产生。与会学者在思想交锋中，期待着中国现代设计能有更好发展。

现代设计历史具有广阔性和综合性。设计理论问题在中国长期没得到深入的研究和讨论，既没有形成学界共识，也没有对专业和产业产生十分有效的影响。近年来，随着中国经济的发展，与设计有关的产业强劲发展，本土设计意识逐渐成为自觉，成熟的设计案例层出不穷，在理论上回顾、讨论20世纪中国设计发展之路的时机已经成熟。此次学术研讨会对于中国设计理论研究的主要问题进行了较为全面的回顾，涉及中国设计发展百年的核心话题，包括传统与现代、工艺史、设计史、研究内容、研究方法、学术视野、本土设计、设计创新、设计未来、教育改革、学科建设、设计思想、现代性、大众文化、消费文化、产业体制、生活启蒙、国家形象等，并进行了深入研讨。与会专家学者不约而同地关注中国传统文化的当代表达，关注中国设计思想在全球体系中的话语权，关注设计教育，关注未来设计的发展趋势，反映出一代学人对中国当代设计发展的深度思考以及责任感、使命感。以史为鉴可以知兴替，中国设计理论发展百年学术研讨会既是一次总结，也是新的启航。①

（三）第三届"艺术市场·北京论坛"

2017年10月15日，由首都师范大学主办，首都师范大学美术学院和文化研究院承办，《艺术市场》杂志社、中国拍卖行业协会艺委会、在艺APP协办的第三届"艺术市场·北京论坛"召开。论坛的主题为"寻变而发的中国艺术市场"。此届论坛共邀请60余名学界专家与业界精英参会，论坛围绕"通境""内省""立本""广化"四个议题，分别从艺术品拍卖、美术馆与展览运行、艺术市场人才培养、艺术市场新业态几方面对中国艺术市场进行探讨。

"通境"环节的发言和研讨着重讨论了艺术品拍卖的新趋势。中国拍卖行业协会艺委会秘书长余锦生认为，我国文物艺术品拍卖的转变主要体现在七个方面，即运营标准化、拍品质量化、模式创新化、竞争国际化、业务特色化、财务健康化及产业体系化，这些转变表明当前艺术市场的态势趋于稳定。北京保利国际拍卖有限公司副总经理李雪松介绍了中国古代书画拍卖市场的发展历程，并将其分为四个阶段：2003年以前为向西方龙头企业学习的缓慢发展阶段；2004年至2008年上半年为追赶西方龙头企业的快速发展阶段；2008年下半年至2011年为全面高速发展阶段；2012年以后为调整恢复、平稳发展阶段。与会专业人士还对新兴的网络艺术品拍卖给予了肯定，认为这是拓展艺术品市场的重要渠道。

"内省"环节的发言和研讨着重讨论了美术馆与展览的现状。国家和政府投

① 滕晓铂：《学术视野与时代精神——"中国设计理论发展百年学术研讨会"综述》，载《美术观察》，2018（2）。

资设立的美术馆更多地关注如何服务大众并提升自身的学术水平和研究能力；民营美术馆在思考如何拓展资金来源的同时，也越来越意识到其所担负的公共艺术教育责任。专业策展人则提出，聚焦展品本身的同时须注重展览的故事性，强调藏品与历史的交流互动，这是当下策展人所需要掌握的重要策展思路。

"立本"环节的发言和研讨着重讨论了艺术市场的人才培养。艺术市场与艺术人才培养的脱节是大家公认的问题，解决之道则是课堂与实践的结合。应鼓励学生到博物馆参观真迹，培养"知真"能力，通过模拟拍卖现场训练学生鉴别书画真伪的技能等，培养艺术市场业界精英。

"广化"环节的发言和研讨着重讨论了艺术市场的新业态问题。专家认为，资产化的到来造成艺术财富管理需求日益增长，并逐渐形成机构化趋势。在中国财富人群激增的背景下，文物艺术品收藏过程应切实注意金融管理问题，提高金融意识，防范艺术市场行为的金融风险。

论坛最后，原中国画研究院副院长赵榆做了学术总结。他认为此次论坛涵盖内容广泛，汇聚了艺术品拍卖、美术馆、高等院校、金融界等多个领域的专家学者，共同探讨中国艺术市场的现状及未来发展趋势，有利于相互启发，取长补短，整合资源。

（四）首届国际博物馆馆长论坛

"2018南京历史文化名城博览会"首次推出"博物博览"板块，其主体活动为"首届国际博物馆馆长论坛"。该论坛于2018年5月26日在南京市博物馆（朝天宫）大成殿举办。此次论坛的主题是"博物馆：涵养现代城市文明"，由中共江苏省委宣传部、南京市人民政府、国际博物馆协会博物馆学国际委员会联合主办，下设"博物馆的历史""新时代的博物馆学"和"艺术博物馆的未来发展趋势"三个分论坛。来自欧洲、亚洲、美洲的17个国家和地区的博物馆与美术馆馆长、国际机构代表、国内省级和市级博物馆馆长以及专家学者约200人出席了论坛。南京是博物馆之城，悠久的历史文化孕育了丰厚的城市文明。博物馆是推动城市文化发展的重要力量，也是城市间文明交流互鉴的重要窗口。举办博物馆方面的专题论坛，可在促进文化交流中消除隔阂与分歧，在合作中探寻共赢之路，在参与中实现共同提升。全国政协常委、中国美术馆馆长、中国美术家协会副主席吴为山，江苏省文化和旅游厅副厅长、南京博物院院长龚良，法国欧洲与地中海文明博物馆馆长让·弗朗索瓦·舒聂，加拿大蒙特利尔美术馆馆长娜塔莉·邦迪，法国国家遗产学院院长菲利普·巴尔巴等国内外11位馆长，就各馆的历史沿革、发展现状、展览设计及社会服务的开展情况做了简要介绍，并一致认同加强馆际合作与跨文化交流的重要性。国际博物馆协会副主席、中国博物馆协会副理事长兼秘书长安来顺发表了题为《当代城市坐标中的博物馆：形势、战略、前瞻》的主题演讲，强调了博物馆应顺应社会变革，积极调整和优化发展战略，从而承担起在城市文明发展建设中的重要责任。

在主论坛举办期间，国际博物馆馆长代表签署了战略合作协议《国际博物馆馆长联盟备忘录（南京宣言）》，参会博物馆将共同筹建国际博物馆馆长联盟，并将秘书处设在南京。与此同时，南京艺术学院院长刘伟冬、国际博物馆协会博物馆学委员会主席弗朗索瓦·迈雷斯签署了战略合作协议，并为南京艺术学院国际艺术博物馆学院揭牌。"首届国际博物馆馆长论坛"举办期间，南京市博物馆举办"博物馆的历史"专题展，展期为5月27日—8月26日。该展邀请了中国国家博物馆、法国卢浮宫博物馆、英国大英博物馆等权威机构的资深专家、策展人参与筹备策划，展出了来自意大利乌菲齐美术馆、法国国立中世纪博物馆、法国巴黎市立历史博物馆、德国巴伐利亚古代雕塑博物馆等的50余件馆藏品及相关文献，以及中国博物馆发展史上的经典文物、艺术作品和相关文献。

（五）"新时代北京美术创作的当下生态与发展走向"专题研讨会

2018年6月28日，由北京市文联主办，北京市文联研究部、北京文艺评论家协会共同承办的"新时代北京美术创作的当下生态与发展走向"专题研讨会在北京召开。此次研讨会旨在总结改革开放40年来北京地区美术创作的经验，分析研究当下北京美术创作的生态状况，站在新时代、新起点对未来北京美术创作进行展望，发挥文艺评论对文艺创作的积极作用，推动产生更多具有时代性、民族性、地域性的美术精品佳作。

北京拥有着丰厚的美术文化积淀，在美术人才与美术资源方面具有突出的优势：有中央美院等一批重点高校，也有国家画院、北京画院等专业创作机构，还有国家博物馆、中国美术馆等重要收藏展示场馆，以及大量的自由美术职业者和知名民营美术机构。中华人民共和国成立后，北京地区在美术创作、展示、理论、评论各方面均形成了优秀的艺术传统，涌现出众多具有全国性影响的名家名作。改革开放以来，北京作为全国美术思潮、美术创作活动的前沿和中心，影响逐渐扩大，积累了不少有价值的历史经验。研究北京的文化艺术发展经验是新时代文化艺术深入发展和持续繁荣的基础。研讨会上有专家指出，北京美术生态的突出特点是院校和创作之间有着紧密的关系，因此，要促进北京美术创作生态良性发展，就要促进社会力量更好地与院校对接，文联、美协等应与美术院校形成紧密互动关系。北京的美术生态总体来说是健康且平衡的，既拥有大量专业院校和高端人才，也吸引了大批自由美术家；各类展览和学术研讨为北京注入了丰富的信息资源；主题性创作比较繁盛，美术创作的社会性较明显；最突出的一点是，北京美术创作往往站在国家文化战略的高度，承载着国家美术形象，展现国家文化发展的责任。在此基础上，相关部门应增强整合地区美术资源的能力，积极扩大北京美术品牌活动的影响力，更加突出北京的特色，扶持引导自由美术从业者，建立属于北京的专业美术场馆，为首都美术发展构建更加良性的生态环境。北京也有悠久的工艺美术和公共艺术创作传统，应利用当前"疏解整治促提升"的契机，让公共艺术更好地融入城市生活。

（六）其他重要研讨会

2017年7月4日，中国美术家协会深入学习贯彻《习近平总书记文艺工作座谈会重要讲话》精神第二十三期专题研讨班在河南郑州举办。

2017年7月15日，中国美术家协会深入学习贯彻《习近平总书记文艺工作座谈会重要讲话》精神第二十四期专题研讨班在山东济南举办。

2017年7月25日，中国美协、中国书协、中国剧协云南省会员深入学习贯彻《习近平总书记文艺工作座谈会重要讲话》精神专题研讨班在云南玉溪举办。

2017年8月13日，"中国文联、中国美协文艺培训志愿服务项目——贵州美术培训班"在贵州安顺举办。

2017年8月18—20日，"第五届古代墓葬美术研究国际学术会议"在芝加哥大学北京中心召开。

2017年8月22日，中国美术家协会深入学习贯彻《习近平总书记文艺工作座谈会重要讲话》精神第二十五期专题研讨班在北京举办。

2017年9月17日，中国女画家协会第一届五次理事会在北京召开。

2017年9月22日，北京画院"齐白石艺术国际研究中心"暨"传统中国绘画研究中心"2017工作年会在北京会议中心召开。此次会议是为了纪念北京画院建院六十周年、两个中心成立五周年，会议总结了两个中心五年来的工作，制订接下来五年的工作计划。

2017年9月22日，"两宋书画传习与研究国际学术论坛"在中国美术学院美术馆开幕。中国美术学院主办此次两宋书画传习与研究系列学术活动，邀请国内外著名专家学者，展开对两宋书画艺术的全面研讨，开展中国画临摹教学成果展示活动；结合中国美术学院建设世界一流大学的学术目标，为两宋书画的传习和研究构建一个高端的学术研讨平台，并努力开辟相关领域研究的崭新学术格局。

2017年10月21日，"第四届中国民族美术发展论坛"在内蒙古艺术学院举行。

2017年10月29日，以"重建马赛克镶嵌的艺术格局"为主题的学术研讨会在广州美术学院大学城美术馆召开，探讨镶嵌工艺在艺术创作、建筑与环境装饰设计、工艺衍生品等领域的各种可能性和未来趋势。

2017年11月9日，中国美协美术理论委员会2017年年会在广东美术馆举行。会议围绕学习党的十九大报告以及理论委员会的具体工作进行了研讨。

2017年11月16日，由中国艺术研究院美术研究所主办的"2017中国传统色彩学术年会"在北京召开。本次色彩学术年会的主题是"中西文化的色彩表情"。中国艺术研究院美术研究所所长牛克诚对于这一主题的阐释是：将中国传统色彩放置于世界色彩文化背景中考察，探究中西色彩观念及表现之异同，体认中国传统色彩体系的学术品性，探寻中国传统色彩智慧在世界当代文化体系中的独特价值。为此，会议特别邀请来自美国、法国、日本以及我国各高等院校、博物馆、研究机构的专家学者，共同讨论中西色彩历史、文化、观念、原理、应用等，在研讨交流中讨论共同关心的学术话题和持续性的对话机制；在此基础上，将中国传统色彩研究的国际学术共同体逐步建立起来。

2017年11月17日，围绕"国立俄罗斯博物馆典藏——莫伊谢延科作品展"的学术研讨会"主题性艺术创作与个人油画语言探索"在全山石艺术中心报告厅举行，研讨会由中国美术学院教授曹意强先生主持。

2017年11月18日，由全国27所大学美术学院联合主办，山东师范大学美术学院承办的"第三届全国师范大学美术教育教学现状与发展研讨会"在山东师范大学举行。

2017年11月25日，"美术史在中国：中央美术学院美术史学科创立六十周年国际学术研讨会暨第十一届中国高等院校美术史学年会"开幕式在中央美术学院美术馆报告厅举行。来自哈佛大学、芝加哥大学、海德堡大学、尼赫鲁大学、北京大学、清华大学、中国美术学院等的数百位资深专家和青年才俊相聚北京，共享盛会。

2017年12月15日，由清华大学美术学院和上海工艺美术职业学院共同主办的"2017'灵'第三届'薪技艺'国际青年工艺美术展暨学术研讨会"开幕式在上海工艺美术职业学院举行。

2017年12月25日，由中国文联和中国摄协主办的"讴歌新时代，共筑中国梦"主题文艺创作实践活动摄影项目研讨会在中国文联文艺家之家召开。与会艺术家围绕"影像见证新时代　聚焦扶贫决胜期　2018—2020大型影像跨界驻点调研创作工程"和"纪念改革开放40周年　影像见证新时代摄影大展"两个摄影项目进行了深入交流研讨。大家认为，当前全国文艺界正深入学习贯彻党的十九大精神，应弘扬优良传统，精心组织实施重大主题摄影创作实践项目，多点布局，精准深入，扎实创作，服务人民。

2017年12月28日，文化部召开国家主题性美术创作项目专家指导委员会会议。

2017年12月29日，由中国文学艺术基金会、中央文史馆书画院等单位主办，时代书画报社承办的"强国之路——纪念中国改革开放40周年全国美术作品展主题创作研讨会"在中国文联召开。

2018年1月16日，2018年中国美术家协会工作会议召开，百余位各地美协代表和中国美协各艺委会、研究会代表汇聚一堂，为2018年的中国美术发展献计献策，共谋美术发展大局。中国美协分党组书记、驻会副主席徐里在会上做了题为《抒写新征程壮丽史诗　绘制新时代最美华卷》的工作报告，回顾了2017年的工作，并对2018年的工作进行了部署。

2018年1月21日，"中天未来方舟杯"贵州省首届青年美术理论双年研讨会在贵州贵阳召开。来自中央美术学院、南京艺术学院以及贵州省各地相关单位的青年美术家100余人围绕贵州美术理论发展及相关主题展开讨论。

2018年2月3日，中国第17届国际摄影艺术展览组委会会议及评委会会议在河南郑州举行。中国摄影家协会分党组书记、驻会副主席郑更生在会议中谈道，希望通过此届影展积极践行中国特色社会主义核心价值观，倡导以爱国主义为核心的民族精神和以改革创新为核心的时代精神，用摄影讲好中国故事，传播好中国声音，阐释好中国特色，积极发挥摄影文化的传播作用，用影像的魅力推进与世界各国的文化交流，加强与各国人民的友好往来。

2018年3月22日，中国文联、中国摄协在中国文联文艺家之家召开"庆祝改革开放40周年　影像见证新时代"摄影大展研讨会。在中国改革开放40年之际，为全面贯彻落实党的十九大精神，为新时代中国特色社会主义建设贡献力量，"庆祝改革开放40周年　影像见证新时代"摄影大展应运而生。大展集合摄影界优秀的创编力量，是一次深入全面、有厚度、有情怀的摄影展览。

2018年4月25日，"高校美术馆与美术教育的多重维度"学术研讨会在杭州师范大学美术学院召开，来自全国各地院校和美术馆的近20位专家学者参会，共同研讨高校美术馆的教育功能、美术教育的多重方法如何与高校美术馆结合等前沿议题。此次研讨会包括四大板块：美术馆现状与经验、美术史与策展、美育与美术教育、高校美术馆与美术教育。

2018年6月23日，青年雕塑家创研班开班仪式及研讨会在中国美术学院举行，研讨会主题为"主题与形象——再写生"。来自全国各高等美术院校的雕塑系专家与青年雕塑家创研班全体学员共聚一堂，不仅回顾来路、总结过去，也直面问题、重新出发。

三、现象聚焦

（一）"一带一路"倡议与主题创作

2013年，习近平主席提出共建"一带一路"的重大倡议，引起了国际社会的巨大反响与热烈回应。在经济全球化与反全球化博弈的格局中，"一带一路"倡议以其和平、交流、融合、对话、共享的特殊内涵，表达出构建国际政治、经济和文化新格局的宏伟愿景。在这个背景下，以"一带一路"精神为动力，再现丝绸之路的历史故事，阐释丝绸之路的内涵与特质，彰显丝绸之路的当代价值，日益成为中国当代美术创作的主流。第七届中国北京国际美术双年展以"丝路与世界文明"为主题，把这一创作态势推向了国际舞台。这不仅寄寓着发扬亘古常新的丝路精神、绘就和平发展的共同梦想的文化抱负，也鲜明地凸显出中国北京国际美术双年展的固有特色——文化责任与时代担当。

张晓凌指出，在中国北京国际美术双年展中，作为"一带一路"精神最早的一批践行者，中国艺术家的作品以题材的广泛性、形态的多元性以及手法的多样性精彩地回应了"丝路与世界文明"这一主题。中国艺术家在表达"丝路与世界文明"主题的同时，丝毫不掩饰自己的美学雄心。事实上，以丝绸之路题材为动力和资源，致力于中国现代美术体系的构建，正是此届双年展的文化理想与信念。以新题材催生新的美学形式是一次巨大的美学机遇，通过对作品的欣赏，可以领略到这样的文化景象：丝路精神与题材所唤醒的想象力与美学渴望正源源不断地转化为艺术家们创建新形式、新语言的实践。在中国画、漆画、油画、版画、雕塑及影像艺术中，皆能寻找到这类实践的踪迹，拾捡到其丰硕的美学成果。[1]

---

① 张晓凌：《新动力："一带一路"精神与当代美术创作》，载《美术》，2017（11）。

但与此同时，主体性的艺术创作也存在困境。于洋总结了当下丝路文化主题性美术创作遇到的三种困境。一是创作风格与图式的套路化与模板化。他认为这也是中国主题性美术创作在今天的共同问题，面对20世纪以来的历史题材、现实题材创作的经典样式，当下的艺术家遇到了创作瓶颈，无论是油画、中国画、版画、壁画、雕塑还是公共艺术，美术创作者在面对一些历史题材或如"一带一路"题材等特定选题时，往往很难突破旧范式、实现自身艺术语言的独立建构。究其原因，首先是很多主题都有过经典力作，在表现手法和力度上难以超越；其次是在图式上对于"经典的瞬间"的选择常囿于已有的新闻报道照片视角，有效的图像资源相对匮乏。即便如此，我们也应看到，面对"一带一路"这样充满时代活力且范畴广阔的题材，美术创作者仍然可以通过图像资源的积累与思考，围绕相关历史、现实时事发掘诸多新鲜的艺术意象。二是创作题材的标签化与主题内容的扎堆现象。面对"一带一路"主题绘画创作，创作者不应局限于几种典型化、标签化的题材——一提到陆上丝路就只画大漠驼队，一提到海上丝路就只画渔港泊舟。除了最直接地反映丝绸之路的交通场景，还有很多历史事件、人文故事、风土人情、日常细节等题材内容，这些都极具画面感。创作者对于"一带一路"主题的理解也应更为全面、立体和深入。在这一角度上，文化管理部门的选题导向、相关的跨学科研究成果及艺术家的实地调研"深扎"等都会对创作起到重要的促进作用，特别是实地写生、考察体验，在一定程度上能够激发创作者的真实感触与艺术想象，有助于更多佳作力作的产生。三是作品艺术风格出现的混融、迁就乃至无所适从的现象。面对异质文化间的交流与吸收，特别是在走出国门的艺术展示中，我们常会想当然地迁就当地受众，在艺术观念与表现样式上有意融合甚至直接"迎合"对方，而这样做往往收不到理想的成效。因此，艺术风格的坚持、纯化与适度包容，更有利于我们向世界更好地展现中国艺术的精华部分，同时吸收当地受众的文化反馈。当然，这牵涉我们对自身文化艺术的理解深度与自信程度，也对展览展示配套的导赏、解读等环节提出了更高的要求。①

（二）《千里江山图》与"故宫跑"

2017年9月15日，北京故宫博物院年度大展"千里江山——历代青绿山水画

---

① 于洋：《融汇与共生——关于"一带一路"主题美术创作研究与策展实践的思考》，载《美术观察》，2018（4）。

特展"拉开帷幕。诸多传世名作亮相特展，其中拥有900多年历史的北宋画家王希孟的画作《千里江山图》更是备受关注。此次展览出现继故宫展出《清明上河图》后又一次"故宫跑"，即成群的参观者在故宫开门后立即跑向展厅。"故宫跑"现象透露出人民群众对优秀文化艺术作品的喜爱，但在展览大热的背后，我们应当看到大部分观众是为了追逐社会"热点"，走马观花式地观看展览，未能真正了解传世名画及青绿山水的精髓，甚至有参观者排队数小时，却只观赏了几分钟。这或许不是故宫博物院的初衷。

曹星原在其文章中还原了整个展览，并认为从展览的策划和布展设计来看，这个展览本身就是21世纪的艺术作品：将观众在空间的流动、作品在空间的展示视为整体，展览以几十件古代作品和一件当代作品为素材，在紫禁城的午门之上完成了一个代言21世纪的文化大作。此次展览一反故宫博物院一贯的以编年史方法做展览的习惯，没有沿袭"吴门画派展""宋元精品展"或者其他比较保守的展览的构思，而是具有创意地将历代青绿山水串成一个系列展示给观众。当我们看到包括敦煌壁画、唐代青绿山水以及清中期和20世纪的青绿山水的完整展览时，不得不联想到展览前言中的一句话：青绿山水，自展子虔之《游春图》起，代不乏人，唐之二李，宋之王希孟，元之赵孟頫，明之文徵明、董其昌，清之四王，民国以降之张大千、吴湖帆；千年之名家，千年之名作。展览的句号画在当代艺术家徐冰的装置青绿山水画，这个展览就是一次青绿辉映的人文景观大巡礼。①

孙嘉指出，不论是展品还是之后的研讨会、院刊、特刊等，都不难看出故宫的初衷为"千里江山"和"青绿山水"两个关键词，但显然后者被前者的热度掩盖。展览在与观众相遇的过程中发生了一定的偏离，也生发出新的意义。《千里江山图》的备受瞩目是多方面合力的作用效果。最早将这幅作品引入大众视野的是艺术家陈丹青，在《局部》2015年的一期节目中，他着重强调王希孟作此画时只有18岁，突出"少年画家"这一主题，并认为成熟年长的大师多做减法，即取舍、概括；而王希孟在做加法，体现出年轻人独有的雄心和细心。展览开始之前，媒体也对此展多次预热，重在挖掘"早逝的少年天才"这一话题。展览结束不久，综艺节目《国家宝藏》播出，首期节目介绍的第一件国宝便是《千里江山图》，由明星李晨作为"国宝守护人"并演绎舞台剧。该节目反响较好，许多网友表示在收获知识的同时也增强了民族自豪感。这符合导演于

---

① 曹星原：《〈千里江山〉代表的是当代传统话语地位》，载《美术观察》，2017（11）。

蕾的想法，即专注于情感共鸣，建立人与历史的联系，让观众不被动地接受文物宣传教育。但节目为追求效果，不惜以牺牲信息的准确性为代价，如舞台剧环节不仅完全忽略关于王希孟身份的争议，且有过度演绎之嫌。①

孙嘉指出，故宫希望呈现学术和科普并重的展览，以《千里江山图》为主角，呈现青绿山水画科在历史中的演变，并与当代的青绿山水装置形成跨越时空的对话。今人对青绿山水及中国古代绘画的关注早已超越技法层面，它是古代精神在当下的发展更新，同时也影响着当代艺术家的创作。在这个过程中，博物馆有帮助文物实现转换的任务，不仅是空间上的转换，还是价值和观念上的转换。一方面，学界要在鉴定的基础上开展研究，对画作真伪和作者身份进行讨论，破除艺术品神话，这是一个祛魅的过程。另一方面，艺术史是一部被书写的历史，明确青绿山水画的发展历史及叙述框架是艺术史研究的应有之义。艺术作品是一个开放的结构，艺术研究需要历史视野和现代视野共同发挥作用，对艺术作品进行永不停歇的欣赏与评判。事实上，一场展览一经呈现，便成为一件等待接受的作品，在与不同观众的碰撞中完成自己的使命。②

（三）中国油画的本土化

中国油画当代发展的方向长期以来都是美术界关切与讨论的话题，自油画进入中国以来，本土化的进程从没停止过。近几年，学界十分关注中国油画的写意化与民族化的问题。

曹钧指出，从20世纪初期的中西之争，到20世纪五六十年代的民族化浪潮，再到21世纪的意象油画，油画在中国的本土化进程从没停止过，但结果不尽如人意。究其根源，此前的探索多出于政治需要或民族情感，为研究而研究，为创造而创造，在技法和理念上奉一切传统为圭臬，却没有深入、全面地研究油画的本体语言。无论是"油画民族化"还是"意象油画"，首先都要是油画，不以此为前提的探索，要么陷入某种程式的泥淖不可自拔，要么坐井观天、自说自话。在当今日益开放的艺术语境下，艺术家的选择空前自由、多元。单就油画而言，本土化只是其发展的一个方向，艺术家大可不必受其束缚、限制自身的发展道路。但换个角度来看，从中国传统文化中汲取营养，使当代油画呈现出更加丰富的面貌，依然是极有益的探索。不过在这一过程中，实践者应当转换思维，从此前群体化的共同研究转变为个人的独立探索，避免陷入所谓的民

---

①② 孙嘉：《"千里江山"掀风波》，载《美术观察》，2018（5）。

族形式中。与此同时，破除民族主义情绪，开放对待、灵活运用传统资源是十分必要的。这样一来，在建立多元的个体风格基础上，自然能够形成具有民族气派的中国油画面貌，油画在中国的本土化也才有可能真正实现。①

周博与周曙华总结了新表现主义油画的发展。自"85新潮美术运动"起，新表现主义油画表现的张力与隐喻的手法，恰与致力于思想和艺术解放的艺术家们追求的艺术形式吻合，给中国油画界带来了一种新气象。其后，中国油画家将传统写意绘画语言融入新表现主义油画，追求"写意"与"传神"的统一。有的画家以表达"天人合一"玄学思想为追求，关注"神韵"的塑造，欲实现理论家尚辉所讲的"以意构境、以意造型、以意生色、以意抒情"的效果。同时，画家在承袭西方新表现主义美学理论衣钵的基础上，解构传统庄禅哲学思想，并赋予其新的时代特征。②

周博与周曙华进一步指出，当下中国新表现主义油画结合了传统绘画的写意精神，体现出艺术表现性与社会批判性的有机结合。它以反叛的姿态摆脱传统的约束，为中国油画的创作带来了新的内容与思路，为油画本土化提供了一种行之有效的途径。中国新表现主义油画的创作在造型、技法和意境等方面已充分融入传统艺术的精华，并衍生出各具特色的艺术语言和表现形式，体现中国传统文人的写意情怀，证明艺术是生活的反映。故融入写意特点的当下中国新表现主义油画必将促进中国当代艺术的发展，对艺术的多样探索产生积极的影响。③

（四）新技术与美术

1. 大数据时代的美术研究

武洪滨指出，在大数据背景下，美术研究作为一门研究人类审美形态和现象、创作活动与规律的学科，正在数据获取、研究范围及研究结果等方面呈现出新的动向与可能，使其在逻辑范式、方法论与历史观等方面都呈现出转换与更新。④

一是逻辑范式的转向：从求证思维到数字思维。在大数据时代的背景下，美术研究开始关注大数据的作用和价值，"假设—求证"式思维模式开始发生改

---

① 曹钧：《从民族化到写意性——中国油画本土化路径浅述》，载《美术观察》，2018（3）。
②③ 周博、周曙华：《新表现主义油画创作的思考与实践》，载《美术》，2017（11）。
④ 武洪滨：《大数据时代美术研究中的三个思维转向》，载《美术观察》，2017（11）。

变，并推动传统美术研究方法的转型与创新。一个明显的表现是：获取与处理数据的方式由传统的数理统计、社会调查、深入探访等拓展为网络信息数据资源的抓取与应用。尽管大数据方法仍以统计学为基础，但已完全区别于传统的统计方法——先有构想，然后通过数据模型来验证。大数据模型并无预想，完全是由数据驱动的经验模型。在这一过程中，大数据改变了人类的知识结构和研究方法。数据库的出现势必会在基础理论素材建设和学科资源结构优化、完善数据采集与模拟分析方法等方面给美术研究带来突破和创新。[①]

二是方法论的转向：从因果判断到关联性分析。多年来，美术学致力于人类艺术现象、规律、风格体系等方面的研究，强调要素之间单向度的因果关系，但忽略了其他维度的关联性。大数据时代的来临为我们提供了前所未有的丰富数据资源，庞大的数据建立起前所未有的知识网络，人们对世界的认知也是从丰富的关联性中获得的。大数据内容的关联性更广阔，不再局限于随机样本分析，而是针对整体信息内容展开分析；大数据分析的关联性更突出，原本隐匿或被忽视的关联信息将无处藏身。这一新的数据思维模式将不断提升人文学科研究的科学性，扩大可能性。以往美术研究因其"专"与"深"而相对忽略了普通个体这一行为主体。大数据并非冰冷的数据，而是与人类生活密切联系的，研究者可揭示潜藏在大数据中的人类信息与规律。个体作为信息化的主体，在使用数据的同时，其活动信息也被记录为数据，并成为大数据的来源。对之前美术研究中一些很难量化的问题，如"无名"美术史，非主流美术研究领域的情况，人对艺术作品的思想体系、感觉体系、经验体系、信仰体系等与创造性之间的关联，等等，都可以利用大数据有效地进行分析和表达。可以说，大数据为美术学的研究提供了更为广阔与开放的空间。[②]

三是美术史观的转向：从构建历史到前瞻未来。大数据的出现使历史不再只存在于博物馆与文献中，也存在于数据中，同时也使得关于未来的密码隐藏在相关的数据背后。大数据时代不仅有当前的数据，之前的数据依然重要并持续发挥作用。历史成为判断未来的数据，大数据通过对历史规律的探寻与透视来前瞻未来。从这个意义上讲，大数据不仅是一种资源与方法，更是一种前进的方式，通过这种方式人类能够理解并解决一些既往无法解决的前瞻性问题。其历史观的要义在于重新审视和构造历史认知的空间和场域，为人类文明提供

---

①② 武洪滨：《大数据时代美术研究中的三个思维转向》，载《美术观察》，2017（11）。

新的促进方法与分析标准。在今天的美术研究领域，利用大数据来预测未来的发展走向理应成为应有之义。①

马学东借用狄更斯的经典名言"这是最好的时代，也是最坏的时代"来阐释大数据时代对美术研究的影响。马学东认为，博物馆和互联网平台开放图像资源的初衷是与大众共享艺术资源，希望通过图像资源的开放和分享促进文创产业的发展。对于专业研究者而言，这更是难得的历史性机遇。此前，研究者主要依据纸质出版物中的图片，使用翻拍或扫描的方式获取图片资料。由于书籍本身形制和篇幅的限制，研究者希望观察和捕捉的很多细节往往很难通过书籍获得，但现在的高清图片使画作的每一个笔触、每一块用色都能纤毫毕现。图像大数据的出现使研究者从全新的角度来审视这些看似已知的图像资料，并进行新的思考。而全球博物馆馆藏资源开放的大趋势，无疑会促进不同国家和地区的学者更充分地进行跨文化比较研究，为美术研究者提供新的研究视域。相较于博物馆，国内的美术馆由于作品版权年限的限制并未全面开放数字资源，但中国美术馆已经将部分馆藏精品的图片发布在网上，能够满足公众浏览的需求和研究者基本的研究需求。国内其他重点美术馆在盘点各自藏品数量的同时，也在抓紧将馆藏资源数字化和电子化。②

但问题也很明显。首先是基础数据库不完备。在这样一个信息泛滥的年代，从网络上所获得的信息和数据的准确性和有效性是值得怀疑的。这不仅是摆在大众面前的重要问题，也是很多专业研究者必须面对的问题。面对海量的信息，研究者既要对材料有相当程度的掌握，又要对材料进行仔细甄别，才能为进一步的研究奠定基础。但从目前美术专业的研究层面来看，最基本的图像和文字数据库是亟待完善的，专业型数据库的建立更是迫在眉睫。其次是专业形态数据库的缺失。目前，国内以资料形态为主的数据库如知网提供的仍是传统的关键字搜索服务，且从大数据的角度来看，其收录的专业文献远谈不上全面。研究者需要专业形态数据库，而其建立则需要专业研究者的积极参与。逐渐完备的基础数据库，加上通过学术机构资源的分享和整合建立起的专业型数据库，势必会改变碎片化的信息接收方式，而这两种数据库的相辅相成会给研究者带来全新的生成知识和理解世界的角度。③

---

① 武洪滨：《大数据时代美术研究中的三个思维转向》，载《美术观察》，2017（11）。
②③ 马学东：《大数据时代热潮下对美术研究的冷思考》，载《美术观察》，2017（11）。

2．人工智能与设计

陈庆军探讨了人工智能技术给未来行业发展带来的改变与影响。他认为，一方面，当人工智能也能完成成熟的作品（并非卓越的作品）并满足基本的市场需求时，依赖软件技术和基本设计技能的设计从业者将最先受到冲击甚至被淘汰。但另一方面，设计行业在人工智能的影响下可以参与更高级别的艺术创造。陈庆军提出，由于机器可以借助数据、软件完成设计，重复性的设计操作完全可以交给机器完成。未来设计应当与人工智能紧密结合，回到人文学科的领域，强化自身价值体系的重建。人工智能归根结底只是机器和技术，而未来设计活动一定闪耀着人性和人文的光辉。由此来看，面对人工智能给设计行业或职业造成的影响，我们不必恐慌；在人机博弈中，计算机的硬件或软件在算法、组合上会战胜设计师，但对于生命、自然和审美的理解，以及设计中情感、记忆的植入，是人工智能无法完成的。毋庸置疑，未来的设计师一定是更会讲故事的人。文化形态的多样化越发重要，因为各种类型的传统文化、地域文化通过设计师的想象力，可以转化为各种类型的设计产品。人工智能在呈现方式方面可推波助澜，以此形成未来的设计图景。[①]

陆丹丹从20世纪诞生的功能主义和装饰主义谈起，认为这两种设计观都表达出建立在人类中心主义基础之上的关于"人"的话语，强调"人"的优越性、唯一性和特殊性。人类被看作不同于机器或建筑的特殊存在，而且具有主宰性。但随着时代的发展，特别是20世纪60年代微型电子产品出现后，"功能"一词的含义、功能主义的边界和设计标准开始变得模糊，产品符号学在此背景下被提出，人类的心理需求也被纳入功能主义设计的考虑范畴。但互联网出现后，人机交互进入了新的时代，人与机器的关系发生变化，人不再是机器的主宰，而变成了与机器进行交互的一种共同存在。在这种关系中，人的优越性和特殊性发生动摇，甚至不复存在。人与计算机之间使用某种语言对话，相互理解、交流、通信。这种现象在今天的人工智能产品中已经非常常见，而未来的普及不是不可预期的。[②]

陆丹丹基于美国学者唐娜·哈拉维提出的三个"至关重要的边界崩溃"（人和动物的界限、人和机器的界限、物质和非物质的界限）提出了第四个边界崩溃，即现实和非现实（虚拟）的界限。这些边界的模糊和不确定，在今天看来

---

① 陈庆军：《未来设计，与人工智能同行》，载《美术观察》，2017（10）。
② 陆丹丹：《后人类主义视域下人工智能时代的设计》，载《美术观察》，2017（10）。

已经引发了显著的社会现象或社会问题。比如，如今的智能穿戴设备、智能手机等可以随时携带的移动设备，俨然已成了人类身体必不可少的且可以更换的部件。虚拟身体甚至可以代替真实身体，如一些网络游戏中的虚拟角色在现实生活中得到粉丝的追捧和崇拜，这些虚拟的角色只是一定的编码程序产生的虚拟影像，它们与现实生活中的明星的不同在于其肉体的缺席，但这样的缺席并不妨碍其受粉丝追捧。这些现象在人工智能时代已经越来越普遍，正如哈拉维所宣称的那样："我们都是'赛博格'（cyborg）！"事实上，人工智能、互联网已经打破了由身体的生物性所构成的自足与整一性，并以某种"赛博格"的形态构成了当代人难以辨识却必不可少的身体外延，从本质上改变和拓展了人的自然状态，使人成为"超人类"，或者"人"与"非人"的结合体。必须强调的是，在上述种种变化和发展中，我们的设计有幸或不幸地参与其中，成为人工智能产品的创作者、设计者或推广者。①

四、主要问题

（一）公立美术馆与博物馆的国际展览问题

公立美术馆作为公益性质的文化服务机构，代表国家承担艺术作品的展览、收藏、研究、教育及交流等工作。在经济全球化语境的今天，公立美术馆的国际交流这一功能就显得尤为重要。通过与世界各国著名艺术博物馆的合作，引进各民族的优秀艺术，增进不同文化间的对话，是公立美术馆服务大众的一种重要方式。大英博物馆前馆长尼尔·麦克格雷戈曾指出，当下博物馆对全球文化的责任就是推动不同文化之间的交流和对话。

李蕴慧列举了当下公立美术馆在引进国际展览时存在的三个问题，并给出了解决建议。首先是经费严重不足，这是目前制约公立美术馆发展的首要因素。虽然国家级美术馆每年都有来自中央财政的固定拨款作为运作经费，但都是专款专用，若要举办大型的国际展览，仅靠政府的资金投入是不够的；且我国公立美术馆若仅凭一馆之力，则很难与藏品数量多、品质高的西方美术馆进行对等的展品交流。国际一流大师、一流作品的借展费用高昂，再加上保险和运输费，实在让美术馆难以承担。为解决这个问题，政府、博物馆和民营资本可以联合引进，互相取长补短，实现切实的补益效果。其次是学术人才匮乏。

---

① 陆丹丹：《后人类主义视域下人工智能时代的设计》，载《美术观察》，2017（10）。

美术馆工作属于专业性很强的工作，我国公立美术馆的专业人才仍十分匮乏，高水平的美术馆人才尤其紧缺。我国策展人的国际影响力较弱，缺乏敏锐的学术眼光和策展能力，难以调动国际艺术资源，这在很大程度上阻碍了我们对国际展览的引进和对已引进展览的学术参与。对此，我们可以建立策展人制度，建设具有国际视野并了解中国当下艺术发展需求的策展团队，同时加强对美术馆专业人员及全体工作人员的培训，鼓励专业理论研究，创造机会组织人员与国内外机构人员交流学习。再次是长效机制的缺失。公立美术馆引进外展，不能局限于文化年或国家间建交纪念的文化交流框架，而应立足本馆的学术宗旨，依据中国当下艺术发展的现状，从艺术史的高度，以推动中国当代艺术的发展为目的，有针对性、有计划性地逐步引进国际优秀艺术成果。[①]

谢小铨认为，国家博物馆在举办国际展览时所存在的主要问题是自主策展与对话能力严重不足。目前来看，国内博物馆、美术馆引入国际展览时以馆际合作的方式为主。外国博物馆提供藏品及策展理念，引入的国际展览基本遵循外国展方策展人的思路，并以其为主体进行展览实施，而我们扮演的是提供场地、进行辅助工作的角色，当然，还要为活动提供充裕的资金。这种国际展览的引入看似是文化交流，实则是被动接受；被动接受的不是展品，而是策展理念。当然，博物馆的策展也有特殊性，即博物馆展览的多样性要求策展人必须具备多种类型展览策划的专业知识，若承办国际展览则还需要了解相应国家的艺术与历史知识。个人一般难以拥有如此庞大的知识储备，因而需要由专业人员组成一个团队，方可完成展览策划。但目前我国博物馆的专业策展团队并不成熟，人才的短缺是最重要的因素，这也是国家博物馆将"人才立馆"排在立馆方针第一位的原因，即重视对各种专业人才的引入，以此作为博物馆发展的重要支撑。从主动性上讲，博物馆也应该转变自身只作为场地提供者与辅助者的观念，从对展览的认识与对观众的了解出发，自觉参与策展，积极介入国际展览的实施过程，探索一种以中国思维讲述外国展品的展示方式，使观众更易理解，以此实现更好的文化交流与知识传播效果。目前，我国的专业策展人多以个人身份活跃于私立美术馆，真正进入公立博物馆从事专职策展的人并不多，这也是公立博物馆的策展能力不足的原因之一。而私立美术馆与公立博物馆在发展定位与职能上存在差异，这就决定了其策展人要具备不同的策展理念。因此，博物馆如何培养适合自身需求的策展团队，以何种形式吸引更多专

----

① 李蕴慧：《外展视域下公立美术馆建设的几点思考》，载《美术观察》，2018（1）。

业策展人参与公立博物馆的策展活动，都是博物馆负责人需要思考的问题。博物馆策展能力的增强会提升展览的质量与效果，使与外国博物馆的馆际合作不再仅停留在展品的互借与展示层面，而在整个展览策划实施的实践过程中进行深入且有效的沟通，相互协作，增强文化交流。①

（二）艺术介入

1. 艺术介入生活

在中国当代美术创作中，艺术介入生活的现象已很常见。这种现象的出现在一定程度上拓展了艺术表现的题材内容和空间。从学理上看，关注生活、介入生活是现实主义艺术精神的彰显，是对现实的热情关注与回应。

赵志红提出，艺术介入生活、艺术的日常生活化、审美趣味的大众化转向本是社会文化发展的一种正常现象，是无可非议的。但在当下中国美术的创作中，出现了一些值得反思、商榷和探讨的现象，如趣味的低俗化、格调的颓废化、价值的虚无化、意义的中性化等，特别有两种现象不能不引起我们的关注与反思。一是热衷于生活表象的猎取，极力彰显世俗的感性和欲望。即便是世俗的日常生活，也有健康与低俗之别、有意义与无意义之分、高雅与粗鄙之异。一些所谓的当代美术作品热衷于选取都市消费景观加以描绘，关注日常生活的表面形态，特别是感性和物欲支配下的饮食男女，呈现在画面上的则是低俗的或炫耀式消费的人物情态，是消费逻辑下的肆意狂欢。二是囿于个体心绪的倾泻，缺乏人文关怀精神。当今一些所谓的当代美术作品只有表面的"介入"，而不见价值判断；只有"小我"心绪的倾泻，而不见人文关怀；只有个体瞬间经验的呈现，而不见集体记忆的彰显；只有消遣性的喜好，而不见积极的精神生态构建。更有甚者将国人的形象、日常生活中的民众作为调侃、讽刺、恶搞的对象，或者将现实与历史事件中的人物嬉戏化甚至妖魔化，表现出"虚无主义"或玩世不恭的态度。②

艺术介入生活的真正意义是现实主义艺术精神的彰显，是一种对生活积极主动的观照，而非游离于现实之外、疏离人性的玩世不恭，更非消费逻辑下对流俗的迎合与集体狂欢。其实，无论是描绘日常生活还是描绘重大现实或历史

---

① 谢小铨：《国家博物馆引入国际展览背后的思考》，载《美术观察》，2018（1）。
② 赵志红：《介入态度与艺术担当——当代美术的"日常生活化"现象之我见》，载《美术》，2017（9）。

题材，无论是表现平凡的人和事还是倡扬崇高的美学趣味，无论是平实的观照还是宏大的叙事，好的美术作品总能给人以美的感受和精神的激励。人类美术史上，那些不朽的经典作品无不关注人类的生存境遇，彰显生命的意义与价值，讴歌人性的力量与光辉，表达人生的憧憬与理想，倡扬真、善、美的价值观。中国的当代美术要有自己的风貌、精神与气派，就需要艺术家在传承颂扬民族艺术优秀传统的基础上，以积极介入的态度与担当意识关注现实、扎根于人民，用真诚之心去观照民众的生活、命运、情感与心声，为正在发生的伟大变革与民众美好的理想而抒写，为中华民族的文化繁荣和伟大复兴增添一点艺术的光亮。[1]

2. 艺术介入乡村

钟刚在其文章中阐释了艺术介入乡村的目标与意义。艺术家逆城市化潮流来到乡村，他们的目标在这种行动中尤为突出和重要。艺术家被认为掌握了一些特殊的能力，他们承担起了改变乡村某些现状的使命。他们的行动到底给乡村带来了什么新的变化？这是村民、政府及媒体最关注的问题，因为一种普遍的逻辑是：既然介入乡村，就要引起改变；既然改变，就会产生可见的结果。这样的逻辑将艺术工作视为一项即时见效的社会工程，一种追赶时代发展节奏的行为。对艺术介入抱有这样急切期待的人并不少见，他们往往对艺术家在乡村的工作感到失望和不满，也正因如此，很多艺术介入要么成为迎合短时诉求的热闹事件，要么被归为不值一提的失败案例。在钟刚看来，艺术的力量不在于为乡村创造多少经济效益，不在于能够多大程度地挽救乡村，而在于通过坚持不懈的艺术行动，让快速行进的城市意识到农村或城中村的价值，不再拆之而后快。对于艺术活动来说，它不仅要介入、改造乡村，而且要去突破"失败—成功"的二元价值，成为一种共同学习的资源。城中村的社区关系和活力让艺术家重新理解城市和人的关系，更深入地认识这座城市的来历及应该的去向。乡村有别于城市体系，它能够让艺术介入者获得看待这个世界的另一种维度和立足点；它内在的丰富性完全可以满足介入者对艺术的探索和追求，让介入者在既有生活系统之外建立一套方法及一种价值。介入乡村的行动就像沿着一条偏离中心的边缘小径不断行进，它可以在发展和成功的逻辑之外绘制自己的路线图，以更为深入的思考和行动拓展我们对这个世界及未来的认

---

[1] 赵志红：《介入态度与艺术担当——当代美术的"日常生活化"现象之我见》，载《美术》，2017（9）。

知。只有当艺术家摆脱了对成功与失败的拷问，艺术家才能沉浸在乡村并享受这一份工作。①

（三）百年美术教育回眸

中国学院美术教育走过了约一个世纪。在这约一个世纪中，国家命运多舛，人民奋发图强，美术教育也在西学东渐的浪潮中走上了现代化征程。如今，各大美术院校的美术教育已呈现稳步发展的态势，有必要回顾百年历程，反思美育发展。

夏燕靖提出，现在的美术教育有四个突出问题值得关注。一是美术教育（尤其是书画教育）在突破古法的同时造成了传统书画培育条件缺失的问题，如师徒密切的传授关系被离间而疏远。过分依赖西法教学而将古法废弃，致使诗书画印的基本学养被割裂，已难融通。二是设计教育（尤其是工艺美术教育）受到工业大潮和商业功利思想的影响，传统工艺中师徒传艺的"秘诀"教学方式在近代美术教育中受到了极大冲击，致使过去讲究师徒授受的传统手工艺行业，如染织、陶瓷、珠宝等匠作之艺纷纷被解构或丢弃。千年来工场或行会组织制度下形成的手工艺传承教育模式被各种新法取而代之，传统手工艺的传承危机重重。三是针对近代美术教育中"技"与"艺"的辩证关系我们需要重新认识并给予客观评价。近代美术教育以"实学"为开端，重"技"以培养实用美术人才。然而，随着现当代美术教育的学科化发展以及各种艺术思潮的融入，"技"与"艺"的平衡在美术教育中表现为重视人的全面素质的培养。在当代美术教育中不应也不能将"技"与"艺"割裂开来，只进行技巧技能的基础训练，而没有创作课程的实训，这样则不能培养出真正的艺术家。四是当代美术教育的发展需要进一步强化中国艺术思想的主体性意识。教学需要在西学范畴中重新融入中国传统艺术实践与理论教学的内容，具有真正的中国特色，同时借助学术研究的新视角、新方法，重新梳理中国传统艺术体系的核心价值观，理清中国传统艺术的发展脉络，寻找构建实践与理论体系的学术资源和学理支撑。②

王林也提出了当下美术教育的两个难题。第一个难题是美术史论的单一化。我们选用一种史观来阐释美术历史，但史观并不是唯一正确的。比如，弗洛伊德用他的潜意识学说解释米开朗琪罗的雕塑《摩西》时是非常到位的，但

---

① 钟刚：《艺术介入是面向失败的积极行动》，载《美术观察》，2017（12）。
② 夏燕靖：《以史为诫、扣合时代，审视美术教育的现实与未来》，载《美术观察》，2017（10）。

这种方法无法像萨特的存在主义方法那样深入分析贾科梅蒂的雕塑作品《行走的人》。书写不同形态的美术史时需要找到最适合的方法，如原始艺术用人类学，古典艺术用图像学，现代艺术用形态学，当代艺术用文化学，等等。第二个难题是美术教育的非个性化。现代学院教育的根本任务是培养有理性、有修养、有知识、有文化、有人文诉求、有生态意识和全球意识的国家公民，因而改变了过去作坊式的师徒教育方式，实行集体课堂制。就教育的现代化而言，这似乎没错，但从艺术教育的角度看则是有问题的。艺术创作的学习必须有身体力行的"手工活儿"，需要一对一、手把手的师徒相授。美术学院设立的工作室实际上就是师傅领衔、弟子跟学。当代美术教育应是现代教育方式与传统教育方式两者的结合，即课堂与作坊、师生与师徒、学院与画院书院雕塑院并存，并且相互交叉、相互推动。美术学院扩招后，一个教师负责几十个学生，全采用集体上课的方式。学生十几二十倍的增长造成的问题太大。并不是说让更多人进大学不好，而是说要有相应的结构调整和师资扩充。[①]

　　针对以上两篇文章都提到的"师徒制"，吴杨波在其文章中论述了这百年前被改革家视为"陈陈相因"的传统教学模式的积极一面。在师徒长时间、关系稳定的相处过程中，人格、修养、艺术观等会随着艺术技巧一并传递，学习者能在最短的时间内达到艺术上的成熟。而西方现代美术教育不认为艺术家的成熟是其职责，认为在获得相关知识后，人需要自己决定自己想要什么，人的成熟需要亲历一个惨痛的试错期。另外，师徒相授讲究"道代代传、法代代破"，即艺术的内核不变，而方法模式会随着时代的变化而变化。这里的"道"不应被视为西方观念中的客观规律，而应该被理解为黑格尔"绝对理念"式的批判性存在，其自身并没有固定的形态。也正因如此，传统书画师徒制美术教育并不缺乏创新者，如徐渭、朱耷、石涛……这些天才人物将传统经验和当时的社会文化进行了结合，这一点和西方美术史的创新者并无不同。同时中国传统美术教育特有的经验口诀比西方的原理规律多了两层优势。一是经验口诀糅合了实践者的主观感受，对那些心智不够成熟的学习者来说是条充满温情的捷径；等学习者掌握了技巧再来慢慢体悟，那些当年的不解之处自会迎刃而解。二是经验口诀具有形成周期短、适应性强的特征，老一代积累的经验立刻被下一代学习和改造，不必像原理规律那样需要经过几代人的论证和打磨，且一旦成型又数百年不变。对于未来有极大不确定性的中国艺术教育来说，像重视原理规

---

① 王林：《当下美术教育的难题》，载《美术观察》，2017（10）。

律一样重视教师个人经验的传授也许是一个合理的选项。在中国美术教育的百年历史中，西方理念并没有完全将其控制，师徒制仍然在美术教育的核心区域存在，暗中弥补着理性教育的缺漏。

师徒制强调人的中心地位，属于前现代时期的原始方法；现代社会繁荣了科学，却也对文化及人作为主体的尊严产生了一定消极影响。艺术作为现代社会的"解毒剂"，需要加强人的原初力量、情感和沟通，不能任由流水线式的现代教育将人的价值消减，此时师徒制的意义就显现出来了。未来的师徒制并不是在固定依附关系下的"套路传套路"，而是师生在动态实践中的心灵实时沟通。依托移动互联网和人工智能，这种沟通会更为迅捷有效。例如，当代教师可以通过微信工作群等远距离实时了解学生们的思想感受，参与和指导学生对创作的讨论和思考，有效消除因高校扩招带来的美术教育异化现象。①

（四）民间美术知识产权

民间美术内容庞杂、范围广泛，其知识产权的界定与保护历来存在着很大争议。周林针对民间美术知识产权的保护问题提出四点看法。第一，民间美术如何进行知识产权保护这一问题针对的是来自民间的纯美术信息的知识产权保护，并不是所有的民间美术信息都可以被纳入知识产权保护的范围，只有某些符合法律规定的特定信息，其持有人或传承人才可获得知识产权的法律保护。第二，知识产权保护针对的是知识产权权利人的知识财产，主要包括发明创造、艺术表现、商业标识等，主要涉及《专利法》《著作权法》《商标法》等法律。一个发明要获得专利必须符合创造性、新颖性及实用性的特征，从专利所要求的"三性"这个角度来看，民间美术很难符合获得专利的条件，因为民间美术一般源远流长，不具备新颖性特征。受《商标法》保护的商业标识，必须具有显著特征，便于识别，并不得与他人在先取得的合法权利相冲突。民间美术的商标保护与民间美术的版权保护的难点在于，民间美术（某具体样式或该样式的母题、起源等）的所有人或传承人难以确定。第三，在具体操作层面，在谈到民间文艺作品的认定和保护时，笼统地说保护民间文艺是不够的，一定要落实具体的认定标准，即让执法者和公众有一个可以判断和操作的方法，能够明确地识别哪些作品属于民间文艺作品，哪些作品属于应用了民间艺术技巧的当代作品，将民间文艺凸显出来才能有效地进行辨认和保护。第四，民间美

---

① 吴杨波：《师徒制：中国现代美术教育的乡愁》，载《美术观察》，2017（10）。

术的知识产权保护的难点在于保护目标及实现该目标的方法。相关法律法规必须明确为什么知识产权法律制度给予民间美术特殊的保护以及如何做到。从整体上说，知识产权制度的建立是对千百年来信息自由流动历史的一次革命，是对自由流动的信息人为设定的一种类似财产保护的制度，使信息成为一种可控、可评估、可转让的财产。知识产权通过授权、使用、获取报酬等手段激励创造。一旦违反相关法律，未经授权就使用，便构成侵权，侵权人必须为其侵权行为付出沉重代价。建立这个制度的目的就是在更新更高的平台上促进信息自由流动，从而有利于社会发展和民众福祉。[①]

赵书波为民间美术作品的版权问题提出了解决办法：以交易促保护。他认为，民间美术保护的核心应是促进实物和版权交易。我国大部分民间美术的传承人生活在较为落后的农村，甚至越贫穷的地区民间美术资源越丰富。很多民间传承人学习民间艺术的出发点就是通过"手艺"多赚点儿钱来改善生活。所以，保护民间文艺必须调动起传承人的积极性，必须让他们通过民间美术的传承来增加自己的收入。增加收入的办法有两种，一是政府财政拨款，二是通过市场交易。政府财政拨款只能是一种"兜底"的方式，通过市场交易则是一种可持续的办法。民间美术作品著作权（版权）贸易应该成为传承人（作者）收入的重要部分，同时以署名权为中心的精神权利也应该得到保护，这对于提高他们保护和传承民间美术的积极性有很大意义。民间美术品也将因权利的保护而不断增强独创性，向《著作权法》意义上的"作品"靠拢。赵书波认为，通过各级非物质文化遗产保护中心搭建我国民间美术作品的实物和版权交易平台是一种较为可行的方式。我国很多地方政府文化部门设立了非物质文化遗产的专门管理或研究机构，这为中国非物质文化遗产保护中心的著作权集体管理机构在全国各地设立分支机构奠定了基础，著作权集体管理机构经权利人授权，集中行使权利人的有关权利并以自己的名义进行授权和收费活动，同时可以在全国范围内加强对民间文艺作品的使用和交易的观测。另外，中国非物质文化遗产保护中心汇聚了我国民间文艺保护方面的学术权威，有利于解决在著作权集体管理和实物交易中出现的问题，这是一般民间机构和团体所没有的。而且中国非物质文化遗产保护中心是中国非物质文化遗产保护的国家中心，具有在国外进行法律活动的优势，可以代表国家行使一些地方政府和个体作者不便行使的权利。[②]

---

① 周林：《民间美术知识产权保护的几个问题》，载《美术观察》，2018（2）。
② 赵书波：《以交易促保护：对民间美术作品版权问题的思考》，载《美术观察》，2018（2）。

五、热点理论研讨

（一）"失语"的美术批评

十多年来对美术批评"失语""缺席""边缘""平庸"的批判不绝于耳。随着网络媒体、自媒体等各种平台迅速崛起，批评主体的泛化、批评力度的弱化已成为不争的事实。那么，应该建立什么样的批评规范？批评家又该如何在日益边缘化的境况中避免平庸化从而真正有效地发声？

孔维克提出，当代美术批评要以中国价值观为核心。回顾20世纪80年代的那批艺评家，他们受西方各种流派及美术观念的影响，多以西方的美术观念来评论并推动中国的当代美术。但我们注意到，东西方的文化从内在本质到外在表现都有不同的文化特点，从古至今差异很大。进入新时期以来，在表面繁荣的背后，我们的美术存在着严重的价值趋向偏离，甚至有背离中国精神的隐患。"85新潮美术运动"时，我们用几年时间走过了西方一个多世纪的现代美术道路，在之后的几十年里一直用西方的观念和手法画我们的题材，创作出一批迎合西方口味的作品，现在则出现了大批用中国传统的工具材料来表现西方观念、审美的作品。在各种观念并存的学术氛围中进行多向探索，呈现多元生动的美术生态，这有利于美术的蓬勃发展；但这种美术潮流不能模糊甚至代替中国美术的主体特性。应该看到，有些艺术家很有才华且富有创新精神，其水墨试验的形式和技法的探索对丰富中国画的美术语言有着不可低估的意义；但同时应指出的是，他们的跟风者多表现不佳，致使整个群体给人以混杂的感觉。我们对某一事物做出评价，如果没有自身的立场，没有一个相对明确的对象，没有一个统一的标尺，那么就难以在同一个语境中论事，从而失去了表达与沟通的有效性和目的性。西方的美术有自己的发展规律，产生了一系列对应其发展规律的法则，有一系列传世的经典作品和代表性的画家，有评价这些作品及画家的符号性语言。西方美术发展到今天，又进入了所谓后现代的观念化、游戏化时代，也有其发展规律、价值观念和评价标准。中国的美术同样也应该有自己的独特的审美观、价值观念及品评体系。如果用西方的观念和品评标准来批评我们的绘画，就会乱象丛生、价值混乱。尤其是进入21世纪后，世界格局的变化使我们进入一个文化既相互融合又各自发展的环境，如何在当代面对新的美术状态建立起既不同于古人也不同于西方，既具有传统的文脉传承又融汇当代精神的品评框架和审美标准就显得尤为重要。[①]

在一个思想碰撞、观念交汇、社会变革的伟大时代，中华民族正悄然崛起，在实现中华民族伟大复兴的道路上前进。我们的美术是这个时代的形象象征，塑造中国形象、体现中国精神需要发挥美术批评的作用。艺评家要诘问时弊、叩问艺心，面对西方艺术的涌入，需要分析其来龙去脉，了解现象背后的实质，从而坚定文化自信，避免人云亦云；面对当代美术家的创造以及与外来美术的比照，不能没有自己的立场和判断。无论是我们的美术走向世界，还是让世界来认识我们的美术，都要以我们自己建立的审美框架、价值标准来品评我们的绘画，而不是以他们的价值观来看我们的画。建立以中华文化为内核的审美价值评判标准，建立属于这个时代的、具有中国立场的、具有中国价值观的美术批评体系是时代赋予我们的使命。[②]

孙振华提出，艺术批评在整个艺术系统中相对来说是一个"短板"。其最核心的问题在于，在社会主义市场经济条件下，我国当代艺术系统中的大多数因素都形成了与市场对应和互动的模式，找到了投入和回报的方式，而艺术批评目前尚未实现。从社会生态的角度看，批评是分层的。大众的"人人批评"是一个层面，作为学科的"专业批评"是另一个层面。在当今社会的批评生态中，一方面需要进一步鼓励、扩大新批评的话语领域，让更多公众参与艺术批评的活动，与艺术创作、专业批评形成互动；另一方面需要加强专业批评学科的建设，促进批评学科的规范化、学理化。目前看来，以大众批评的趣味和标准要求专业批评，或者将专业批评等同于大众批评，都是十分有害的。在批评的社会生态中，专业批评是职业批评，是批评的标杆和引擎，它的高度和专业水准应成为提升大众批评高度和水准的动力。反思批评活动的现实还相对容易些，更困难的在于反思批评的文化传统。从根本上，我们的社会还没有形成一种求真、求实、坦率、公正的批评文化。在一个普遍只想听好话、不愿意听"坏话"的文化中，在文过饰非、不愿意坦诚承认错误的风气中，一个艺术家很难不顾及乡谊、师友、亲情等，很难进行公正、直率的批评。这是一个严重的问题。从根本上讲，形成一种实事求是、开诚布公的批评文化，才是建设良好艺术批评生态最重要、最核心的保障。艺术批评的系统生态、社会生态、自身生态是今天观察批评问题的三个角度，也是解决艺术批评既存问题的三个方向，同时

---

①② 孔维克：《亟待建立以中国价值观为核心的当代美术批评体系》，载《美术》，2017（9）。

是走出批评困境的三条出路。[①]

　　盛葳从另一个角度分析了当下的艺术批评。他认为，从前那种围绕现代艺术展开的基于平面媒体的艺术批评已变得边缘化，但这并不代表艺术批评已经衰亡或消失。相反，也许当今的艺术批评比任何时候都更接近观众和读者，只不过不再是报纸或杂志上的长篇大论，而是被分拆为不同类型的、更为零散的"信息"。首先，写作主体的身份发生了转变。互联网上对艺术的看法并不仅由传统意义上的艺术批评家提出，每个人都是自媒体运营者，也是艺术批评的写作者。其次，个性化编码与创意式解码使新的艺术批评变得"短、平、快"，形成直接简单的信息互动。艺术批评应有的社会责任、学理及深度让位于娱乐与消费。在个性话语场中，专业的批评标准和批评价值被消解。这些艺术批评常常直奔主题，很少出现顾左右而言他的现象。艺术批评可以被看作一种特殊的信息，而信息的获取方式决定了它的本体特点。今天被广为阅读的艺术批评呈现出碎片化的特征，并且以文字、图片、声音、视频以及它们的综合体展现给读者。通过互联网的多媒体方式，信息雪球越滚越大，无论是丰富性、独特性还是综合性都远远超越了传统的评论。其社会功能也发生了转变：不再只是对作品信息的描述，也不只是精神价值的认定，而与娱乐、消费紧密联系在一起，进而成为艺术自身生产的一部分。艺术家、观众、批评家的身份发生互动、转换、结合，艺术批评由精英走向大众，批评的媒体化与媒体的批评化同时发生，融为一体。艺术的普遍价值和"共识的神话"被打破，艺术世界的稳定结构倾塌。因此，传统意义上的现代艺术批评逐渐衰亡，但并不代表艺术批评就此消失，它已通过媒体的变革转换为全新的样式。[②]

（二）当代美术与艺术

1. 艺术的本质

　　那新宇和于宏伟在其文章中界定了美术史语境中艺术的本质。艺术家的创造力是个体自由的展露，笛卡尔的"我思故我在"凸显的就是主体觉醒的重要性，这几乎成为西方文化的基石。问题在于，当主体自由遭遇社会道德伦理，艺术将何去何从？与西方借助宗教的方式不同，中国文化的成德之学以淘尽残渣、修身养性为原则，自性自度，不假外求，最终铸就此心光明的成德境界，

---

① 孙振华：《艺术批评的系统生态、社会生态和自身生态》，载《美术观察》，2018（4）。
② 盛葳：《媒体变革中的艺术批评》，载《美术观察》，2018（4）。

而这也是中国艺术的终极旨归。当代艺术显现出东西方文化的融会贯通态势，这印证了人类文明在思想上的相通性。在当代理解艺术本质时，我们不可忘却自身的文化传统。换言之，明确东西方文化内在的精神指向与时代命题，进而彰显自身的文化情境，已然成为界定艺术的应有之义。文化研究不仅拓展了艺术的概念，而且使艺术本质呈现当代转向。杜尚曾坦言："没有艺术，只有艺术家。"此言智慧而犀利地对艺术的本质做出了回应。杜尚答案的智慧在于他界定了艺术的无法界定，而其犀利则在于他明确界定了这个无法界定的原因。或许博伊斯对这个原因的陈述更为直接——人人都是艺术家。博伊斯之后，艺术本质的当代内涵已然明朗，因为艺术的价值已无法局限于形式美的框架，对人类文化机制的质疑、破坏与重建已成为艺术本质的当代界定。在当代艺术的反思性视野中，美术史语境无疑使对艺术本质的质询具备不断深入的学理定位。对艺术本质的判断必须秉持一种艺术史观的理性思辨态度。艺术的魅力在于其永无止境的生成性，也正是这种生成性使艺术可能展现主体自由的不断解放。因此，艺术本质并非一种确定性内涵，艺术的本质必须向未来敞开。①

梁迪宇也谈到了"艺术边界"的问题。他提出，从最初对"艺术边界"问题的质询到当代艺术家"观念即为艺术"的回应，在此阶段产生的美学现象则是博伊斯提出的"人人都是艺术家"。"人人都是艺术家"体现了博伊斯提倡的"行为即艺术"的理念。博伊斯认为，艺术中最重要的不是结构而是过程，是由理念生发出的在过程中的行为。在这样的观念下，人人都是也可以是艺术家，艺术家在此并没有专属特权。就像德国哲学家瓦尔特·比梅尔所说的那样，我们在艺术中看到的不是人的任意的表现，不是人的必然的表现，亦不是人为了延续生命而必须进行的各种活动，而是某种非同寻常的东西；我们需要艺术，但并没有使用和消耗艺术；我们所说的"非同寻常"，指脱离了通常事物的领域；也就是说，不管是以前的艺术还是现在的艺术，艺术从来都不是为物质而物质，它所要表现的不是和生命息息相关的物质性的东西。另外，比梅尔认为"当代的艺术"是一种形而上学的东西，因为没有使用和消耗艺术，所以显示出人们对艺术的理解还不够深刻透彻。比梅尔用"非同寻常"来形容当代艺术，他认为当代艺术是脱离通常事物的东西，显然有一种艺术作为精神性产物凌驾于物质之上的意思。②

---

① 那新宇、于宏伟：《美术史语境中艺术本质的当代界定》，载《美术观察》，2017（10）。
② 梁迪宇：《当代艺术的边界与审美》，载《美术》，2016（8）。

在当代，不管是艺术领域还是其他领域，理解艺术一直是不太容易的，有时候甚至格外艰难。对于理解当代艺术的难度，比梅尔这么说道："艺术是一种言说方式。困难在于我们既要理解言说内容又要理解言说方式……这样一种理解必须深入言说内容加以追问。此乃一种哲学的解说工作的任务。"①以哲学式的解说方式来形容理解艺术的任务，并非将哲学强加于艺术之上，而是说如果要真正地理解在大多数人眼中较为抽象的艺术，那么以哲学的辩证思维去看待与研究艺术的由来、本质、意旨等方面是必要的。当哲学与当代艺术结合在一起，当哲学的思维方式进入当代艺术，整个当代艺术世界将真正地向探寻者敞开。这是哲学与当代艺术结合后令人雀跃的发现，同样也是破解当代艺术作品密码的真正方式。这也就是说，当以哲学的思维去探索当代艺术时，探寻者就必须不断地深入挖掘当代艺术作品背后的东西，这样才能将对当代艺术作品的认识称为"理解"。②

对于当代艺术的理解难度，比梅尔在讨论当代艺术时曾这么说道："艺术乃一种需要解说的语言，这也适合于'古典'艺术，而决非仅仅适合于现代艺术……艺术乃一种难以辩解的象形文字。它需要翻译，需要被传送。至于这种传送是否成功，是否仅仅片段地发生或完全被耽搁了，这是任何一种哲学解说都无法保证的。有了这样一种哲学解说，艺术作品是否更好地得到理解，人们是否获得了理解艺术作品的通道，这可以被视为解说工作成功与否的标准。"③比梅尔在此清楚地阐释了理解当代艺术作品的难度在于对当代艺术作品的"翻译"，而且这种"翻译"就像"传送"，这种"传送"是必须流畅、不失真的——这是理解当代艺术作品的关键。总的来说，20世纪西方艺术界中关于当代艺术的讨论至今仍处于进行中，还远未到形成一个公论的时刻。孰是孰非，边界为何，至今在艺术界也没有明确的答案。但是，毋庸置疑的是，只有通过对当代艺术定义的认知，通过对相关艺术理论的深入学习，才可以更好地把握当代艺术的特性，才能更好地对当代艺术进行正确的审美观照。④

2. 当代美术的发展

在思考并极力推进中国当代美术（包括美术学）发展的今天，如何去延续中国艺术的传统脉络，发掘那些被追求"现代性"的热情遮蔽了的有价值的本土艺术传统与艺术观念，重构富有特色的中国美术学体系，是我们不可回避的

①③ 瓦尔特·比梅尔：《当代艺术的哲学分析》，267页，北京，商务印书馆，2016。

②④ 梁迪宇：《当代艺术的边界与审美》，载《美术》，2016（8）。

现实问题，也是不可推脱的学术担当。中国美术的文化资源从来没有被世界忽略过，正是这种丰厚的资源滋养了不少海外的美术史学者、汉学家。如果我们仅向世界提供资源而不能提供有价值的理论、观念和新的研究模式，我国美术就不可能成为美术学舞台的中心角色。如果我们仅以西方数百年来形成的研究方法、模式来研究中国的或世界的艺术问题，我们就始终是一个追随者，并进一步强化学术界"美术史本身就是西方的"的这种认识。所以，研究、发掘中国传统艺术理论资源，梳理、归纳、总结中国传统艺术品鉴方法，并使传统话语体系实现现代转换，建构一套既具有传统脉络、自己独特的概念、话语体系及方法论，又具有现实针对性和普遍适应性的研究模式和话语体系，是摆在中国美术学学者面前不可回避与推卸的责任。

中国美术学要摒弃"失语症候"而发出自己的声音，还必须处理好自我文化身份建构与开放视野的关系。如今，在看待世界的艺术时，我们应有中国的立场、中国的眼光；同时，审视中国自身的传统与当代艺术问题需要一种国际化视野。国际化不是文化艺术的一体化，更不是以西方为中心；国际化也并非多元化旗帜下的封闭化，其意图是加强不同文化艺术主体之间的交流对话。中国美术学学者应该主动走出去，让世界更多地了解中国的艺术，也让中国学者更多地了解异质文明的艺术。我们不能忽视这样一种现象：一百多年来，英语世界出现了为数不少的中国美术史学者，但中国却没出现许多具有世界影响力的西方艺术史研究者与成果。美国著名学者吉尔伯特·罗兹曼主编的《中国的现代化》一书用"国际关系"一词来衡量国家的现代性。他认为，一个国家或民族是否具有了解与参与世界事务的愿望与能力，世界有无了解一个国家或民族的兴趣与愿望，往往是衡量这个国家或民族是否具有现代性的一个重要尺度。我们需要国外的学者更多认识与了解中国的艺术，我们自身更需要一种国际化视野，而不是一个只耕种自留地的学术"小农"。如果我们缺乏对于世界艺术研究的能力与评判权时，我们想获得学术"自尊"则成为妄谈。[①]

---

① 黄宗贤：《身份建构与开放介入——中国美术学学科建构的感言》，载《美术观察》，2017（9）。

第四章

当代文艺动态及评论热点——音乐篇（2017年7月—2018年6月）

音乐是人类情感和精神生活的载体，也是现代文化产业和娱乐行业的主要领域之一。进入21世纪后，我国音乐的本土形态和国家特色愈加凸显。一是在近现代大规模引进西方音乐后的本土化进程中形成的自我特点，不同于西方现代主义转型中对欧洲古典音乐的情有独钟；二是在中国传统音乐现代化的进程里重新认识、挖掘和发展自身音乐文化的形式和意蕴；三是对于以美国为主的西方当代流行音乐的跟随和借鉴（其本土化过程并不顺利）。这些因素共同构成了当代中国音乐的复杂谱系，但其核心仍是植根于当代国情、置身于多元一体格局的中国音乐的持续现代化、本土化和繁荣发展。总体上，中国近年的音乐事业保持着蓬勃向上的势头，喧闹嘈杂的形式主义有消减的趋势，音乐内在的精神价值和教育意义得以逐渐显现。本章聚焦于2017年7月—2018年6月音乐领域的创作和评论状况，为社会大众和专业人士提供了解音乐界这一时间段里重要事件和发展动态的资料。我们从热点音乐展演、热点研讨活动、现象聚焦、主要问题和热点理论研讨五个方面进行梳理和评析。

一、热点音乐展演

音乐表演和展播是观察一段时期音乐事业发展的首要窗口。无论是国际音乐峰会等外国机构发布的全球音乐发展报告，还是中国国内研究机构的分析报告，都看好中国音乐市场的发展前景。我国音乐会、音乐节等形式的演出在国内外市场都呈现持续扩张的态势，其中国内市场的增长尤其明显。

（一）音乐会

1. 打开音乐之门·2017北京音乐厅暑期系列音乐会

打开音乐之门·2017北京音乐厅暑期系列音乐会于2017年7月7日正式启动，为期52天，有包括交响乐、室内乐、钢琴独奏、管风琴独奏、童声合唱、诗词配乐吟诵等多种表演形式的47场演出上演。暑期系列音乐会依旧秉承低票价的惠民原则，最低票价仅为20元。7月7日率先登场的是面向3~8岁儿童的"'看'音乐·彼得与狼——中国电影乐团视听交响音乐会"，演奏的曲目为精心设计的适合儿童的交响童话《彼得与狼》、《天鹅湖》组曲等。7月7日还同步举行了开幕式活动。随后的演出多是倾向于少年儿童的音乐会，如"娃娃唱戏娃娃看，民族文化代代传——少儿京剧专场音乐会"（7月8日）、"击幻旅程——豆荚宝宝儿童音乐会"（7月9日）、"音乐中的童话世界——中国交响乐团M.E室内乐团音乐会"（7月13日）、"'看'音乐·古典宝贝——幼儿动画视听室内乐音乐会"（7月15日和16日）、"'看'音乐·《魔笛》与《塞尔维亚的理发师》——歌剧动画视听交响音乐会"（7月16日）等。利用少年儿童的暑期空闲时间，打造适合他们的音乐演出活动，对于普及和传播音乐文化具有较大意义，值得大力推广。另外，系列音乐会并没有局限于低龄观众的欣赏需求，特意安排了经典音乐作品的演出活动，如"古典与浪漫——世界经典名曲音乐会"（7月14日）、"诗情乐韵——穿越时空的诗词之律音乐会"（7月12日）等，突出了经典音乐的育人功能，在传扬经典音乐方面也颇具价值。打开音乐之门系列音乐会的演出安排也注意了音乐的趣味性，安排了如"摇摆贝多芬——德国萨克斯大师五人组音乐会"（8月6日）、"钢琴大斗法——德国钢琴创意互动音乐会"（7月15日）等演出活动：德国萨克斯大师五人组的风格横跨古典、爵士、流行，他们是当今最著名的萨克斯五重奏组合，他们让经典作品新生，五位杰出的音乐家通过精彩的编曲和幽默的表演方式吸引了不同年龄、不同领域的听众，让大家得到了视觉和听觉的双重享受；德国钢琴创意互动音乐会中的两位德国钢琴家上演了一场"钢琴大斗法"，两人用不同时期各种流派的乐曲进行激烈而不失幽默的对抗与较量。2017年的系列音乐会还引入了一场英文独角戏，8月5日，老戏骨约瑟夫·格雷夫斯在《一个人的莎士比亚》中的表演非常有爆发力，不同凡响，令人印象深刻，经久难忘。

2. 上海东方艺术中心"2017未来大师——独奏重奏系列音乐会"

上海东方艺术中心的"2017未来大师——独奏重奏系列音乐会"项目于

2017年3月16日开启，一直持续到12月8日。"未来大师"项目是国内首创的室内乐系列演出品牌，作为上海东方艺术中心四大系列品牌演出之一，全年演出30场左右，演出活动主要集中在下半年，中外乐坛30余位新起之秀登台献艺。该项目的成功推出建立在上海东方艺术中心多年积累和精心打造的基础之上，不仅演出的质量和水准高，而且培养了很好的观众群体。追根溯源，最早的"未来大师"活动是在2007年，上海东方艺术中心首次邀请在世界古典乐坛崭露头角的7个国家20位青年演奏家，每月轮流来沪举办"古典也流行"系列音乐会；2008年，首次引进欧洲三大钢琴节之一的法国雅各宾钢琴节音乐会；2009年，室内乐版贝多芬《第十交响曲》于奥地利首演后在上海东方艺术中心上演，由奥地利的萨尔茨堡四重奏进行首演；2010年，为纪念肖邦诞辰200周年，该年主题定为"向肖邦年致意"，24场音乐会邀请了来自15个国家和地区的43位乐坛翘楚走上上海东方艺术中心的舞台，其中包括由青年钢琴家孙梅庭领衔的肖邦独奏作品全集音乐会"肖邦八日谈"等；2011年，由当今最负盛名的波兰作曲大师潘德雷茨基一手推动的潘德雷茨基弦乐四重奏首度登上上海东方艺术中心的舞台；2012年，该项目迎来第一百场演出，被誉为法国国宝的钢琴家蒂博戴携手当今世界杰出的四重奏组合上海四重奏献演；2015年，当代室内乐组合中的王牌、成立于1969年的纽约林肯艺术中心室内乐组首度访华，亮相上海东方艺术中心，为观众献上了一系列当代美国作曲家的经典之作。经过多年的耕耘，"未来大师"改变了室内乐演出市场"叫好不叫座"的状况，赢得了观众的关注和好评。2017年，"未来大师"的演出更加精彩纷呈，"向大师致敬""夏日狂欢""王牌艺术家""古典也流行"四个板块隆重登场，来自中国、德国、法国、意大利、美国等15个国家的56位艺术家献上钢琴独奏和重奏、弦乐四重奏、小型交响乐团等形式各异、内容丰富的25场室内乐音乐会。

3. 上海彩虹室内合唱团"双城记Ⅱ"音乐会

2017年除夕前，凭借一首《春节自救指南》，上海彩虹室内合唱团火遍大江南北。合唱团的其他作品如《张士超你到底把我家钥匙放在哪里了》《感觉身体被掏空》也受到追捧。2017年7月8日，该合唱团在上海交响乐团音乐厅为粉丝们呈上一场"双城记Ⅱ"音乐会，随后又在无锡、广州等地为观众献上了精彩演出。"双城记Ⅱ"音乐会的主题延续了乐团2016年的代表作品《双城记》，是彩虹室内合唱团策划的年度精彩演出。音乐会上半场演唱的是相泽直人的作品。相泽直人作为日本最著名的合唱作曲家之一，其作品多呼唤内心美好和平，如和平主题、地震重建主题等。下半场为中文作品，由金承志先生创作的

《落霞集》等作品组成。其中《落霞集》首演于2017年1月，"双城记Ⅱ"音乐会中演出的《落霞集》是经过再次打磨的又一次"首演"。

上海彩虹室内合唱团成立于2010年，最初由上海音乐学院指挥系学生自发组织成立，随后吸引了社会各界的合唱爱好者，逐渐发展成为一个充满活力、富有生活情趣的青年音乐团体。创作型指挥金承志在谈及彩虹室内合唱团存在的意义时表示，舞台所传递的可以是情绪，可以是生活片段，也可以是一个人的一生，它可以承载许多在生活中无法言说却又不得不面对的东西；合唱团对舞台的理解一向是真实的、不做作的、干净的，一群人花两三个小时看另一群人传递的喜怒哀乐，这是一件很有意思的事；观众和合唱团共同完成了对"舞台"这个词的解读。年轻人的活力和热情、对青年观众欣赏趣味和心理的把握以及合唱团的精彩演绎使该活动取得了很大成功。

4．北京新年音乐会和上海新春音乐会

辞旧迎新，世界各地的新年音乐会纷纷上演，最为著名的是维也纳、柏林、德累斯顿等新年音乐会。在北京也有一个重要的跨年音乐演出活动，经过长久的坚持和磨炼，也在音乐界名声卓著，影响力日渐扩大，这就是在人民大会堂举行的北京新年音乐会。自1996年创办以来，北京新年音乐会已成为北京知名的演艺品牌，是目前国内历史最长、影响力最大、知名度最高、最具国际影响力的新年音乐会。北京新年音乐会多年来一直坚持"名团、名家、名曲"和"国际水准、中国气派、北京特色、节日气氛"的品牌创意理念，以固定的演出时间、固定的演出场地、固定的演出形式形成了品牌特征，渐渐成为北京市标志性的音乐盛事和文化名片，成为国家级重点演出品牌。2018年，为了纪念北京新年音乐会举办22周年，该届音乐会邀请了指挥大师托马斯·桑德林及捷克布尔诺爱乐乐团，为中国观众献上了一场精彩纷呈的大型交响音乐会。托马斯·桑德林是著名音乐指挥家库尔特·桑德林之子，他和作曲家肖斯塔科维奇因其父成为忘年之交，其早年曾任赫伯特·冯·卡拉扬和伦纳德·伯恩斯坦的助手，是德国、俄罗斯及法国作曲家作品的权威指挥家。捷克的布尔诺爱乐乐团是交响乐领域的佼佼者，该乐团曾到欧洲、北美洲、南美洲、中东和远东地区，举行了上千场音乐会。担任此场音乐会钢琴首席的是新生代钢琴家吴牧野，他琴艺精湛，演奏如行云流水般浑然天成，兼具细腻与热情，获得了国内外很多奖项，这也是他与北京新年音乐会持续合作的演出活动之一。

随着中国经济的发展和国际化程度的加深，中国春节的国际影响力增强。春节前后，纽约、多伦多、墨尔本等地都有新春音乐会上演，用音乐共庆中国新年。2012年，在上海交响乐团音乐总监余隆的提议下，纽约爱乐乐团创办了中国农历新春音乐会，并将其纳入乐团常规乐季。2012年的中国农历新春音乐会成为纽约城中一大盛事，中西方音乐碰撞出火花，邀请来自世界各地的人们分享中国春节的欢乐，受到了观众的热烈欢迎。在我国，上海交响乐团于2016年创办了上海新春音乐会，其创办之初的市场接受度并不高，因此乐团当时在音乐会品牌树立和票务推广上都颇费心思。在不断努力下，该音乐会如今已成为沪上乐迷庆祝农历新年的精神盛宴，2018年音乐会门票于演出前3个多月就宣告售罄。上海交响乐团团长周平表示，上海新春音乐会应被打造成申城的文化品牌，让更多海内外人士通过音乐会了解中国的春节和中国的音乐。除看春晚、包元宵、赏花灯等传统春节习俗外，新春音乐会成为上海市民又一种庆祝新春的方式。上海新春音乐会采用西方管弦乐与中国传统民乐相结合的方式，以韵味十足的中国音乐传达春节的喜悦祥和。2018年演出曲目包括上海交响乐团已故驻团作曲家朱践耳的《节日序曲》《欢欣的日子》，改编的赵季平的《古槐寻根》和周杰伦的《菊花台》，以及以丝路为主题的《丝路飞天》《丝绸之路》，等等。上海新春音乐会因其创造性地中西合璧、融合古典与现代而颇具特色。

5. 上海歌剧院"欢乐颂"——贝多芬交响作品音乐会

2018年5月30日，由指挥家许忠率领的上海歌剧院交响乐团、合唱团与旅德"95后"青年钢琴家万捷旎合作，在北京大学会议中心奏响以"欢乐颂"为名的贝多芬交响作品音乐会。

这场音乐会是为庆祝北京大学建校120周年而举行的特别演出，同时也是上海歌剧院应邀在北京大学进行的演出周活动的收官之作。上海歌剧院交响乐团之所以选择气势磅礴、规模宏大的贝多芬《第九交响曲》作为音乐会的压轴曲目，是因为该曲中蕴藏的思想自由、兼收并包、和而不同的人文精神，恰与北京大学一直以来提倡的人文理念相契合。对于乐团来说，演奏这样一部经典中的经典并不容易。因为世人对这部作品太熟悉，音乐中的每一个细节都会被听众的耳朵放大。即使上海歌剧院的艺术家对这部作品已十分熟悉，但在此次音乐会正式演出前，指挥家许忠仍带着乐队精心地打磨作品细节。许忠谈道，当他每一次翻开《第九交响曲》的总谱，都会把它当作一部新作品，回归到零，让自己再一次站在伟大作品面前，感受自己的渺小。上海歌剧院当晚的演出气势如虹，响而不炸，厚而不杂，在终曲乐章进行到《欢乐颂》部分时，整个音乐会的气氛达到了高潮。

6．苏州交响乐团新加坡、马来西亚巡演

2018年6月，苏州交响乐团首次登上了新加坡滨海艺术中心音乐厅的舞台。乐团在音乐总监陈燮阳的带领下，从朱践耳的《第二交响曲》，到普罗科菲耶夫的《罗密欧与朱丽叶》第一、第二、第三组曲，在近两个小时的时间里，为狮城观众献上了一场中西结合的交响乐盛宴。之后，乐团前往马来西亚槟城，进入下一场演出。《第二交响曲》是"中国交响乐之父"朱践耳的代表作之一，《罗密欧与朱丽叶》则是经典的西方音乐作品，之所以选择这种中西结合的曲目搭配，音乐总监陈燮阳先生有着自己的考量。他认为，交响乐是在西方诞生的，所以任何一个乐团都不可能避开那些西方的音乐大师和他们的作品；但苏州交响乐团又代表苏州乃至中国的交响乐来到新加坡和马来西亚进行这次巡演，所以曲目要有中国的元素，朱践耳先生的作品就非常合适。因为马来西亚的槟城有40%的人口为华人，所以乐团在此次演出的曲目选择上增添了不少中国元素，从耳熟能详的江苏民歌《茉莉花》，到流行音乐《菊花台》，使这场音乐会充满了中华韵味和风情。

苏州交响乐团成立于2016年11月18日，是一个名副其实的年轻乐团。苏州交响乐团作为苏州首支职业交响乐团，由前上海交响乐团团长、中国交响乐基金会理事长陈光宪担任团长，著名指挥家陈燮阳和许忠分别担任音乐总监和首席指挥。这个年轻的乐团以高标准招纳了来自中国、美国、俄罗斯、英国、法国、意大利、西班牙、以色列、希腊、保加利亚、摩洛哥、澳大利亚、日本、韩国等国家和地区的72位平均年龄只有30岁的优秀乐手，这些来自各个国家的年轻面孔成为这个乐团的一大特点。在保持乐团成员朝气蓬勃的气质的同时，乐团坚持国际视野，积极开拓对外交流渠道，是国际交响乐舞台上的年轻且富有朝气的新生力量。

7．纪念建党97周年系列献礼音乐会

为纪念中国共产党成立97周年，中国国家大剧院在2018年6月30日—7月1日举办了"'唱支山歌给党听'国家大剧院驻院歌剧演员庆祝建党97周年音乐会"。音乐会甄选了观众耳熟能详的经典歌曲和影视歌曲，包括电影《铁道游击队》插曲《弹起我心爱的土琵琶》，电影《闪闪的红星》插曲《映山红》《红星照我去战斗》，歌剧《冰山上的来客》选段《高原的风》《怀念战友》，歌剧《长征》选段《三月桃花心中开》《我的爱人，你可听见》，歌剧《方志敏》选段《中国，我美丽的母亲》《映山红上杜鹃鸣》，以及创作歌曲《革命人永远是年轻》《妈妈教我一支歌》《军港之夜》《跟你走》等。

（二）音乐节

1. 第五届中国聂耳音乐（合唱）周

2017年7月17日，第五届中国聂耳音乐（合唱）周在人民音乐家聂耳的故乡玉溪市拉开帷幕。玉溪市位于云南省中部，该市有聂耳路、聂耳公园、聂耳故居、聂耳广场、聂耳乐队、聂耳纪念馆等，当地民众以这样的方式来纪念这位充满爱国之心的玉溪人。为打响聂耳这一文化品牌，经中宣部批准，2009年首届中国聂耳音乐（合唱）周在玉溪举办，之后每两年举办一届。第五届中国聂耳音乐（合唱）周以"唱响中国梦·喜迎十九大"为主题，旨在缅怀伟大的人民音乐家聂耳，以音乐文化为载体，弘扬时代主旋律。开幕晚会"彩云追梦"分为"不朽的音符""多彩的家园""飞扬的梦想"三个乐章。晚会现场，《毕业歌》《大路歌》《告别南洋》等聂耳作品逐一上演，熟悉的旋律在现场掀起爱国情怀的热浪。此届聂耳音乐（合唱）周采取"一体两翼"的方式，在昆明与玉溪同时开启，在玉溪举行开幕式，在昆明举行闭幕式。音乐周的活动包括合唱展演、中国国家交响乐团合唱团专场音乐会、欧洲经典作品音乐会等丰富多彩的系列文化活动。玉溪的活动由三个板块组成：第一板块为7月17日的开幕晚会与音乐会、7月18日的中国国家交响乐团音乐会"致敬·聂耳"及"聂耳杯"合唱展演；第二板块为丰富的主题文艺展演，于7月18—21日为公众呈现"红塔放歌""星云湖之夜""水一样的民族""彝乡天籁""棕扇舞出幸福来"五场各具特色的演出，展现自然之美与生活之美；第三板块为玉溪市文化产业博览会，以文化产业、文化创意、陶瓷艺术、非物质文化遗产、动漫、儿童创意体验等丰富内容吸引大众参与体验。昆明的演出节目以合唱为主，泰国宣蒲合唱团、海南爱乐女子合唱团室内团、香格里拉市红旗小学童声合唱团、富民小水井苗族农民合唱团等30支来自国内外的表演团体，分别在昆明剧院、春城剧院、抗战胜利纪念堂等地为市民带来美妙的音乐。这些活动充分彰显出云南的文化魅力与国际视野。

2. 第二十届北京国际音乐节

2017年10月8日，第二十届北京国际音乐节迎来开幕音乐会。此届音乐节以"北京国际音乐节20周年"为主题，于10月8—29日共22天里为观众献上29场演出，包括歌剧演出3部8场、交响乐演出17场、教堂音乐会1场、儿童音乐会2场以及漫步系列音乐会1场。此外，音乐节继续秉持艺术为先、公益惠民的宗旨，同时推出大师班、音乐会导赏、进校园、周末家庭日、公开彩排观摩等12场公益教育活动。从1998年创办至2017年，北京国际音乐节已经走过了20年，在此期间，北京的古典音乐舞台、市民的高雅艺术生活发生了翻天覆地的变化，北京国际音乐节在其中扮演了重要角色。音乐节通过自身努力，不断提升办节水平，在主办单位文化部与北京市政府的支持和领导下，打造出首都公共文化事业领域的一面旗帜。

北京国际音乐节艺术总监、指挥家余隆执棒中国爱乐乐团亮相于此届开幕音乐会，他携手德国著名小提琴大师弗兰克·彼得·齐默尔曼演绎了贝多芬的《D大调小提琴协奏曲》，齐默尔曼还与其儿子塞尔吉·齐默尔曼献上了巴赫的《双小提琴协奏曲》。此场音乐会也是中国爱乐乐团第十次为北京国际音乐节开幕。

歌剧艺术是北京国际音乐节的重点内容之一。自1998年创办以来，北京国际音乐节始终致力于歌剧艺术在中国的传播，已首演23部歌剧剧目，无论是德奥歌剧还是现代歌剧，屡次为国内歌剧舞台填补空白。其中最令广大乐迷和业内人士称道的无疑是音乐节在瓦格纳歌剧领域取得的斐然成就。2017年，北京国际音乐节的歌剧板块依然主打瓦格纳剧目。10月24日，由奥地利萨尔茨堡复活节音乐节与北京国际音乐节联合制作的歌剧《女武神》强势上演。该剧是为纪念指挥大师卡拉扬创办萨尔茨堡复活节音乐节50周年而制作的，舞美高度复原了该剧在1967年首演时的风貌，同时融入了现代的舞台科技手段。这是继2005年的《尼伯龙根的指环》全集、2008年的《唐豪瑟》、2013年的《帕西法尔》、2015年的《纽伦堡的名歌手》和《特里斯坦与伊索尔德》后，北京国际音乐节为观众带来的又一场瓦格纳重磅大戏，卡拉扬夫人也到场助阵。担任歌剧《女武神》指挥与伴奏的分别是梵志登与香港管弦乐团。2017年恰逢香港回归20周年，香港管弦乐团北上来京演出无疑契合了这一历史性时刻。除了担负此届音乐节歌剧演出的重任，10月28日，梵志登还与香港管弦乐团献上了布鲁克纳的《c小调第八交响曲》。

"中国概念"是北京国际音乐节主推的元素。自2002年首次推出"中国概念"以来，北京国际音乐节对中国作曲家、中国作品始终保持着极高的关注度，音乐节通过自身努力，成为国内展现中国作曲家作品的最重要舞台之一。对"委约"概念的引入，北京国际音乐节功不可没。传递中国声音，作品是关键。北京国际音乐节创办20年来，邀请了无数国际知名乐团来北京献艺，国内本土乐团在这个舞台上同样扮演着重要角色。从最早参演音乐节的中国交响乐团、中国青年交响乐团、北京交响乐团、广州交响乐团，到后来的中国爱乐乐团、上海交响乐团，再到近年的杭州爱乐乐团、青岛交响乐团、深圳交响乐团等，越来越多的本土乐团在这个舞台上一展身手。无论是歌剧还是交响乐，国内顶尖乐团无疑支撑起了北京国际音乐节舞台的半壁江山。为了集中展现国内交响乐团的艺术风采，此届音乐节在10月14日呈现了一场由国内九支交响乐团参与的"交响马拉松"音乐会，观众在10小时内欣赏到包括中国交响乐团、中国爱乐乐团、北京交响乐团、上海交响乐团、广州交响乐团、杭州爱乐乐团、深圳交响乐团、青岛交响乐团、昆明聂耳交响乐团在内的精彩演出。活跃在国内舞台的老中青三代指挥——张国勇、谭利华、李心草、杨洋、夏小汤、张洁敏、林大叶、黄屹、景焕等轮番登场，分别指挥乐团献上28部中外经典管弦乐作品。同时，大提琴家王健，青年小提琴家何子毓、柳鸣等也加入了这场"交响马拉松"。在乐团悉数登场后，由九支乐团的部分首席演奏家组成的北京国际音乐节节日管弦乐团新鲜亮相，为这场空前的中国交响乐大聚会画上了圆满的句号。

新体验和多样化也是音乐节注重的内容。教堂音乐会这项北京国际音乐节颇具特色的演出活动首办于2006年，到2017年已举办12次。在2017年北京国际音乐节的教堂音乐会中，来自英国的国王歌手合唱团在10月18日亮相于王府井天主堂。此外，从2010年的首场大师课开始，北京国际音乐节在三里屯不断地实验时尚地标和音乐的融合，此届音乐节的三里屯演出板块聚焦于小而美的歌剧剧目。伦敦寂静歌剧团于10月9—11日在三里屯太古里北区红馆演绎了20世纪捷克作曲家雅纳切克的歌剧《小狐狸》，这是这部捷克语歌剧首次在中国舞台上演，也是国内首度尝试科技和音乐的有机结合。每个观众都戴着射频耳机观看演出，不仅能体验到独特的歌剧声场，还能跟随演员游离于场馆中，与演员零距离互动。独幕歌剧《人声》也给观众带来耳目一新的体验，这部由法国现代作曲家弗朗索瓦·普朗克于1958年创作的作品在10月19—21日上演，全剧长40分钟，情节仅为女主角在台上与她的情人通电话，该剧由荷兰导演瓦尔特·范·鲁伊执导。2017年北京国际音乐节的儿童音乐会以"笛韵童声"为主题，竹笛演奏家唐俊乔与上海音乐学院竹笛乐团在保利剧院为小观众们带来了一系列为竹笛改编的曲目。

2017年是德国作曲家贝多芬逝世190周年，为此北京国际音乐节的交响乐演出板块以贝多芬为主线，除在开闭幕式音乐会上演奏包括《艾格蒙特序曲》《D大调小提琴协奏曲》《c小调合唱幻想曲》外，此届音乐节还延续前两年以全集系列呈现勃拉姆斯、柴可夫斯基交响曲的方式，于10月22—26日献上由指挥大师帕沃·雅尔维执棒德意志不来梅室内爱乐乐团带来的贝多芬九大交响曲全集系列演出。九大交响曲在中山公园音乐堂通过四场音乐会完整地上演，其中10月22日上演贝多芬《第一交响曲》《第二交响曲》《第三"英雄"交响曲》，10月23日为《第四交响曲》《第五"命运"交响曲》，10月25日为《第六"田园"交响曲》《第七交响曲》，10月26日以《第八交响曲》和《第九"合唱"交响曲》为整个贝多芬系列画上句号。此次演出是贝多芬逝世纪念年里北京音乐舞台唯一的交响曲全集音乐会，同时也是北京古典音乐舞台30多年来首个贝多芬交响曲全集系列演出。

在10月29日的闭幕音乐会上，作曲家陈其钢带来北京国际音乐节艺术基金会委约创作的小提琴协奏曲《悲喜同源》，以此献给北京国际音乐节20周年庆典，同时纪念自己与音乐节合作15周年，此届的年度艺术家也授予了陈其钢。《悲喜同源》这部新作吸收了中国经典古琴曲《阳关三叠》的曲调，表达了作曲家对阴阳、悲喜、得失等哲学命题的思考。该作品在此届音乐节闭幕音乐会上的演出由余隆指挥中国爱乐乐团并携手小提琴家马克西姆·文格洛夫共同完成。

3. 第十九届中国上海国际艺术节音乐展演

2017年10月20日，第十九届中国上海国际艺术节拉开帷幕，其中音乐展演是重头戏。10月20日—11月19日，柏林爱乐乐团、悉尼舞蹈团、瑞士洛桑贝嘉芭蕾舞团等名团，以及李云迪、约纳斯·考夫曼等名家在上海轮番登台，带来音乐、舞蹈、话剧和戏曲的经典作品和原创新作。2017年的艺术节共展演了45台剧目，举办了贵州文化周、以色列文化周，还举办了10个展（博）览；"艺术天空"板块推出了94场中外演出，演出场所覆盖上海全市16个区；无锡、宁波、合肥设有分会场，举办喜剧节、魔术节、朱家角水乡音乐节、上海（嘉定）互动戏剧节等七个"节中节"。2017年11月19日，为期31天的第十九届中国上海国际艺术节闭幕。捷克民族歌剧代表作、捷克布尔诺国家歌剧院的歌剧《马克若普洛斯档案》作为此届中国上海国际艺术节的闭幕演出在上海大剧院上演。该剧是捷克作曲家莱奥什·雅纳切克极具代表性的歌剧作品，基于卡雷尔·查佩克同名作品改编创作而成。1926年，《马克若普洛斯档案》在布尔诺国家歌剧院举行了世界首演，自此该剧成为雅纳切克最杰出的作品之一。在艺术节期间，来自66个国家和国内34个省份的万余名艺术工作者相聚上海，举办各类活动350多项，参与观众达400多万人次。开幕演出大型交响合唱《启航》等15部剧目出票率达到100%。"扶持青年艺术家计划暨青年艺术创想周"共带来

157场委约、邀约作品，32场大师讲座、工作坊、展览等活动。此外，丝绸之路国际艺术节联盟也在此届艺术节期间正式成立，来自"一带一路"沿线32个国家的124个艺术节和艺术机构踊跃加入。艺术节演出交易会吸引了来自60个国家和地区的代表，参会国际机构数量较上年增长了39%，以多种形式达成485个意向，更多的中国作品通过艺术节交易会走向世界。

4．第十届中央音乐学院·北京国际室内乐音乐节

2017年11月，第十届中央音乐学院·北京国际室内乐音乐节开幕式在中央音乐学院歌剧音乐厅拉开帷幕。11月3—9日，音乐节在为期七天的活动中举办了九场专业不同、涵盖古今中外的室内乐音乐会，同时还举办了多场不同主题的专家讲座及大师班。十年的坚持使该音乐节的品牌深入人心，2017年的音乐节依然是一票难求，在发布会之前多场音乐会和讲座的票就早已预订一空。该艺术节已经发展成为中央音乐学院乃至北京市的品牌性国际音乐节，北京国际室内乐音乐节在十年间走出了一条属于自己的道路。高水准、高质量、高要求的音乐节组织带动中国艺术高校艺术节活动向学术前瞻与紧贴时代的方向发展。第十届音乐节既是一次总结，也是音乐节全新时代的开启。此届音乐节的开幕式音乐会以"紫气东来"为题，突出了当代中国作为文化大国的自信和融合。为此，主办方在节目安排上努力打造让世界听得懂的中国音乐语言。音乐节大力推广我国作曲家的室内乐作品，并在音乐节上首演新作品，同时还将演奏与教学结合，推出"琴缘"这一音乐会品牌。音乐节自2008年创办，从最初单纯的音乐会形式逐渐拓展、丰富，陆续加入大师班、学术讲座等台上台下的有机互动活动，也为中国音乐界的新秀及演奏家们提供了一个展示自己的舞台和空间。2017年音乐节开幕式音乐会盛况空前，有《墨兰幽香》《无境Ⅲ纯真年代》《丝路拾光》等多部作品与观众见面，其中《丝路拾光》是中央音乐学院青年作曲家李博禅为献礼"一带一路"所作，作曲家曾专程前往丝路沿线地区采风，最终完成了这部饱含鲜明地域风情的作品。

5．第八届中国古筝艺术学术交流会音乐展演

扬州是中国历史文化名城，也是中国古筝之乡，自古就有"千家有女先教曲"的文化传统，有肥沃的古筝文化土壤和优秀的古筝教学传统。由中国音乐家协会、扬州市人民政府主办，中国音乐家协会古筝学会、扬州市文化广电新闻出版局承办，扬州市琴筝协会协办的第八届中国古筝艺术学术交流会于2017年10月31日—11月3日在扬州成功举办。此届交流会以"传统和现代筝艺迈向世界"为主题，旨在传承华夏琴筝文化，见证琴筝文化繁荣发展成果，创建琴筝

演艺与制作文化对话的平台。

　　交流论坛之后，中青年演奏家们献上了"百花'筝'艳"中青年筝家专场音乐会，演奏家程皓如、刘乐、宋心馨、任洲洋、王帅、高阳、吴莉、陈蔚旻等悉数登场，先后精彩演绎了《秦土情》《侬》《苍歌引》《秋望》《行云流水》《暗香》等作品。在交流会期间，中国乐器协会秘书长陈晋武还实地走访考察了扬州华夏琴筝艺术博物馆和扬州的琴筝企业，对扬州的琴筝文化创意以及古筝制作的设备研发与创新工艺进行了考察。这次在琴筝之都举办的文化论坛，将学术交流、音乐会、文教产业结合起来，探讨扬州已有的传统制琴与现代数控技术兼具的技术，以及配套发展艺术教育和艺术演艺事业，并研讨扬州的琴筝文化发展途径。

6. 第35届上海之春国际音乐节

　　2018年4月27日，第35届上海之春国际音乐节开幕。当晚，"中华创世神话原创作品音乐会（海上新梦Ⅻ）"，拉开了此届上海之春国际音乐节的帷幕。此场音乐会在"追溯中华文化之源"的主旨下，集结了八位来自我国上海、北京、天津以及奥地利的中青年作曲家，创作推出八部音乐风格各异的交响作品，并吸纳沪上知名艺术家和表演团体，以朗诵、合唱、独唱、钢琴等多样形式跨界呈现。此届音乐节于2018年4月27日—5月17日举行，推出37台主体演出项目，有33台音乐演出，包括开闭幕音乐会、3台青年艺术家专场演出、8台原创新作专场演出、12台经典荟萃演出、8台国际交流演出及4台舞蹈演出；此外，还举行了3个"节中节"（管乐艺术节、古筝艺术周、mini音乐节）、1个论坛（音乐剧发展论坛）、1个征集活动（刘天华奖中国民乐室内乐作品征集）、4个艺术教学成果展示周（上海音乐学院、上海师范大学、上海大学、同济大学四所高校参与）等多项主题活动。

　　上海之春国际音乐节已成为上海音乐文化传统节日，也是海内外艺术家交流切磋的艺术盛会。2018年，中鹰黑森林中央公园系列音乐会被纳入上海之春国际音乐节，成为音乐节的一大亮点。音乐会中，来自中国、奥地利的音乐家为观众献上了奇妙的中外经典歌剧激情碰撞的演出，让观众大饱耳福。中外歌剧专场中，艺术家吴碧霞、陈小朵、王泽南、塞西莉亚·贝格隆德、奥格内·阿梅斯曼悉数出场；中外艺术歌曲专场中，梁宁、周晓琳、韩蓬、高鹏倾情演出。中鹰黑森林音乐会也重新定义了室外音乐会，它将建筑艺术与音乐艺术以一种友好的形式呈现出来，环境因素并没有在音乐会中喧宾夺主，反而巧妙地烘托了音乐会的主题，烘托了春的气息，提升了音乐会的视听体验。

5月17日，第35届上海之春国际音乐节落下帷幕，在上海东方艺术中心的闭幕演出交响幻想曲《炎黄颂》为此届音乐节画上了圆满的句号。在为期三周的音乐节里，有66部（首）具有鲜明民族特色和上海标识的原创新作上演，134名音乐、舞蹈新人得到锻炼。此届音乐节汇集了上海爱乐乐团、上海交响乐团、上海民族乐团、上海芭蕾舞团、中国人民解放军军乐团、江苏省演艺集团交响乐团等极具实力的艺术团体，以及余隆、谭利华、谭盾、廖昌永、石倚洁、黄英等一大批从上海走向世界并赢得国际声誉的中青年艺术家，还吸引了众多享誉海内外的外国艺术团体与艺术家前来献演。欧洲嘉兰古乐团、汉堡议会音乐家古乐团、莫斯科大剧院歌剧院、美国太平洋交响乐团、著名指挥家娜塔莉斯图茨曼及其室内乐团更是将他们在中国的首演或巡演首站放在了上海之春国际音乐节，充分表明他们对音乐节平台和上海文化影响力的信任与信心。

7．第五届上海音乐学院国际室内乐艺术节

2018年5月7日，第五届上海音乐学院国际室内乐艺术节在上海音乐学院贺绿汀音乐厅举行了开幕式。此届室内乐艺术节以钢琴三重奏、弦乐四重奏友谊邀请赛为核心，围绕比赛设立大师班、公开课，并首次设立室内乐论坛、系列讲座和工作室，更全面和系统地覆盖室内乐教学、实践、理论、演出市场等多方面，在往届活动的基础上进行了较大的突破。此届室内乐艺术节的友谊邀请赛吸引了来自中央音乐学院、星海音乐学院、天津音乐学院、武汉音乐学院、西安音乐学院、沈阳音乐学院、四川师范大学和上海音乐学院等高校的16组钢琴三重奏、18组弦乐四重奏参赛。此届室内乐艺术节活动还包括六场音乐会，由上海四重奏、加斯帕德三重奏以及毕业于上海音乐学院的新魄力四重奏领衔。

在此届艺术节的开场音乐会中，观众欣赏到改编后的贝多芬《D大调弦乐三重奏》、罗伯特·福克斯的《d小调弦乐三重奏》以及诺曼的《钢琴三重奏》。第二场音乐会是ELA上海友人室内乐社"彼时当代　此时现代"陈晓勇《心象》唱片全球首发式音乐会，在上海交响乐团演艺厅举行，观众欣赏到《流光》《唐诗四首》《心象》等作品。第三场音乐会是专家音乐会之新魄力四重奏&Thomas Hoppe，曲目包括海顿的《C大调第一弦乐四重奏》、何训田的《香之舞川》、舒伯特的《c小调弦乐四重奏》、勃拉姆斯的《f小调钢琴五重奏》。第四场是专家音乐会之加斯帕德四重奏，曲目包括海顿的《E大调钢琴三重奏》、肖斯塔科维奇的《c小调第一钢琴三重奏》、舒伯特的《E大调第二钢琴三重奏》。第五场是专家音乐会之上海四重奏& Thomas Hoppe，曲目包括门德尔松的《E大调第一弦乐四重奏》、贝多芬的《f小调第11号弦乐四重奏》、塞萨尔·弗兰克的《f小调钢琴五重奏》。除了大量丰富的室内乐音乐会外，此届艺术节还具有较强的学术性和研讨性，主要体现在首次出现在艺术节中的五场专家讲座和两个工作坊分享，涉及国内外室内乐教学研究、艺术管理等领域，包括从音乐表演到音乐教育再到音乐心理活动的研究。

8．草莓音乐节

2018年，草莓音乐节步入第十个年头，该音乐节的组织者摩登天空公司在全国开展了系列演出活动。草莓音乐节为大型户外音乐节，主打风格为年轻、浪漫、潮流，举办之时往往能激发当地的热情与活力。2018年，为了庆祝十周年，草莓音乐节回归其发源地——北京和上海，举办了双城音乐演出。在内容和形式上，组织者也在创意企划、年度主题、视觉系统、跨界体验、艺人阵容、现场执行等方面进行了精心准备，力求更加多元和精细。北京和上海两地共设置了12个舞台，北京草莓音乐节邀请了117组音乐人，上海草莓音乐节邀请了83组音乐人。继北京和上海双城音乐活动后，草莓音乐节也在杭州、兰州等地举办了户外演唱会。

9．2018年ISCM世界新音乐节暨2018北京现代音乐节

2018年5月19—26日，由国际现代音乐协会（ISCM）举办的世界新音乐节暨2018北京现代音乐节于中国北京举行。ISCM在1922年成立于奥地利萨尔茨堡，是一个以推广当代音乐为目标的组织。ISCM隶属于联合国教科文组织，拥有广泛影响力。该组织每年都会在世界各地轮流举办世界新音乐节和ISCM大会，中央音乐学院经过艰难申办，终于获得了2018年ISCM世界新音乐节的举办权，这标志着中国当代音乐获得了世界的认可，融入了国际新音乐潮流，也证明了北京现代音乐节卓越的能力和较高的音乐学术水平。在为期八天的音乐节里，主办方为公众献上了21场音乐会、学术讲座及大师课。演出团体包括中国国家交响乐团、杭州爱乐乐团、苏州民族管弦乐团、苏州交响乐团、天津交响乐团等国内优秀音乐团体，以及来自美国、德国、俄罗斯、日本、新西兰等国家的高水平室内乐团。音乐节从在全球范围内征集的近500部当代音乐作品中，遴选出70部新作品进行展现，作品题材包括交响乐、室内乐、独唱、独奏、合唱、室内歌剧、中国民族音乐演奏等。演出场地包括北京众多高规格音乐场地，如国家大剧院、中山音乐厅、北京音乐厅、王府音乐厅等，堪称音乐世界的"奥林匹克"。

继北京圆满完成了世界新音乐节在中国的首次举办后，上海和南宁获得了

2021年世界新音乐节的联合举办权。2018年ISCM世界新音乐节的成功举办提供了一些可借鉴的经验。挑选音乐会的曲目时，一方面，组委会根据ISCM的规定成立了评审委员会，由中央音乐学院的叶小纲（评委会主席）、秦文琛、陈丹布（评委会秘书长），上海音乐学院的叶国辉、温德清，中国音乐学院的金平，四川音乐学院的杨晓忠，以及首都师范大学的高平担任评委，对54个会员国代表及个人投稿的450首音乐作品进行评选，按比例挑选出一定数量的新作品。另一方面，为了保证音乐会的整体水平，组委会吸取以往的经验，在ISCM会员必选新曲目之外，还为每一场音乐会精心安排了被演出实践证明过的优秀曲目进行搭配，以保证每一场音乐会的音乐类型各不相同且质量较高。

（三）音乐类综艺节目

1．说唱类综艺节目的冰与火

在中国，因为说唱文化长期处于亚文化状态，加上缺乏引导，致使说唱类综艺节目被点名批评、下架、更名、停演、选手退赛等负面消息接踵而至。大众对西方说唱文化或认知片面，或盲目崇拜，观众认知的缺失与说唱音乐自我标榜之间的落差是整个说唱行业面临的痛点。说唱音乐曾有短暂的火热，爱奇艺自制音乐选秀节目《中国有嘻哈》一经播出便迅速引起广泛关注。第一期上线4小时观看量就破亿，引来了无数网友的热烈讨论。截至2017年7月初，微博上与《中国有嘻哈》有关的话题讨论的阅读量已达到了4.8亿，评论超过430万条。但2017年的冬天被称为中国说唱音乐的冬季，说唱音乐迅速"退烧"。2018年4月，《中国有嘻哈》更名为《中国新说唱》，播出新一季。在《中国新说唱》之前，一档由黑吼传媒主办、名为《中国说唱》的节目也曾在说唱圈子里引起了关注。行业有了充分的反思后，开始承担起重要的社会责任。更名不只是一个简单的改变，而是以全新的视角和姿势迎接行业春天的到来。当然，仅靠一两档真人秀节目或比赛来实现亚文化、舶来文化与主流文化、本土文化的真正接轨并不现实，文化的传播和本土化、亚文化与主流文化的嫁接都需要更多的耐心和包容。以说唱为代表的亚文化形态需要更多有责任的媒体、平台进行正确的引导、培育，才能逐步地成熟和成长。

2．耳朵到眼睛的跳跃

腾讯视频于2018年4月推出了一档名为《COLOR VIBES》的音乐直播短视频节目。每支短视频为3～5分钟，呈现音乐人原创单曲的录影棚现场。该节目由腾讯视频出品，国内现场品牌X-LIVE制作，旨在推广全球优秀原创音乐人、原创音乐作品及国际知名艺术家精心打造的艺术装置。该节目于2018年4月10日开始每周二播出，共六期。

节目的与众不同之处在于，节目将录音棚设计成充满不同色彩的"惊喜盒子"，邀请33组音乐人进入，配合其装扮、个性、音乐内容进行灯光配色。这个色彩灵动的"惊喜盒子"就像小时候的八音盒，在梦幻的场景下捕捉音乐的形态。这个"惊喜盒子"就是一个音乐色彩化的理想空间。虽然这档节目邀请的并非"大咖"，但在上线第一天点击量就突破百万，截至5月初，节目的总播放量已超过千万。

3．老牌音乐综艺的疲软态势

2018年，《歌手》走到第六个年头，却出现了总导演洪涛"出走"的消息。外界猜测《歌手》可能停播，毕竟《歌手》的成就在很大程度依赖于洪涛个人的社交能力和其所掌握的丰富人脉资源。《歌手》在一年30档音乐综艺中保留了一席之地，但不可忽视的是，《歌手》的"老龄化"问题愈发显现。

音乐综艺和纯粹音乐选拔的不同之处在于综艺的娱乐性和选手的热度，音乐和娱乐成为这类节目的"两条腿"，缺一不可。如果全部是音乐演唱、音乐创作选拔，节目必定过于严肃，未免让观众产生审美疲劳。互动性、沟通性、观众参与度使音乐综艺节目既有竞争性又有娱乐性。2004—2006年是音乐类选秀节目的黄金年代，到2012年因《中国好声音》的出现以一种新的模式翻红，可这样的模式也被细分、模仿，节目的反复更名和节目间的同质性造成观众分流或彻底流失。

4．"艺人养成"类综艺在中国

近年来，我国的演艺公司开始效仿日韩，模仿并摸索着培养中国的艺人团体。《创造101》和《偶像练习生》这两档"艺人养成"类综艺节目引发了激烈的讨论。有人担忧，国内市场在资本的作用下迅速产生了一大批"男团""女团"，但有相当一部分迅速消失，其背后是资本控制、市场选择、粉丝经济和培养模式中国化的问题。这种短期集中培训、炒作模式的延续性令人质疑。

二、热点研讨活动

（一）哥本哈根全球音乐学院院长专业音乐教育研讨会

2017年11月16日，为庆祝学院成立150周年，丹麦皇家音乐学院举办全球音乐学院院长专业音乐教育研讨会，邀请来自欧洲、美洲、亚洲的20多位音乐学院院长与会，中央音乐学院院长俞峰和时任上海音乐学院院长林在勇参加了大会。各音乐学院院长就各自所在地区的音乐学院情况，对其发展轨迹、发展特点、发展现状做了介绍。会议聚焦于专业音乐教育的历史、现状和未来，与会嘉宾阐述了自己的观点、认识和思考。与会专家认为，当下活跃在世界舞台上的音乐家、演奏家，大部分都接受过数年专业化的训练，受到浓厚艺术氛围的熏陶，因此音乐学院的教育是成就伟大艺术家的重要因素之一。不仅如此，音乐学院的发展也为大众提供丰富的音乐文化生活。当然，由于各音乐学院所处的国家和地域不同，人文环境不同，历史发展不同，其音乐专业教育也形成了各自的特点，通过交流可以取长补短，促进交融发展。

各个国家和地区的音乐学院的建立时间不同，又受到地域文化的影响，故而拥有不同的传统和特色。北欧、西欧、东欧及美国的音乐学院与音乐教育事业的发展受到意大利、奥地利、法国等音乐教育流派的影响，并建立起具有不同特点的音乐学院。欧洲音乐起源于古希腊时代，古希腊社会音乐文化十分丰富，器乐演奏教学是以一种个体化、单传的教学模式进行的。到18世纪，中欧国家的器乐演奏教学有了长足的进步，打破了单传的模式，从莫扎特的学习经历可看出教学内容变得更加宽泛；当代欧洲音乐学院的模式开始形成，如威尼斯圣母院、那不勒斯地区的慈善机构及巴黎音乐学院；这时的音乐教育机构发展成一种专业性研究机构与有竞争力的产业，能够提供给学生日常器乐演奏的教学内容。18世纪末和19世纪，巴黎音乐学院的运营模式相继传到了布拉格、格拉茨、维也纳、米兰、圣彼得堡、莫斯科，欧洲著名的音乐学院相继建立起来。这些音乐学院首次在教会控制之外提供专业的音乐机构教育。美国的音乐学院建立于19世纪中后期。由于接受了以欧洲为核心的教育审美观以及来自欧洲国家的帮助，那时的美国有了成熟的文化氛围，为美国的音乐学院提供了良好的发展土壤。其中，最先建立的、具有带头作用的音乐学院有新英格兰音乐学院、波士顿音乐学院、芝加哥音乐学院、辛辛那提音乐学院等，它们的开设时间与丹麦皇家音乐学院一样，都是1867年。此后的三四十年间，美国共有超过30所独立的音乐学院相继开设；1900年，有六所音乐学院在纽约开设，五所在芝加哥开设，三所在密尔沃基（威斯康星州）开设，两所在俄亥俄州开设。美国的学院音乐教育至此形成了基本的规模。

在中国，专业音乐教育体系的建立是在纷繁复杂的20世纪初，经启蒙、酝酿、探索、反复，于1927年"定型"。1927年，上海国立音乐院的成立代表中国第一所独立建制的专业音乐学院诞生，它是上海音乐学院的前身。中央音乐学院的历史应追溯到1940年11月抗战期间，在重庆成立的国立音乐院是中央音乐学院多个前身中最主要的一个。创校先贤们以其丰富的旅欧经验与广阔的国际视野，结合中国历史与国情，奠定了最初办学的基础。

不同国家和地区音乐教育资金的来源不同。论坛提出，一个较为成熟且能承担多方面音乐教学活动、提供丰厚教学资源与硬件设施的音乐学院，需要完善的资金保障。但目前的情况是，除了美国有大量私人支持的音乐学院外，欧洲和中国的音乐学院基本上都依靠政府的资金支持。美国的音乐学院，如朱莉亚音乐学院、科蒂斯音乐学院、新英格兰音乐学院、克利夫兰音乐学院、曼哈顿音乐学院等，都是私人募资的。此次会议上，美国曼哈顿音乐学院吉姆斯院长把此类音乐学院定义为"不是某种机构的一部分"，其私人注册资金占一半以上，并且教授的内容以古典音乐领域为主。尽管此类音乐学院的数量仅占美国学院和大学的0.15%，但它们在音乐上的影响及对美国音乐文化发展的促进作用是非常深远的，许多著名的职业乐团、歌剧乐团中的知名音乐家是从这类音乐学院毕业的。

立足于中国音乐的发展，俞峰与林在勇共同对中国音乐如何走向世界做出了思考。首先，两校在中国音乐海外传播与交流方面都做出了实际工作，中央音乐学院与丹麦皇家音乐学院联合创建了全球第一所音乐孔子学院，对中国音乐文化输出、海外传播产生很大的积极作用，成为世界解读中国音乐的重要窗口。上海音乐学院则与丹麦皇家音乐学院开展了十年的交换生活动，对培养具有国际视野的一流音乐人才具有重要的意义。[①]

（二）中国世界民族音乐学会第六届年会

2017年12月1日，由中国世界民族音乐学会与南京艺术学院音乐学院联合主办的中国世界民族音乐学会第六届年会在南京艺术学院开幕。南京艺术学院院长刘伟冬教授致欢迎词，德国维尔茨堡大学音乐研究所马克斯·皮特·鲍曼教授做了题为《跨文化合作语境中的"世界音乐"研究》的主题报告。来自德国维尔茨堡大学、澳大利亚昆士兰大学、中央音乐学院、南京艺术学院、上海音乐学院等数十所院校及研究机构的69位专家学者参加了会议。会议的议题有"世界民族音乐与跨学科研究""世界民族音乐与区域文化研究""世界民族音乐

[①] 齐洁：《专业音乐教育的历史与展望——哥本哈根全球音乐学院院长专业音乐教育研讨会》，载《人民音乐》，2018（3）。

与跨文化／跨界族群研究""世界民族音乐与'一带一路'""世界民族音乐与教学研究"。在开幕式上，赞比亚留学生表演了非洲鼓，泰国吞武里大学音乐系的乐团表演了泰国传统音乐。在闭幕式上，蒙古国留学生表演了蒙古民歌。会议期间，广西艺术学院甘美兰音乐工作坊和泰国民间音乐工作坊进行了音乐表演活动。

　　杨静在其文章中介绍了此次世界民族音乐交流的情况。中国世界民族音乐学会成立于1996年，经过20多年的发展，会员人数增加，影响力逐渐扩大。国内从事世界民族音乐研究与教学的人数快速上升，研究范围涵盖非洲、大洋洲、东亚等地区的音乐。2017年年会的重点邀请对象为"一带一路"沿线国家的专家，有印度、伊朗、哈萨克斯坦、格鲁吉亚等国的音乐家和学者参加，增进了我国学者对过去较少接触的西亚、中亚地区音乐的了解。马克斯·彼得·鲍曼教授的《跨文化合作语境中的"世界音乐"研究》非常具有启发性，他首先谈到了跨文化合作的一个新背景：中国提出了"一带一路"倡议，其目的就在于促进欧亚大陆内部更加紧密的联系。鲍曼认为，应基于放眼全球的愿景，音乐学科及其分支领域着力研究、保护和促进世界音乐的可持续发展，重新思考建立在平等对话基础之上的工作。①

　　在第一个议题"世界民族音乐与跨学科研究"中，各位专家将视角定在艺术教育和音乐教育方面。张振涛认为，音乐博物馆应该充分利用收集来的乐器，充分阐述音乐人类学的更多理念，这是获得文化族群整体印象的途径。在多元世界、多种声音的背景下，没有博物馆的时代是懵懂的。世界博物馆协会于2007年把博物馆定义中的"教育"提到首位，替代原来"研究"的位置。音乐博物馆则把"想象的学术共同体"落到了物品上，阐述原生态乐器上的泛音音阶与世界民族音阶多种多样的产生方式和不同的听觉效果。张玉榛认为，中国之世界民族音乐的学术研究话语权问题，实质上是学术精神、学术认同问题，关键在于如何增强世界民族音乐学科在我国音乐学界的话语权，建构中国之世界民族音乐的研究与实践范式，建构中国之世界民族音乐的学术研究共同体。管建华提出，亚洲音乐观有别于欧洲音乐观，它包含音乐语言观、音乐风格观、音乐审美观、音乐理论观和音乐知识观，亚洲音乐观与西方音乐观的平

---

　　① 杨静：《新时期世界民族音乐研究的新进展——中国世界民族音乐学会第六届年会综述》，载《人民音乐》，2018（2）。

等对话、差异并存对人类生态文明的音乐建构有着重要的现实意义。①

　　第二个议题"世界民族音乐与区域文化研究"是论坛的重头戏，专家的视角集中在多民族音乐的乐器、乐种、乐舞和乐谱的整理研究上。赵佳梓对芬兰最具代表性的民族乐器康特勒琴做了介绍，传统的康特勒琴是五根弦，有着千余年的历史，它与芬兰的传统民谣，特别是由大量传统民谣集聚而成的民族史诗《卡勒瓦拉》密不可分，康特勒琴现在几乎成了芬兰传统音乐的象征。赵维平介绍了上海音乐学院中国与东亚古谱研究中心，该中心收集中国流失于海外的大量古代乐谱，建立了一个古谱网站，为专业的音乐研究者提供可靠性、学术性强的原始音乐资料；赵维平还具体论述了乐谱的收集、提取、辑录、题解以及重构中国古代音乐的设想。饶文心将西亚北非乐器生态区系分成两个分区进行了研究，一个是伊朗、土耳其和外高加索地区的格鲁吉亚、亚美尼亚、阿塞拜疆，另一个是两河流域、阿拉伯半岛和北非地区的阿拉伯语国家。尹锡南认为，《舞论》被视为印度早期音乐理论、舞蹈理论和戏剧理论的代表作，它是印度古典艺术论的重要组成部分，是文化遗产的有机因素，也是当代印度音乐、舞蹈、戏剧、电影艺术存在与发展的"文化水源"。朱海鹰研究了我国与邻邦南传佛教国家相似的乐舞文化链，认为民族乐舞严格依据古老的文化，但也随时代、地域、民族文化的碰撞产生变异。郑隽逸指出，泰国传统乐器合奏以木质乐器为主导音色，与以金属铜锣音色为主导的爪哇音乐、以皮质乐器音色为主导的缅甸音乐共同形成了个性鲜明的东南亚音乐合奏传统；郑隽逸还指出了泰国传统器乐合奏中声音的交互连锁性、重叠交织的结构形式以及文化融合力三方面的美学价值。陈朝黎以乐团为例，对桑给巴尔的塔若卜音乐文化进行了实地考察和研究。塔若卜的演出有两种形式，一种是纯器乐演出，另一种则带有人声表演，这种以阿拉伯音乐为根源，融合了西方因素、印度风格、非洲节奏的跨文化音乐在100多年的发展中，逐渐跨越了单纯意义上的融合，形成了特有的音乐风格。张鸾指出，卡维是一种泰米尔诗歌的种类，用泰米尔的语言去书写诗歌并演唱，这种半说半唱地表现诗歌的方式被认为是斯里兰卡音乐真正的歌曲形式。②

　　在第三个议题"世界民族音乐与跨文化／跨界族群研究"中，杨民康认为，跨界族群音乐研究有两翼性，一是外联世界民族音乐研究，二是内接汉族传统

　　①② 杨静：《新时期世界民族音乐研究的新进展——中国世界民族音乐学会第六届年会综述》，载《人民音乐》，2018（2）。

音乐研究，这也是其既与世界民族音乐研究相关又与之有所区别的学术特点；两个学科彼此互动、交流，可以起到互补互惠之效。杨曦帆认为，"一带一路"贯穿了三个文化圈，我国边疆少数民族和"一带一路"沿线跨境族群的语言相通，有着文化心理上的亲近和认同感，这对于少数民族音乐研究和世界音乐研究来说都是新的机遇。麻莉认为，世界音乐中的文化间性使交流打破了文化之间、地域之间及个人之间的界限，她通过对多个世界音乐案例的分析揭示了世界音乐中的文化间性对主体与主体的共存、主体间的对话交流以及文化融合起到的作用。陈文革认为，人声双声、人器双声、器乐双声是西亚、中亚与中国的共生文化；由于我国新疆等地的乐器与丝路文化交流有关，二者存在基于神话和仪式等信仰层面的沟通介质，形成了通过"信仰——仪式——音声"一体传承的机制。王俊对我国广西防城港峒中镇壮族的"唱天"习俗与越南广宁省平辽县岱族的"唱天"进行了对比研究，从同源跨境的视角与方法来探究两族群的"唱天"在不同场域中的音乐特征，借以探讨族群关系、文化背景及音乐特色之间的关系。赵书峰对跨界族群音乐研究、区域音乐文化研究、历史的民族音乐学研究、音乐与认同这四个维度进行了研究，并指出区域音乐文化的形成与文化圈语境下的社会、历史、文化积淀关系密切。魏琳琳认为，呼麦流传于中国的内蒙古、新疆以及蒙古国西部、俄罗斯联邦图瓦共和国等地，不同地区的呼麦唱法的差异性不断增大，而局外人则关注呼麦整体的艺术形式和艺术风格，认为呼麦是一种连接人与自然、源于人性深处的声音。钟小勇将滇西中缅跨境族群互动中的传统民间音乐作为研究对象，对跨境族群传统的内涵、跨境族群传统音乐的社会功能等内容进行了深入的探讨。[1]

第四个议题围绕我国的"一带一路"倡议。贾怡指出新加坡是"一带一路"沿线的重要国家之一，并在离散理论视野下阐释了新加坡华族歌谣的音乐形态、行为及其背后的文化意义。侯秋婉提出并讨论了三个问题："一带一路"倡议思想如何贯彻，古代丝绸之路中世界民族音乐如何发展，"一带一路"背景下世界民族音乐发展有何新出路。陈坤鹏认为，竹制管状琴等弦鸣类乐器可能是从中国西南地区传播到越南、菲律宾、印尼等地区的，应是我国海上丝路乐器文化传播的见证。[2]

在第五个议题"世界民族音乐与教学研究"中，安平认为，跨文化理解是

---

①② 杨静：《新时期世界民族音乐研究的新进展——中国世界民族音乐学会第六届年会综述》，载《人民音乐》，2018（2）。

对与本民族文化有差异或冲突的文化现象、风俗、习惯等所进行的充分正确的认识，在世界音乐的教学中教师需要具备这种理念和能力，使世界音乐的教学和传播变得自然、生动而深刻。安平还通过个人多年的世界音乐教学经验，讲述了跨文化理解力的重要性与实用性以及在文化交流与传播中共享和共建的意义。齐江认为，音乐文化价值观念可以影响人们对世界民族音乐的认识，在教学的过程中，教师应该运用民族音乐学价值观念来引导学生认识和理解世界民族音乐。胡晓东认为，世界民族音乐教学应引入表演人类学的理念，通过习赏、体认、体悟三个阶段，实现音乐文化的深度认同。张应华认为，文化认同是人确认"我是谁""我属于谁"的心理情感倾向，它与课程研究中"是谁的课程""是怎样的社会因素决定了课程内容"两个问题密切相关。张应华提出了课程实施的四个方面——从认知到认同、从习得到对话、从体验到理解、从创演到创新。朱玉江认为，文化理解是世界民族音乐课程"理解范式"建构的核心思想，它把音乐课程作为一种多样文本来理解，从而推动人们与不同文化中的音乐进行正确、有效的交往。[①]

在年会闭幕式上，学会代会长管建华教授提出：尊重世界文明多样性，使文明交流超越文明隔阂，文明互鉴超越文明冲突，文明共存超越文明优越。这为新时期中国世界民族音乐学会的工作提出了新的方向。中国世界民族音乐学会是一个年轻的学会，它需要学习其他学科的成果，如史学、哲学、美学、文学等。中国的世界民族音乐研究与国外的研究相比还有很大差距，需要翻译、介绍和理解国外的研究成果，为中国学者的实地考察提供文献参考资料基础。[②]

（三）第四届北京师范大学国际音乐周

2017年10月12日，第四届北京师范大学国际音乐周在北京师范大学北国剧场开幕。该音乐周包括音乐展演和研讨活动，由北京师范大学艺术与传媒学院主办、音乐系承办，在下半年举行，是高校音乐活动中的盛事，吸引了大批音乐界高校师生与国外高水平艺术家参与。在活动期间，主办方举办了数场大师课、音乐会、学术讲座、工作坊、创意音乐教育课程等活动。

10月14日，吉拉·戈德斯坦教授的钢琴独奏音乐会于北京师范大学艺术楼

---

①② 杨静：《新时期世界民族音乐研究的新进展——中国世界民族音乐学会第六届年会综述》，载《人民音乐》，2018（2）。

北国剧场上演，她以富有个性的音乐演奏，给观众带来了一场富有激情的音乐会。她还于12—15日在北京师范大学主讲了四堂大师课。大师课上，戈德斯坦教授对每一位学生的演奏进行了悉心指点，帮助学生充分发挥表现力。当今最才华横溢的表演艺术实践者之一伊登·麦克亚当·索莫于14—16日在北京师范大学主讲了四堂大师课，举办了一场即兴演奏音乐会。索莫在大师课和音乐会上用小提琴进行演奏，并加入了歌唱、打击乐、身体律动等多种艺术形式，将音乐的自由舒展、即兴奔放生动地展现出来。16日晚，中央音乐学院钢琴系教授、施坦威艺术家赵聆举行了钢琴独奏音乐会。钢琴教育家周广仁教授、赵屏国教授、凌远教授莅临音乐会现场。赵聆教授的出色演奏彰显了肖邦作品的优雅与精致、细腻与浪漫。舞台上的她具有强烈的表现力和感染力，为观众呈现了一场内涵丰富的独奏音乐会。17—18日，美籍华裔钢琴家、教育家、施坦威艺术家茅为蕙博士举办了"论启蒙钢琴教师应有的艺术素养和人格魅力"主题讲座、多钢琴工作坊及音乐会。讲座中，茅老师与在场师生分享了自己从事钢琴教学多年的宝贵经验：儿童学琴从家长做起，钢琴教师的"三微笑""三问答""三起身"，注重培养孩子在舞台上的自信，等等。多钢琴工作坊中，茅老师对音乐会曲目进行了细致指导。多钢琴音乐会现场座无虚席，北京师范大学音乐系师生与茅老师同台演出，茅老师既做指挥又演奏，其激情和活力感染着所有人，为听众奉献了一场前所未有的震撼的多钢琴试听音乐会。16—20日，来自哥伦比亚大学教育学院音乐教育项目的阿尔苏巴副教授及其助教，与毕业于哥伦比亚大学教育学院音乐教育项目的刘荞玮博士一起，为师生带来了独具特色的"学校创意音乐创作之模型"系列课程。此课程立足于新型实验音乐课堂，将教室作为实验室，让师生参与、设计并创作最本真的音乐作品，给音乐系师生带来了不同寻常的体验。瑞士钢琴家乌尔里希·库勒也举办了大师课，且中瑞两国高校联袂举行了音乐会。钢琴演奏家、中央音乐学院钢琴系杜泰航教授主讲了"古典音乐审美的思考"主题讲座。此外，北京师范大学音乐系师生还为观众献上了独唱音乐会、器乐演奏会等精彩演出。

（四）全国高等音乐艺术院校基本乐科课程建设学术研讨会

2017年11月16—18日，由中国音乐学院主办的全国高等音乐艺术院校基本乐科课程建设学术研讨会在北京西藏大厦召开。此次大会聚集了来自全国各地的该领域的著名专家、学者、师生共计220余人。开幕式上，时任中国音乐学院副院长宋飞教授致开幕词。时任星海音乐学院副院长雷光耀教授、人民音乐出版社副总编辑赵易山教授、中央音乐学院周海宏教授依次就课程改革研究与实践做专题发言；西安音乐学院王高飞教授、武汉音乐学院李丽娜教授、上海音乐学院张晖教授等分别介绍了其所在院校的课程建设状况。

研讨会期间，与会专家与教学前沿的青年教师、研究生围绕"课程改革研究与实践""教学专题研究与实践""学科论文专题研究""中国音乐教学专题研究与实践""外国教材与教学专题研究""音乐理论专题研究""西方近现代音乐教学专题研究与实践"等专题进行了发言和研讨，交流了新的教学理念与教学成果。其中，课程延伸、音乐基础普及教育、传统音乐素材训练等话题成为会议的讨论热点。16日、17日晚，大会分别在中国音乐学院主楼演奏厅与国音堂音乐厅各举行了一场全国基本乐科课程建设教学成果音乐会，音乐会呈现了不同时期、不同风格、不同形式的音乐演出，精彩纷呈。闭幕式上，中国音乐学院作曲系主任金平教授向许敬行、李重光等默默耕耘在基本乐科教育一线并倾尽毕生心血的20余位学者颁发了全国基本乐科课程建设指导委员会特聘专家证书，并致以崇高的敬意。大会为全国各地的专家、学者提供了交流的空间，使他们交流分享宝贵的教学经验与教学成果，进一步明确学科的发展方向，达成了很多学科发展共识，有力推动了全国高等音乐艺术院校基本乐科的课程建设。

（五）2017广东音乐研讨会

2017年12月7—8日，2017广东音乐研讨会暨《广东音乐研究》杂志年会在广州举行。此次研讨会的主题是"乘十九大东风，繁荣广东音乐"，30多位业内专家就广东音乐的传承与发展进行了交流探讨，以促进广东音乐的进一步发展。与会者发言踊跃，会议气氛热烈。广州文艺创作研究院副院长、《广东音乐研究》编委会主任陆键东致欢迎辞。他认为，广东音乐的本质是一种群体性音乐。群体的含义很丰富，它实际上贯穿了整个广东音乐的发展史。广东音乐具有标志性，它来自民间，但也活跃于大型国际舞台。近几十年，广东音乐得到了政府和社会的支持，广州文艺创作研究院一直致力于促进广东音乐文化交流和发展，这也是研讨会举办的重要原因和意义。与会专家学者以自由发言的形式，围绕议题发表了自己的见解。专家学者客观分析了广东音乐的现状，提出了以群众为主要对象、在基层组织推广广东音乐、注重主旋律创作等诸多有利于广东音乐发展与传播的意见和建议。在12月7日的研讨会上，经验丰富的前辈发表了见解，评析了2017年广东音乐创作、演奏大赛中的作品，提出了改进大赛评论等建议。一些专家针对广东音乐的传播问题，提出广东音乐的创作需要的是浓缩和提炼精华的能力，而不是对传统内容的堆砌。在12月8日的研讨会上，从事广东音乐一线工作的年轻学者分享了心得。会议上，有学者针对广东音乐的传播问题，提出广东音乐的传播和发展要先跨省才能跨国。由广州文艺创作研究院主办、《广东音乐研究》杂志承办的广东音乐研讨会至2017年已经连续举办了六年，是目前国内少有的一年一度的广东音乐研讨会。研讨会的举办加强了广东音乐从业人员间的联系，提升了他们的士气与精气神，传递了广东音乐领域的最新动态和信息。

（六）"中国音乐史学史"专题学术研讨会

2017年10月20日，由中国音乐史学会主办，温州大学音乐学院承办的"中国音乐史学史"专题学术研讨会在温州大学召开。来自中央音乐学院、上海音乐学院、武汉音乐学院、浙江音乐学院、西安音乐学院、南京师范大学、华侨大学、华中师范大学、台湾艺术大学等专业院校与综合性大学的艺术院所的近百名专家学者参加了会议，主要议题有"中国（古代、近现代）音乐史学史的研究现状""中国音乐史学史的历史发展""音乐史学史的研究理论与方法"等。此次会议是中国音乐史学会2016年换届以来举办的第一次专题学术会议。会议上，学者们从多个视角、运用不同的理念针对中国音乐史学史相关论域进行主题发言，内容涉及中国音乐史学史的概念、范畴与书写方式，音乐史学史的研究理论与方法，专题音乐史研究的发展与现状，史前音乐史、古代音乐史、近现代音乐史研究取得的成就与存在的问题，等等。开幕式上，温州大学副校长钱强向与会人员介绍了温州大学和温州大学音乐学院的文化底蕴和办学特色。中国音乐史学会会长、上海音乐学院博士生导师洛秦教授表示，温州是中国南戏的故乡，温州大学无疑是中国音乐史研究的重地，在此举行"中国音乐史学史"专题研讨会，契合我国音乐历史的地缘文化和语境。中国音乐史学史是关于中国音乐史学发展的历史。音乐史是客观的，但书写的音乐史是主观的，是学人通过研究、发现、阐释而形成的关于音乐发展历史的学问。研究中国音乐史学史是探讨人们如何思考音乐、书写音乐，总结音乐史研究的方式与特点，并对已有音乐史研究进行审视与批判，探寻更好的理解音乐、研究音乐、书写音乐的方式的过程。因此，研究音乐史学史不仅能加深我们在历史场域中对音乐的理解，更好地认识中国传统乐文化，而且能提升中国音乐史研究的学术品质，促进我们构建新的中国音乐史书写理念与书写体系。

（七）"新时代·新旋律——人类命运共同体下的音乐创新发展"研讨会

2018年3月24日，作为2018深圳"一带一路"国际音乐季的延伸活动，"新时代·新旋律——人类命运共同体下的音乐创新发展"研讨会召开，专家与现场观众进行了交流。会议由深圳"一带一路"国际音乐季组委会成员、美国亚洲新音乐协会总监、北京现代音乐节项目总监李劭晟主持。音乐季艺委会主任叶小纲认为，音乐富有想象力，能够促进城市未来的发展；深圳作为一个年轻的城市，近些年在音乐领域的发展十分惊人，可以说是令人振奋的。专家指出，在世界乐坛，出色的华人音乐家越来越多，中国音乐是潜力无穷的；"一带一路"国际音乐季能受到观众特别是年轻观众的喜爱，是非常好的现象；希望"一带一路"国际音乐季可以作为一个文化传统一直延续下去，成为深圳文化的金字招牌，成为市民文化生活的一个重要活动。深圳近年来文化建设速度加快，人文气息越来越浓厚，市民对高水平艺术展演有强烈的渴望。深圳在硬件设施方面，无论是图书馆还是音乐厅，都比较先进，同时重视软环境营造，走进音乐厅、走进剧场的观众也越来越多。

（八）2018中国（北京）音乐产业大会

2018中国（北京）音乐产业大会于5月30—31日在北京国家会议中心举行。大会是第五届中国（北京）国际服务贸易交易会的组成部分，由中华文化促进会和中国音协流行音乐学会作为指导单位，由中华文化促进会音乐产业联盟、中演演出院线发展有限责任公司、北京演出行业协会、中国民营演出联盟联合主办，中华演出网和影视音乐产业联盟承办。会议的主题是"聚焦音乐市场，释放产业未来"，汇聚了国内外音乐领域的各路精英，探讨2018年音乐产业的热点及未来发展方向，为音乐产业的未来发展打造产业链生态圈。会议期间，有数百位行业从业者参会，数十位国内外文化界一线人员发表演讲并参与专场讨论，气氛活跃而热烈，成果显著。大会由中国音协流行音乐学会副主席张树荣、中央电视台双语主持人向琳联合主持。会议开始，中华文化促进会主席王石、时任文化和旅游部民族民间文艺发展中心主任李松致辞。之后嘉宾就"聚焦音乐市场，释放产业未来"进行了讨论。会议研讨了"互联互通的产业大格局""中国文旅建设特色小镇的差异化""跨界的音乐产业商业模式""丝绸之路国际剧院联盟在推动音乐产业发展中的实践与探索""现场演出对音乐行业盈利模式的推动作用"等中心议题。会上，中华文化促进会音乐产业联盟发表了《音乐产业联盟宣言》。展会期间达成的合作项目十分广泛，交易额创新高。中国（北京）音乐产业大会也获得了中国（北京）国际服务贸易交易会会议组织一等奖。

（九）其他重要活动

2017年8月24日，"第四届北京大学国际音乐剧研讨会"在北京大学举办。活动包括国际高端学术论坛、音乐剧专家课、中外音乐剧观摩交流、"2017北京大学国际音乐剧交流季·中外音乐剧精粹汇演"等，汇聚了60多所高校及院团的逾百位关注和热爱中国音乐剧的海内外专家学者。此次活动由北京大学主办，北京大学艺术学院、北京大学国际合作部、北京大学艺术学院民族音乐与音乐剧研究中心、中国音乐剧孵化基地联合承办。此次国际音乐剧研讨会主题为"中国民族音乐剧创作研究"。音乐剧作为戏剧艺术的一种类型化体裁，是以现代流行风格的音乐、舞蹈为主要叙事手段，融合文学、音乐、舞蹈等多种艺术手段的舞台表演形式，具有很强的艺术感染力。音乐剧在20世纪80年代从西方进入中国，迄今在中国已走过30多年的发展历程，已有数百部形式多样、风格迥异的音乐剧作品在中国产生，显示了自身的文化影响力与商业价值。24日晚，"2017北京大学国际音乐剧交流季·中外音乐剧精粹汇演"上演。

2017年9月11—13日，"天籁缭绕——丝绸之路上的各民族民歌展演／学术研讨会"作为2017第四届丝绸之路国际艺术节系列活动之一，在西安音乐学院举办。9月12日晚，展演特别邀请回族、裕固族、哈萨克族和蒙古族的近30位民间歌手组成四个演唱单元，进行了演出，每一单元由一位学者担任学术指导。演出正式开始前，时任西安音乐学院副院长韩兰魁代表陕西省文化厅为各民族歌手代表颁发了丝路文化贡献奖。9月13日，研讨会邀请了近30位少数民族音乐家和数所高校的民歌学者参加学术研讨，就丝路沿线各民族民歌的历史与构成、传承与保护、生存与发展等议题进行了专业学术汇报与深入探讨。

2017年10月28日，"2017年中国音乐史学暨乐律学学科建设研讨会"在武汉音乐学院举办。来自中国艺术研究院音乐研究所等单位的30多位代表应邀出席了会议。会议共分为四场。会议上，专家学者就中国古代音乐律制问题、中国乐律学和音乐史学的文献整理与收集等问题进行了广泛交流。

2018年4月20日，"2018海峡乐谈"——中华传统文化与当代音乐创作学术研讨会在泉州师范学院举办。会议由泉州师范学院音乐与舞蹈学院承办，泉州市音乐家协会协办。来自北京、福建、台湾等地的数十位音乐家参加了研讨会。研讨会分为"中国当代优秀音乐作品讲谈"与"中华传统文化与当代音乐创作座谈"两部分。前者是作曲家的专题讲谈，21位作曲家就历届全国性音乐作品评奖（包括交响乐、民族器乐、室内乐）中具有代表性的优秀作品进行讲谈。后者是会议研讨，作曲家、理论家就传统音乐文化的继承与发展展开了讨论。原台北艺术大学音乐学院院长、作曲家潘皇龙表示，不少台湾音乐家和演奏家都曾到大陆学习，不断深入交流可以促进相互了解和学习。会议期间，与会代表们观看了南音专场演出。南音优雅的唱词、婉转的曲调、独特的韵味给代表们留下了深刻的印象。

2018年5月19日，由全国高等学校教学研究中心、浙江师范大学、中国音协理论委员会、中国音协音乐教育学学会共同主办的"新时代音乐教育学术研讨会暨第四届世界音乐院校合作论坛"在浙江师范大学音乐学院举办。来自全国各高校音乐学院院长、音乐系主任、音乐专业学科负责人，中国音协音乐教育学学会理事、会员，高校音乐学科、音乐通识课程教师及研究生等近300人参会。会议以"新时代国际合作音乐精品课程建设与共享"为主题。针对在线课程的设计理念、国际合作、育人思想、文化传承、现状研究、技术创新、实践思考等方面，中国、美国、挪威等国的音乐教育专家做了17场专题报告，并分组开展"高校课程""高校音乐教育改革""美育与传统音乐""海外专家""中国乐器教育化、国际化、智能化"和"学前音乐教育"六个分论坛的讨论。此次会议还邀请了乐器产业界代表参加，介绍了乐器行业的现状，对于加强音乐教育和乐器行业的合作具有积极意义。

2018年5月25日，"聂耳音乐的大众性民族性艺术性研讨会"及三项纪念活动在昆明学院举行。这是为纪念人民音乐家聂耳诞辰106周年、弘扬和传承聂耳精神、提升昆明文化品牌而举办的活动。研讨会上，参会人员进行了精彩发言。来自昆明市聂耳研究会、昆明学院等单位及高校的专家近百人出席了活动。此次研讨会是继2006年中国少数民族音乐学会第十届年会暨聂耳音乐学术研讨会后，在云南省召开的又一次专门研究聂耳的研讨会。研讨会以聂耳音乐的大众性、民族性、艺术性为主题，共收到了论文47篇，部分论文阐释了聂耳深入生活、为大众呐喊的创作精神，也有一些对聂耳及其音乐作品的收集和论证，以及少量纪念回忆文章。会议期间还举行了突出聂耳在昆明出生、就学、生活的史实生平展览和以聂耳音乐作品为主题的舞台展演。

2018年5月31日—6月2日，2018年东亚音乐交流研讨会与音乐会在上海师范大学成功举办。该项目于2007年首次举办。在2018年的活动中，上海师范大学音乐学院特邀来自日本长崎大学音乐学院和韩国国立昌原大学音乐学院的音乐家共同分享、探讨、研究东亚音乐文化的历史与发展。来自中日韩三国的音乐家就西方音乐在东亚的融合与发展展开讨论，各抒己见，气氛热烈。

2018年6月22—24日，由中国音乐学院主办，中国音乐学院音乐研究所、《中国音乐》编辑部承办的"2018音乐民族志方法与写作"学术研讨会暨教学工作坊在北京举办。来自北京大学、中央民族大学、美国乔治戈奈特学院、美国匹兹堡大学等20多所国内外高等院校的从事民族音乐学与人类学研究的专家学者，围绕"音乐民族志方法与写作"这一主题，针对音乐民族志的研究方法、音乐民族志与民族音乐学理论、音乐民族志课程与教学实践、音乐民族志写作与研究设计、中国音乐民族志的发展与实践几个议题进行了深入的讨论。音乐民族志是基于田野调查的对音乐现象的整体性描述，在民族音乐学研究中得到广泛运用。此次会议深化了相关理论认识，促进了音乐民族志课程教学发展。

三、现象聚焦

（一）中国乐教传统和中国乐派的建立

中国有着丰厚的音乐理论和实践资源，也形成了特有的音乐教育路径。在对中国传统文化的重视程度日渐提升的时代里，音乐该如何回应时代的诉求，合理挖掘和利用传统优势，是近些年我国音乐界持续关注的热点话题。

王黎光对中国乐派的建设问题进行了思考。他认为，中国乐派的形成不能只靠中国风格的作品积累，还要重视润物细无声的音乐教育。只有对音乐专业知识教育与音乐作品体现出的国学通识教育进行了协同互动的课程设置，才能体现文化归属感和文化差异性。王黎光还谈及音乐艺术的民族性和世界性问题。在中国近代音乐作品中，借用西方古典音乐的创作形式或欧洲管弦乐队的呈现方式来表达中国文人情怀的作品不胜枚举，可见中国乐派绝不是一家之言，而遵循兼容并包、博采众长、为我所用的理念。中国乐派向内是民族性的问题，向外是互通有无的意识。我国音乐学院推出多项"引智"项目，制定人才引进政策，以吸引海内外高水平高校、科研机构和知名院团中的高层次人才和中青年学术带头人。"引进来"的各项举措是为了让中国音乐在互通有无的过程中"走出去"，不断推进在海外建设中国音乐专业和中国音乐系的工作，在学习中提升中国音乐教育的水平和质量。王黎光认为，中国高校的音乐教育在承袭西方音乐教育体系后，想要不被淹没在"西乐"的潮流之下，就要从有音乐源头的文化基因中寻找中国乐派安身立命之所在。中国乐派的文化自觉性被唤醒后，还会受到现代文化和现代观念的影响，在其内部会出现新的音乐形态归属问题。要理清音乐发展的脉络和源头，建立明晰的框架，中国乐派的自律性才被凸显。[1]

吴安宇和杨影子在其文章中呼吁更多学者关注秦汉以后两千年中华乐教传统，突破中国音乐教育史研究"两头重、中间轻"的研究困境，完善中国古代乐教发展史，有力回应三千年中华民族礼乐文明。他们以岳麓书院在宋元明清四朝的教育活动为研究对象，认为岳麓书院始终敦重乐教，极力追溯和传承先秦儒家乐教传统。他们将乐麓书院乐教与先秦的"以乐教为教民之本"进行比较研究后发现，岳麓书院的乐教传统呈现出"淡化"和"隐性"两个新的特征，岳麓书院的乐教行为和雅乐思想附生于经学教育、诗学教育和礼学教育，但其乐教的内容仍为先秦乐教之"乐德""乐语""乐舞"，乐教的本质仍然是伦理教化。之所以说乐教传统有"淡化"的特征，是因为虽然岳麓书院经历过程朱理学、王湛心学和乾嘉朴学三次学术高潮，且在不同学统中将儒学乐教视为教育的主体精神和根本方式，但实际上乐学在书院教育中所占的比例缩减，取而代之的是经史典籍。岳麓书院乐德教育建立在对古代先儒乐教经典文献的诵读和阐释上，先师们在进行讲学、考课等教学工作时，常以六经的儒学精义为乐德教育的理论来源。其"淡化"特征的第二个表现是书院通过典籍研读培养学生的素养，并把先师指导点拨阅读和理解作为书院教学的主要任务，且将师生问答记载成册以供参考。"隐形"特征表现为书院并未设立"乐科"，而将乐教隐藏在经学教育、诗学教育和礼学教育中。乐教不是独立的学科，若以教育的实施途径为分类标准，乐教可被分为课堂教学的"诱之歌诗以发其志意"与课外活动"风乎舞雩，咏而归"两个层面。"隐形"的另一个表现是书院的乐舞教学向乐仪教育转变，乐仪教育上升为一种礼仪教育。其第一要义必然是礼教，礼教则包含了宗族礼法、道德规劝；第二是美育教育，礼乐教育所用的音乐皆为雅乐、正乐，节奏舒缓，中正平和；第三则是形体仪态的训练。由此可见，虽然乐教的独立地位渐渐隐去，但更全面、综合的教育理念浮现，呈现出我们今天这个时代追寻的素质教育和全面教育的特征。岳麓书院的乐教传统是个案，是传统音乐教育思想沧海中的一粟，却具有特殊性和代表性。虽然这一个案不

① 王黎光：《兼容并包　借鉴创新——建设"中国乐派"系列思考》，载《中国音乐》，2018（1）。

能概括整个乐教的传统思想，但类似的个案研究无疑可以充实和丰富对中国近古时代不同角度、不同阶级、不同类别的乐教思想研究。①

钱慧结合自己的教学体会和实践思考，基于南京艺术学院昆曲社的传习活动，对中国音乐史这门起步较早、积淀较深的"老牌"学科的"接通"概念进行了探讨。昆曲社的特殊性在于研习并重，虽然南京艺术学院的昆曲社以演唱活动为主，但其在创立之初就有着音乐学学科理论的基因，将演唱实践和理论研究相结合。钱慧借用的"接通"概念，来自项阳先生的《接通的意义——传统·田野·历史》一文，"接通"这一概念的提出是在对历史的民族音乐学理论进行深入思考及全面实践的基础上所做出的系统阐发，意在打破学科壁垒，促进学科协作与互动，并强调音乐史走出书斋，使传统音乐接通历史，在各有侧重的视角下进行综合、立体的研究，从而真正把握传统音乐文化的内涵，具体包括九个方面：当下与历史接通、传统与现代接通、文献与活态接通、宫廷与地方接通、官方与民间接通、中原与边地接通、中国与周边接通、宗教与世俗接通、个案与整体接通。钱慧通过解读在南京艺术学院昆曲社的教学实践中中国古代音乐史如何接通历史与当下、现代与传统、文献与活态，来佐证"接通"对实践的指导作用。②

刘承华注意到战国末至西汉初有一个特别的现象，即对包括音乐理论在内的先秦学术的综合成为主旋律，代表作有战国末期吕不韦主持编撰的《吕氏春秋》，西汉淮南王刘安主持编撰的《淮南子》，以及普遍认为成书于西汉的《乐记》，这三部著作具有一些共同的特点：一是在对先秦文献进行综合的基础上开展自己独特的整合和发挥；二是有丰富的论乐文字，并且表现出一定的系统性或体系性；三是突出地体现了一种被称为"感应论"的思维方法或思想范式。第三个特点尤其值得重视，中国古代音乐美学中的感应论倾向虽然在这些著作之前已存在，无论是儒家还是道家，其音乐美学其实都建立在"感应"的基础之上，但感应论作为一种较为完整的音乐理论，被系统地、自觉地运用于解释音乐活动中的许多现象，则是在这三部著作中才真正实现的，并一直影响着后世音乐美学的理论思维。③

———————————

① 吴安宇、杨影子：《岳麓书院乐教传统探究》，载《中国音乐》，2018（1）。
② 钱慧：《中国音乐史教学中的"接通"探索》，载《人民音乐》，2018（5）。
③ 刘承华：《"感应论"音乐美学的理论自觉——〈吕氏春秋〉〈淮南子〉〈乐记〉的论乐理路》，载《音乐研究》，2018（2）。

　　邹洁指出，学者们在艺术的维度中理解老庄的乐论思想时，一般把道归结为人生的自由境界，把乐归结为对这种自由境界的艺术表达。但这也只是从外在关系上阐释了乐和道的问题，并没有解释道内部的规定性，也没有说明道走向乐的必然性，以及乐表达了道的哪些特性等问题。邹洁对"乐道互显"关系进行了分析研究，从而探讨庄子乐论的边界。首先，庄子在规定道的有无时有双重性。道的无，不是与存在的"有"对立，而是因道的无处不在而显现出大道无形，道的双重性寓于其中。道寓于万物之中，但道并不等于万物，道不是具体的物态存在，因此，道具有时间性却没有空间性。引乐入道，是由道的第一重性决定的。庄子对乐的审美判断继承了老子在《道德经》中"大象无形，大音希声"的审美判断，认为极致的音乐是没有音乐，即"至乐无乐"。庄子将声音分为人籁、天籁、地籁三种，其中人籁是人的器具发出的声响，是具体的、可感的、可描述的，天籁和地籁是自然的声响，即使知道它的存在是自然的声响，自然而发，但无法找出它的物态。其次，关于如何实现对道的认识，庄子寓道于无形，就指明了道不指向语言文字，而要通过聆听。这种聆听包含着接纳，是一种指向内心的领悟过程。在从人籁到地籁再到天籁的聆听层级递进的过程中，人的精神状态包含了庄子所讲的心斋和坐忘。心斋坐忘指剔除杂念，进入心灵的虚静，不受外界干扰。庄子关于音乐的价值观继承了老子的思想，但老子的音乐停留在观念上，庄子的音乐论则付诸实践。二者都认为音乐的功用不在于音乐本身，而在于随音乐相生的道；音乐是手段，道是最终要达到的目的。邹洁认为，中国原生音乐思想的魅力就在于从来不孤立地论乐，并提出不让音乐作为道的手段，而作为道的感性形象存在，这样，音乐于道，道不再是隐蔽的，而获得了感性的声音形式。①

（二）当前音乐教育的路径和方法

　　我国艺术教育的升温提高了音乐教育的受关注度，专业音乐教育和公共音乐教育都属于热门话题，每年都有不少专家学者和公众发表自己的见解。

　　陈孝余指出，中国音乐教育面临着一个现实的问题——聆听的危机。"聆听"作为学科实质问题之一，相关研究主要在聆听层次、聆听原理、聆听方式与实证研究四个领域展开。这一危机从表层看是由屏幕传播造成的，从中层看是由娱乐文化导致的，而其深层原因则是聆听哲思的缺失。当前学校音乐教育

---

① 邹洁：《乐以显道——庄子乐论新阐》，载《人民音乐》，2018（1）。

的基本问题是聆听教学问题，涉及聆听与欣赏、内听觉以及"做乐"等理念。陈孝余从音乐史的角度，将人类的聆听方式梳理为集会式聆听、剧场式聆听和文本式聆听。如今的聆听方式越来越重视主体的私人化和个性化体验，并且现代传媒更加追求视觉感官的刺激享受，分散和冲击着聆听的精力，传播内容的泛娱乐化也使艺术的声音受到污染。学校存在于社会之中，音乐聆听的弱化也已成为学校教学与学习的现象，挑战着我们的音乐教育。社会现状当然难以改变，但我们不能不反思学校教育，因为它不仅要满足当下，还要指向远方。美国学者保罗·哈克的功能主义音乐教育观念认为，在这个由商业操纵的日趋复杂、顽固的声音环境中，期望年轻人自觉与音乐打好交道是不现实的，关键要帮助学生明智地选择和使用音乐，形成他们自己的音乐价值、动机和行为，并自觉运用这种辨别力和判断力。[1]

孙芳提出，高校音乐教育是培养高精尖音乐人才的摇篮，是高等教育事业中不可或缺的重要组成部分，音乐教育对文化的建设与发展有着不容忽视的重要作用。有关中国高校音乐教育的研究呈现出新的发展趋势，高校音乐教育诸多课程的开设，不仅结合了中外相关理论研究，亦与其他学科的知识要点结合起来，这种新的教育态势为中国音乐教育的创新性多元化发展打下了基础。孙芳针对多元文化对音乐教育核心课程构建的需求，从教学与音乐教育理论实践、课程与音乐教育理论实践、技能与音乐教育理论实践、研究与音乐教育理论实践这几方面，阐述了高校音乐教育多元化发展的方向与趋势。孙芳认为，之所以有对核心课程的需求，是因为核心课程有助于音乐教育多元化的集中，也有利于学科体系的聚拢，同时能够带动围绕核心课程的教学法探索与研究，且核心课程的出现有利于唤醒教师的专业意识。高校艺术教育中专业教育与通识教育的隔阂所带来的音乐教育学科的空悬，也是因为高校艺术教育长期缺乏核心课程引领，这也是音乐教育在学科建设中常被诟病的软肋，同时教师培训方面也出现音乐教育理念的缺失问题。关于教学与音乐理论的实践问题，孙芳提出了音乐感受与欣赏教学、综合表演教学、识读乐谱教学和音乐创造教学四个教学模块。关于音乐教育理论研究，孙芳提出要遵循课题选定、计划制订、研究实施、总结整理的一般规律；在音乐教育的研究方法上，要掌握实验研究法、调查研究法、文献综述法、个案研究法、比较研究法、分析研究法和统计

---

[1] 陈孝余：《聆听的危机与挑战——中国音乐教育的三个问题》，载《课程·教材·教法》，2017（11）。

研究法，借鉴其他学科的研究方法能够增强音乐研究的科学性和严谨性；最关键的、最基本的是论文写作技能，音乐教育论文关系着思考结果的产出，音乐教育类论文应该涵盖基础的理论研究、应用研究、音乐史论研究等领域，在种类上还可以划分为史志性论文、经验性论文、论证性论文。[①]

　　蔡梦对2017年在首都师范大学召开的"高等学校音乐在线开放课程建设与教育教学改革研讨会"以及在南京师范大学召开的"全国普通高等学校音乐教育专业人才培养研讨会"两个会议做了综述。这两个会议的会议内容既是围绕我国普通高校音乐学科办学定位和人才培养目标等相关问题的思考，也是领域内从业者在国家发展、社会进步的时代下，探索如何正视现实、突破瓶颈、提升办学水平的集体思考。两个会议的发言内容包括两个主题：一是从音乐的功能性出发，关注音乐教育的效果；二是实现因材施教的适应性教育。教学改革是从宏观出发的，它具有一定的引领作用。教学改革应成为一种普遍观念，渗透教育教学的各个层面。在线课程建设的启动是教学改革中的一项具体举措，对于在线课程的内容建设，会议提出审美能力和陶冶情操两个维度的价值意义，并提出要避免陷入知识技能陷阱的问题。在第二个主题中，会议提出了分类分层人才培养方案，根据学生的层次水平和需求，制定精准化教育方案。在音乐学院内对本科生和研究生进行层次划分，按照学习侧重点的不同和培养目标的差异制定学习方案，分为专攻型、教育型和素质型三大类。其中专攻型最注重职业的长远发展，在学科建设中科目聚焦性强，专业分支精细，完整构架起成熟完备的学科体系，克服学科学习中的低效学习，为专业路径的长远发展打下基础。教育型是学生数量最多的一个类型，这一类型也是学生就业走向的一种反映，弥补音乐院校缺少教育学基本理论和技能的不足，在结合艺术知识技法与教育学理论和方法论的培养方向上精耕细作。素质型旨在培养应用型人才，培养其宽阔的艺术文化视野、多种技能的实际应用及艺术实践的能力。这类学生往往需要对社会文艺形势有较高的敏感性，其就业多与文化产业相关。会议还对师范音乐教育、专业音乐教育、普通高校专业音乐教育之间的交叉重合做了抽丝剥茧的分析。普通高校专业音乐教育与专业音乐教育的交集体现在：第一，拥有基本一致的课程体系，涉及音乐表演、作曲与作曲技术理论、音乐学理论等几大学科方向；第二，承担各门课程的师资拥有基本一致的学习背景，其对所承担课程的理解和操作与自身接受的国内或国外专业音乐教育密切

____

[①] 孙芳：《高校音乐教育核心课程多元化理论与实践探究》，载《大众文艺》，2018（3）。

相关。普通高校专业音乐教育与师范音乐教育则具有一脉相承的关联性。①

　　董丽君提出一种针对审美主义音乐教育的反思性教育哲学。这种教育哲学凸显多元性、过程性和语境性特征。实践音乐教育哲学特征的来源就是对传统审美音乐教育哲学的反思。这一教育哲学的借鉴在思考方式上是对中国音乐教育界、现存的审美教育哲学进行的反思。在讨论此种教育哲学的理论来源和发展路径时，董丽君从实践音乐教育哲学具备的三个特征出发，分析了其对中国音乐教育的指引作用。董丽君认为，在中国的音乐教育中，实践哲学与审美哲学二者只有综合统一才能得到更好的发展。首先，实践音乐教育哲学基于古希腊哲学家亚里士多德的"实践"哲学，通过对"实践"在日常生活中加以提升来反思人类的行为，成为特殊的哲学范畴。实践音乐教育哲学的多元性主张音乐的多元形态教育，主张来自不同种族、地区的音乐以不同的音乐形态呈现，是一种基于多元音乐文化背景的教育观念。音乐的水平不应因地区、种族的差异而有优劣之分。实践音乐教育哲学的过程性强调音乐本身在教学实践活动中对音乐审美经验的催化作用，教学实践中的思考不是静态地分析音乐的物态形式，而是将音乐看作有意义的人类活动，看作人类实践的表演性结果，这种动态的思考方式必然将人类活动的因素考虑进去。实践音乐教育哲学的语境性具有人类学的研究属性，视野延伸至音乐中的非音乐性，这些非音乐因素包括社会背景、风俗习惯、气候风物、道德趋向、价值观、历史文化等。董丽君认为，只有把音乐置于非音乐的更广阔语境中才能真正理解音乐。实践音乐教育哲学的多元论印证了在中国音乐教育中凸显的"西方音乐中心论"这一现象，具体表现为对西方古典音乐的追捧及极高的认同感，对中国民族民间音乐的陌生和排斥，以及在音乐教育理论和乐理研究方面对西方音乐的全盘接受；除此之外，还有单纯学习乐器、娴熟于技法，却缺乏对文化背景的了解。这样的音乐教育必然走不长远。过程性的实践音乐教育哲学强调教学实践中的全面参与，鼓励发掘音乐的来源，挖掘音乐产生的土壤。例如，中国民族民间音乐中的山歌小调都有产生的动因和存在的意义，如果学生能亲自探寻音乐的来源，其音乐的审美感受就能大大超越每个人的主观情感判断。实践音乐教育哲学的语境性则是人类学、社会学的思考和实践方式与音乐教育实践的结合，音乐呈现审美对象，人类学和社会学提供方法论指导，二者相得益彰。另外，董丽君认为，语境性和过程性是交织在一起的，实践音乐教育哲学的三个特征互相依

---

　　① 蔡梦：《普通高校专业音乐教育学科发展相关思考》，载《人民音乐》，2018（2）。

存，通过印证彼此的存在，在音乐教育实践中得到体现。[①]

任恺分析了传统音乐学习中的问题与音乐学习慕课化的切入点，举例分析了音乐慕课的价值与优势，对音乐慕课的现存问题及前景进行了解析与展望，并提出在未来以慕课为代表的"互联网＋教育"将依托大数据、人工智能、混合现实等技术不断提升学生的学习体验，在移动化学习中打造全天候学习环境，在社交化学习中提升学习主体的元认知和内在学习动机，并通过"平行课程"等方式与传统课堂对接，不断促进互联网教育思维的泛化，从而实现学生学习主体性和建构性的双重提升。任恺分析了传统音乐学习中的问题，在解决这些问题的过程中找到了音乐慕课的切入点。传统音乐教学的师徒制导致了教学资源流动的封闭性和单一性，教学方式强调口传心授，音乐学习缺乏整体性，音乐学习的长期性与学习动机的持续性之间存在矛盾；与之相对应，慕课教学容易形成名师效应和较大社会影响力，有助于实现"有教无类"，有利于教育大数据的形成，有利于人文社会学科的碎片化学习和移动化学习，有利于跳出单一的教师权威和教师经验，有利于从狭义的音乐学习上升到对音乐文化的整体感知。[②]

（三）国外音乐教育现状和国际化发展

在经济全球化时代，任何一个国家和地区的艺术发展都离不开开放交流和取长补短。我国对国外的音乐现状和音乐教育经验一直比较重视，当前已摆脱了只重视美国等发达国家的局限，将目光部分转向了"一带一路"沿线国家，与国家的开放战略相协调。

李木一在其书评中完整介绍了《中国音乐教育与国际音乐教育》一书的章节构成和主要内容。该书是管建华根据自身的理论研究成果和教学经验写成的。他基于国际化和文化多元化的视角，研究了中国音乐教育在新的世界格局下的发展路径。该书的第一个专题是对国际化时代下音乐教育理念与文化以及哲学发展的研究，对音乐国际化的趋势和方向进行了思辨，从文化和教育哲学两方面对音乐教育的发展进行了思考，具有跨学科的理论创新性。第二个专题是具体的教学实践，包括音乐课程构建及实践教学范式的思考和研究，提出音

---

① 董丽君：《实践音乐教育哲学对中国音乐教育的指引与存疑》，载《湖北师范大学学报（哲学社会科学版）》，2018（3）。

② 任恺：《"互联网＋"思维下的音乐慕课与音乐教学创新》，载《中国音乐》，2018（3）。

乐课堂中感官体验和认知方法的运用，强调二者都应成为今后音乐课堂改革的重点。第三个专题提出在国际文化多元化发展的背景下，音乐研究资源的共享是今后发展的必经之路和必然趋势。[1]

颜悦在文章中，通过对2010—2014年国际音乐教育类五种英语研究型学术期刊刊登的共661篇学术论文进行了综述，聚焦于国际音乐教育研究最新动态，重点对音乐教师教育、音乐教育社会学、专业音乐教育、学校音乐教育领域的相关研究文献进行了详细分析，关注了自我效能、教学评估、身份认同等近年音乐教育研究的焦点。在这篇综述性文章中，颜悦对这些文献如何确立研究目的、选取研究对象、使用研究方法、归纳研究结论等方面进行了详细评述，还对文献中常见的研究内容、研究方法、文献来源及行文结构进行了概述，为了解国际音乐教育界最新研究动态、所运用的研究方法及行文规范等提供了可资借鉴的导读及索引。颜悦概述了在音乐教育国际化背景下的学术研究领域的三个主要趋势，这三个趋势如今处在学术研究讨论的中心。第一个趋势以音乐教育开展的环境为视角，即专业音乐教育、学校音乐教育及音乐教师教育；第二个研究趋势是音乐教育跨学科交叉研究，音乐教育与音乐学、心理学、教育学、社会学等人文学科交叉，其中与社会学和心理学的交叉较为集中；第三个趋势是音乐教育研究方法的变化，传统的音乐教育较多停留在感性层面，文献研究是最常见的研究方法，但随着音乐教育学科自身艺术性和科学性的结合加深，音乐教育研究越来越多地采用教育学常涉及的质性研究和量化研究，开始对艺术行为或艺术教学行为展开实证分析。颜悦在文章中指出，由于专业音乐教育具有个性化、特殊化的特征，研究者对特定教学对象、特定教学案例的分析与研究也更注重结合社会因素、文化因素及个体心理因素等，运用各类实证研究方法与研究工具进行详细分析与推断。跨学科的研究视角直接决定了研究方法的采用，传统的逻辑思辨已经不能满足当前的研究内容，面对整个艺术创作和艺术教育的链条，研究者开始捕捉那些不稳定但影响力巨大的情感因素和心理因素，通过量化或质性研究，为探索更适宜的音乐教育提供有益参考。[2]

金玥、钦媛的文章首先对奥尔夫音乐教学法中的教育思想的原本性、学生地位的主体性、重点培养的创造性等基本特性进行了分析；其次从教育观念融

① 李木一：《国际化视野下音乐教育发展之路探析——评〈中国音乐教育与国际音乐教育〉》，载《中国教育学刊》，2018（6）。

② 颜悦：《国际音乐教育理论研究三大新动态》，载《天津音乐学院学报》，2018（1）。

入原本思想、音乐教学内容全面更新、坚持并开展个性化教学及培养学生音乐艺术情操四方面，论证了德国奥尔夫音乐教学法对中国音乐教育的影响，从而充分体现出奥尔夫音乐教学法的重要作用及教育价值。奥尔夫音乐教学法主要关注处于萌芽阶段的儿童音乐教育，但对象绝不仅局限于儿童这个年龄段。儿童的审美意识、自我意识都处于待建设的阶段，因此，在奥尔夫音乐教学法中学生的主体性和创新性成为两大教育主线，贯穿于音乐教材和教学实践中。[①]

　　贾睿佳提出，俄罗斯古典音乐对中国音乐教育新发展阶段的积极影响主要体现为以下几个方面的文化精髓传承：注重以民族文化为主题的灵魂性；表现方式注重合理多元以及递进知识的科学性；注重政府扶持对教育发展的重要作用；注重教育的最终输出形式和作用。和中国一样，俄罗斯也是一个民族性凸显的国家，这一点无论从音乐、美术还是文学作品中都可见一斑。俄罗斯的古典音乐教育十分重视本国艺术文化基因的传承，所以我们在俄罗斯的古典音乐作品中能够看到，在西方古典音乐创作的骨骼中俄罗斯民族风格的曲风十分浓重，这一点尤其值得我们借鉴。俄罗斯古典音乐民族性的保存有赖于教育体系的完善，其从幼儿园到大学进行义务音乐教育，所培养的人才同时是艺术鉴赏者和艺术创作者，人文文化的渗入是在一套完整的、合理分配的、从低年级到高年级的教学过程中实现的，这种循序渐进的方法有效地将音乐知识和文化归属感一起种植在每个学生心中的文化版图上。除校内音乐教育的普及外，校外还有数量众多的音乐培训班，校内校外两种资源完全可以满足学生的需求，缓解资源压力。而我国面临的主要问题是不仅校内音乐教育普及不足，而且校外艺术机构良莠不齐，造成始终无法实现优秀均衡的艺术教育。贾睿佳也提到，我国音乐院校的选拔考试多是为有艺术经验的人设定的，院校更注重专业技能的培训，而没有接受过音乐教育的人群则极有可能变成乐盲，造成严重的两极分化；这种教育资源的紧缺导致整个社会的恐慌与急功近利，遑论人文文化的养成。另外，培养应用型人才也是俄罗斯古典音乐教育的重要理念。他山之石，可以攻玉。反观我国的音乐教育，应最先做出改变的是音乐教育的目的性。除了对音乐形式加以继承，对音乐技法努力精进，对理论知识理解掌握，对风格流派加以熟悉，音乐教育还应摆脱技能教育的枷锁，理解和传递音乐形式承载的思想内涵，这其中就蕴含着民族性。实践方面，俄罗斯的音乐教育十分注重日常熏陶和实践活动，因材施教，教学方法灵活先进。我国音乐教育常

---

① 金玥、钦媛：《德国奥尔夫音乐教学法对中国音乐教育的影响》，载《黑河学院学报》，2017（11）。

常因为注重理论的思辨、技能的传递而忽视平时的艺术熏陶和实践对音乐素养的涵养作用。①

陈烨在其文章中提出，由杜亚雄先生编写的包括教师版和学生版两册的《音乐的认读唱写——走进柯达伊教学法》标志着柯达伊教学法在中国的本土化迈出了一大步。柯达伊音乐教学法与奥尔夫音乐教学法、达尔克罗兹音乐教学法并称为世界三大音乐教学法，其中柯达伊教学法以母语语音语调的发声逻辑为基础，提倡"从母语走向音乐"，引导学生掌握和熟悉音乐中的节拍节奏和发声规律。这种教学方法尤其适用于方言种类繁多、民族音乐丰富的地区，并且柯达伊教学法的教材也是以本民族的民歌为主的。如此一来，这种教学法既能把方言这种可能面临消失的语言文化保存下来，也能通过音乐的方式加深文化认同感、增强民族自信。从中国的戏曲和地方民歌可知，中国自古以来就有以字行腔的歌唱传统，不同地域民歌的演唱风格之所以迥异，是因为民歌以本地方言发声为演唱前提，长言即歌。基于不同语言系统发展起来的地方民歌，正好与柯达伊教学法相契合。我国音乐界从20世纪50年代开始引入柯达伊教学法，引进了多种版本的外语教材进行编译，但这些译制教材良莠不齐，也并不完全符合中国国情，因此柯达伊教学法的本土化成为新一阶段的首要任务。柯达伊教学法的中国化不是轻而易举的，首先，只有十分熟悉柯达伊教学法的人才能对柯达伊教学法进行改造变通；其次，此人也要十分熟悉中国的传统音乐；再次，他还要有在中小学教授音乐课的经验。熟悉中国音乐不是指会唱几首民歌、几段戏曲唱腔，而指在对传统音乐进行长期田野工作和理论研究的基础上，谙熟创腔方法及原则；具有中小学音乐课教学经验也不是指听过几节课、研究过几个教案，而指具有长期在中小学一线教学的经验，熟悉各年龄段中小学生的心理、生理特征和各类中小学音乐课的教学设计。杜亚雄先生的经历与这三个要求高度契合。杜亚雄先生曾在甘肃酒泉钢铁公司中学做过10多年的音乐教师，后进入南京艺术学院从师于高厚永先生学习民族音乐学，20世纪60年代至今一直对传统音乐进行田野调查和理论研究。难能可贵的是，杜亚雄先生曾在匈牙利科学院音乐学研究所担任过访问学者，掌握匈牙利语，并曾对基于柯达伊教学法编写的匈牙利中小学音乐教材如何用母语导入、如何安排调式节拍等具体教学问题进行过深入分析。这些积累使其最终在2017年出版《音乐的认读唱写——走进柯达伊教学法》这部基于柯达伊教学思想、从大量教学实践

---

① 贾睿佳：《俄罗斯古典音乐启示下中国音乐教育新发展阶段》，载《音乐创作》，2017（9）。

中得来、根植于中国传统音乐现实、循序渐进的音乐教材。这部教材借助国外教学理念，并在与中国情况相似的地区经过了实践的检验，具备自身的特殊性。从文化基因传承的效果讲，这部教材是中国传统音乐的集合，反映的是中华民族的集体审美取向；从知识获得的渠道讲，它从汉语这一中国的通用语言入手，消除了因为不会某种方言而形成的隔阂，而且事实上，为了解某一民族的音乐而先学方言也是十分耗时的；从教学技法讲，教材用字母简谱取代数字简谱，因为字母简谱可让学生从字母发音上感知音高，而数字简谱需要学生将数字转换成相应音高，这其实是一种非常不自然也不符合常规理解的方式；从知识获取的角度讲，这部教材添加了中国乐理知识，这在当下西方乐理独大的教育环境中难能可贵。[1]

　　潘澜讨论了西方音乐史在中国的适应性问题。他认为，改革开放以来，中国学者不断走出国门，学习欧洲国家的音乐史教育经验，也不断邀请著名外国学者来华讲学，我国的西方音乐史教学研究出现了一个发展的高峰。国内学者开阔了学术视野，关于西方音乐史研究的著作与教材也是卷帙浩繁。然而，由于文化背景和思考方式的差异，中国学者对西方音乐史研究的定位陷入一个认知差异陷阱。在西方传统哲学观念中，差异性问题是一个基本问题，它源于与同一性对立的范畴，后逐渐独立，影响了西方人文主义学科对现象的分析方式，其中后现代主义思潮对差异性青睐有加。对差异性的重视带来的是理解的多样化，不再强调传统认知的主体与客体之间的单一宏大结构，也不再将客体视为主体的对立面，而强调主体与客体在每时每刻、每个当下的相互交织以及思维的多变性。也就是说，当我们面对任何一个客体对象时，都需要主体意识时时介入；当多次面对同一客体现象时，同一主体不同时间的认知与感受也会有所不同；这样就形成处于多重时空、灵动、多变而丰富的主客体认知关系，产生出"多维"结构，而不再追问客体现象的单一本质和稳固的宏大"二元"结构。我国的西方音乐史学习过程应该强调一种学科的"上帝视角"，不仅看到西方音乐史内部的差异性，也应看到中西差异。潘澜也指出，我国研究生理论能力培养的优势在于我国对通识教育的重视，基础学科的基本功扎实，不足之处在于缺乏创造性；我们应该侧重跨学科的思维借鉴，在差异中寻找平衡。[2]

---

　　① 陈烨：《"柯达伊教学法"中国化的里程碑》，载《人民音乐》，2018（2）。
　　② 潘澜：《对"差异化"意识的重视——从西方"后现代主义"特性引发的对中国西方音乐史专业教学的思考》，载《人民音乐》，2018（4）。

四、主要问题

（一）乐谱选择上的争议

不论是专业的音乐教师、演奏家还是学习者，都会遇到乐谱选择的问题。从宏观上讲，乐谱的版本可被分成两类——净版和注释版。净版就是运用规范的印刷手段，将手稿中的信息体现在当今的印刷体版本中，这虽然与手稿影像复制版的手段不同，但两者都是以精确传递手稿中的一切信息为宗旨。净版和注释版有时候也分别被称作原作版和实用版，但这两者之间并不是相互对立的，而是有交集的。实用版是后代演奏家在原作的基础上，将自己认为可行的主观想法补充标记在乐谱上，这可以称为真正意义上的二度创作。好的实用版提供了更为详尽的演奏符号和演奏方法，为一部分学习者指明了学习的方向，具有一定的参考价值。除此之外，简谱和五线谱之间似乎存在"鄙视关系"。由于简谱的记法与中国的工尺谱性质相似，简谱在中国短时间内得到了极大的发展。19世纪末，简谱经日本传入中国；20世纪30年代，随着救亡歌咏运动的开展，简谱得以在群众中广泛流传。中国算是把简谱吸收得最好又将其发扬光大的国家。用"相对落后"来形容简谱其实并不妥当，因为"落后"与"先进"这样的形容词是不适用于记谱法的。简谱比较简单，容易掌握，在单旋律的情况下运用方便。在我国，简谱对音乐的普及和推广做出了重大贡献。不过简谱也有克服不了的难题，在记载多声部或转调频繁的作品时，特别是钢琴作品，简谱则显得力不能及。[①]

（二）音乐考级的灰色地带

近年来出现了这样一种现象：不少音乐学院学生虽已通过专业考试或国家等级考试，但在音乐技法基本功上仍捉襟见肘。教师教得艰难，没有成就感；学生学得痛苦，不仅浪费了宝贵的学习时间，而且职业规划也出现偏差。音乐专业具有特殊性，它需要从业者具有先天音乐才能，音乐对天分的要求甚至比同属艺术门类的美术、表演更苛刻。但现实却很堪忧，全国音乐学院、音乐系中不少学生根本不喜欢音乐，在音乐中找不到存在感。之所以产生这种"荒诞

---

① 李赛：《独尊"某谱"要不得》，https://mp.weixin.qq.com/s/UPdub9SZPGMMqFFELPbC8g，2018-07-29。

现象"，首先是因为艺术教育是大学扩招的重灾区；其次是因为音乐培训机构的大量精力都用在了招生、市场营销方面，市场上充斥着虚假宣传，如"包上大学、包毕业出路"等无稽之谈，甚至出现过培训机构收买音乐高考评委等违法行为，破坏考试公平，同时把不适合的音乐学习者输送到音乐学院。一部分学生因为文化课不突出，到高二甚至高三才想到走"音乐捷径"，然而，如果没天分、不喜欢、不擅长，最终不过是多走一段弯路。

（三）电子音乐节折射出的流行性现场音乐活动的火热与困境

杨舒钠分析了我国电子音乐节市场的潮流和趋势。杨舒钠认为，海外IP的进驻反映了我国有很大的音乐市场，同时我国本土电子音乐节也在与海外IP争夺份额的同时快速成长。在中外电子音乐节互相融合的音乐节常态化已成定局的时代，中国的电子音乐市场无疑赶上了全球电子音乐发展的浪潮。电子音乐节的火热很大程度上是由消费者的年龄层决定的。电子音乐一直以来受到年轻人的追捧，现下"90后"和"00后"是电子音乐节最主要的消费群体。2017年，电子音乐节在国内音乐节市场上表现突出，有高达90.4%的乐迷表示一年中会去1～5次电子音乐节现场。随着国内电子音乐节市场逐渐被打开，电子音乐节也正向着常规化、规范化发展，越来越多的年轻人愿意在电子音乐节上进行一定数额的消费。"90后""00后"对现场演出消费热情的上涨和消费实力的提升，帮助电子音乐市场继续扩大和推进。[①]

但在高速发展的同时，电子音乐节也面临着困境，在IP、投资和体验等方面呈现出来。第一，引进国际IP出现一些问题。国际大型电子音乐节在国内的举办尚处于萌芽阶段，会遇到一些本土化问题。例如，海外IP引进授权的价格，国家的审批周期，文化产业项目的合作，人数、场地等硬性条件，等等。第二，海外大牌DJ（唱片骑师）挤压本土DJ市场。2017年的中国电子音乐市场出现了产业链缺失、根基不稳的现象。音乐人经纪、营销、推广等服务环节缺失，本土音乐人阵容的挖掘机制不完善，加上很多主办方担心国内DJ的号召力不如国外知名DJ，这些都导致国外大牌DJ来华越来越频繁，难免使中国电子音乐人的现场演出资源受到海外大牌挤压。不仅如此，嗅到中国电子音乐市场潜在机遇的海外大牌DJ开出的出场费也水涨船高，国际艺人的出场费普遍提高了

---

① 杨舒钠：《从过去一年50余场电音节背后，我们总结了这股风潮在中国的趋势和困境》，http://www.chinambn.com/show-5576.html，2018-12-23。

20%，甚至提高了50%，这种"烧钱"模式难以持久。第三，现场体验不佳。作为直接面向乐迷的活动，电子音乐节最终呈现的效果还需要经过乐迷的检验。不过在目前的阶段，乐迷体验在国内电子音乐节中依然是一大软肋。在当前国内电子音乐领域中，乐迷在数字音乐平台上的体验满意度要高于电子音乐节现场演出，这说明电子音乐节现场的成熟度还不够。无论是中小型电子音乐现场还是大型电子音乐节，表示对体验满意的乐迷均未过半，甚至有年轻女性乐迷反映曾在音乐节上遭遇骚扰。[①]

五、热点理论研讨 ——————————————

（一）对民族音乐教育的探讨

和云峰对中国民族音乐教育与作曲人才的培养提出了新的看法。他认为，既要允许百花齐放，也要允许百家争鸣；既要真正了解西方，也要真正读懂中国；既要强调理论研究，也要重视创作实践。针对教学模式缺乏本土化、思维方式缺少本土话语权、创新模式尚未成熟、审美方式仍然唯西方是从等问题，和云峰结合多年教学经验，对现行课本课时提出了自己的建议。尤其是民族音乐的音乐文化课课时缺乏问题，他认为，若依照现行的本科教学方案，对中国各少数民族音乐进行简单阐释都是难以做到的，更何况中国现有55个少数民族，有的少数民族内部还有很多不同支系，且较多少数民族具有博大精深的音乐文化、绚丽多姿的音乐表现形式，甚至有许多民族的传统文化本身就是用音乐记录、传承和表述的，现行的课时安排根本无法满足这样的学科背景要求。关于授课内容的调整，和云峰提出应强调阅读、讨论、鉴赏三个环节的联动。文学阅读可以让学生了解中国少数民族部分较具特色、丰富多彩的音乐文化，为音乐提供广泛的社会背景；讨论可以让学生对中国少数民族民间音乐的歌曲、器乐、舞蹈、说唱、戏剧、宗教音乐、宫廷音乐中最具代表性的部分有一定理性认知，从理论上进行一般性总结、归纳，并掌握其主要的音乐风格与流布特点；鉴赏则不断提高学生对中国少数民族音乐的认识，增进对祖国大家庭音乐文化遗产的感情。[②]

——————————

① 杨舒钠：《从过去一年50余场电音节背后，我们总结了这股风潮在中国的趋势和困境》，http://www.chinambn.com/show-5576.html，2018-12-23。

② 和云峰：《民族音乐教学与作曲人才培养刍议——以中国少数民族音乐若干教学与实践为例》，载《中央音乐学院学报》，2018（1）。

（二）关于音乐研究观念的讨论

郭威梳理了我国音乐思想的发展演变。古代中国音乐观念以"礼乐"为基础，这种观念下音乐研究的核心问题是"制礼作乐"，是一种典型的以政治表达为主要目的音乐礼教，本质是政治伦理，目的在于树立政治话语权。近代中国的音乐观念以"国乐"为基础，由于受到五四运动和新文化运动的影响，研究的核心问题已经从古代中国的政治话语权转变为中华民族的文化话语权，核心任务由"礼乐建设"转变为"整理国故"。进入当代，研究观念转变为以音乐本体为研究对象的音乐学观点为主。研究对象变得纯粹，也有专门的职业和独立的学科。不同于前两个阶段，当代中国的音乐学研究脱离了政治话语权、文化话语权，转向学术话语权的树立与强调。在现代教育机制与学术机制中，音乐学研究带有明显的学科烙印，音乐学科面临着如何与非音乐学科以及如何在学科内部划分界限、分清彼此，并在分清彼此的基础上进行"跨学科"等一系列问题，本质上即强调学术话语权。郭威还阐述了中国音乐学观念中的"西方""民间""学科"三个传统。"西方"传统即西方音乐研究的理论框架，中国的艺术思想倾向于文人自觉自悟，西方的通史思维被"拿来所用"。"民间"传统是中国音乐学的土壤和最基本的研究立场。[①]

任方冰阐述了中国音乐史学研究的基本宗旨，即探寻音乐发展的历史真实，揭示音乐发展的历史规律，为人类提供中国音乐历史经验借鉴。中国音乐历史书写要以"史真"为基本标准。研究者在探究音乐史实的过程中，虽因自身学术背景不同，揭示历史真实的角度和深度有所差异，但随着时代进步和社会发展，人类对音乐历史的探究会逐步接近历史的本真。任方冰对中国音乐史学的观念进行了分期，分为新史学的引入、唯物史观、多元史观三个时期。新史学的引入时期为中华人民共和国成立前的一段时期，代表著作是叶伯和的《中国音乐史》，它具有宏观的史学观念和审慎的逻辑推理，以现代人的观念和方法研究音乐史。新史学的研究注重音乐的社会功能，注重音乐在"移风易俗"过程中所处的地位和具有的作用。从中华人民共和国成立至1980年，综合性大学的开办、新学科的大量补充、唯物主义观念的普及给艺术观念带来了新鲜血液和冲击，这一阶段为唯物史观时期。此时的音乐史研究看重音乐本体，重视人民群众，重视民族民间音乐，重视音乐考古和古谱解译的实践。第三个时期

---

① 郭威：《论中国音乐学研究观念的变迁与影响》，载《音乐研究》，2018（1）。

是1980年后，多学科融合和研究方法的借鉴带来了音乐史研究的多元史观时期。社会学、哲学、美学、心理学等学科融入音乐史的思考范畴。同时，研究所关注的音乐事项也突破传统的、主流的音乐现象，开始注意边缘的、小众的音乐现象。各种宗教流派的宗教音乐也逐渐走向前台，不再为礼仪的附属，成为独立的研究对象。另外，在这一时期的音乐史研究开始注意长时段的、整体的理论研究，注意文献的收集与整理以及数字化建设等。①

（三）对中国近现代音乐教育的梳理

汤斯惟介绍了李抱忱音乐教育思想的三个主要来源：一是他对音乐的无比热爱和执着，二是他对音乐教育的实践和思考，三是他对西方音乐教育理论的学习和借鉴。萧友梅、杨仲子等音乐家为中国高等专业音乐教育做出了巨大贡献，而李抱忱则在普通音乐教育方面功勋卓著。李抱忱于1938年抵达重庆，并在此形成了他的音乐教育思想。他的音乐教育思想主要包括六个方面，这六个方面相互支撑，改变了近代中国音乐教育长期落后的状况，也基本构架起近代音乐教育范式和要求的框架；因为李抱忱有美国留学经历，所以他的音乐教育思想是以美国音乐教育为参考的。第一，重视音乐师资培养。在提高小学音乐教员的专业水平方面，必须保证师范学校每周的音乐课时数，另设音乐学科，在三年学程内增设音乐师范课程，酌情减少其他课程，集中时间和精力保证音乐学科教学的基础扎实；在高等音乐师范教育方面，师范学院一律增设音乐系，组织、考核、训练都应严格，因为在李抱忱看来，高等音乐师范教育的质量直接影响着全国中小学音乐教育的质量。第二，倡导课外音乐活动，组建合唱队、管弦乐队、民乐队。第三，编订音乐教材和书籍。因为抗日战争时期重庆的时代背景特殊，歌曲多为抗日战争歌曲，音乐书籍价格高昂，音乐题材内容欠民众化，不能引起儿童兴趣，这些问题严重制约了中国音乐教育的发展，所以李抱忱编订了音乐教材及书籍，供儿童学习欣赏；从三年级或四年级开始，音乐教育有借鉴自美国教材的歌本，歌本还配有活泼生动的插图。第四，创制音乐教具。巧妇难为无米之炊，音乐教学离不开乐器。钢琴作为最基本的教学用具，在抗日战争时期物资匮乏的重庆可谓凤毛麟角。李抱忱提出了没有乐器就不用乐器、没有适当的乐器就用其他乐器、没有外来乐器就自己制造乐器三种解决办法。这三种办法在当时是为解燃眉之急，今日

---

① 任方冰：《中国古代音乐史学的观念问题》，载《音乐研究》，2018（1）。

再看也体现出前瞻性和指导性。尤其是没有乐器就不用乐器的解决办法，还可以用来训练无伴奏合唱。第五，建立辅助各校音乐教师教学的音乐督学制度，采用"突然袭击，不提前预告"的形式，以了解学校真实的教学情况，量体裁衣地给出指导和整改建议。第六，成立中国音乐学会，编订音乐年鉴，举办音乐座谈会。[①]

（四）音乐民族志研究的方法论反思

杨民康在其文章中详细阐述了音乐民族志书写的理论依据、历史发展及借用构建。他提出有两条线索齐头并进、相互交织，即人类学和民族音乐学两门学科的发展脉络。这两门学科的研究理论和观念都发生了两次方法论变革，这两次变革所形成的理论和研究框架也都受制于它们所处时代的经济环境、社会环境。时代变革对理论研究的促进恰好契合了音乐民族志书写的一种研究思路。

杨民康在其文章的第一部分就音乐民族志书写的两个历史转型期做了理论综述。第一次转型以美国民族音乐学家梅里亚姆的论文《民族音乐学讨论和范畴的界定》为开端，根据人类学功能主义的分析方法，提出音乐民族志新的方法论研究是对文化（语境）中的音乐的研究，提出具体的"文本与上下文"互文式理解思维，奠定了音乐民族志个案研究的研究策略。另外，第一次转型也提出了具有认知民族音乐学意味的音乐民族志书写方式，即"概念—行为—音声"的三重认知模式以及包括田野考察、课题选择、案头工作等一系列具体的操作原则。20世纪80年代开始，音乐民族志书写启动了它的第二次转型，完成了从定点研究向多点研究的转变。此时的多点民族志研究理论出现在人类学与其他众多相关学科的交叉研究中，民族志的研究视角在空间（共时性）和时间（历时性）两个维度上拓展，由此出现了多点民族志的研究新方向。此后，音乐民族志书写的思维基本架构在时间、场域、隐喻三维度的考量方式上，并衍生出音乐民族志书写的几种思维模式：同一地域上的单层定点和跨地域的单层多点，时间线性发展的隐喻变化和多层跨地域的隐喻转移，共时性和历时性与跨文化之间的交叉。

杨民康文章的第二部分从形态学、语义学、语境学三个学科分支，剖析了共时和历时在多点音乐民族志写作中的维度、层次及分析方法，提出了三种研

---

① 汤斯惟：《重庆时期的李抱忱音乐教育思想探析》，载《音乐研究》，2017（6）。

究视角。第一个视角是以音乐符号线索追踪为基本目的的共时性研究视角。这一视角的成立基于赖斯提出的音乐体验中的时间、场域、隐喻三维空间，以及赖斯针对场域维度提出的具有"社会—地理"意义的方法概念和一些嵌套的空间概念。这些概念可以是现实存在的地理位置，也可以是音乐家和普通人虚拟出来的他们欣赏音乐时思维活跃的场域。多点研究视角涉及几种文化、族群和地域的跳跃连接，可以呈现出同一层面、同一条音乐符号线索在不同场域中的转换和递接。但从横向看，即使属于多点研究视角，这一视角也有它的不足之处——无论被选中的课题如何延伸，最多也只能达到中等规模，横向比较时无法实现宏观视角。如果从人类学功能主义的角度审视，人类学民族志的个案研究选取的是整体文化宏观里的个案，而音乐民族志是局部文化的个案，可见这是由两个学科视角的本质差别造成的。因此可以说，音乐民族志的定点聚焦法和音乐符号线索法的区别，仅在于一个偏重于坐标，另一个偏于线索，两者都是微观个案研究法。第二个视角是聚焦于"隐喻—象征"文化阐释目的的历时性研究视角。这一视角继承了第一次转型的成果，在共时性层面上开展音乐线索追踪，将文化意义和象征问题同文化语境融合，并在此基础上加入历时因素。音乐符号线索的追踪在历时性的维度展开和延伸，其进步性在于不仅会看到音乐符号在不同的时间和空间范围内转换，而且还会看到文化意义与象征也在此过程中不断地改变和置换。

杨民康文章的第三部分的理论性更强，提出音乐民族志的两次转型分别受益于结构功能主义和结构主义研究分析的方法，是结构主义和后结构主义在音乐民族志中的运用。基于"文化模式—模式变体"的逻辑结构，当代民族音乐学家将语言学中"转换—生成"语法所强调的"句法结构"和"应用能力"的关系，具体转化为"音乐模式—模式变体""固定因素—可变因素"等带有本位文化模式分析思维特点的概念语汇。结构主义语言学分析方法的借用，帮助音乐民族志理清其内部关于隐喻的"自律"与"他律"问题。"自律"指音乐符号的转喻问题及它的线索运行方式。"自律"思考方式的理论基础和方法论原型是索绪尔的结构主义语言学，音乐民族志的"自律"性指不依赖任何外界语境和语义条件，对音乐符号自身的转喻进行考察和分析。"他律"性则要结合上下文的语境，更多涉及后结构主义的学术观念，从意义与象征、建构与解构的视角解释文化模式。借用赖斯的隐喻思维来解释，即以跨文化研究为目的，局内人为了音乐体验的目的制造隐喻，音乐学家为了表述音乐的本质和重要性而运用隐喻这个手段，涉及的隐喻内容包括音乐作为艺术、认知、娱乐、治疗、社会行为、日常用品、参考符号、解释内容等。

　　杨民康在文章最后总结了方法论转型的意义：从整体看，共时和历时是单点多点、单线多线的理论前提和基础，由此而来的转喻和隐喻的概念以及模式到模式变体的发展，使音乐民族志实现了从横向对比到横向共时性兼顾纵向历时性的跨越，也为音乐民族志的研究提供了理论范式和方法论指导。①

---

　　① 杨民康：《由音乐符号线索追踪到"隐喻—象征"文化阐释——兼论音乐民族志书写中的"共时—历时"视角转换》，载《中国音乐》，2017（4）。

第五章

当代文艺动态及评论热点——舞蹈篇
（2017年7月—2018年6月）

　　艺术是人类思想感情的主要载体之一，舞蹈艺术是时代主流思想内容和情感诉求的集中体现。随着社会生活和时代热点纷繁复杂地变化，舞蹈作品的情感表达、思维呈现以及外在形式也出现新的变化。2017年7月—2018年6月，我国舞蹈界在一片繁荣的同时也略显嘈杂浮夸。舞蹈作品大量涌现，涵盖了中国民间舞、古典舞、芭蕾舞等各个领域。本章聚焦这一时期的热点舞蹈作品、热点舞蹈演出评比、热点研讨活动、现象聚焦、热点理论研讨这几方面，力求真实展现我国舞蹈界的新动态，并且对其发展变化的特点加以评析。

一、热点舞蹈作品

　　热点作品是观察某个时段内某一艺术形式总体状况的绝佳窗口，需要重点关注与研究。2017年7月—2018年6月，舞蹈创作的热点主要体现为长篇舞剧精品迭出，无论是古典题材还是现当代题材，都有佳作问世，反映出近期舞蹈随社会进步而稳定发展的态势。

（一）《李白》：融入山水的浪漫情怀

　　民族歌舞剧《李白》是由中国歌剧舞剧院舞剧团与安徽省马鞍山市艺术剧院共同创演的原创剧目，总编导是青年艺术家韩宝全，历经三年多的构思和创作，于2017年10月6日在北京首演，并于2018年3月10日登上国家大剧院的舞台。诗仙李白这一人物形象常见于我国的歌曲、小说、诗歌等艺术形式中，这是李白这一人物形象首次以舞剧的形式登上舞台，是一次新的尝试与突破。该剧是国家艺术基金资助项目。舞剧分为五部分：序幕"月夜思"、一幕"仗剑梦"、二幕"金銮别"、三幕"九天阔"、尾声"鹏捉月"。编剧江东说明了创作思路："舞剧选取'诗仙'李白人生中的几个主要节点，通过他对'入世'与'出世'这个人生矛盾的权衡与抉择，来揭示李白的内心世界。安史之乱后，晚年李白毅然从军，却因兵败被发配夜郎，这让他回忆起自己'入世'的前前后后；皇宫内，李白扶摇直上、意气风发，但终因群臣的忌恨和谗言难获皇上信任，种种严酷的现实使他从'愿为辅弼'的幻梦中清醒过来，辞官翰林院。融入山水后，李白的浪漫情怀得到了极大的释放。"①

1. 虚实相生的叙事结构

舞剧《李白》采用倒叙的结构，以李白晚年被发配夜郎为切入点，展开他的人生回忆。回忆与现实的差距突出了人物内心的情感变化，也使观众更直接地感受李白戏剧性的人生起伏。该剧的表现手法别具一格，采用"虚实结合"的方法，即将现实与梦境相结合。"实"是安史之乱后，晚年李白身处窘境，穷困潦倒；"虚"为梦境中他回到盛唐时的长安，供奉翰林，人生得意。舞剧在两者的对比中展开李白在"道"与"势"之间挣扎徘徊的一生。该剧的创作极具时代感和思想性，虽然表现的是古人，但今天的观众也能够由此观照自己的内心，体会到舞剧的现实意义。隐喻叙事也是舞剧《李白》的特征，作为首部用舞剧来表现李白的作品，该剧在叙事上借助一些非语言的方式来表达人物的内心情感。舞剧在诗歌的朗诵中，表达了李白最后寄情于山水的浪漫情怀，亦表达了一种豁达、豪放不羁的人生态度。走入山水，李白正如他诗中所写的"大鹏一日同风起""长风破浪会有时，直挂云帆济沧海"，人生理想得到全部释放。

2. 民族文化自信的展现

舞剧《李白》是一部古典舞剧，给人们展示了大量的唐朝歌舞、诗歌，如清平调、唐诗等。在努力实现中华民族伟大复兴的时期，加强文化软实力是一项重要任务，要讲好中国故事，传播中国优秀传统文化。李白是我国典型的历史人物，舞剧将这一形象进行古典化编排，并用古典舞语汇展现出来，不仅让人们看到盛唐时的繁华，也让人们看到我国传统古典舞的审美意境及艺术特色。女子的贵妃舞、酒香舞、白纻舞、月光舞以及男子的踏歌等，都能表现出我国传统歌舞的魅力，表现出历史上大唐盛世歌舞升平的繁荣景象。李白这一人物的思想、性格在某些方面符合当下的时代精神，他的爱国情怀值得我们学

---

① 于平：《舞剧艺术的文化自省与文化自信——2017中国舞剧创作回望》，载《艺术评论》，2018（3）。

习与赞扬。安史之乱后，李白毅然从军，即使兵败，仍然有着"天生我材必有用"的自信，这种自信与胸怀天下的情怀感染着每一个人。挖掘李白身后的文化内涵，可以坚定我们的民族文化自信。舞剧从舞蹈到音乐再到舞美服装，都充满中国元素，彰显着我国的古典舞气质和传统文化韵味。在舞美方面，写意的美也诠释着李白这一古代文人的文化气质。

3.舞与剧的珠联璧合

舞与剧是舞剧的两个方面，谢士杰在其文章中提到，舞剧属于戏剧的范畴，但它的叙事不靠语言，而靠形体。舞蹈长于抒情而拙于叙事，舞剧偏偏用拙于叙事的方式来叙事，因此编导必须考虑如何让这短处变成长处。[1]既是舞剧编导又是舞评人的陈伟科提到了《李白》这一舞剧的独舞与群舞之间的关系。他认为，《李白》的几个舞段与独舞之间的关系较为明显，独舞与群舞之间的关系则构成了舞剧的戏剧冲突，并且推进了剧情的发展；戏剧冲突是构成戏剧情境的基础，也是展现人物性格以及显示作品主题的一个重要手段。[2]通过舞蹈表现人物剧情时，编导须将"舞"与"剧"相协调。在舞剧《李白》中，舞蹈省略了历史故事情节，通过几个关键点表现人物跌宕起伏的一生。在舞剧《李白》的观后专家研讨会上，有专家提出了一些其他看法。例如，中国中央民族歌舞团国家一级编导邓林提出，《李白》的技术可以更深层地融合，在舞美设计上，字幕文字的运用可以再稍作调整。国家一级演员、编导胡淮北认为，在李白独酌之前的舞段中诗化的手段可以再大胆一点，在讲述矛盾的时候，不要把李白这个角色直接植入，可以让李白这个角色跳出来，用后边的手段诠释前面的矛盾；另外，诗化的问题、静和动之间的消减问题也需改进，因为舞台上的人物多，观众的注意力无法集中于一点，主要人物的吸引力就会被减弱。[3]尽管有些瑕疵，但瑕不掩瑜，这是专家们对该剧的一致评价。

（二）《井冈·井冈》：井冈精神的现代演绎

舞剧《井冈·井冈》是北京舞蹈学院与江西吉安职业技术学院联袂打造的红色题材舞剧，于2017年10月10日晚在国家大剧院第十届"春华秋实——艺

① 谢士杰：《有品相的民族舞剧〈李白〉》，载《戏剧之家》，2018（5）。
② 陈伟科：《要鼓吹，还是要批判？——观中歌舞剧〈李白〉试演有感》，https://www.sohu.com/a/190195421_482903，2018-07-20。
③ 吴玲玲：《打造凝神力作弘扬民族文化：舞剧〈李白〉观后专家研讨会集萃》，载《戏剧之家》，2018（4）。

术院校舞台艺术精品展演周"上演。2017年为中国人民解放军建军90周年、秋收起义90周年、井冈山革命根据地建立90周年。这部舞剧由郭磊编导，在舞台上重现90年前星火燎原的革命精神。舞剧包括六部分：序、星火凌云、井冈儿女、小井长歌、十送红军、尾声。全剧通过一位红军的后代重温父母留给她的书信，带领大家进入井冈山时期的革命岁月，用一个个真实的故事、场景展现出当年红军为信仰而执着追求的坚定信念，为理想而奋斗的青春激情；赞美为求人民新生而不怕牺牲的信仰之光和精神力量，描绘革命先辈们的乐观主义精神、浪漫主义情怀和英雄主义气节。

1. 舞剧创作中的新突破

新锐舞评人陈伟科认为，地域特色的巧妙融入使舞剧《井冈·井冈》更有观赏性。导演将江西本地的特色运用到舞剧的舞段中，如江西赣南采茶舞、"矮子步"的运用让人感受到红军生活的"苦中作乐"，体现了革命的乐观主义精神。除此之外，舞剧中音乐与舞蹈的融合也是一大亮点，舞剧将《映山红》《红军阿哥你慢慢走》等曲子用在舞剧中，熟悉的旋律将观众带入革命时期的峥嵘岁月，更能打动观众。在展现形式上，舞剧首次借鉴了电影和戏剧的跨时空、蒙太奇、意识流手法，突出人物、人性和风格，使清新和厚重相结合。在结构上，全剧依照一个基本的井冈山斗争时间线，采用篇章式的结构，每幕之间通过以画外音展示的书信内容进行衔接。舞剧既有宏大的战争场面，也有细腻温和的生活场景，通过两种画面的结合吸引观众。①

2. 革命情感贯穿全剧

这部舞剧的创作是为了表达对革命先辈的缅怀与致敬，对坚守信念的讴歌与礼赞。编创者用这部舞剧纪念国家的光辉历史，井冈精神贯穿全剧。"星火凌云"部分描绘了井冈山红军的群像，从会师的振奋到艰苦奋斗的红米饭、南瓜汤，体现的是红军昂扬的斗志和革命的乐观主义精神。"井冈儿女"部分描写了井冈山地区人民对红军战士的支持，为了共同的民族理想，大家积极投身革命，表现了前仆后继的牺牲精神和大爱情怀。"小井长歌"部分主要选材于小井医院红军伤病员被敌人屠杀的故事，通过前后情景的巨大反差，以革命的浪漫主义情怀衬托红军战士的大无畏精神和信仰之光。"十送红军"部分表现了红军战略转移、离开井冈山时军民间的鱼水深情，也表现出红军走下井冈山，为中

① 陈伟科：《大型舞剧〈井冈·井冈〉观后》，http://news.jstv.com/a/20171013/1507895219609.shtml，2018-07-21。

国革命的胜利拓展新路的毅然与决心。在"尾声"部分，过去时空和现代时空产生交集，井冈山精神在传承，我们没有忘记井冈山的燎原星火。鲜艳的五星红旗纪念着为了中国、为了人民的新生甘洒热血的革命先辈。勿忘历史，传承精神，他们的遗志是今人前行的动力。

（三）《梁山伯与祝英台》：古典舞剧创作的新探索

北京舞蹈学院中国古典舞系创作并演出的大型舞剧《梁山伯与祝英台》于2018年5月6日在北京舞蹈学院舞蹈剧场首演，该舞剧既是国家艺术基金2017年度大型舞台艺术作品创作资助项目，也是北京舞蹈学院艺术实践项目和北京舞蹈学院教师队伍建设提升工程的组成部分。《梁山伯与祝英台》的故事家喻户晓，取自唐代张读的《宣室志》，多年来通过各种艺术形式展现在观众面前。该舞剧挖掘了梁山伯和祝英台内心深层的情感世界，客观的舞台形象真实展现了参演艺术家们的学术理想和创作激情。舞剧由著名艺术家李恒达担任总导演，由北京舞蹈学院中国古典舞系主任庞丹担任艺术总监，有"相识""相送""相会""相伴"四幕，还有序和尾声"永生"，将梁祝的爱情传说以中国古典舞的方式进行全新演绎，给观众带来别样的视听感受。

1．留白的传统视觉美感

该舞剧反对叙述故事和哑剧动作，创作团队用心丰富了声音堆、灯光幕和服装形态等艺术表现手段，逐渐形成了创作主体反思性的自我认同感，以传扬中国古典舞表演为基础，用视觉提升了古典舞剧创作中的艺术应用与效能。舞剧的视觉总监任冬生认为，中国古典舞作品应留白留韵，帮助人们理解作品，而非追求视觉刺激。所以该舞剧在视觉上追求简约留白的感官体验，在舞台设计上采用了"纸"这一具有中国古典意蕴的意象进行呈现。一张留白的纸，是梁山伯与祝英台用生命书写的纯情爱恋，同时突出了舞动的形与变换的色；水墨留白之间，无画处皆成妙境，让人们自由地想象；寥寥几笔，就形成了亭台楼阁山水的古风意蕴，既烘托了古典气氛，又不分散观众的注意力；至纯至简，光影色、人形景，都让舞台的画面更有中国传统艺术的美学特征。

2．舞剧整体的创新突破

《梁山伯与祝英台》是大众耳熟能详的故事，这一题材在艺术创作中并不新鲜，如何使此舞剧展现出与已有作品的不同并达到更高的艺术水平，则是创作人员要解决的主要问题。舞剧《梁山伯与祝英台》的创作团队在舞剧的舞蹈动作语汇、剧情内容、音乐创作、舞美布景、道具服装等方面都进行了大胆创新，形成这版舞剧的最大亮点，即对传统戏剧结构的突破。该舞剧尝试用意境化的结构进行创作，展现中国魅力和东方意蕴，是中国古典舞剧创作的新探索。作品放弃了叙事性舞剧的表述方式，以意境化的方式创作作品，并不完全按照西方舞剧的结构来讲述故事。

3．中国古典舞讲好中国文学故事

舞剧《梁山伯与祝英台》将这个家喻户晓的故事用中国古典舞的方式演绎出来，舞剧的演绎不是仅着眼于讲述故事，而是重视用舞蹈本体来阐释梁祝的情感。该剧的音乐以小提琴协奏曲《梁山伯与祝英台》为主题，以电子音乐等音乐形式丰富了小提琴协奏曲的意境。编舞则以中国古典舞的语汇为基础，融入了一定的现代舞元素，使得舞蹈人物更为丰满。总导演李恒达介绍道："中国古典舞与中国的五千年灿烂文化一脉相承，少年时的我对古典舞的传统文化内涵、丰富的舞蹈语汇和表现手法一见钟情，现在两鬓飞霜，依然心如少年，和舞蹈学院的众多前辈、师生一样，使古典舞在中国乃至世界的舞台上盛放异彩，是我的心愿和使命。1987年我曾编创表演双人舞《梁祝》，我希望以一部更成熟丰满的舞蹈作品来重新诠释梁祝的唯美传说。"[1]《梁山伯与祝英台》在创作上采用了虚实结合的手法，虚实相生属我国的传统美学范畴。该剧以梁祝二人的情感过程为主线，将主人公内心情感外化，运用月光、落叶、幻觉等意境化的表达，更加符合中国人审美和古典舞的表达方式。舞剧的创作人员坚持以纯粹的中国古典舞身韵动律为创作原点，用纯粹至美的古典舞语汇来表达我国经典文学之作，以身体为笔作叙，以舞为魂抒情。

（四）《长风啸》：独具中国特色的原创东方神话舞剧

2017年11月25日，由四川省歌舞剧院、四川省文学艺术界联合会出品的舞剧《长风啸》在成都锦城艺术宫进行了首演。该剧是国家艺术基金2017年度资助项目，也是四川省文化厅2017年重点项目。舞剧《长风啸》通过"寻觅""迷途""徘徊""归来"四幕讲述了长风历经人世间的欲望、争斗、爱恨、生死曲折的东方神话故事。主角长风本是一缕清风，得到了女娲补天时散落的一颗五彩石，化身为"三分神七分人"的少年。他受到人世间酒色财气的熏染，渐渐迷失自我，历经曲折后成长为真正的人。最终，长风献出自己生命的精髓，化为春风细雨滋润大地，帮助万物复苏。

---

① 王晓溪：《大学生演绎古典舞剧"梁祝"》，载《北京青年报》，2018-05-09。

1．人性复归与大爱的主题

舞剧《长风啸》以风为主要角色，将风的灵动、狂躁、柔和化为人物性格，用人的轻舞比拟风缥缈的形态，风与人合而为一；用风的成长隐喻人的成长、人类的进步，用狂风化为春风的过程隐喻人与自身和解的过程。一缕清风得到了女娲补天时散落的一颗五彩石，从而拥有了一颗神奇的心脏——灵心，由此幻化成形。刚获人形的长风心灵纯净，满怀对人世间的好奇心，进入凡尘，世间的种种场景都吸引着长风。但不久后长风沾染了人间的贪婪和疯狂，忙于在争斗中追逐名利，甚至想要以武力征服世界、证明自己。他利用自己风的威能，驱使万道利箭毁灭了无数鲜活生命。长风迷失了自己纯真的本性，感到无边的空虚和孤独。在狂乱宣泄中，长风突然发现以前最亲密的伙伴嘉泰为自己的利剑所伤，生命垂危，但长风却无法救治嘉泰。明白真相的长风幡然悔悟，在嘉泰的感召下，长风终于实现了"人的觉醒"。最终，他献出了自己的生命精髓，化为春风细雨滋润大地，帮助万物复苏；拿出自己的灵心，献出自己的生命源泉，让那些因他逝去的生命复活。舞剧讲述了长风由懵懂到觉醒的过程，从追逐欲念转变为肩负责任，从一缕清风变成真正的人，从一个男孩成长为一个顶天立地的男子汉。

对长风的呼唤即对现实中人性回归的呼唤，对现实具有反思意味。不难发现，长风所面临的问题正是人类面对的挑战——金钱的诱惑、风花雪月的幻梦、世俗的种种繁华，都刺激着人类本性中的贪婪和欲望。反观人类自身，对科技的一味崇拜、以工具理性凌驾于自然使人成了片面的人，真善美被遮蔽、被压抑，甚至造成人性丧失。四川省社科院文学与艺术研究所研究员张鸣浩看完舞剧后说道："《长风啸》中的人性复归与大爱的主题探索带给人深刻的思考，具有超越种族和国度的人类共通性。"[①]《长风啸》的故事内核也包括人与自然和谐共生、爱与包容。舞剧将钱币、铳枪、泪水、春风、花草等进行了拟人化处理，象征着万事万物皆有人之灵性。

2．通过中国故事讲述人类共同理想

据《长风啸》导演、国家一级编剧马琳介绍，《长风啸》是一部以舞蹈本体属性为结构，以民间寓意故事折射人性冲突、人类命题，具有独特创意的原创东方神话舞剧。《长风啸》的故事具有中国基因（如女娲、五彩石），表现

---

① 张鸣浩：《振长风以归来——从人性的复归与大爱看〈长风啸〉的现实意义》，载《现代艺术》，2018（3）。

出人与人、人与世间万物共创美好家园的永恒追求，这种对幸福与和平的追求也是千百年来人类共同的理想。中国的文化自信来自创作个体，每个创作个体也都应承担这份责任。舞剧并没有把视野局限在某一处，而放眼于人性大爱，描绘出人类战胜自我，克服无休止的欲望，尊重自然，懂得敬畏生命的历程。该舞剧是西方芭蕾舞和中国民族舞的完美融合，彰显了瑰丽奇炫的艺术魅力。在现代文化多元交流的进程中，我们的文艺作品要肩负沟通交流的重要责任，通过讲好中国故事，表达人类的共同情感，回应构建人类命运共同体的现实关切。

（五）《瑶山那抹红》：广东省首部大型当代瑶族舞剧

2017年12月9日，当代瑶族舞剧《瑶山那抹红》在广州市江南大戏院举行首演。2018年4月24日，该剧在北京民族剧院上演。这部舞剧是广东首部大型当代瑶族舞剧，由广东省舞蹈家协会副主席、南方歌舞团国家一级导演裘华松任总导演，属于少数民族地区艺术院团进京展演项目。该剧以汉族大学生在连南支教的感人事迹为主线，展现千年瑶寨的古朴秀美、山情水韵，讲述瑶族青年阿贵和支教女大学生玉华之间的爱情故事。整部舞剧以"向往大瑶山"为序幕，以"留在大瑶山"为尾声，分为"初见大瑶山""爱上大瑶山""拥抱大瑶山""风雨大瑶山"四幕，表现了拥抱万物、人与自然共生、至善至纯的生命主题。

1．舞剧的岭南文化和瑶族特色

舞剧以我国瑶族的舞蹈为舞剧风格，并纳入当代舞蹈语汇，给观众展示了纯真质朴的瑶族民风和原汁原味的瑶族长鼓舞。舞剧中的木制房屋、山水背景、服装头饰都有着明显的瑶族风味。除几位主演是来自北京、广东的演员外，其他舞者全都来自连南当地。身着盛装的瑶家儿女在璀璨唯美的舞台上，在婉转优美的音乐中，用丰富多彩的舞蹈元素和优美抒情的肢体语言，展现了能歌善舞的瑶族人民的生活风貌。当地演员表演所呈现出的风格和趣味，很多专业演员也不一定能跳得出来。连南瑶族自治县是经典民族乐曲《瑶族舞曲》的故乡，也是国家级非物质文化遗产瑶族耍堂和瑶族长鼓舞的摇篮，有"百里瑶山"之称，民族文化独特、深厚。舞剧以时空交织的写意手法展现了连南风貌和瑶族人民的生活风俗，弘扬了古朴大气的连南文化，使人们更了解我国的民族特色，有利于保护和传承我国民族传统文化。

2．感人的支教情怀

在故事结构上，该舞剧紧扣瑶族文化保护与传承中的矛盾冲突。在粤北大瑶山，义务支教几十载的老知青校长，每天坚持升起泛旧的五星红旗。玉华、世林、思萌在互联网上看到了大瑶山的美丽，因此来到瑶寨支教，课堂上老校长的神采、小石头的懂事，让来此支教的玉华渐渐爱上了这里。即使同伴离开，玉华依然坚守，盖校舍、辅导小石头，玉华渐渐融入这里。当玉华逐渐与瑶族青年阿贵互生情愫，老校长却因自身的经历阻挠阿贵和玉华之间的爱情。原来，老校长年轻时想带着自己的瑶妹恋人一起走出大瑶山，但瑶妹不舍学生，几经争执，知青小伙一气之下冒雨离开，而当他再赶回来时，瑶妹因为救学生被泥石流掩埋。时空穿越，当再次发生泥石流时，老校长以同样的方式永远留在了大瑶山，陪在心爱的人身边。最后，玉华、阿贵为爱付出，留守在瑶寨，在舞剧的结尾，玉华带着孩子们升起了一面崭新的五星红旗，这一抹红是所有人的希望和精神追求。舞剧以当代现实生活为素材，集中展示连南瑶族人民在构建和谐家园时涌现出的典型人物，坚守的老校长、支教的年轻大学生和孩子们共同成长，让成长的初心在最需要的地方绽放，将绽放的梦想和永恒的大爱代代传递。虽然老校长去世，但有以玉华为代表的继承者为爱坚守，传承着那一份无私，舞剧内容并没有强烈的戏剧性，却让人在淡淡的情感表达中回味无穷。

（六）《唐寅》：江南第一风流才子的双重人格

2017年9月7日，苏州芭蕾舞团十周年原创舞剧《唐寅》在苏州文化艺术中心大剧院首演，这部舞剧也是国家艺术基金2017年度资助项目。舞剧以"江南第一风流才子"唐寅的人生经历为主线，通过芭蕾舞语言展现人物跌宕起伏的一生，走进他的艺术作品与精神世界。故事情节为：唐寅在科场无辜受牵连而锒铛入狱，断送了功名前程；他就此看淡仕途，放浪形骸；在最消极的时候，唐寅遇见了此生的红颜知己——沈九娘；唐寅决定与九娘一起逃离世俗，安居于桃花庵；宁王到苏州以重金请其出山，唐寅再次被仕途诱惑，投靠宁王，之后却发现宁王图谋不轨，唐寅的功名之梦彻底毁灭；他借酒装疯而裸露狂奔，用身体的力量爆发出对命运最为有力的呐喊，而命运仿佛一直在捉弄唐寅；沈九娘病故后，唐寅看穿人生无常，终于以一颗平常心等待着自己漂流到另一个世界。唐伯虎的故事为大众所熟知，但总编导李莹在谈编创舞剧的时候说道，对这一人物的描写，历史上存在两个不同的版本——一个是风流潇洒、活得自在的唐伯虎，一个是怀才不遇、痛苦潦倒的唐寅；《唐伯虎点秋香》的那个唐伯虎不是他们要呈现的，"点秋香"的唐伯虎是他的表象，舞剧所要表现的是他的内心世界——心像。①舞剧的戏剧冲突正源于双重人格之间的冲突，例如，一幕的三场戏中，从第一场挣脱功名的束缚，到第三场难弃功名的诱惑，正是这种双重人格相互冲突的表现。

1．以物拟人，以人拟物

舞剧《唐寅》以写意来抒情，着重表现了"红袍""墨""桃花"等元素，这些元素还原了唐寅风流倜傥外的另一面：所背负的源于当时社会环境与父母期望的压力，对追逐仕途的矛盾与不甘，以及对红颜知己的惜爱与悼念。在舞剧《唐寅》里，很少看到"天上月""美人面"这种实实在在的东西，更多是"墙上影""枕边花"这种充满禅意与隐喻的雅致表达，这也符合唐寅作为古代文人特有的生活气息。"红袍"元素源于唐寅临摹的《韩熙载夜宴图》，编创人员发现，在唐寅的临摹版中，所有家具和衣服的颜色、人的姿态相较于原版都有变化，而唯独那件红袍是不可变的。这件红袍隐喻着功名仕途，我们仿佛可以感受到这件红袍在唐寅版《韩熙载夜宴图》中的重要性——对于因经历考场舞弊冤案而未能穿上红袍的唐寅来说，贯穿全剧的红袍就是其一生悲剧的象征，这种对仕途的追求始终是唐寅内外矛盾的集中点。"墨"元素在舞剧中寓意丰富，唐寅梦见九鲤仙子赠其宝墨万锭，为此他在居所桃花庵中建造"梦墨亭"，自此，唐寅无论写诗、著文还是绘画，都下笔如有神。主创人员认为"墨"有着多重意味："墨"是宝，让唐寅才华横溢；"墨"是刑，他因才华过人而蒙受诬陷入狱；"墨"也是成规，代表着被功名束缚的唐寅对自由的向往。②舞剧充分将"墨"拟人化，在唐寅人生的不同阶段呈现出截然不同的寓意。"桃花"元素象征着剧中女主角沈九娘，从而延伸出另一个寓意"自由"。沈九娘是唐寅最后一任妻子，虽然两人难舍难分，但唐寅依然舍弃九娘而追随宁王，为了仕途而放弃爱情。但在唐寅发现宁王图谋不轨时，九娘也已经离世，二幕"风雨落花""六如无常"描绘的就是唐寅不仅没有实现仕途抱负，也没有与九娘共度一生的悲剧结局。

2．悲喜交加的艺术人生

黄惠民认为，该舞剧如此跌宕起伏的情感让人觉得这是一部悲喜剧。舞剧塑造的唐寅显然是悲剧人物，最终一切愿望落空；而所谓的"喜"则为舞剧唐

① 李莹：《"写意"唐寅：红袍·墨·桃花——谈芭蕾舞剧〈唐寅〉的创作》，载《中国艺术报》，2017-09-11。

② 于平：《舞剧〈唐寅〉的隐喻叙事》，载《艺术评论》，2017（10）。

寅形象塑造的一个亮点，即舞剧结尾处的情景：赤身裸体的唐寅走向一片桃花林，这不是陶渊明《桃花源记》中的桃花，也不是唐朝诗人崔护诗篇《题都城南庄》中的桃花，而是唐寅满目创伤中的桃花，是离去的沈九娘，也是来年春天的桃花，是象征美好明天的桃花。舞剧《唐寅》在塑造艺术人物形象时既遵循史实性，又掌握了艺术创作的美学性，呈现出一种精致唯美的审美追求，作品营造的静雅氛围恰与舞剧试图表现的文人风骨吻合。舞剧中的唐寅并不是我们印象中的那个搞笑人物，而是社会与时代下的悲喜人物。[1]

3．多种艺术风格的综合运用

舞剧创作者在塑造唐寅形象的过程中采用了"聚象"思维，即把寓意深邃且动人心扉的感性形象集合起来，如舞剧中的"炼狱思春""青楼邂逅""临画夜宴""燕舞桃花""应招宁王""风雨落花""六如无常"等片段。舞剧创作者将这些发生在唐寅现实生活中的故事组合在一起，是为了让舞台上的人物形象更具有艺术个性且内涵深刻。在舞蹈语言上，编创者除运用芭蕾语汇外，还加入了许多现代舞元素，多层次的舞蹈语汇表达了人物丰富的内心世界。例如，一幕中的"临画夜宴"是该剧的重头戏，也是最有特色的舞段：一个场景中，有三组演员同时舞蹈，分别演绎了身处不同时空、不同心境的唐寅。在音乐的运用上，舞剧《唐寅》并没有选择民族音乐或中国风音乐，而大量使用了爱沙尼亚作曲家阿尔沃·帕尔特的简约主义音乐，将中国故事与外国音乐进行结合。

对于该舞剧，于平也指出了一些问题："隐喻叙事"应避免标签化和名片化，要在剧情的推进中、在性格的呈现中、在人物关系的交织中、在戏剧冲突的爆发中逐步展开，该剧在这一方面仍有进步空间；该剧的音乐过于板块化和整一化，似乎难以即时阐释唐寅内心世界的波动和纠结，因而或多或少地弱化了唐寅人生悲剧的凄惨性和震撼力。[2]

（七）《草原英雄小姐妹》：草原民族的英雄主义情怀

2017年9月19日，国家艺术基金2016年度资助项目民族舞剧《草原英雄小姐妹》在内蒙古民族艺术剧院剧场首演。作为内蒙古自治区的"十大文化符号"之一，草原英雄小姐妹龙梅和玉荣冒着生命危险保护集体财产的英雄故事曾在

---

[1] 黄惠民：《不点"秋香"点"桃花"——原创芭蕾舞剧〈唐寅〉人物塑造论》，载《上海艺术评论》，2017（5）。

[2] 于平：《舞剧〈唐寅〉的隐喻叙事》，载《文艺评论》，2017（10）。

国内广为流传。为庆祝内蒙古自治区成立70周年，内蒙古艺术学院精心创作了大型原创民族舞剧《草原英雄小姐妹》，将蒙古族特有的舞蹈和音乐艺术形式融入舞剧，讲述中国故事，表现了少先队员热爱集体、不怕困难的坚强品质，彰显了草原民族的英雄主义情怀，弘扬了社会主义核心价值观。舞剧以小姐妹的英雄精神为引领，站在时代的高度，展现了爱国主义和集体主义在当下社会如何发挥作用、青少年如何传承民族精神，有着激发时代共鸣、倡导责任担当的广泛社会现实意义。

1．舞剧的当代视角和多重空间

舞剧《草原英雄小姐妹》采用了新的叙事方式，不单纯地陈述半个多世纪以前的故事，而选择通过两代人，确切地说，通过隔代人的心灵碰撞和情感交融来陈述，使舞剧的叙事特性得以凸显。这部由中场切分为两幕的舞剧，两幕的命名直截了当，分别叫"第一课"和"第二课"。上课不仅是知识的传授，而且是品行的引导。舞剧以"上课"提示叙事方式的选择，不仅体现出艺术表现新意，还展现出社会主义核心价值观"进课堂，濡心灵"的文化自信。[①]它不是纯粹地讲述龙梅和玉荣的故事，而是展现我们如何给当代孩子讲龙梅和玉荣的故事。当代小学生和20世纪60年代的姐妹之间上演"戏中戏"，多重变换空间在叙事者和被叙事者间共存，这样就形成了现实的空间和口述的空间，增强了舞剧的戏剧性。

2．现实主义和浪漫主义的结合

舞剧通过难以忘却的时代故事传承永不褪色的时代精神，以真实的人物事迹为蓝本，属于现实主义题材作品创作。舞蹈作为一门抒情艺术，为了演绎好故事、表现好精神，会采用一些浪漫主义元素。该舞剧没有采用单一的说教或描述的方式，而呈现了蒙古族的草原文化和游牧人民的生活。该舞剧有着诗画同流的舞台呈现，舞台像一幅幅画，带有浪漫主义色彩。为让社会主义核心价值观的种子在当代少年儿童心中生根发芽，编创者将民族舞、芭蕾、现代舞甚至动漫等元素综合运用在舞剧中，通过这种方式实现给人们"上课"的效果。舞剧中的卡通元素极易引起儿童的关注，同时这种流传已久的感人故事也对其他年龄层的观众有着吸引力。如在白云般流淌的"羊舞"中，编导用一只小黑羊做"点睛"之笔，这只淘气的小黑羊总出人意料地消失，使得小姐妹总点不齐小羊的数量，十分焦急；熟悉每只羊习性的父母不仅教会她们如何放牧，而

---

① 于平：《草原的英雄，时代的光》，载《中国艺术报》，2017-10-23。

且以赏识教育的方式激发她们的责任心——无论要克服多大困难，也不能让集体的财产受损。这种生活情景化的舞台设计让观众感到故事真实自然、温暖感人，而不局限于做旁观者。人、水、草、羊、马、星星、冰洞等元素也融入故事情节，让观受感受到大自然的浪漫。舞剧的丰富语言提升了作品的审美价值，从现实故事出发而超于现实。舞剧所传达的精神是我们当下仍需要的民族力量，其中的集体主义精神、奉献精神等都是我们仍要传承和弘扬的。

（八）《雪域天路》：首部描绘青藏铁路建设者的民族舞剧

国家艺术基金资助项目，由中国铁路文工团倾力打造的大型原创舞剧《雪域天路》于2018年5月1日在北京二七剧场演出。该剧以青藏铁路三代建设者的故事为主线，创作人员扎根于基层，融入藏区自然与人文艺术元素，采用回忆的方式讲述了爷爷、父亲、儿子三代人均选择在正青春时投身于青藏铁路建设的故事。中国铁路文工团青年导演王铎任舞剧总导演，他介绍道，舞剧中爷爷是建设早期的技术勘探员，父亲是建设中期的科研工作者，儿子则是通车后的运营者，三代人的经历被打上了时代烙印，而他们的奉献精神则超越时代，永远传承。雪域是独特地理环境产生的人文情感环境，天路则是奋斗终生的青藏铁路精神，两者的相互依存是该舞剧的核心创作表达。

1. 感人肺腑的故事剧情

该剧是一部现实主义题材作品。第一幕为20世纪50年代，年轻的爷爷响应祖国的号召，为使青藏铁路的愿景早日实现，怀着崇高的志向，随队入藏勘测。除了为梦，爷爷也为爱坚守。在一次勘测任务中，爷爷缺氧晕厥，为藏族姑娘所救，二人两情相悦，情定高原。第二幕，奶奶孕育着新生命，而爷爷要在观测站坚守，离开怀有身孕的奶奶。奶奶怀抱新生儿，呼唤远方的爱人。这一幕情节让观众动容，触动观众的内心。第三幕，奶奶艰难抚养父亲成人，在寂寞的时光里坚持着对爷爷的爱。很少回家的爷爷想让父亲投身于铁路建设却遭到拒绝，在铁路的建设中，爷爷在雪崩中牺牲，却留下了毕生记录的铁路数据。第四幕，21世纪伊始，青藏铁路开始全面施工，父亲背起行囊，穿越戈壁荒野，不畏冻土极寒，成为修建工人队伍中的一员。而作为讲述者的儿子，心中没有犹豫，踏着祖辈的足迹走上天路，成为一名青藏铁路的运营人员，遵从内心呼唤，享受辽阔和自由。在青藏铁路的列车上，奶奶在梦中与爷爷相见，人已逝去，但精神不灭；而儿子会将祖辈们的青藏铁路精神永远传承下去。

2．奉献青春的青藏铁路精神

人们称青藏铁路为天路，飘在云端。十万人脚踏实地地付出与努力，经过数十年，才终于成就其气势磅礴。几代人的芳华洒在高原，融入冻土。修建铁路时，工人面临着严酷环境的挑战，但他们不怕艰难，将时代的命运与个人的命运相连。现在，在新时代发展背景下，人们不能忘却当初顽强拼搏、甘当路石的建设者，传承发扬青藏铁路精神是铁路人奋斗的源泉。舞剧《雪域天路》讲述了铁路建设的前期勘探人员、中期建设人员和后期维护人员几代建设者的青春故事，体现出人文关怀和人文精神，表达了人们那份朴实的坚守。舞剧导演王铎讲道，希望通过这部舞剧让现在的青年人对梦想、对追求有一种新的认识。

作为一部具有浓厚现实感的舞剧，王铎非常看重《雪域天路》情感的张力与真实。剧中爷爷的饰演者李智表示，第一批到青藏高原修建铁路的人主要负责勘探与测量，他们是青藏铁路的奠基人，而爷爷这个角色不仅代表着一代人，还代表着青藏铁路的精神。剧中奶奶的饰演者刘月则认为，我们把青藏铁路叫作天路，它也的确是一条登天之路，有三代中国铁路建设者付出了心血和汗水，是50多年来三代人用顽强的斗志在生命的禁区用青春和生命抒写的令世人惊叹的壮丽诗篇。

3．真实的艺术精神追求

真实的情感感知，真实的存在——这是舞剧导演王铎的创作追求。舞剧《雪域天路》的真实不仅体现在舞剧取材自真实故事，而且主创团队扎根创作，亲赴青藏铁路沿线进行慰问演出并体验生活。只有演员亲自站在那片土地上体验高寒、风雪等自然环境，才能有真实的感受。导演王铎表示，因为每一位演员都去过青藏高原，所以他们在用舞蹈语言诠释寒冷时都有独到而深刻的表达，这已经超越了表演的层面，是一种发自内心的本能表现；舞剧抓住人物内心的真实情感，做到"是"而不是"像"，演员坚信自己就是那个角色。[①]从创作者的角度出发，舞剧用质朴的行动表达态度。在舞剧表演时，创作者希望演员服装、道具的使用让观众看到真实的青藏风貌，为此还聘请原铁道部青藏铁路建设总指挥部专家咨询组组长张鲁新担任特邀顾问，力求还原青藏铁路修建时的真实情况。

---

①《舞剧〈雪域天路〉导演王铎：我不可东去西去，只向万里寸草处去》，http://www.sohu.com/a/229763824_482903，2018-09-30。

（九）《匆匆那年》：一个普通女孩的舞蹈梦

2018年3月26日，为纪念改革开放40周年，由中国文学艺术基金会、中国舞协资助的舞剧项目《匆匆那年》在首都师范大学首演。该剧由首都师范大学音乐学院和北京海淀区于大雪舞蹈教育工作室共同创作完成。舞剧讲述了在20世纪80年代中后期一座北方城市的一个普通工人家庭发生的故事。女儿通过一个偶然的机会爱上了舞蹈，其追求舞蹈梦想的道路却因为母亲的反对而艰难曲折。父亲下海经商赔了钱，负债累累的家庭无力支撑女儿的学舞之梦。女儿没有放弃，靠着坚韧不拔的精神实现了梦想，并在这个过程中感化了父母，这个家庭最终走向温暖和睦。这是一部以孩子为主角的舞剧，舞剧中饰演女主角及她身边同学、舞伴的演员们是来自北京多个小学的9～13岁学生。于大雪导演认为，儿童舞者越来越多地出现在舞蹈作品中是一种规律，当舞蹈作品中有孩子的角色时，只有由孩子来演才能做到最真实。

1. 故事中现实和梦想的对照

舞剧《匆匆那年》反映的是深刻的社会现实问题，但也有奇幻的成分，构成梦想和现实的对比。女儿的幻想世界是完美、梦幻的，家里的钨丝灯用彩纸包着，它晃起来就像舞厅里的霓虹灯一样，五彩缤纷；当时普通家庭的生活都不宽裕，她幻想着家里吃饭用的普通折叠桌变成了大宴会厅的桌子，家家户户都端来了美食，身边的人变成了在宴会上传递菜肴的侍者。剧中的父母同样拥有自己的幻想世界，他们回想起自己年轻的时候，想起当初自己梦想中的未来。"现实生活中的清冷、矛盾和惆怅，跟理想中的富足、快乐、尊严，形成了鲜明的对比。"[①]为了凸显两者的差异，在舞台灯光的使用上，导演将五彩缤纷的灯光用在人们的幻想场景中，而在主人公的现实生活中大多使用单色灯光，从而烘托舞剧气氛，让观众从视觉上感受到这种差异的对比。

2. 小人物映射大时代的变化

舞剧《匆匆那年》的舞台上有很多属于20世纪80年代的文化符号，这也是于20世纪80年代出生的人的集体记忆。老式的录音机、暖水瓶、皮箱等这些人们生活中的物品，带着我们回到了那个改革开放之初的中国，显示了当今的幸福生活来之不易，从而反观时代的变化。舞剧的编剧兼导演于大雪出生于1978年，这部舞剧承载了他对20世纪80年代的个人记忆。于大雪讲道，他们这代人

---

① 高艳鸽：《舞剧〈匆匆那年〉：一个改革开放之初的舞蹈梦》，载《中国艺术报》，2018（4）。

学习舞蹈的目的跟现在的孩子不一样，他们是把舞蹈当作一种谋生的技能，是为了未来的生存；现在的孩子学习艺术不是为了生存，而是为了更好地生活。于大雪认为，这正是改革开放40年来的一个变化。舞剧从一个普通家庭和一个少女的舞蹈梦想切入，找到了观察国家前进的视角。舞剧中的女孩为了梦想不畏艰难，从国家层面说，我们沿着中国特色社会主义道路不断前进，改革开放事业取得了不可磨灭的成就，尽管并非一帆风顺，尽管历经千难万险，但前进的步伐却从未停歇。[①]

（十）《画女情怀》：中国第一代西画女画家的坎坷一生

2017年12月5日，国家艺术基金2017年度资助项目——民族舞剧《画女情怀》在无锡市人民大会堂首演。这部舞剧由江苏省无锡歌舞剧院创演，编剧是中国文艺评论家协会主席团成员于平。导演吴蓓表示，这是一部女性题材作品，作为女性导演，她希望挖掘更多女性情感和艺术表现的角度和手段。舞剧以真实历史人物潘玉良的艺术生涯、人生际遇为主题，题材具有鲜明的江苏地域风格，深刻表现了江南女性的艺术才情，集中描述了中国女性艺术家的人生经历。《画女情怀》用"睡莲"这一象征隐喻潘玉良的内在性格、纯真情怀，在这一基础上，通过她独特的人生故事与执着的艺术追求展现了其高洁人格。舞剧分为序幕"不染不妖"、第一幕"浪迹飘萍"、第二幕"早春芙蕖"、第三幕"尖角小荷"、第四幕"清涟玉容"和尾声"不饰不雕"六部分。

1．巧妙的舞台空间切割

在舞剧《画女情怀》中，编创者采用一些元素对舞台做了空间分割，这种分割加强了观众的视觉欣赏体验，推动了故事情节的发展。空间分割属于舞台空间设计的一个重要方面，运用灯光、道具等形式使舞蹈实现与舞台各方面的协调，这需要对舞台的造型空间进行审美设计。许薇、王一凡在其文章中提到，在舞剧的第三幕中，潘玉良在家中孤独地与镜中的自己对话，道具镜子的运用将舞台空间分割为现实与幻境、外在与内心的双重存在环境。潘玉良与镜中的自己共舞，似与镜中的自己对话，将自己的内心情感加于镜中虚幻的形象上。她彷徨、徘徊、不知所措，但镜中的玉良一次次将现实的她扶起，似使其脱离困难的境遇。这一舞段的设置将潘玉良内心对艺术的执着追求外化，最终潘玉良鼓起勇气，对着镜子描画自己的身体。在这一幕中，镜子的存在虽分割

---

① 高艳鸽：《舞剧〈匆匆那年〉：一个改革开放之初的舞蹈梦》，载《中国艺术报》，2018（4）。

了舞台上的空间，让两个玉良同时出现在舞台上，但在人物形象的塑造上，镜中与镜外的玉良合而为一，标志着玉良不惧流言，将其外表与内心融合，达到灵魂与肉体的统一，宛若新生，从而推进情节的展开。[①]

2. "睡莲"的人物隐喻

从舞剧各幕的名称中，我们可以看出导演用"睡莲"象征潘玉良这一人物形象的用心，借睡莲的生长过程表现人物的品质和一生的经历。自古以来，莲就有着"出淤泥而不染，濯清涟而不妖"的独特象征意义，在舞剧中则代表着潘玉良虽出身妓院，但没有与他人同流合污。接触绘画后，潘玉良一心追求艺术。舞台上画着莲花的透明幕布后，潘玉良手执调色板，认真地在画板上绘画，其侧影和微微亮光从窗户中一同透出，表现了潘玉良在夜晚绘画的场景，这一幕烘托了潘玉良对绘画从始至终的热爱和追求。另外，潘玉良的心中始终坚守着对潘赞化刻骨铭心的爱，正是在潘赞化的鼓励与赞助下，潘玉良走上了追求艺术的道路。导演在舞剧中重点编创了潘玉良与潘赞化的双人舞部分，这段双人舞表现的爱情仍然在"睡莲"的隐喻之下。"睡莲"这一意象贯穿全剧，从开始的在妓院中的不染不妖，到去法国等地漂泊的浪迹飘萍，再到最后形成清涟玉容、不需任何雕饰的天然质朴的美，都紧扣这一意象。潘玉良有着与生俱来的艺术天赋和绘画才华，但由于其出身和遭遇，她的艺术作品在国内受到非议，人们并不认可，但潘玉良就像睡莲一样，依然坚守着自己的原则，不将艺术与商业利益挂钩，保持着睡莲般的淳朴美。

在这部舞剧中我们可以看到更平凡、更普通的民族文化自信。在增强我国文化自信的道路上，不仅要宣扬我国的传统，也要挖掘更大众的、更接地气的人物形象。不应狭隘地认为文化自信仅建立在辉煌的历史和传奇的人物之上，通过潘玉良这类人物我们也可以看到民族精魂。我们要将文化继承与创新相统一，建设新时代社会主义先进文化。

（十一）其他热点舞蹈作品

1.《我》

舞剧《我》是由北京舞蹈学院青年编导胡岩创作的一部现代舞剧。这部舞剧是2017年中国文联青年文艺创作扶持计划委约作品，也是2017年中国舞蹈家协会"培青计划"委约作品。胡岩将戏剧、默剧、肢体剧的手法融入现代舞，

---

① 许薇、王一凡：《舞剧〈画女情怀〉的创作特点》，载《艺术评鉴》，2018（3）。

用现代舞的表现形式表现当下的现实题材，剖析当代人遇到的问题，融合多种形式，试图开创一条新的艺术融合之路。这一作品的创新之处在于舞蹈跨界的突破。舞剧思考的是一个哲学问题——我是谁？舞剧通过"我"在生活中承担的不同角色和多重自我关系，演绎了寻找真实自我的路程。胡岩在创作中有着自己的风格，在剧中，他创作了两个"我"来展现一个人的多面人生，并以诙谐幽默的风格对人生中的孤独心态进行细致解读，借此诠释对问题的思考。

2.《俑》

极具创新意识的舞剧《俑》由田湉创作，经过几个版本的修改和尝试，最终于2017年11月28日作为"青年舞蹈人才培育计划"成果在国家大剧院上演。舞剧来源于玉舞人形象，其中的身体造型均有历史依据。作为中国古典舞形式美学学者，田湉将理论研究与实践探索结合起来，将学理哲思转化为舞台意象，希望在传统文化与现代文化之间找到一种平衡。作品的创作来源于对历史的研究，这种古典舞创作方式是对历史的重建。田湉认为，古代的舞蹈形态和审美信息是现代艺术家和创作者的古典舞创作思维的基点，可以帮创作者突破同质化的局面，用历史的观点来重新审视我国古典舞的创作。

3.《媦嬟》

《媦嬟》于2017年11月10日登上北京9剧场的舞台。舞剧取材于《西游记》中"三打白骨精"的故事，与众不同的是沙僧成为主角。该剧导演是青年导演、舞者杨海龙，是"全男班系列舞剧"之一。媦嬟，形容女子体态娴静美好。舞剧选用男性舞者来演绎"妻子"和"女鬼"，以全新视角展现经典故事。[1]舞剧采用多种手法，集中体现了人的四种性格，将人性的极端融入舞者的尽情演绎，而对本质的探寻则由观者自行想象。舞剧营造了迷离鬼魅的氛围，对于真相，人们往往本能地选择自己愿意相信的答案。在舞剧《媦嬟》中，白骨精的出现如同"心魔"，让师徒四人卷入了猜忌与误会的旋涡。与个性鲜明的孙悟空和猪八戒不同，个性模糊的沙僧是一个难以找到"存在感"的角色。在"三打白骨精"的过程中，沙僧所表现出的逃避、纠结和妥协，影射了当代人生活中的平常。

二、热点舞蹈演出评比

2017年7月8—11日，第二届全国少数民族优秀舞蹈作品展演在呼和浩特市

---

① 高艳鸽：《"神仙鬼怪是表象，我在讲当代的故事"——访青年舞蹈家杨海龙》，载《中国艺术报》，2017-11-13。

举办。此次展演是第七届中国·呼和浩特少数民族文化旅游艺术活动的主体活动之一，共有50多个舞蹈作品经过全国范围的选拔参加展演，包括中央民族大学的羌族双人舞《悠悠情》、广西歌舞剧院的苗族群舞《风起苗舞》、四平艺术剧院有限公司的满族群舞《祈福》等。此届中国·呼和浩特少数民族文化旅游艺术活动以搭建各民族艺术工作者交往交流平台、增强各民族的文化认同为主线，围绕"共同团结奋斗、共同繁荣发展、弘扬民族文化、共建和谐家园"的主题，全力打造一个国家级少数民族艺术品牌活动。

2017年7月10—17日，由北京市文学艺术界联合会、北京市教育委员会主办，北京舞蹈家协会承办的"纪念建军90周年"——第十五届北京舞蹈大赛决赛在天桥剧场举行，大赛出现了一些优秀舞蹈作品，如《醉忆生声》《跟》等。

2017年7月12—16日，2017WDC世界杯第十五届国际标准舞世界公开赛暨IDTA第三届青少年世界公开赛在深圳体育馆举行。

2017年7月17—22日，第七届内蒙古自治区乌兰牧骑艺术节在赤峰市巴林右旗举办。此次艺术节以"草原文艺轻骑兵，北疆亮丽风景线"为主题。艺术节期间的演出共有60余场，来自不同地区的乌兰牧骑给观众带来了精彩表演。此次艺术节也是庆祝内蒙古自治区成立70周年、乌兰牧骑成立60周年的活动之一。舞蹈《察哈尔布斯贵》荣获创作一等奖，《乌兰牧骑》荣获表演二等奖。

2017年7月18—19日，大型原创舞剧《北京人》在北京保利剧院上演。该舞剧的题材来自曹禺先生的著作《北京人》，以经典文学作品为蓝本，以舞剧为表现手段，诠释和演绎当代人的思考。

2017年7月18—23日，第九届"小荷风采"全国少儿舞蹈展演于上海国际舞蹈中心剧场举行。此次活动由中国文学艺术界联合会、中国舞蹈家协会、上海市教育委员会、上海市文学艺术界联合会共同主办，上海戏剧学院附属舞蹈学校、上海学生舞蹈联盟、上海市舞蹈家协会共同承办。展演突显少年儿童的童心、童真、童趣，通过舞蹈帮助少年儿童综合全面发展。经过遴选，最终有177个作品脱颖而出，入围展演，包括《I FEEL GOOD 少儿军团》《新校园》《京腔京韵娃娃情》等。

2017年7月18—30日，第九届"北京舞蹈双周"活动隆重举行。该活动是国内最大的现代舞盛事。以现代舞创作的发展为主题，双周活动的第一周为教学周，在北京演艺专修学院举办，由16位来自14个国家和地区的现代舞教师主持课程。第二周为展演周，在北京天桥艺术中心进行表演，舞蹈作品包括北京雷动天下现代舞团的《圆2：源流》、香港城市当代舞蹈团的《风中二十》、挪威茵格莉菲斯达舞团的《天体》等。

2017年7月21—22日，取材自《山海经》的北京现代舞团原创舞剧《十二生肖》在国家大剧院上演，包括序、梦、喊、转、醒、尾声六段。在这部剧的创作中，导演将十二生肖这个古老的民族文化符号融入舞剧，让人们更加了解十二生肖及其背后的文化。舞剧的故事情节及音乐均突破传统，采用新的方式表达生命与时间的关系。该剧的创作团队堪称豪华阵容：总美术设计是曾获世界级大奖的刘杏林，灯光设计是著名灯光大师邢辛，音乐顾问是享誉世界的作曲家翟小松。演出结束后，该舞剧创作团队举办了观众见面会，总导演高艳津子和舞蹈演员们与观众面对面交流了该作品。

2017年7月21—22日，青年舞蹈家张娅姝出品、制作并担任主演的舞剧《九色鹿》在国家大剧院上演。该舞剧携手青年导演汤成龙的团队等创作团队共同打造，经舞蹈家金星推荐，参加了"中国舞蹈十二天"大型舞蹈活动。该舞剧通过肢体语言讲述九色鹿的传说，带领观众进入敦煌世界。

2017年7月27—30日，在"常青藤美育·中国美育星光盛典"之"第八届星光校园·全国校园艺术周"活动中，顺义区后沙峪中心小学、密云区第三小学、怀柔区杨宋镇中心小学和怀柔区北房镇中心小学四所中国舞蹈家协会"高参小"校参加了在清华大学新清华学堂举办的中国舞蹈家协会"高参小"成果展示活动，展示的优秀作品包括北房镇中心小学的《茵茵》和杨宋镇中心小学的《水姑娘》等。

2017年7月31日—8月3日，首届"锦绣之花"全国少儿舞蹈精品展演在北京舞蹈学院舞蹈剧场举办，此次活动由中国少数民族舞蹈学会指导，旨在推动少儿素质教育发展，加强少年儿童艺术活动展示交流。活动邀请了我国著名舞蹈家山翀、著名编剧高山等专家担任评委，评选出的金奖作品有《我学爸爸打阿嘎》《锦鸡锦鸡稻米粒粒》等，银奖作品有《们噻滇》《采茶小姑娘》等。

2017年8月4日，第四届北京国际芭蕾舞暨编舞比赛的开幕典礼在国家大剧院举行。编舞组中，由俄罗斯艺术家谢尔盖·尤里维奇·菲林担任评委会主席，英国伯明翰皇家芭蕾舞团总监大卫·宾特利、巴西著名编导马塞洛·戈麦斯、中国民族舞蹈文化研究基地首席专家高度和舞蹈家许芳宜共同担任评委。开幕典礼上有《形神间》《巴黎的火焰》等多个优秀作品上演。

2017年8月4日，由中华文化促进会主办，中华文化促进会舞蹈艺术委员会、北京华咏时光舞蹈艺术发展有限公司承办的"舞向未来——第八届全国校园舞蹈汇演"在清华大学新清华学堂举行。

2017年8月6—10日，由中国舞蹈家协会、甘肃省文学艺术界联合会、中国舞蹈锅庄舞传习与研究基地联合主办，甘肃省舞蹈家协会、碌曲县文学艺术界联合会、碌曲县锅庄舞协会共同承办的第六届中国藏族锅庄舞展演在甘肃省甘南藏族自治州碌曲县夏泽滩草原举行，共有27支代表队参加展演。

2017年8月11—12日，舞蹈《大象·一念》在上海国际舞蹈中心开演。在这一舞蹈作品中，青年编导念云华表达了对自然与舞蹈生命的崇敬与探索，演员们用身体语言表达了对生命的感悟。舞蹈分为四个篇章，是具象和抽象的交融。

2017年8月17—22日，上海宝山体育中心举办了2017黑池舞蹈节。源自英国黑池市的黑池舞蹈节被誉为"国标舞界的奥运会"。此次舞蹈节中的比赛为期六天，前三天是青少年组比赛，后三天为更高组别的赛事。

2017年8月18—19日，全国青年舞蹈领军人物、上海歌舞团首席演员朱洁静首次担任制作人、自编自导并领衔主演的舞剧《红幕》在上海国际舞蹈中心开演。《红幕》以"舞者"为创作题材，讲述了舞者们在时代的变迁中追寻梦想，勇于面对现实中的酸甜苦辣的故事。这部舞剧作为上海国际舞蹈中心创立之初的一部原创作品，申请到了中国文学艺术基金、上海市文化发展基金的资助，并且入选上海国际艺术节扶持青年艺术家计划委约作品和"粉墨嘉年华"上海青年文艺家培养计划汇演。

2017年8月19—27日，第三届北京新舞蹈国际艺术节在北京9剧场举行。活动邀请了来自七个国家的40多位艺术家，为国内的舞蹈界人士及普通观众带来了最前沿的当代舞蹈作品、工作坊及当代舞蹈咨询。艺术节中上演的主要当代舞蹈作品有《16》《自由落体》等。

2017年8月30日，由中国文联、中国舞协、江西省文联、南昌市政府主办，中国文联舞蹈艺术中心、江西省舞协、南昌市文广新局承办，南昌市群艺馆、南昌市歌舞剧团协办的中国文联、中国舞协文艺志愿服务团"送欢乐下基层"走进南昌慰问演出活动在南昌群星剧场举办，上演的作品包括舞蹈《花儿为什么这样红》《极》等。

2017年9月4—6日，由中国舞蹈家协会、中国文联主办的第十一届中国舞蹈"荷花奖"民族民间舞评奖进行了终评演出及现场评选。此次活动共有48个作品入围，其中优秀作品包括中央民族大学舞蹈学院的《阿嘎人》、延边歌舞团的《长鼓行》等。

2017年9月7—21日，由文化部和陕西省人民政府共同主办的第四届丝绸之路国际艺术节在古都西安举办，这是全国范围内极其重要的关于"一带一路"

倡议的国家级文化艺术盛会。此次艺术节共有106个国家和地区的艺术家共同参与。此次艺术节重在促进中外艺术融合发展，且更加突出了惠民性与现代性，让群众感受到艺术就在自己身边；并且加入了现代艺术元素，彰显中华文化与丝绸之路的独特魅力。

2017年9月8—9日，由贵州省委宣传部组织，多彩贵州文化艺术股份有限公司、贵州雷山多彩文化旅游演艺有限公司联合出品的重点原创大型苗族舞剧《蝴蝶妈妈》在第四届丝绸之路国际艺术节惊艳上演。"蝴蝶妈妈"这一形象源于《苗族古歌》，是苗族神话中人类的祖先。作为苗族图腾的"蝴蝶"是苗族特有的文化符号，也是这个民族不可磨灭的创世记忆。舞剧《蝴蝶妈妈》由"萌生""惊变""重生""献祭"四幕以及序"自然之礼"、尾声"万物有灵"构成，围绕"生命"这一主题，表达了一个民族对自然的感恩、对生命的尊崇、对"天人合一"的永恒歌咏。

2017年9月12日，由中国文学艺术界联合会、中共江西省委宣传部、中国文艺志愿者协会主办的"纪念井冈山革命根据地创建九十周年——星火照千秋"中国文联文艺志愿服务团"送欢乐下基层"走进井冈山慰问演出在井冈山茨坪体育场举行。

2017年9月13日—12月12日，国家大剧院舞蹈节隆重举行。于舞蹈节上演的舞蹈作品中有许多是首次在国内演出。此次舞蹈节以"一舞亦世界"为主题，分为三个部分——"舞动传世爱恋""舞动当代之思""舞动中华神韵"，共有15个剧目、34场演出。演出包含了各个舞种，风格流派多元化，展现了开放包容的心态，展示了当代舞蹈盛况。上演的舞蹈作品有《安娜·卡列尼娜》《西游》等。

2017年9月24日，闲舞人剧场肥唐瘦宋系列的第二部舞剧《莲花》在国家大剧院上演。舞剧讲述敦煌莫高窟的塑匠感知"莲花"的真善之美好，创作出一尊敦煌彩塑的故事。全剧分为三个部分——壹塑、贰行、叁别，让观众感受到艺术家与艺术作品之间深层次的联系。

2017年9月25日，"节日欢歌"河东区文化馆喜迎十九大公益惠民演出系列活动"丝绸之路"古代舞蹈专场在天津市第二工人文化宫开演。此次"丝绸之路"古代舞蹈专场演出是国家艺术基金2015年青年艺术创作人才资助项目之一，由天津音乐学院舞蹈系教师华雪担任舞蹈编剧兼总导演，演出单位是天津音乐学院舞蹈系。该场演出讲述了丝绸之路开拓与发展的历史故事，包括女子群舞《闻道西征》、女子七人舞《驼铃戏铎》、男子六人舞《失困奴地》等。

2017年9月26—29日，由中国—蒙古国博览会组委会主办，内蒙古自治区文化厅、内蒙古民族艺术剧院承办的第二届中国·国际蒙古舞蹈艺术展演在呼和浩特举行。这一展演活动中的比赛评选是蒙古舞蹈最高级别的专业赛事，旨在努力推动蒙古舞蹈艺术发展，促进蒙古舞蹈艺术创作，加强蒙古舞蹈文化在国际上的交流。

2017年9月26日—10月12日，大型民族舞剧《人·参》在吉林及北京演出。

2017年9月27—30日，上海戏剧学院舞蹈学院、上海戏剧学院青年舞蹈团联合制作的原创大型舞剧《万物生》在上海国际舞蹈中心大剧场上演。这部舞剧饱含对天人合一的哲学思考以及天下大同的至高理想，表达出对生命的祈愿和祝福。

2017年9月29—30日，由中共广州市委宣传部、广州市文化广电新闻出版局出品，广州歌舞剧院创排演出的岭南精品舞蹈专场"跃动的大地"在广州友谊剧院上演。此次演出以"岭南"为主题，力求通过艺术形式传承岭南文化。在该场演出中，首部以广东醒狮为题材的原创小舞剧《醒》亮相，《英歌武》《莲漪》等舞剧轮番上演。

2017年10月5—8日，江苏省无锡市小白鸽少儿舞蹈艺术团原创儿童舞剧《鹤的传说》在无锡大剧院成功演出，舞剧围绕保护丹顶鹤的主题展开，用神话的方式来表达这一现代主题。

2017年10月14—15日，舞者唐诗逸自编自演的舞剧《唐诗逸舞》在上海国际舞蹈中心大剧场演出。

2017年10月16日，由青海省委宣传部主办、青海省文化新闻出版厅、青海省文联承办的"情聚柴达木"青海省迎接十九大专业文艺院团调演海西州专场文艺晚会在青海省群艺馆群星剧场激情上演。整场演出共分为"高天花海幸福长""丝路随想""天上人间柴达木"3个篇章，共15个演出节目，舞蹈作品有《祈愿的幸福》《丝路随想》《劳作的响声》等。

2017年10月20日—11月19日，第十九届中国上海国际艺术节隆重举办。开幕式上演了交响合唱作品《启航》。此次艺术节通过当代国际视角挖掘艺术作品的民族性，展现中国风采，汇集了音乐、舞蹈、戏剧等多种艺术形式。共有来自海内外的近100部作品报名，经过3轮遴选，共有12位青年艺术家、9部作品进入中国上海国际艺术节扶持青年艺术家计划委约作品行列。舞蹈作品包括：世界顶尖当代芭蕾舞团NDT（荷兰舞蹈剧场）首次在中国演出的作品《狩猎我心》，瑞士洛桑贝嘉芭蕾舞团的《魔笛》，等等。

2017年10月26日，由中共北京市通州区委宣传部、通州区文广新局主办，通州区文化馆承办的"舞动江海·魅力通州"通州区第七届群众广场舞大赛决赛在通州区文化馆南广场圆满落幕。

2017年10月31日—11月1日，华宵一的舞剧《一刻》登上北京保利剧院的舞台，华宵一是以古典舞见长的青年舞蹈家，《一刻》是她首次从跳古典舞转为跳现代舞的作品。《一刻》由四部独立的舞蹈作品构成，包括"眺""独自起舞""未完""滑"。这四部舞蹈作品是华宵一和三位国内外知名的舞蹈编导合作的成果。

2017年11月1—4日，由中国文学艺术界联合会、中国舞蹈家协会主办，北京舞蹈学院承办的第十一届中国舞蹈"荷花奖"古典舞评奖在北京舞蹈学院舞蹈剧场举办，评选出的优秀舞蹈作品有《白头吟》《雁丘词》等。

2017年11月2—5日，由云门舞集创始人兼艺术总监林怀民编创的舞作《稻禾》亮相2017国家大剧院舞蹈节，献礼国家大剧院开幕运营十周年。

2017年11月3日，经评委会评选，第十五届中国人口文化奖舞台艺术类拟获奖作品产生，包括舞蹈作品《家乡的红绣球》《生死时速》等。

2017年11月4—7日，广东省第七届群众音乐舞蹈花会在珠海举行，花会首设广场舞专场，节目贴近实际生活，其最大的特色就是文化惠民。群众音乐舞蹈花会是广东省群众文艺创作成果展示的制度化赛事和重要平台，也是全省群众艺术最高级别的盛会。

2017年11月6日，中国文联、中国舞协文艺志愿服务团"送欢乐下基层"活动走进湖南浏阳。

2017年11月10日，第三届中国国际芭蕾演出季在天桥剧场拉开帷幕。此届演出季持续至2018年1月14日，阵容庞大，莫斯科大剧院的斯韦特兰娜·扎哈洛娃、米哈伊洛夫斯基剧院的伊万·瓦西里耶夫及中央芭蕾舞团首席演员朱妍等艺术家参与其中。舞蹈作品包括《天鹅湖》《舞姬》《吉赛尔》等。与此同时，此届演出季更加突出民族化、专业化、学术化，呈现了中国芭蕾舞里程碑式的作品《红色娘子军》《黄河》等民族艺术精品。

2017年11月15日，经评审委员会评选，第十二届长白山文艺奖共产生评委会特别奖12个、作品奖35个、成就奖3个、新星奖2个。吉林省歌舞团有限公司的舞剧《人·参》、吉林市歌舞团文化传媒股份有限公司舞蹈《薪火相传》等获评委会特别奖，延边歌舞团群舞《觅迹》、东北师范大学群舞《鸡毛信》等均获得奖项。

2017年11月17—18日，辽宁芭蕾舞团在国家大剧院演出了新版芭蕾舞剧《天鹅湖》。此版《天鹅湖》是由世界芭蕾舞大师弗拉基米尔·马拉霍夫先生为辽宁芭蕾舞团量身定制的，悲剧性结尾是此剧的亮点之一，这次改编是一次全新的尝试。

2017年11月22—24日，由中国舞协、广东省舞协、中共江门市委宣传部、江门市蓬江区人民政府共同主办的首届"戴爱莲杯"群星璀璨人人跳全国舞蹈展演在戴爱莲的家乡——广东省江门市举行，来自全国各地的39支团队参加了展演。江门市是首个中国舞协授牌的"中国舞蹈之城"，江门市蓬江区是"中国现代舞之母"戴爱莲的故乡。主办方希望通过展演推动全国的舞蹈创作，提高舞蹈表演艺术水平，发现、鼓励优秀编创、表演人才，促进舞蹈艺术的进一步繁荣和发展，让更多人传承、发展戴爱莲"人人皆可舞蹈"的理念。

2017年11月23日，"一脉相承"中国传统文化传承系列——中国古典舞晚会在武汉京韵大舞台上演。此次演出由湖北艺术职业学院举办，旨在在中国传统文化中"寻根"。

2017年11月29日，由中国舞蹈家协会主办，中国文学艺术基金会、Shri Ram表演艺术中心、Serendipity艺术基金、SRF联合制作的当代舞剧《贝玛·莲》在北京首演。舞剧《贝玛·莲》由印度编导鲁克米尼·查特吉和中国著名舞蹈家滕爱民共同编创并表演，作品通过将印度古典舞蹈和中国当代舞蹈结合，诠释穿越爱恨情仇、物我交融的人类情感，在两种文化中探索男女、阴阳的关系，寻找两种文明的共通之处。

2017年12月2日，青年舞蹈家宋洁舞蹈专场"舞影·翩跹——水境"在上海美琪大戏院上演。宋洁是上海歌剧院舞剧团首席演员、国家一级演员。宋洁认为，所谓环境造人，水境、心境、舞境均是无界的；水之境，永无止境，这也是她对于舞蹈的态度。

2017年12月2日，海丝圆梦——首届海上丝绸之路国际舞蹈艺术交流周系列活动在福建省福州市拉开帷幕，此次活动由中国舞蹈家协会、福建省文联主办，福建省舞蹈家协会承办，福建师范大学音乐学院、泉州市文联等单位协办，吸引了来自新加坡、马来西亚、印度、印度尼西亚、柬埔寨、俄罗斯、乌克兰等国家的舞者舞团共同参与。开幕式演出总导演、福建省舞协秘书长缪丽容表示，福建正在建设21世纪海上丝绸之路建设核心区，希望打造海上丝绸之路舞蹈艺术文化品牌，为国际舞者提供一个建立友谊、进行文化交流及展示多元舞蹈的平台，推动文化间的交流合作。此次活动的主要舞蹈作品有柬埔寨的《祈祷舞》、中印首次合作的当代舞剧《贝玛·莲》等。

2017年12月3日，2017年中国舞蹈家协会教学成果展演在广州举办，主办单位是中国舞蹈家协会舞蹈教育委员会、中国舞蹈家协会舞蹈考级中心广东省舞蹈考级领导小组，由广东九著文化传播有限公司、广州满天星教育培训有限公司承办。

2017年12月3日，"四季"艺籽2017年度大型舞蹈汇演于民族文化宫大剧院落下帷幕。

2017年12月4日，大型民族昆舞剧《嫦娥奔月》在南京艺术学院首演。该剧选材于古代神话故事，运用昆舞独有的形态特征、韵律特征、风格特征，塑造了具有昆舞风格的人物形象，展现出海上生明月、天涯共此时的人间美景。该剧由南京艺术学院的学生演出，献礼南京艺术学院105年校庆。

2017年12月11日—2018年1月14日，中央民族歌舞团2017年冬季欢乐周在北京举行。该活动演出形式多样，包括歌唱晚会、音乐会、舞蹈专场晚会、舞剧等。据中央民族歌舞团副团长王成刚介绍，舞蹈专场晚会"舞彩缤纷"是中央民族歌舞团和中央民族大学在合作模式上的一次创新，演出的舞蹈节目有《拉哈苏苏》《夕照》等。

2017年12月12日，由中国文联、中国舞协、西藏自治区文联共同主办的天域舞风——原创西藏题材舞蹈作品展演在国家大剧院举办。展演集中展示了舞蹈艺术家、青年编导们赴藏采风的创作成果。《转山》《青稞》等原创西藏舞蹈贯彻了"深入生活、扎根人民"的指导方针，是属于人民的优秀艺术作品，表现出当地的民族舞蹈文化。

2017年12月12—13日，上海歌舞团舞剧《朱鹮》在上海国际舞蹈中心大剧场上演。

2017年12月14日，由董伟带队，刘云志、么红、王卫国、张剑、唐诗逸等30多位艺术家组成的"文化迎春，艺术为民"文化部艺术家小分队赴贵州省遵义市慰问活动在习水县土城古镇启动。文化部艺术家小分队15日、16日赴赤水市、道真县等贫困地区演出，以此拉开系列活动的序幕。演出的主要作品有双人舞《黄河》、芭蕾舞《红色娘子军》等。

2017年12月16日，云南省文艺精品创作扶持资金资助项目、马文静从艺60周年系列活动之一"舞魅高原——马文静舞集"舞蹈晚会在云南艺术学院实验剧场隆重开演。晚会由云南民族村演艺公司高原艺术团与云南艺术学院附属艺术学校联合演出，上演了基诺族、景颇族、傣族、回族、苗族等多个少数民族的经典舞蹈作品共14个，如《水之歌》《放飞》等。

2017年12月18日，北京市少年宫上演了东城区学生艺术素质教育成果专场演出"所遇皆师，所获皆恩"。演出对北京市东城区30年来的优秀艺术教育成果进行了总结与回顾，共分为5个部分，运用了多种表演形式和内容，展现了青少年多方面的艺术素养。

2017年12月22日，由中国舞蹈家协会、上海国际舞蹈中心发展基金会联合主办，上海歌舞团有限公司、上海国际舞蹈中心剧场经营管理有限公司联合承办的"鼓舞四方"——2017优秀舞蹈创作作品一览在上海国际舞蹈中心拉开帷幕，22部舞蹈精品佳作华丽上演。此次参演的舞蹈作品展现了不同地域、不同民族的文化特色，风格鲜明的蒙古族舞、傣族舞、朝鲜族舞、藏族舞、彝族舞等少数民族舞蹈充分展示了各民族传统文化的内涵和舞蹈魅力，如群舞《百花争妍》、双人舞《只为途中与你相见》等。

2017年12月24日，由中国舞协支持，北京市文联主办，北京舞蹈家协会、北京舞蹈学院承办的"共舞新时代"——北京舞蹈大赛30年拔尖人才和优秀成果展在北京舞蹈学院剧场举行。此次活动集中展示了30年里在北京舞蹈大赛这个平台上涌现出的经典作品和优秀人才，回顾了北京舞蹈大赛30年的发展历程。主要舞蹈作品有中央民族大学舞蹈学院的《阿里路》、北京舞蹈学院中国古典舞系的《踏歌》等。

2017年12月27日，"舞典华章"——2017年度舞蹈巡礼亮相于国家大剧院歌剧厅。此活动由中国舞协联合国家大剧院共同打造，由现场演出和视频讲述两部分组成。现场演出集结了国内优秀的舞团，汇集了2017年度中国舞蹈各个领域的代表性舞蹈创作及世界经典剧目本土化的优秀作品，涵盖了各舞蹈种类，深入生活的原创精品舞蹈悉数亮相，包括《爷爷们》《梦宣》等。

2017年12月27—28日，北京舞蹈学院中国民族民间舞系传统乐舞集《沉香·肆》在北京舞蹈学院舞蹈剧场隆重上演。此次演出旨在借助舞者专业的演绎，呈现不同民族在漫长的历史进程中所形成的独特生命体验与精神追求。15支传统乐舞源自我国各个民族的舞蹈，展现了我国传统民族艺术特色。

2017年12月28日晚，清华大学新清华学堂举办了"静静地绽放"——北京学生金帆艺术团30周年教育教学成果展示活动。该展示活动共有16个节目，有30所学校、1303名演员参与，涉及合唱、交响、管乐、舞蹈、民乐、戏曲、行进打击乐、儿童歌舞剧、戏剧9个艺术门类。该活动体现了30年来金帆艺术团的教育者们始终履行美育责任，诠释了全国美育教育的本质。活动主创北京师范大学艺术与传媒学院副院长肖向荣老师与北京舞蹈学院副校长许锐老师长期为金帆艺术团服务，并为此次活动做出了很大贡献。该活动展示的舞蹈作品包括北京市朝阳区劲松第四小学的《松舞飞扬》、北京市第九中学的《那条长路》等。

2018年1月7日，由丝路国际卫视联盟主办，陕西卫视少儿艺术团、西安市少儿歌舞学会承办的2018陕西卫视丝路少儿才艺会演在古都西安完成了录制工作。会演中的舞蹈作品有《最美中国娃》《杨柳树下的小亲疙瘩》等。

2018年1月8日，由中国文联、海南省委宣传部、中国舞协、海南省文联、三亚市委市政府主办的"舞典华章"——2017年中国舞蹈"荷花奖"颁奖盛典暨获奖作品惠民演出在海南三亚启幕，获得第十届中国舞蹈"荷花奖"民族民间舞奖的《情深谊长》《布衣者》《觅迹》《你是一首歌》《尼苏新娘》《阿里路》，获得当代舞奖的《看齐看齐》《永远的川军》《滚灯》，获得现代舞奖的《盒子》《彼时此刻》《雏行》，以及获得舞剧舞蹈诗奖的《杜甫》《哈姆雷特》《朱鹮》《家》《仓央嘉措》的创作单位代表及个人齐聚三亚，领取"荷花奖"荣誉奖杯。

2018年2月9—10日，广州芭蕾舞团《胡桃夹子》在国家大剧院上演。

2018年3月24—28日，由中国国际标准舞总会、中共北京市怀柔区委宣传部、北京市怀柔区文化委员会联合主办的第九届怀柔国际标准舞艺术节暨2018第20届CBDF"院校杯"公开赛在怀柔区体育馆举行。怀柔区副区长焦宝军出席开幕式。中国国标舞总会名誉主席高占祥以翩翩舞姿为赛事开舞，来自全国各地20多个省份的近200支代表队的10000对次、5000名选手参加了比赛。中国舞协分党组书记、副主席罗斌强调，中国国标舞在教育、比赛及创作实践方面都在提高，但也存在文化和思想上的不足。荷兰体育舞蹈协会会长、欧洲街舞公开赛主办人汤·格力顿等人参与了此次评奖。

2018年3月28日，"花开新时代"中国文联文艺志愿服务团"送欢乐下基层"大型慰问演出在浙江杭州剧院举行。

2018年4月1日，云南文山壮族苗族自治州迎来成立60周年庆祝大会，文山州委书记童志云主持开幕式。中央有关部门祝贺团和云南省祝贺团出席了庆祝大会。庆祝大会结束后，嘉宾与观众一齐观看了包含多部民族民间舞蹈的大型文艺表演"新时代·新文山"。

2018年4月13—17日，第二届（2018）中国壮乡三月三校园民族文化艺术节在广西民族师范学院和南宁明秀小学举行。该届艺术节的节目将壮族民族文化、民族风情展现得淋漓尽致，包含多种艺术形式，舞蹈作品有《壮乡的祝福》《渔恋》等。该届艺术节有利于推进少数民族文化创新，营造充满活力的少数民族文化发展氛围，将艺术节放在校园的做法有利于加强学生的民族文化意识。

2018年4月27日—5月31日，由文化和旅游部、国家广播电视总局、北京市人民政府联合主办，中国对外文化集团公司、北京市文化局承办的第十八届"相约北京"艺术节举行。此届"相约北京"艺术节的主宾国是积极响应和参与"一带一路"倡议的意大利。此届艺术节分为音乐、舞蹈、戏剧、展览、节中节、公益教育活动六大板块，我国经典舞剧《丝路花雨》《缘起敦煌》再次亮相。5月31日晚，中国歌剧舞剧院的青年舞者在天桥艺术中心大剧场献上了此次艺术节的闭幕演出舞剧《孔子》。

2018年4月30日，"荷香满园·花开荆楚"2018年中国荷花舞蹈联盟全国少儿舞蹈展演暨湖北首届少儿优秀舞蹈作品专场展演在武汉举办。

2018年5月5日，第九届天津市舞蹈艺术节开幕式暨市文联"送欢乐、下基层"慰问演出在天津市西青区李七庄街道邓店欣苑隆重举行。该艺术节由中国舞协支持，中共天津市委宣传部和天津市文联主办，天津市舞协承办。罗斌、陈爱莲、山翀等出席了开幕典礼。罗斌在致辞中讲道，天津是我国北方最大的沿海开放城市，历史积淀深厚，文化兼容并蓄；十几年来，在市委市政府的大力支持下，在天津市文联和舞协的不懈努力下，天津市舞蹈艺术节已成功举办到第九届，成为一道文化惠民的风景线，一场市民联欢的盛会，一扇展示天津的窗口，一张享誉全国的名片。随后，艺术家们为当地群众献上了一台精彩的演出，舞蹈作品主要有《盛世寻芳》等。

2018年5月15日，"我要舞"（5·15）群众舞蹈展演在北京国际雕塑公园启动。此次活动由中国文联、中国舞协主办，北京市文化局等单位协办，中国舞协分党组书记、副主席、秘书长罗斌提出，"5·15"寓意"我要舞"，希望此活动可以推动舞蹈向公众的普及，履行舞蹈的公共服务职能，从而推动和谐社会关系的改善和建设。

2018年5月16日，上海歌舞团2018舞剧·舞蹈演出季新闻发布会在上海国际舞蹈中心盛大举行。发布会由上海歌舞团首席演员朱洁静主持。演出季得到了上海国际舞蹈中心发展基金会的大力支持，6月8日开始，7月1日结束，在此期间上海歌舞团为观众献上了舞剧《霸王别姬》《朱鹮》等。

2018年6月1—11日，中央民族歌舞团"高雅艺术进校园"活动走进四川工商学院、乐山师范学院、四川理工大学和内江师范学院。

2018年6月5日晚，由中国东方歌舞团表演的舞乐《中国故事·十二生肖》在辽宁大剧院上演。

2018年6月6日，王媛媛创作的舞剧《风声鹤唳》在北京天桥艺术中心首演。2018年是北京当代芭蕾舞团成立十周年，《风声鹤唳》回望了北京当代芭蕾舞团十年之路。该剧是北京文化艺术基金2017年度资助项目，其灵感源自林语堂的小说《风声鹤唳》，充分反映了战乱年代人民的心声，通过小人物反映大时代的精神变迁。

2018年6月11—12日，广东省第三届青少年舞蹈展演在江门市演艺中心举办。该展演活动由广东省文联、广东省教育厅主办，广东省舞蹈家协会、江门市蓬江区委宣传部承办。

2018年6月11—13日，由中国文学艺术界联合会、中国文艺志愿者协会和河南省委宣传部主办的"情系新县·致敬英雄"——中国文联文艺志愿服务团"送欢乐下基层"慰问演出、文艺培训等活动在河南新县举行。

三、热点研讨活动

2017年7月14—17日第三届全国区域少数民族舞蹈课程展示暨课程建设研讨会在新疆艺术学院隆重举行。来自全国121所大学的专家学者齐聚乌鲁木齐，互相交流探讨。中国文联副主席、中国舞蹈家协会副主席、自治区文联副主席、新疆舞蹈家协会主席迪丽娜尔·阿布都拉，北京舞蹈学院校长郭磊，中国艺术研究院舞蹈研究所副所长、研究员江东，中国舞蹈家协会民族民间舞蹈专业委员会副主任兼秘书长赵士军，中国舞蹈家协会中小学舞蹈教育专业委员会副主任兼秘书长黄俭等专家参加了此届研讨会。此届会议的主题为：如何看待多元与个性之间的关系，更好地传承、创新、发展民族舞蹈文化，共同推动中国民族民间舞蹈的发展之路。江东以"人性的彰显、多元的共享"为主题，阐述了中国民族民间舞蹈的发展态势；于平通过既有风格与主体表达的关系，阐述了舞蹈文化的多元与个性；塔来提·吐尔地就如何传承当前维吾尔族民间舞蹈文化做了发言。此次会议有利于增强少数民族艺术交流与资源共享，有利于传承、创新、发展中国民族民间舞蹈文化，推动我国民族艺术的建设与发展。

2017年7月15日，中国国际标准舞总会第二届理事会2017年度全体会议在广东省深圳市召开，会议由中国国际标准舞总会副主席、国家大剧院副院长赵铁春主持。按照中国文联的指示，经会议选举，总会理事会一致通过由罗斌担任中国国际标准舞总会主席。中国国际标准舞总会副主席兼秘书长王永刚就总会第二届理事会年度工作做了简要汇报。汇报分为七方面：第一，各项预期比赛活动进展顺利并圆满成功；第二，国标舞艺术表演成绩斐然；第三，新赛风打开总会工作新局面；第四，中国国际标准舞总会30年荣誉盛典热烈辉煌，凝聚正能量；第五，中外舞蹈文化交流不断扩大；第六，加强总会思想建设；第七，2017年总会工作重点依据。通过此次理事会会议，中国国际标准舞总会更加紧密团结，为我国国标舞艺术事业的健康发展做出更大贡献。

2017年7月22日，第九届"小荷风采"全国少儿舞蹈发展研讨会在上海市文联文艺大厅举行。此届研讨会由中国舞协分党组成员夏小虎主持，中国舞协主席、中国文学艺术基金会副理事长冯双白，上海市文联专职副主席、秘书长沈文忠等人参加了此届研讨会。冯双白在开场致辞中回顾了历届"小荷风采"活动的发展历程，指出在一批编导及其团队的共同努力下，"小荷风采"取得了很大的成绩，越来越多的孩子从中感受到了舞蹈的魅力和快乐。沈文忠在致辞中指出，此届研讨会的召开让少儿舞蹈专家齐聚上海，通过经验分享与思想交流，探讨当前少儿舞蹈发展的特征和趋势，研究少儿舞蹈教育和创作发展的新方法，思考提高全国少儿舞蹈工作者的理论水平、教学能力和综合素养的新途径。研讨会指出，现实题材一直以来是成人专业舞蹈创作的短板，然而，这一类型在第九届"小荷风采"少儿舞蹈创作中占了一半以上，这是令人欣喜且值得称赞的。这些作品直抵童真、童趣，蕴含了真、善、美的价值追求，而这正是舞蹈美育的初衷。同时，此次研讨会也指出了当下少儿舞蹈仍然存在的雷同化、成人化、技术训练偏向等问题。

2017年7月23日，第30届国际拉班舞谱双年会在北京师范大学拉开帷幕。这是国际拉班舞谱双年会继2004年后第二次在北京师范大学召开，共邀请了来自世界各地的60余位会员出席，其中有大学教授、舞蹈研究者、人类学家、计算机技术人员、舞者、舞蹈教师、学生等。拉班舞谱为"现代舞理论之父"鲁道夫·拉班所创，以数学、力学和人体解剖学为基础，运用各种形象的符号，分析并记录人体动作和节奏。拉班是20世纪最伟大的科学家之一，其理论揭示了人体运动的规律，是世界范围内普遍使用的人体动作基本理论。在近些年的发展中，人们在拉班理论的基础上进一步发展出了动作与环境、动作与心理等理论。此次会议的主题是拉班舞谱的多元化应用，国际拉班舞谱协会主席安·哈钦森表示，希望通过与会者的交流，拉班舞谱的实践可以从舞蹈艺术领域跨越到教育及社会科学研究等领域。在会上，中国舞蹈家协会名誉主席白淑湘表示，拉班舞谱双年会再次来到中国，不断深化舞谱研究和舞蹈文化建设；我们需要在国际交流中拓宽视野、互相借鉴，使拉班舞谱传承下去；此次会议有助于我国舞蹈研究与国际舞蹈研究接轨，加强国际及国内的舞蹈理论交流和共同发展。

2017年9月18—24日，北京师范大学艺术与传媒学院舞蹈系举办了以"转换与重置"为主题的2017国际创意舞蹈学术研讨暨高校展演活动。会议邀请了美国南佛罗里达大学、新泽西州立罗格斯大学、俄克拉何马大学，澳大利亚西澳表演艺术学院，韩国庆熙大学等外国高校，涉及多个学科、多个文化领域，对舞蹈理论、舞蹈作品的各个方面进行了交流。此次会议也邀请了多个舞蹈教育机构，通过这一平台让我国舞蹈教育更加开放、更具学术性，让国内师生接触最新的舞蹈理念，从而促进我国艺术教育的繁荣。

2017年10月26日，中央民族歌舞团召开会议，部署学习贯彻党的十九大精神。会议强调，要把认真学习宣传贯彻党的十九大精神作为歌舞团当前以及今后一个时期的首要政治任务，以高度的政治自觉全面学、深入学、系统学，准确把握党的十九大精神的实质和丰富内涵，切实用党的十九大精神统一思想、武装头脑。歌舞团各个部门一要精心组织，加强组织领导；二要创新手段，强化载体配合；三要统筹兼顾，确保完成任务。

2017年11月27日—12月3日，由中国文联组织的学习宣传贯彻党的十九大精神宣讲团分赴黑龙江、内蒙古、甘肃、上海、广东、贵州等地进行巡回宣讲。宣讲团成员由六位党的十九大代表和四位知名艺术家组成，他们结合自己的学习心得和艺术创作，对党的十九大精神、文艺工作者所担负的新的文化使命进行了生动且深刻的解读。习近平总书记在党的十九大报告中指出："社会主义文艺是人民的文艺，必须坚持以人民为中心的创作导向，在深入生活、扎根人民中进行无愧于时代的文艺创造。"习总书记从四个方面对繁荣发展社会主义文艺提出要求："要繁荣文艺创作，坚持思想精深、艺术精湛、制作精良相统一，加强现实题材创作，不断推出讴歌党、讴歌祖国、讴歌人民、讴歌英雄的精品力作。发扬学术民主、艺术民主，提升文艺原创力，推动文艺创新。倡导讲品位、讲格调、讲责任，抵制低俗、庸俗、媚俗。加强文艺队伍建设，造就一大批德艺双馨名家大师，培育一大批高水平创作人才。"对舞蹈艺术领域人士来说，推动舞蹈的发展繁荣要紧紧围绕着这些主题，从这几个方面要求舞蹈创作，把握好舞蹈的发展方向。

2017年11月28日，由中国文联主办的全国文联"互联网＋文艺"工作会议在北京召开。会议就如何借助互联网优势推动文联深化改革、推动新时代文艺工作繁荣发展做了全面动员与工作部署。艺术与科技日益融合，艺术科学化和科学艺术化的趋势更加明显。通过此次会议，人们进一步思考和探索互联网技术与艺术的关系。互联网技术与艺术必将共同促进人类社会的进步与繁荣，其中，在互联网的影响下，舞蹈的创作、欣赏都发生了巨大的变化，人们对舞蹈艺术也有了新的认识。

2017年12月3日，中国舞协、福建省文联、福建省舞协、福建师范大学音乐学院联合举办了首届海上丝绸之路国际舞蹈发展与合作研讨会。研讨会由中国舞协分党组书记罗斌主持，参加会议的有来自新加坡、印度、泰国等海上丝绸之路沿线国家的学术团队。在研讨会上，学者们讨论了当下不同国家的舞蹈研究现状与问题，期盼通过文化交流合作共赢，一同寻找创新的发展模式，为未来舞蹈开拓更加广阔的发展空间。会议讨论内容涵盖多个舞种。郑玉玲教授针对闽南民间舞蹈与海上丝绸之路沿线国家的舞蹈共同面对的问题做了发言。这次研讨会也显示了文化先行推动"一带一路"国际合作的重要作用。

2017年12月6—9日，由华南师范大学承办、中国人类学民族学研究会主办的"非遗"舞蹈进校园、舞蹈教学课例展示暨论坛拉开帷幕，于平、欧建平、江东、黄惠民等嘉宾在论坛上发言。在为期三天的舞蹈教学精品课堂展示中，华南师范大学、山西大学、山东青年政治学院、许昌学院等12所综合类及艺术类院校以教学组合的形式，展现了各自地区"非遗"舞蹈的特色和风采。此活动旨在让"非遗"舞蹈活起来，不仅步入大学校园，也走进中小学课堂。

2017年12月23日，中国舞蹈家协会、上海国际舞蹈中心发展基金会在上海举办了"舞典华章——2017中国舞蹈高峰论坛"。中国舞蹈家协会主席、中国文学艺术基金会副理事长冯双白，中国文艺评论家协会主席团成员于平等人参加了会议并做了发言，冯双白首先回顾了《舞蹈》杂志的发展并进行了《舞蹈》杂志60周年庆典发布，于平在其题为《国家艺术基金助推舞剧创作繁荣发展》的发言中指出，回望或盘点2017年的中国舞剧创作时，国家艺术基金资助作为舞剧创作的生产机制是一个绕不开的话题。在项目资助评审机制的把关下，舞剧创作的雷同化现象在逐渐减少，浅表化的风气也得到遏制。

2017年12月29日，首届中国芭蕾院团长论坛在北京天桥剧场举行，文化部艺术司副司长周汉萍，中央芭蕾舞团团长、艺术总监冯英，香港芭蕾舞团艺术总监卫承天，辽宁芭蕾舞团党委书记李成全，上海芭蕾舞团团长、艺术总监辛丽丽等院团长和相关负责人出席了此次论坛。论坛围绕"如何在创作中追求中国精神和中国气质"和"推出优秀后辈人才方面的经验"这两个论题展开。舞蹈教育家许定中指出：第一，芭蕾是世界性艺术；第二，我们的创作、后勤、组织、宣传整体在进步；第三，我们的短板在于创作，针对这一短板，有关方面应专门讨论、研究并采取措施。

2018年3月13日，中央民族歌舞团召开了新一届艺术委员会第一次全体会议，十名艺委会委员参加了会议。中央民族歌舞团党委书记黄耀萍做了发言，指出党的十九大报告对繁荣发展社会主义文艺有着明确的要求和指示，在文艺繁荣发展的大好形势下，中央民族歌舞团作为国家级艺术院团，肩负着更加艰巨的政治使命和任务，新一届艺术委员会的工作面临着新形势，肩负着新任务，处于新起点，大家责任重大、使命光荣。黄耀萍还提出，在之后的艺术活动中，艺委会一要始终坚持"二为"方向、"双百"方针，恪守艺术理想；二要坚持围绕中心，服务大局，不忘中央民族歌舞团的初心和使命，继续推动民族歌舞艺术的发展；三要依照艺术委员会的职能，做好指导、咨询、审议等服务。

2018年4月12日，中国舞蹈家协会全国考级工作会议在四川德阳举行，中国舞蹈家协会主席、中国文学艺术基金会副理事长冯双白，中国舞蹈家协会分党组书记、副主席、秘书长罗斌，中国舞蹈家协会分党组成员、副秘书长夏小虎和柳斌，中国文联舞蹈艺术中心副主任张萍等出席会议。来自全国34个省（自治区、直辖市）的70家考级承办单位的150多位代表参会。会议提出，中国舞蹈考级的教育培训工作将拓展新的方式，中国舞协将建构舞蹈考级的大数据，用数字说明实力；2017年完成编创的第四版《中国舞蹈考级》教材、《宝宝宝宝亲子生活律动》教材、《中国街舞艺术教育考级系列教程》、《天使芭蕾》少儿舞蹈教材、《爵士舞等级考试教材》、《中国国际标准舞实用教材》于2018年全部落地推广。在会议的最后冯双白做出总结：第一，在考级工作中，各单位要真正完成这个时代交给的任务，沿着中国文联深化改革的重要方向，加强舞蹈界各方面的紧密联络；第二，教育无小事，考级工作是面向孩子的，要高度重视，尊重科学规律，尊重教育本质，要从完成高质量的教育这个角度来看考级工作；第三，中国舞协考级工作在开展初期是非常艰难的，但到2017年已经拥有了巨大的体量，中国舞协要推进中央、中国文联交办的深化改革工作，希望各单位能群策群力，处理好艺术素质教育和艺术培训市场的关系，做到既尊重艺术培训教育的本质，又尊重市场的规律，而且要在市场运作中符合市场法则法规，遵纪守法。

2018年4月19日，中国舞协"深入生活、扎根人民"新疆站采风创作会在北京召开。中国舞协主席、中国文学艺术基金会副理事长冯双白，中国舞协分党组书记、副主席、秘书长罗斌等出席了会议。此次采风创作会的举行是"深入生活、扎根人民"新疆采风创作的前奏，也对深扎工作的持续开展起到了十分重要的指导作用。

2018年6月5日，中国舞蹈家协会理论评论委员会成立大会暨第一次会议在中国文联文艺家之家召开。中国舞协主席冯双白，中国舞协分党组书记、副主席、秘书长罗斌，分党组成员、副秘书长夏小虎和柳斌，中国文联舞蹈艺术中心副主任张萍，以及近30位来自各地艺术院校、科研院所、新闻单位的从事舞蹈相关工作的专家学者出席了会议。中国舞蹈家协会理论评论委员会的成立是中国舞协践行党的十九大精神，推动新时期舞蹈事业和中国舞蹈理论发展的重要战略部署。冯双白在会上提出了"三个意识"——学习意识、问题意识、实践意识。与会者还就委员会如何将纸媒与自媒体平台结合、如何打造传播文化的知识平台等展开了热烈讨论。此次会议作为中国舞协落实中国文联深化改革方案的重要举措有着特殊意义，推动了我国舞蹈理论的发展。

2018年6月15日，中国艺术研究院舞蹈研究所举办了"音乐、礼仪与信仰的田野实录——兼谈当代基督教歌舞"学术讲座，此次讲座邀请了中国艺术研究院音乐研究所孙晨荟研究员为主讲教师。讲座上，孙老师不仅对基督教的音乐做了分析，还结合艺术作品谈了基督教的舞蹈。

2018年6月21日，国家民委专职委员孙学玉出席了中央民族歌舞团艺术创作工作座谈会，听取了歌舞团关于艺术创作的工作情况汇报并讲话。会议由中央民族歌舞团党委书记黄耀萍主持，来自国家民委教育科技司和文化宣传司的相关人士、中央民族歌舞团有关负责人及专家学者共同参会。孙学玉强调，此次会议对于开动脑筋，解放思想，推动歌舞团歌舞艺术创作很有意义；歌舞团要进一步提高政治觉悟，增强大局意识，抓住新时代的机遇，以高质量的音乐舞蹈创作歌颂改革开放40年的伟大跨越，歌颂新中国的伟大成就，歌颂全面建设小康社会的伟大精神，歌颂各族人民的美好新生活。

四、现象聚焦

（一）电视和互联网下的舞蹈艺术

1. 电视及网络舞蹈综艺节目的热度不减

2017年7月—2018年6月，舞蹈艺术在电视和网络平台上有着新的发展，呈现出新的姿态。中央电视台综艺频道的《舞蹈世界》是一档集经典艺术展示与舞蹈综合普及于一体的电视舞蹈节目。当前受到外国舞蹈文化的影响，我国传统民族民间舞蹈呈现边缘化趋势，《舞蹈世界》审时度势，通过展现民族舞蹈技艺、增设观众互动环节、安排现场采访等一系列措施，使民族民间舞蹈重回观众视野，这也是《舞蹈世界》节目独特的电视化呈现方式。[1]在《舞蹈世界》设立

---

[1] 王楠：《从〈舞蹈世界〉节目看中国舞蹈的电视化呈现》，载《当代电视》，2018（1）。

的"民族季"栏目中，为了缩短主持人与观众、演员与观众之间的距离，节目组特地挑选了一些有一定舞蹈基础的观众到节目现场观看舞蹈表演，并对其中一些观众进行现场舞蹈教学，让其更直观地感受民族舞蹈的律动特征及动作要领，感受民族民间舞蹈的强大魅力，进而吸引更多观众积极参与节目互动。由北京电视台、睿晟传媒、世邦盛世影视联合打造的全国首档街舞竞技电视节目《舞力觉醒》于2017年11月17日开始在北京卫视、黑龙江卫视播出。该节目将线下街舞赛事搬上荧屏，节目总顾问廉久龙表示，希望通过《舞力觉醒》建立大众对街舞的认知，使中国街舞文化觉醒。

互联网技术将人类感官的作用放大，网络综艺节目异军突起并逐渐成熟，成为人们缓解生活压力、调节情绪的新途径。从2017年开始，网络媒体与艺术的结合越来越紧密。2018年，两个视频内容平台——优酷和爱奇艺——先后推出了自制网络综艺节目《这！就是街舞》和《热血街舞团》。两档节目都以街舞为主要内容，究竟孰优孰劣，对此社交媒体上的讨论十分激烈，这也使得两档节目都获得了不错的关注度。《这！就是街舞》节目采用了"明星导师＋专业舞者"的形式，颠覆了传统舞蹈节目模式，通过海选吸纳优秀街舞舞者，设置舞者"斗舞"等环节，再加上专业舞台设计，通过网络综艺展现街舞文化。《热血街舞团》也是一档推广街舞文化的真人秀节目，全国顶尖舞团倾力参与，在四位引领潮流与话题的明星的带领下，打破舞林格局，在比赛中挑战极限，点燃全民街舞热。

2017年7月—2018年6月，舞蹈节目的发展有着艺术化、社会化、综合化的趋势。电视舞蹈节目依赖于舞蹈创作者的舞蹈编创，创作的时间和数量须与节目的播出配合好。为了保证收视率，节目竭尽所能让更多的观众了解、接受、喜爱舞蹈甚至学会舞蹈。舞蹈节目通常含有一些音乐、服装等元素，这使观众能通过舞蹈接收有关艺术的综合信息。虽然有的舞蹈节目是从国外引进的，但节目组致力于通过引进与改进将节目打造成本土化的舞蹈综艺节目。值得关注的是，在网络时代，节目组为了更高的点击量，将舞蹈艺术本身的分量缩小，而放大更吸睛的人物、故事等元素，这种做法无疑削减了舞蹈在节目中的价值。但从舞蹈艺术的商业化来看，这使得舞蹈创作有了更好的经济基础，为舞蹈艺术提供了更大的生存空间，舞蹈作品所具有的商业价值有利于舞蹈艺术的长远发展。

2. "互联网＋"时代中舞蹈的传播

在网络信息环境的影响下，舞蹈传播更加快速且多元，互联网技术的普及使舞蹈的传播模式发生了根本性改变——由传统的传播平台向以互联网技术为依托的网络平台转变。同时，舞蹈传播方式也不像过去那么单一，多个体共存、多局面共存是舞蹈传播在新形势下所表现的多元化特征。①在互联网的快速发展下，舞蹈传播也越来越迅速，传播方式由最初的言传身教逐渐多样化，传播媒介的发展使舞蹈艺术的受众面更广，将舞蹈艺术家创作的艺术作品带给更多观众，使之产生更深远的影响。21世纪以来，国际交流日趋频繁，舞蹈作为一个重要的艺术门类，在国际文化交流活动中发挥了重要作用。在互联网技术的推动下，我国的舞蹈更多、更好地走出国门、走向世界，国外的舞蹈艺术也在我国获得更广泛的传播。以火热一时的网络街舞综艺节目为例，街舞本为流行于美国街头的亚文化，但通过网络传播，我国的普通观众也能感受其魅力。通过互联网，舞蹈艺术重新成为大众的艺术，而不再是普通观众观念中的高雅艺术。人们可以很容易地在网上找到舞蹈作品，舞蹈作品可以被重复播放、快速播放、慢速播放，更加方便观众欣赏。网络媒体的优势在于它能将音频、视频和图像等融为一体，产生更好的传播效果；可以渲染出舞台气氛，让舞蹈更具有感染力和表现力。在"互联网＋"时代，人们在获得信息的同时更具有参与感，这种参与感让人们在欣赏过程中获得更多满足感；同时，由互联网实现的互动往往也是促进舞蹈艺术发展的重要力量，舞蹈艺术应运用好互联网技术，在新技术中汲取养分和灵感，不断发展。另外，人们可以通过网络交流平台表达自己的体会与感受，让舞蹈艺术在讨论中日益提升。舞蹈编导和舞蹈演员可以从大众的意见中寻找创作灵感，提升自己的创作水平，进而让舞蹈艺术更加受大众欢迎。这不仅是舞蹈的传播目的，也是舞蹈艺术发展的源泉。

舞蹈传播的平台先从广场转到剧场，再从剧场转向电视，进入"互联网＋"时代便转向了网络平台。对舞蹈传播的地点、场合等因素的要求越来越少，越来越多的人欣赏到舞蹈作品。通过互联网技术，人们欣赏舞蹈时的身份也发生了很大变化，由"观众"变为"受众"。"观众"意味着人们对舞蹈作品只能被动地观看；而"受众"在构成上具有广泛性、多样性、无组织性、使用媒介不固定等特点，"受众"具有求新、求知、猎奇、追求真善美及逆反等多种复杂的心理因素，其兴趣和需要具有多层次、多种类的特点，这些都是"观众"所不具备的。"受众"是可以带着自己的目的对舞蹈作品进行多种选择与欣赏的。

然而，通过互联网传播的舞蹈不免会因传播需要而忽略舞蹈艺术的本体专业化等问题。刘慧在其文章中指出了当今舞蹈传播存在的问题：传播力度不

---

① 刘慧娇：《现代信息环境下舞蹈艺术传播的特征与趋势》，载《艺术教育》，2018（3）。

足，传播思维存在意识局限，受众群体缺失，拍摄技术不高。[①]因为网络媒体是通过拍摄与剪辑等方法进行传播的，因此舞蹈艺术在编创、演出的过程中要充分考虑如何让镜头更好地展示舞蹈的整体和局部，如何"为镜头而表演"，如何借助灯光等让人们通过网络媒体欣赏到舞蹈艺术的最佳效果，如何营造合适的艺术欣赏氛围，等等。

3. 新媒体时代中的舞蹈创新

艺术与技术的融合越来越复杂、多元，已成为人们探讨的热点话题。有学者提出了新媒体舞蹈艺术这一概念，认为新媒体舞蹈艺术的本质就是舞蹈与投影技术、全息技术、声光舞美技术等媒体技术融合以增强艺术效果的产物；新媒体舞蹈艺术大体可以分为多媒体舞蹈、影像舞蹈、装置舞蹈三大类，它的出现表明单纯的舞者表演和简单的背景式舞台视频设计已经满足不了艺术创新和观众审美的高标准要求，技术的革新带动了艺术品质的提升。[②]新媒体技术的发展让舞蹈作品的展示不局限于舞蹈演员的表演，丰富了舞蹈作品的内容，让舞蹈作品的内涵更容易被受众理解，对舞蹈事业的发展有着很大的促进作用。新媒体舞蹈艺术受到了现代主义、后现代主义文艺思潮的影响，遵循整体性、交互性和生命感并重的美学原则。舞蹈与技术融合后，创作者在进行舞蹈创作时要考虑作品整体的呈现效果，一些舞蹈演员需要与机器进行配合，而在此之前舞蹈中仅有人与人的合作。在新媒体舞蹈艺术中，技术与舞蹈的融合对舞蹈肢体提出了更高的要求，舞蹈肢体不再局限于单一的表现形式，而利用技术进行肢体形态的协调，让肢体形态的动感更为强烈，形成新的艺术表达。新媒体舞蹈艺术更加强调利用形式展现内容，形式是艺术体现的关键，主要体现在舞蹈设计和舞美呈现等方面。创作者在空间上追求多维立体的视觉效果，将舞台虚拟化，通过光影、屏幕背景等技术，使人们仿佛置身其中，获得身临其境的审美感受。

创作者根据舞台空间的多维认知与透视对传统的舞台空间进行技术性视觉虚化，更加便捷、形象地呈现出人们想象中的画面。可以说，科技革命的普化与深化对舞蹈创作的最大影响就是加深并拓宽了对舞台空间和视觉艺术的认知。通过舞美、灯光等形式，对舞台的认知已由空间思维转变为视觉时间思维。新媒体技术与舞蹈表达相得益彰，舞蹈创作通过实验探索进入了与艺术各

---

① 刘慧：《舞蹈电视媒介传播现状及应对策略》，载《中国报业》，2018（8）。
② 邢梦雨：《新媒体对舞蹈艺术发展的促进作用》，载《新媒体研究》，2018（5）。

门类多维度结合的阶段。多媒体对舞蹈创作的影响不仅是形式上的技术拓展与革新，而且是对视觉内心化、虚拟化的促进，为舞蹈内心世界的外化增添了可能。①这些因素都为新时期的舞蹈创造提供了新思路，创作者个人的内心直觉和表达冲动通过舞蹈这一视觉化的方式呈现出来，所采用的技术手段使艺术作品中的角色不再仅是现实的象征，而且是人们视觉欣赏中的一个要素，变得更加抽象化。最终的作品则为艺术家进行艺术创作、表达内心体验、表现哲理思考的产物。在舞蹈创作中，艺术家基于自己的艺术创作经验，将个人想要表达的情感等要素按照艺术直觉及其所掌握的艺术规律，将动作、服饰、道具、灯光、化妆集合起来，以构建一个完整的舞台视觉统一体。这一过程不同于传统意义上的舞蹈创作，不再是单纯的身体语言表达，而成为一种意象表达。

同时，新媒体舞蹈艺术的发展也存在一些问题，王静娴在其文章中指出了两方面的问题。其一，丧失艺术个性的问题。新媒体技术的普及应用很容易消磨艺术个性，使艺术被加入更多的功利性色彩。要想规避这一问题，舞蹈工作者要树立正确的艺术观，在技术应用中加强对舞蹈艺术的个性展现，严禁复制、抄袭等行为。其二，文化趋于庸俗的问题。雅俗之争自古有之，新媒体舞蹈艺术极大地冲击了传统审美，很容易出现片面追求感官刺激的现象，对雅文化产生冲击。这两方面的问题是舞蹈人当下需要考虑并解决的，这种跨界的表现方式也让舞蹈人重新思考艺术与科技的融合变化。

4.新技术助力舞蹈教育

一直以来，我国的舞蹈教育以"教师在前面跳，学生在后面学"的模仿式教学为主，对技术的运用较少。随着时代的发展，信息技术可以让教师在面对越来越多的学生时依然保证教学质量，促进教育的现代化。现代教育技术可以极大地丰富课堂对声音、色彩、影像等的运用，满足学生听觉、视觉、触觉等多种感官需求，激发学生的学习积极性。现代教育技术的运用可以创造生动的教学情境和学习环境，改变以往以任课教师为唯一信息来源的模式，激发学生的情境思维，使学生积极参与课堂活动，全身心地投入学习。在实践方面，现代教育技术可以提升学生的舞蹈实践能力，可以将音响、光影等技术引入表演场地，模拟出更真实的舞台表演情境，锻炼学生的舞台感受能力。另外，现代教育技术可使师生课外交流更加方便，让学生了解世界其他地方的优秀舞蹈作品，从而开阔其眼界，提高其舞蹈水平。近年来，有些地方推出了微课教学，

---

① 金岚：《当下舞蹈创作"先锋性"核心规律的演变与探究》，载《舞蹈》，2017（11）。

即通过一些时长较短的视频素材使学生在有限的时间内获得一定的知识，这种微课教学也减轻了教师的负担。

舞蹈教师应在课堂上纳入新的教学模式，开创新的方法，将自己的主导作用和学生的主观能动性结合，改变教育理念，利用多媒体技术的直观性、交互性和信息共享性来提升教学效果。音频、视频、课件等的运用可使教学内容更直观地展现出来，避免教师讲不清、学生听不懂现象的发生。在技术迅猛发展的现代社会，舞蹈教师应积极利用科技进步的成果，丰富教学模式，交替使用多种教学方式；让学生获得的资源更加丰富，获得的专业指导也更多，从而提高教学效率；也可以利用学生对新兴技术的热情与兴趣，促使其完成自主学习。但这并不代表我们要取消教师这一角色，教师的教学与技术的应用并非对立，而是在相互融合中共同促进舞蹈教育的进步与发展。

（二）不同舞种间的融合创新

民族舞、街舞、现代舞等舞种有着不同的文化背景，代表着不同的艺术风格。在文化交流日益频繁的今天，某一文化要想获得创新发展，就需要借鉴、吸收其他文化的优秀之处，舞蹈文化也是如此。

在民族舞和街舞融合方面，舞蹈人进行着创作探索。由中国舞蹈家协会街舞委员会举办的"中国街舞艺术人才培养计划——舞蹈编创高级研修班"的结业汇报演出于2018年3月18日在繁星戏剧村5号剧场上演，实现街舞中国化是此次研修班的首要任务。中国歌剧舞剧院舞剧团编导毛伟伟是研修班的指导老师之一，他以藏族舞蹈为例，带领学员用肢体去感受、理解藏族舞蹈中的思想和情绪。在毛伟伟看来，每个舞种都有自己的特性，不能把两种完全不同的舞蹈生硬地凑在一起，而要从民族舞中找出跟街舞接近的律动或语汇，然后将两者融合，才能让中国街舞更具中国特色。中国舞协街舞委员会常务副主任夏锐介绍说，党的十九大后，在习近平新时代中国特色社会主义思想的指引下，中国舞协街舞委员会举办研修班，旨在对全国街舞杰出人才在思想、理论和技术等方面进行系统化培养，让中国街舞在新时代展现新气象、新作为。近年来，在中国舞协街舞委员会的号召下，虽然国内的许多街舞舞者尝试创作与中国功夫、民族民间舞蹈等传统文化元素融合的街舞作品，但成功的并不多。令人惊喜的是，此次研修班的结业演出中出现了《黄河》《昭君出塞》《我爱布达拉》《震舞英魂》等将街舞与中国民族舞蹈和传统文化元素创新性地结合起来的舞蹈作品，说明通过这次培训，街舞舞者找到了更多不同舞种的结合点，从而创作出了这些新颖的、有中国民族特色的街舞。中国舞协主席冯双白针对此次结业演出指出，创作才刚刚开始，这次结业演出中的作品虽然还有不足之处，但总体来说还是不错的；街舞本身受青少年欢迎，要给这些青少年正确的引导。

在民族民间舞和现代舞融合方面，舞者在创作过程中既不能丢掉民族文化的特色，也要注重现代舞透露出来的时代气息。王昭在其文章中指出，民族民间舞和现代舞的融合创作，在技巧上要挖掘现代舞因素，在精神情感上要融入现代思想，在动作上要融入审美性的身体技能训练。艺术工作者在传承民族民间舞蹈时要形成正确的审美观念，在舞蹈表达上要符合观众的审美和欣赏习惯，将动作和技巧做到位，使情感充分地表达出来。艺术工作者要有创新思维，民族民间舞可借鉴现代舞的编创手法，使最后呈现给观众的作品具有时代的气息。[1]另外，艺术工作者要对民族民间舞蹈进行科学合理的传承。现代舞具有鲜明的时代特征，是掌握不同时代情感与审美的十分有效的方式；民族民间舞是经过历史传承的艺术主体，但若不跟随时代发展，就将被渐渐淘汰。现代舞的编排注重节奏感的鲜明、动作的舒展夸张，而民族民间舞的编排注重对传承下来的动作、舞蹈形式进行重编和改良。民族民间舞的编排在与现代舞的编排进行结合时，不仅要借鉴现代舞编排灵活、节奏鲜明、动作流畅的特点，而且要将现代舞的舞蹈动作加工、提炼，使之融入民族民间舞中；既保留民族民间舞的节奏、次序及特点，也纳入现代舞夸张、灵活、流畅的舞蹈动作。[2]文化自信的重要性越来越凸显，对民族民间舞的挖掘和研究也日益深入，并经过传播逐渐进入公众视野。然而，如果只重视传承而不与时代相结合，作为历史的舞蹈终会让人们产生审美疲劳。民族民间舞可以通过与现代舞的结合实现与时俱进，适应当下社会人们的审美追求，从而获得更好的发展。

五、热点理论研讨

（一）舞蹈教育理论及应用

我国的舞蹈教育理论在新阶段包括舞蹈文化与舞蹈教学两个方面，涵盖了各个年龄层的舞蹈人员，还借鉴了民族舞蹈理论、新时代文艺理论等方面舞蹈理论的观点。新阶段的舞蹈教育理论研究推动了我国舞蹈教育理论的全面发

---

[1] 王昭：《中国民族民间舞蹈与现代舞元素的整合》，载《艺术评鉴》，2018（10）。
[2] 马宏叶：《民族民间舞蹈与现代舞元素的融合》，载《黄河之声》，2018（10）。

展，有利于理论与实践相互促进，形成二者之间的良性循环。

1．少儿舞蹈教育

2017年7月—2018年6月，我国各个地区开展了各种少儿舞蹈活动，少儿舞蹈教育越来越受到人们的重视。少儿舞蹈教育可以促进少儿健康和谐地成长，使少儿的道德品质、人文素养及各方面的能力都得到显著提升。舞蹈教育作为美育的一个重要方面，要根据学生的身心发展特点不断完善教学，以学生为本，选择学生感兴趣的音乐和舞蹈题材，有效地引起他们的兴趣和关注。当前我国少儿舞蹈教育在这一方面仍存在一些不足之处，如对舞蹈教育的认识片面化，舞蹈内容不够丰富，教师的舞蹈素养欠缺，学生仅被动地接受相关知识，没有合适的教学情景，等等。这些不足之处导致学生的兴趣不高，进而影响教学效果。李金玲在其文章中提出了几个通过舞蹈教育推动素质教育的策略：激发少儿的学习兴趣；开展丰富多彩的舞蹈教学活动；加强舞蹈师资队伍建设。在她看来，要想使少儿的舞蹈水平得到有效提升，全面贯彻落实素质教育，就必须要加强对舞蹈教师队伍的建设。她还提出，应全面提高中小学舞蹈教育的教学质量，充分发挥其对推动素质教育的积极作用，提高少儿的表现能力、理解能力和审美能力；在身体素质方面，舞蹈可以提高少儿身体的协调性与敏捷性；在思想方面，舞蹈可以陶冶少儿的情操，促进少儿道德品质的全面发展。[①]

2．高校舞蹈教育

在我国舞蹈教育体系中，高校舞蹈教育的地位十分重要，在提高学生综合素质和引导学生理解多元文化方面具有重要的意义。高校舞蹈教育具有舞蹈教育整体的特点，但也有其个性——它既包括针对舞蹈专业学生的教学，又包括面向非舞蹈专业学生所进行的素质教育的内容。高校舞蹈教育在面向非舞蹈专业的学生时，应主要作为素质教育的内容，针对其对舞蹈艺术的了解普遍不深这一情况进行综合性的舞蹈教学；而面向舞蹈专业的学生时，则是系统的教学。培养全面综合发展的人、完善受教育者的人格是高校舞蹈教育的目标，要想培养全面发展的高素质舞蹈人才，高校舞蹈教育就要遵循全面性的原则，在舞蹈教学中对教学素材进行全面整合。[②]高校舞蹈教育有多方面意义：舞蹈可以促进学生的智能开发，增强其艺术潜能与身体素质，培养学生人际交往、交流合作的能力，推动德育和美育，对有特殊需要的学生还有心理治疗的作用。高

① 李金玲：《论中小学舞蹈教育对推动素质教育发展的价值》，载《艺术评鉴》，2018（2）。
② 苏馨：《浅谈高校舞蹈教育》，载《中国校外教育》，2018（6）。

校舞蹈教育也有助于我国传统文化在当今社会的继承和发展，在高校开设关于各种民族民间舞种的课程可以让学生获得关于我国传统舞蹈的知识。近几年的"非遗"舞蹈进校园活动得到了较高评价，高校舞蹈教育为"非遗"舞蹈提供了一个优良的传承平台，有利于"非遗"舞蹈的普及性发展，有利于解决"非遗"舞蹈审美断层的问题，有利于"非遗"舞蹈的理论性发展，有利于"非遗"舞蹈走出封闭孤立的状态，有利于"非遗"舞蹈的记录性发展，有利于进一步加强对民族民间舞蹈的保护与传承，有利于避免"非遗"舞蹈文化动态传承的断层与误差。[①]对于我国传统艺术来说，发展创新就是最好的传承。一个民族的文化艺术要想适应不断变化的时代，就必须进行改变，以适应变化的社会背景和人民的精神追求。在民族民间舞蹈教育中，高校可以通过建立民族民间舞蹈专业教师团队、完善民族民间舞蹈教学设施、优化课程设置等方式帮助学生，丰富他们的学习。我国的高校舞蹈教育并不十分完善，存在着重视程度不够、教师队伍和基础设施建设不足、舞蹈理论学习不深入等问题。

舞蹈教育一方面要遵循教育的普遍规律，另一方面也要遵循艺术教育的规律，只有这样才能真正为国家培养出合格的艺术人才。高校舞蹈教育工作者要树立大舞蹈观，即开展舞蹈普及性教育，没有普及性教育就无法实现理想中的专业性教育。在注重舞蹈艺术教育的同时，舞蹈教育工作者也要注重文化知识教育，不能顾此失彼。邓佑玲在其文章中提出，舞蹈文化工作者要着力研究习近平新时代中国特色社会主义思想给舞蹈高等教育事业提出的新命题，深刻把握习近平新时代中国特色社会主义文艺思想，明确舞蹈高等教育事业在习近平新时代中国特色社会主义文化中的定位和作用，深入研究"新两步走"战略下我国舞蹈高等教育事业面临的重大战略问题，开展舞蹈高等教育事业长期战略研究。[②]

习近平文艺思想对高校舞蹈教育具有指导意义，不仅指导了理论发展，也为高校舞蹈教育实践指明了方向。对高校舞蹈教育管理者来说，不仅要鼓励舞蹈教师"走出去"，从优秀文化中汲取营养，也要在支持艺术创作的同时保障原创舞蹈作品不受他人的抄袭和剽窃，用艺术知识产权来保护优秀文艺作品。对于高校舞蹈教师来说，既要钻研舞蹈创作，在舞蹈创作题材上紧贴人民群

---

① 满梦翎：《论"非遗"舞蹈对高校舞蹈人才培养的意义》，载《戏剧之家》，2018（9）。
② 邓佑玲：《以习近平文化自信理论指导中国舞蹈学科理论建设的思考》，载《北京舞蹈学院学报》，2018（1）。

众，也要通过文艺作品与社会对接，使舞蹈走进生活，推动舞蹈教育走出校门。高校舞蹈教育要加强舞蹈师资队伍建设，深化管理部门改革，激发师生的文化创造力，使大众充分认识到高校舞蹈教育的重要性。高校舞蹈教育管理者要准确把握舞蹈教育发展面临的形势和未来发展的正确方向，对舞蹈作品的创作、呈现、社会效益等方面进行积极引导，通过推进高校舞蹈的发展丰富校园文化。高校舞蹈教育工作者要深入实践、深入生活，既要重视创作，也要重视舞蹈评论。习近平总书记指出，文艺批评是文艺创作的一面镜子、一剂良药，是引导创作、多出精品、提高审美、引领风尚的重要力量。另外，高校舞蹈教育工作者要坚持从我国传统文化中汲取养分，传承本土舞蹈文化。青年大学生既要重视舞蹈技能的学习，也要提升舞蹈理论和文化知识水平；热爱本民族的文化，增强文化认同、文化自觉和文化信心；积极了解舞蹈艺术的起源、发展和规律，了解中华民族文化中的不同舞种和独特的民族舞蹈风格，掌握不同舞种背后的历史传统和文化要素；除此之外，在面对他国艺术时，青年大学生要尊重各国、各民族的文明，正确对待不同民族的舞蹈文化，认识舞蹈具有的独特性，学会求同存异、取长补短。通过舞蹈教育，学生的舞蹈表演和文艺创作水平得到提高，彰显新时代大学生的综合素养，成为舞蹈艺术的创作者和传播者。总之，高校舞蹈教育应坚守舞蹈文化原则，传承舞蹈文化基因，展现舞蹈审美风范，创作优秀舞蹈作品，用舞蹈讲好中国故事。

3. 社会舞蹈教育

除了学校舞蹈教育，社会上的舞蹈培训机构也不断增多。《筑梦的舞者：舞蹈培训开班指导全书》一书于2018年由中央民族大学出版社出版，其作者袁景春在22个省份对舞蹈培训行业做了基础调研，并在11个城市进行了实践论证，整理出了62万字的行业总结，全面展现了我国舞蹈培训行业的现状。在袁景春看来，国内很多舞蹈培训机构很不专业，他想通过此书为舞蹈培训提供科学的理论支持。此书共16章，详细介绍了中国舞蹈培训行业的现状和未来整体发展趋势，引导人们科学地开设舞蹈培训机构。此书的价值在于全面解析了开设舞蹈培训班的每一个步骤，并对每一个环节都做了详细的分析。在此书中，袁景春也列举了很多商业性开班方案和运营思路，供广大读者参考。此书尽可能地解答了开设舞蹈培训班可能遇到的各种问题，是一部兼具商业性和学术性的书籍。袁景春曾就读于北京舞蹈学院和中央戏剧学院，关于此书的标题他谈到，筑梦，字面上的意义是有理想、有追求并努力实现，此书也是他带着梦想完成的，是他作为舞蹈人的真情流露。

（二）舞蹈新评论

舞蹈评论是评论家经过多层面、多维度的思考，针对艺术创作中的问题和不足所提出的看法。2017年7月—2018年6月的舞蹈评论多是针对舞蹈作品进行阐述的，依据不同的评判标准，进行艺术性与思想性的分析。除了针对舞蹈作品的评论，这一时间段也出现了对舞蹈活动、舞蹈比赛的分析和思考，如《从现象到本质　对北京市第20届艺术节舞蹈展演的观摩思考》《荷蕊缱绻意　舞韵暗香流　第十一届中国舞蹈"荷花奖"民族民间舞评奖观察》等文章。紧跟舞蹈实践，舞蹈评论的题材和数量在增多。在大量的舞蹈评论中，有舞评人对舞蹈作品进行分析而后得出结论的实证性舞评，也有基于舞评人与编导、作品所建立起的一种互为主体的对话关系的舞评，还有通过细节描写和情感表达来呈现作品的文学性舞评。

在民族民间舞蹈评论方面，马李文博在其文章中指出，在评论一个民族民间舞蹈作品时要注重作品的成熟度、民族经验的独特性和大众文化的影响。作品要做到成熟，就不能仅执着于表达民族味道，也要包含情感的有效表达，不能将舞蹈作品编成"大杂烩"，表现得太多会让观众看得不明不白。成熟的作品应追求纯粹、极致，不是动作层面的堆积，要有生命的意蕴。创作者只有用满腔的热情和真诚的态度去拥抱民族文化，才能找到民族文化最纯正的味道、最浓郁的气息，对其进行艺术加工，继而创作出优秀作品。民族民间舞蹈应实现文化背景的独特性向视听经验的独特性转化。近年来，民族民间舞蹈中表现民族源头的作品逐渐增多，祭祀、图腾等是较常见的元素。如何将民族文化在舞蹈中用更直接的方式表现出来也是评论舞蹈时考量的重要方面。近年来，民族民间舞蹈的创作受大众文化的影响逐渐增多，"非遗"开发、旅游文化等项目也影响着地方院团对民族民间舞蹈的理解。一些商业性演出影响着人们对民族民间文化的理解，而这些商业演出大多没有当地普通艺人所具有的代表性和民族特色。①

王彭认为，舞蹈评论应该考量作品是否有对真善美的追求。"真"指舞蹈内容反映真实的现实生活，表达广大劳动人民的心声，舞蹈演员传递真实的情感。"善"指舞蹈作品传达正能量，作品所传达的价值观、人生观、世界观必须是正确的，不能对观众的价值观有误导；尤其是对于青少年和儿童来说，他们的社会阅历不足，思想还不够健全，优秀的舞蹈作品能让他们感受人性美。

---

① 马李文博：《民族民间舞应专注表现民族经验——第十一届"荷花奖"民族民间舞评奖观察》，载《中国艺术报》，2017-09-18。

"美"指舞蹈表演与作品具备较高的审美价值，人物与事物形象具体、个性鲜明、生动感人，舞蹈演员所表达的情感真挚饱满，能够使观众产生情感共鸣，并有所感悟。只有这样，非专业人士在欣赏舞蹈作品时才能获得正确引导，理解作品、欣赏作品，体会作品中真善美的内涵。[1]魏盼盼在其文章中指出了孔子"尽善尽美"的观点对我们当下舞蹈评论的影响。"尽善尽美"不仅是一种道德境界，也是一种较高的审美境界。孔子把美与善的关系引到了审美领域，形成了"尽善尽美"的艺术审美观，强调美与善相结合，还提出了"质胜文则野，文胜质则史，文质彬彬，然后君子"的观点。舞蹈评论者应该有一定的舞蹈修养，了解各个舞蹈种类，明确舞蹈创作的基本思路，这样才能给予舞蹈正确的评价。另外，舞蹈评论者也应提高自己的文学素养，没有扎实的文字功底与文化基础，写出的分析与评论就不会深入。评论者在评价一部舞蹈作品时应做到公正、实事求是，不仅是舞蹈评论，其他领域的评论者在评论作品时也可能有各种各样的顾虑，不能做到实事求是，这是不可取的，也不利于我国舞蹈艺术的长远发展。在今日看来，孔子提出的艺术评判标准仍不过时，依旧适用于当下的舞蹈作品评论。[2]

在评论一部新的舞蹈作品时，评论者往往有一种"盲人摸象"的心态。虽然一个盲人无法一下子完全掌握其要感受的对象的特征，但只要盲人有足够的努力，敢于说出自己的真实想法，并与他人交流有效信息，从而不断修正、补全自己的信息，最终还是可以感受到完整的大象的。对于舞蹈作品来说，评论者要想全面、公正地评论它，就要敢于触摸艺术作品，敢于鉴赏艺术作品，并说出自己的真实感觉。评论者通过自由交流补充、修正自己的信息，最终"看"到真正的舞蹈作品。朱光潜曾将艺术评论家分为四类：第一类以"导师"自居，他们对各种艺术抱有一种理想，而自己却无能力把它实现于创作，于是拿这个理想来期望旁人；第二类以"法官"自居，他们的心中有几条纪律，然后以这些纪律来衡量一切作品，和它们相符的就是美，违背它们的就是丑；第三类以"舌人"自居，"舌人"的作用是把外乡话翻译为本地话，叫人能够听得懂，"舌人"评论家说自己不敢发号施令，也不敢判断是非，只把作者的性格、时代、环境以及作品的意义解剖出来，让欣赏者看时易于明了；第四类以"饕餮者"自居，只贪美味，一尝到美味便把对它的印象描写出来。[3]一篇好的艺术评论文

---

① 王彭：《浅谈舞蹈艺术的评论和欣赏》，载《安徽文学》，2017（3）。
② 魏盼盼：《探析"尽善尽美"思想对舞蹈评论的影响》，载《艺术评鉴》，2018（7）。
③ 朱光潜：《谈美书简二种》，131～132页，上海，上海文艺出版社，1999。

章应该即事求理、守变求常、缘技求道，也就是说，评论者应当从艺术作品本身出发，根据事实探求道理，在研究舞蹈作品时从作品中找到真理，而不能先画出条条框框，用规定去要求艺术作品的创作。每个艺术作品都是不同的，评论者要在看过不同的作品后描述不同时期的特征，并从中找到艺术的普遍发展规律。即使是同一题材，在不同的社会环境、文化背景中创作出的作品也是不同的，这就要求评论者在不断的变化中寻找不变之处，从而找到艺术变化的科学性。艺术评论应通过对"技"的分析，实现对"道"的追寻。然而，我们经常看到的是评论者对作品主题思想、现实意义等层面的解读，却很少看到对作品艺术特色的学理揭示，谈及题材、叙事的不算很多，论及技巧或更"形而下"层面的则更寥寥无几，艺术评论出现某种"技术断层"。从艺术评论的角度关注艺术作品，首要的工作是判断作品的技术含量，因为一些作品本身是由技术组成的，技术承载着作品的形式，也蕴含着作品的文化品质。

对于舞剧作品来说，舞剧是舞蹈与剧情的融合，对一部舞剧的评价与对单支舞蹈的评论相比，涉及的因素更加复杂。我国当代舞剧用舞蹈塑造人物，用动作讲述故事情节，叙事风格包括哑剧叙事、交响叙事、完形叙事、隐喻叙事。于平在其文章中提到，对中国舞剧的批评，多见的不是说它的生存如何困窘、知音如何远遁，而是说它"产量太高""立意太飘"或"品相太糙"；我们常听到的中国舞剧的最大问题是它虽然产量世界第一，却没有几部让人看时极受震撼，观后"三月不知肉味"。[①]不过，不可否认，一些舞剧评论的丰富性和专业性也为我国舞剧高质量发展的转型做出了理论指导。

冯双白在中国舞蹈家协会理论评论委员会成立大会暨第一次会议上指出，舞蹈理论进步必须与艺术实践紧密结合，理论和评论应该与实践互见真义、互鉴本性、互相作用；有的委员在会上表示，应彻底扭转理论和实践之间的隔离局面，评论者不能只说好话，要形成研讨的风气，大胆指出问题。还有委员指出，创作上的模仿抄袭已是舞蹈界的顽疾，要走出此怪圈，则需理论评论加以正确引导。[②]由此可见，新时期人们对舞蹈评论有了新的关注，努力让理论指导实践，让评论发挥应有的价值。

[①] 于平：《中国舞剧发展格局的新想象》，载《中国艺术报》，2018-02-28。

[②]《中国舞协理论评论委员会成立大会暨第一次会议召开》，http://www.cdanet.org/article/1599/1.html，2018-12-20。

后　记

本书呈现给读者的是北京师范大学艺术学理论学科推出的系列研究成果之一。北京师范大学艺术学理论学科是我国第一批艺术门类博士学位授权一级学科，也是北京市一级重点学科，在历次全国学科评估中都位列前茅。为了彰显学科的雄厚研究实力和主要特色，也为了回馈社会、服务社会，北京师范大学艺术学理论学科推出了三个标志性研究成果系列，分别是"中国当代文艺动态及评论热点透析"系列、"中国艺术教育年度报告"系列、"中国年度艺术学理论热点现象述评"系列。研究团队采用了专著与系列论文相结合的方式，力求为当代中国艺术的繁荣发展添砖加瓦。

本书也是中国文学艺术基金项目"中国文艺评论热点双月报告"的系列成果之一。中国文艺评论家协会于2015年评选出全国首批"中国文艺评论基地"，北京师范大学为获选的22家单位之一。北京师范大学艺术学系也获得了中国文学艺术基金的项目支持，开展了"中国文艺评论热点双月报告"的调研和撰写。为了更好地完成项目，项目组推出了聚焦于电视、电影、美术、音乐、舞蹈五大艺术领域的年度总结和述评报告，命名为"中国当代文艺动态及评论热点透析"。在《中国当代文艺动态及评论热点透析（2015—2016）》《中国当代文艺动态及评论热点透析（2016—2017）》的基础上，现推出这本《中国当代文艺动态及评论热点透析（2017—2018）》。

随着对中国当代文艺动态及评论热点的持续关注和研究，项目组的认识不断深化，视野得到了拓展，对形成现状的原因有了更深的理解。中国今日的文艺创作和文艺评论都展现出丰富化、多样化的特点，然而，其浓烈的功利化、表面化色彩也同样令人印象深刻。在这样的背景下，项目组希望通过连续推出"中国当代文艺动态及评论热点透析"，在丰富又繁杂的作品与评论中梳理出发展脉络，并且将积极向上的、客观的评价标准贯穿其中。

本书由郭必恒主撰、统合和审定，北京师范大学艺术与传媒学院艺术学系的同事们给予了很大帮助。部分研究生参与了前期的材料搜集等工作，他们分别是：纪元（第一章）、李雅洁（第二章）、尹倩文（第三章）、周轶凡（第四章）、韩林利（第五章）。在此对艺术学系师生们的贡献表示感谢。

要感谢的还有北京师范大学出版社和本书的编辑王则灵，他们的支持和宝贵意见对于本书的出版起到了助推作用。

郭必恒

2018年11月